# 空港

## 云霄路上

浙江出版联合集团
浙江文艺出版社

关注《空港：云霄路上》专属二维码，全方位解锁作品背后的作者花絮、航空科普、职场宝典。内容持续更新中，敬请期待！

# 楔子

wedge

这一天，天气非常炎热。天气女郎含着笑，声称这是近年来罕见的高温。首都机场有一个货运航班起飞后起火，六十架航班空中避让，最后平安落地。罗真真成功考上空乘，给王泳发了穿制服的自拍，她没回应。张白看到国际新闻，给王泳发消息，她没回应。给她打电话，已关机。

此时此刻，她在伊斯坦布尔机场，航班全部延误，店铺悉数关闭，战斗机在停机坪上方朝下俯冲。

这一天，王泳困在机场里，内心天人交战：万一他回不来，她怎么办？要出去找他吗？

像敏感小动物，她隔着门，听到外面脚步凌乱，人声含混。

候机楼正在微微摇晃？这一定是自己的错觉。也许是刚才那架F16大家伙在她的脑海里留下了残影，像女巫施的黑魔法。

这礼拜室挤满了人，有人进入，有人离开。

一开始，王泳还能够辨认出这些人身上的香水味，渐渐地，她的嗅觉麻木了。她想，有很长一段时间，香水味都要跟恐惧情绪联系在一起了。

礼拜室的门突然被撞开。猜不出国籍的男子冲进来，睁大眼睛四处张望。他高举着手机，问每个迎面遇上的人“你见过我女儿吗”。不是所有人都听得懂那蹩脚英语，但他的焦虑强烈感染着对方。

手机里，小女孩深色头发，笑容甜美。

人们面带遗憾，摇摇头，他脸上的神色黯淡下去。

当男人来到王泳跟前时，她决定用肯定句式来传达否定的意思。她说："你试试在其他地方找她。"

男人涨红脸，握拳点点头，像醉酒般离开，背影令人心碎。

这时，一直坐在王泳身旁那两个法国男生，开始交头接耳商量什么。其中一人穿黑色宽松毛衣，鼻子旁很多雀斑，扭头问她："你男朋友回来了吗？我们打算出去看看情况，你要不要一起？"

他们跟王泳一起到这里避难，也注意到她身边人走开已久，对这努力掩饰惶恐的女孩心存善意。

她甚至忘了回应，那不是她男朋友。在她犹豫的片刻，轰炸声夺门而入。两个法国男生下意识用手抱住头，其中一个嘴里骂了句什么，又靠着墙坐下，神态颓废。他们不打算离开，也不再跟王泳说话。

她指尖发凉，环顾四周，只见有人开始祈祷。或匍匐在地，双臂往前摊开，脑袋贴地；或双手合十，摆正在嘴唇下方。

王泳忽然想到了那句话——防空洞里没有无神论者。

她小心翼翼，两手掌心贴合，将脑袋朝天空方向仰起，默默念着：

"如果可以的话，请让他安全回来。"

目录
CONTENTS

空港
云霄路上


第一章　始发站

| PAGE 001 |

第二章　运控中心

| PAGE 055 |

第三章　加勒比海岛国地震

| PAGE 095 |

第四章　台风来了

| PAGE 115 |

第五章　北非撤侨

| PAGE 155 |

第六章　斗争

| PAGE 209 |

# 空港

## 云霄路上

第七章　我的改变 | PAGE 277 |

第八章　政变 | PAGE 331 |

第九章　劫后余生 | PAGE 369 |

第十章　宣传部 | PAGE 415 |

第十一章　玩火的人 | PAGE 449 |

# 第一章

# 始发站

C　H　A　P　T　E　R　1

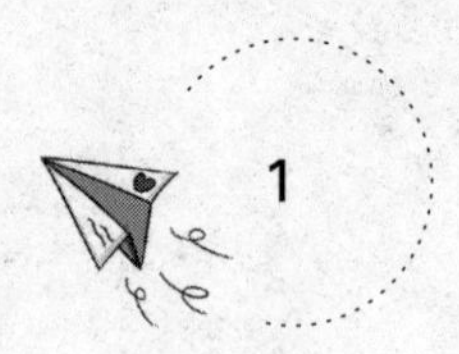

# 1

踏上飞机时，王泳并不知道这趟航班会取消。

初冬时节，加德满都的夜很冷。

王泳第一次来这里出差。魏太后在旁用手扇着鼻子：“这地方也太脏乱差了吧，到处是垃圾跟鸽子屎。”

魏姐是王泳的上司，人称魏太后。其他人听说王泳要陪她出差，纷纷表示同情。

王泳身板小，一手提一个大购物袋，魏太后采购的羊毛围巾、披肩、挂毯满满当当，像卡通片里的喜剧角色。魏太后自己拉着行李箱，头也不回地跟她抱怨：“跟你说，我在航空公司干了二十年，去欧洲美加出差就没轮到我过！”

王泳言不由衷地附和着，心里却想：尼泊尔哪里不好了？

众神之国。拥堵街道。老城。寺庙。动物与摩托车。天上很亮的星。一脸猎奇的白人游客。饭店门口笑着经过的年轻人。坐在杜巴广场的沉默老人。

入职还不到两年，这是王泳首次出差。目的地是她向往已久的尼泊尔。本来这机会落不到她这种“半实习生”头上。但偏偏这出差只有两天半，回来后还要交报告，还要陪魏太后，所以大家都不情愿。

魏太后自己也有考虑。她需要带个英语足够好、自己又看得顺眼的年轻女员工。向来低调的王泳，最合适不过。

当地站长老周一路送她们过了登机口，客气地笑着："下次来玩，一定找我。"

"一定一定。"魏太后也客气地笑。转过身，笑容往下一撇，声调往上一扬，"才不呢。"

按规定，他们出差只能坐经济舱。但老周有眼力见儿，提前为魏太后升舱。魏太后踏入客舱，眉梢挂上几分得意。

尽管她只是值机科主任，职位不高，但老公是公司人力资源部招聘主管。老周的儿子明年就大学毕业了，正是找工作的关键时刻。

王泳跟魏太后分开坐，被安排在经济舱第一排。她乐得清闲，庆贺耳朵终享自由，魏太后儿子在加拿大夏令营的事不用再激荡她耳膜。一登机，她就跟空乘要了毯子，拿出眼罩戴上，打算一觉睡到家门口。

打盹儿醒来时，她发现身边很嘈杂，人群喧哗，好几个人站起来激动地说着什么。

她迷迷糊糊地摘下眼罩：到了？

只见空乘站出来，用腔调奇怪的英语解释，说飞机正在除冰，请大家稍微等待一下。

王泳听到身旁那人从鼻腔里发出了"哼"的声音，她转头去看，发现那是个亚裔男子，驼色外衣，深色围巾，极淡的白檀味，她居然忍不住打了个喷嚏。

感受到她的目光，那人瞥了她一眼。

好一双漂亮的眼睛。

那人手机响起，他以英文应答。王泳低头翻报纸，耳边捕捉到什么航班什么机场的字眼，心里暗想：莫非是同行？

这时，客舱众人鼓噪得更厉害了。“到底什么时候可以飞啊？”不同语言，同一问题。

王泳放下报纸，拉过空乘，指指自己胸前的工作牌，低声问她怎么回事。小空乘苦着脸说：“飞机机翼结冰了，但是没有除冰车……现在几乎没法除冰。”

她明白了，这个机场恐怕除冰设备不够。如果顺其自然，冰融得慢，航班会延误。雪上加霜的是——加德满都机场夜间实行宵禁。关闭前还不能起飞，航班会取消。

她环视一圈这机舱内的人：要是航班取消，他们估计要把机组生吞活剥了。

王泳解下安全带，穿过喧闹人声，踱到前面魏太后跟前。魏太后正在打电话，嘴往下耷拉，王泳听了会儿，知道她在打给老周问情况。

“明天是周末呀！我还约了人哪，回不去可怎么办。”听她的语气，像是世界末日就要来临。

真有意思。

眼前这个在值机柜台前服务了十五年的人，平日教他们怎样在航延时应付旅客。可轮到自己成为旅客时，并没有变得多么耐心。

“魏姐，现在什么情况？”

“哎呀，我听老周说，机组刚才下机检查时，发现飞机机翼内侧下面有什么层状结冰来着。现在地面环境温度又不到10度，飞机驾驶舱仪表上机翼温度是零下几度的，冰块融得可慢啦。这破机场设施不够，人也不够……”

王泳记得送她们登机时，老周身后只站着两个雇员，一个中国人，一个当地人。

幸好是在亚洲。欧美国家的站长总抱怨说,无论多么重要的事情,下班后都不能打电话给当地雇员。曾经有人周末有急事,打电话给当地雇员,反被人一顿讲道理,最后直接挂电话。

回忆着刚才送机的情形,王泳忽然记起,老周手上好像带着塑料文件夹?

“对了,魏姐,我曾经在公司新闻里看到过另一个机场发生过类似的事情,后来大家用塑料文件夹手工除冰。要不你提议老周试试看?”

魏太后半信半疑。她是个老值机,但是对地面服务以外的事情所知不多,也不关心。此刻,她慢慢掏出手机,又拨通了老周的电话,跟对方说了王泳那个建议。

老周在电话那头说:“好好好,我问问机长意见。”

王泳回到座椅上,隔壁那个男人紧锁眉头,仍在打电话。他坐在靠左边窗旁,正是起飞后可见到珠穆朗玛雪峰的位置。他似乎对这舷窗外的景色、客舱内的喧哗都漠不关心,只一心跟电话那头交谈。

王泳掏出 Kindle 阅读器看小说,偶尔抬起头来,隔着男人肩头张望外面情况。

飞机底下,老周已经让雇员帮忙架好梯子车,几人手上分别拿着塑料文件夹、毛巾和冰桶,可以想见桶里盛着温水,便于融冰。

“妈妈,他们在干什么呀?”

王泳听到后面小朋友在发问。他妈妈说:“嗯,不知道呢。”

她转过身,跟小朋友搭讪:“他们在很认真地除冰呢。你看,那个人用手把住梯子车,正在监控登高操作的那个叔叔,好让他站得安全些、牢固些。还有一个人打着手电筒，照亮飞机的大翅膀，因为上面沾满了薄冰呢。看到了吗？那个人，他正将毛巾浸泡在盛有常温水的桶里，拧到半干以后，就递给他的伙伴们，他的伙伴接过以后，才能够用温热的湿毛巾擦掉飞机大翅膀上那些碍事的冰块。”

其实王泳也看不清他们，只是边想象着他们会这样做，边一上一下扑闪着“大翅膀”比画着。五六岁的小男孩听得咯咯直笑，过了一会儿，又问：“他们不冷吗？”

“冷呀。所以他们要一边做这些，一边往手里呵热气，暖暖双手，又继续拿文件夹当铲子用，将那些麻烦的小冰块搞掉。”

“叔叔们可真辛苦呀。”

“嗯，这都是为了我们可以早点起飞呢。”

这时，王泳身旁那人忽然用中文说了句：“万一梯子车刮碰到飞机，那就彻底不用飞了。”

王泳纳闷地回头看了他一眼，他正用手指刷着手中 iPad 上的幻灯片，右下方有咨询公司LOGO[1]。这时对方手机铃声响起，他接了电话，压低声音交谈。

小朋友又开始问王泳：“姐姐，你有男朋友吗？”王泳被他这跳跃的思维问得一愣一愣。小男生的妈妈笑起来：“这小家伙，就喜欢逗漂亮姐姐说话。”

这时客舱内依然吵吵闹闹，有个面孔黝黑的男人站起来吼着：“到底啥时候能走啊？给个说法呀！”

几个年轻的乘务员跟救火队员似的，到处扑火：“稍等一下，我们的除冰工作差不多结束了，马上就好了。”

---

1　LOGO 是徽标或者商标的外语缩写，有助于徽标拥有公司的识别和推广。

王泳看了看舷窗外，外面黑乎乎的，她看不清。但估计此刻，机长正在停机坪上，打着手电筒，照着机翼，看看冰块清理得干不干净，能不能安全起飞吧。

在这期间，魏太后走过来跟王泳说了一会儿话，大概意思是她每次出差都很倒霉。尼泊尔就这么个国际机场，她上次来出差，飞机还备降到隔壁印度去过了一晚。

王泳点着头，露出一副同情模样，心神却已飞到印度神庙去了。

客舱越来越吵，乘务员走过来让魏太后回到自己位置上。魏太后压低声音跟那位小乘说：“自己人自己人，我也是印象航空的。”她不敢大声说，是怕其他旅客闹起事来，将印象航空的人悉数手起刀落、一个不留地除掉。

小乘说：“姐，既然是自己人，就请回到座位上吧。我们很快要起飞了。”

后面的小男孩说话说久了，开始觉得累，在闹哄哄的客舱里睡起来。王泳真是羡慕这些小小孩，世界哪有什么大事，唯有吃喝玩乐而已。他妈妈为他仔细盖好毯子，问王泳：“你知道什么时候起飞吗？”

“快了吧。”王泳说。

这时，王泳身旁的男人正合上手中的笔记本。她注意到他耳朵旁没有鬓毛。罗真真怎么跟她说“相男术”的，耳无鬓毛者，无人情味，冷漠自私？

飞机开始慢慢滑行起来。在乘务长安抚下，众人都安静下来。几个乘务员分别用中文和英文说：“我们很快就要起飞了。”

王泳身旁的男人松开安全带，站了起来：“我要下机。”

她吃了一惊，脱口而出：“大哥，别连累我们重新排队啊！”

仿佛王泳只是条拦路的狗，男人甚至没抬起眼皮看她，起身打开头顶行李架，从中取出自己那白色镶边的鸵鸟皮包，将手中 iPad 塞进去。乘务长匆匆跑过来说：“可是，我们已经滑出了……”

王泳简直没被气死。她忍不住跳起来：“可是这飞机上的人怎么办？你知不知道你一下机，这个客舱要再做一次严格的清舱检查，所有人都得跟着下飞机。万一在这个过程中，机翼又结冰怎么办？万一拖到机场关闭怎么办？”

那人提着皮包，听完她说话，才不紧不慢地说：“对不起，请借过一下。”

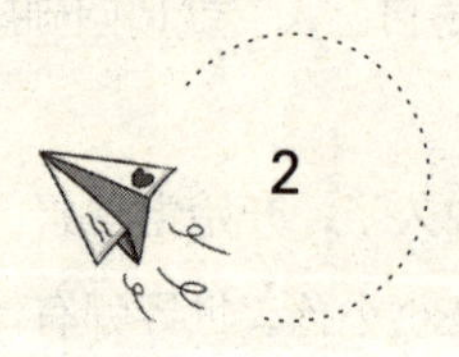


航班还是延误了。

落地时已是凌晨时分。王泳拖着一只小小行李箱，攀上穿梭巴的台阶，靠窗坐下，看夜色中路灯一盏一盏往后退。路上没有人。车上只有几人。

员工宿舍到了，她抱着小行李箱下车。

距离这繁盛喧嚣的国际空港十分钟车程，是一片荒芜僻静的、未经开发的厂区，路灯一盏盏亮着，宿舍就在这里。

看门阿姨房间里下着帘子，王泳经过时还听到里面传出鼾声。宿舍没有电梯，她拖着箱子爬到五楼，悄悄开了门，踢下鞋子，赤

足回到房间就睡。

两小时后，她被手机闹铃震醒，爬起来快速洗头洗澡，准备上班。

出差前，浴室灯已坏。离开两天回来，居然还没修。

她摸黑洗完澡，裹着浴巾回到房间，经过室友罗真真的房间时往里面看了一眼，见她仍在蒙头大睡。王泳对着镜子飞快换好制服，头发扎起在脑后，用夹子一点点夹好额前碎发，便挎着包急匆匆出门。

走到门口，又急急忙忙折回来，撕下便笺，趴在饭桌上写了句——

真真：

浴室不见天日已久，甚是想念光明。只盼今晚下班回来时，能够与你在光明中重逢。

穿梭巴到候机楼时，天色亮起来，路灯失了色，像女人唇上褪色的唇膏。王泳走进候机楼，在自动滑动门玻璃上检查自己形象。踏进去，一种冷金属色的烟火气扑上来。拖着拉杆箱行走的飞行员跟空乘向她迎面走来，又擦肩而过。

第一个早高峰即将杀到，玻璃墙外天色微明，候机楼内已人声鼎沸。

早上7时，王泳值班那片区的值机柜台几乎全部开放，航站楼国内出发的安检通道大部分打开。最高峰时段，机场每小时航班起降量在30多架次左右。

王泳站在柜台后，低头查了一下天气。本场天气适航，能见度尚可，希望一切顺利。

今早的商务客比较多。他们行色匆匆，脸上总带些不耐烦。只要手脚慢一点儿，便露出嫌弃的眼神，生怕你耽误他几个亿的生意。

但不到延误取消时,这种人也不会给你找碴儿。王泳最喜欢这种旅客,公事公办,速战速决。

接下来是一个家庭。人多,护照也多,但热热闹闹的人间气息,正谈论着加拿大的假期。

后面上来一个美国人,抱着他的中国女友。女友脸小小的,像狐狸,晒成小麦色,上前一步,张嘴说英文,浓重的方言口音,递上来一本中国护照。王泳用中文回应她,她睁大双眼,鼻翼动了动,嘴唇微微噘起,依然坚持用英文回应她。两人就这样,一中一英地对话。

“她很没礼貌!”那女子转过身,将手伸入男友臂弯里,嗔怪地说。

王泳看着他俩离开的背影,心里默默发了一记如来神掌。

早高峰渐渐在忙碌中来到尾声。王泳正给一个黑色长发披肩的女人打印登机牌,不远处的值机柜台突然传来叫骂声。她扫视一旁,见到三三两两的旅客包围了柜台,好几个人掏出手机在拍,伴随幸灾乐祸的“打起来了!打起来了!”。

王泳抬起眼,瞥向那边,女人开始用手指轻敲柜台,嘴上仍是笑着的:“我赶时间,我赶时间!”她只能看到胖胖的大牛像一道膨胀变形的影子,从她眼前飘了过去。

“请问要办理行李托运吗?”她机械地问,眼睛又不由自主瞟向那边。人群已经散开,大牛跟身后的袁均将旅客和值机人员拉开了。

“要托运的。”对方用手拨弄着手腕上的镯子,把它拨上去:“哎我都搞不懂自己,每次都带这么多东西飞,”拨下来,“想想我都佩服自己,到底是怎么打包成功的……”

王泳帮旅客贴好行李牌,目光又不争气地飘向那边。

大牛好像在亲自为那个闹事旅客办理手续,袁均跟一个机场工

作人员一起，一人一边扶着老胡往休息室方向走。王泳注意到老胡的额头擦破了皮，正往外流血，他一边“哎哟哎哟”地喊着，一边用纸巾按着伤口。

袁均经过王泳值机的柜台时，抬头看了她一眼。见王泳也在看着他们，冲她做了个嘴型，她看到他说的是“皮外伤”。

那边围观的人很快散开了。王泳有点分心，她依稀听到大牛在跟那个旅客赔笑道歉。她没看到那人受伤，也不知道前因后果，但心里多少有点替老胡委屈。什么时候，他们这些地面人员的安全能够得到保障呢？

就这样替旅客办理完手续，在打印好的登机牌上画个圈，交给对方，她心里还在想着刚才的事。但一转念，她猛地“啊”出来——忘记核对航班号了！

航空公司值机人员在登机牌上画圈，是为了核对信息。各航空公司共享一个系统，冒失的旅客走错柜台，证照一刷，照样打印出登机牌。值机人员得核对信息，否则就有可能错接了其他公司的客。

她冲着旁边的艾珊喊：“替我看一下柜台！”便急匆匆奔出去。但刚才那个旅客已经走远，她刚才又没怎么在意对方的脸。

候机楼内人来人往。背着大背囊和睡袋那个，肯定不是。拖着贴满各航空公司托运标签行李箱的，也不是。穿着粗布长裤那个女人，边打电话边指着自己心脏在流泪，会是她吗？王泳茫茫然地往安检通道方向走去，忽然见到前方有个女人，一直拨弄着手腕上的镯子。

她急忙追上去：“不好意思——”

那女人转过脸来。是她？不是她？

毫无印象。

王泳低头盯着她的镯子。

那女人说："是你？又怎么啦？有什么问题吗？"

看来是她。

王泳说："麻烦出示一下您的登机牌。"

女人怀疑地看着她："怎么了？"

"唔……可能有点小问题，检查一下……"

"马上就要登机了呀。"女人下意识地拨弄一下腕上镯子，从随身包里掏出护照夹，里面夹着登机牌。王泳小心翼翼地接过来，仔细核对信息，释然地笑了，"没事了。"她毕恭毕敬地递给对方，"祝您旅途愉快！"

事件处理完，王泳快步赶回柜台，远远就冲着替她守在柜台后的艾珊比了个心。"没什么人吧？"

"你才走开三十秒，能有什么事？"艾珊做了个翻白眼的表情。

"爱死你了。"王泳回到柜台，刚掏出笔在自己随身备忘上记下一笔"核对登机牌信息"，便听到有人走上前来，"你好，飞斯德哥尔摩。"

这声音……

她抬起头来。

柜台正前方那张脸，是她曾经无比熟悉的那个人。现在，他晒黑了些，头发梳得很高，穿的名牌衣服上不再有显眼 LOGO。手伸出来，递过来两本护照，露出低调而价值不菲的腕表。很好，如他所言，他终于如愿在三十岁之前完成了阶层转换。

他显然也注意到她，但很快掩饰掉眼中那点讶然。他的臂弯里圈上了一只嫩白的手，一张化了淡妆的漂亮小脸蛋贴了上来，"我们来得及吗？"

护照上的那只手缩回去，放在女子的头发上，“来得及，宝贝。”

这是王泳第一次从周铄嘴里听到“宝贝”这个字眼。以前他怎么说来着？王泳问他为什么会喜欢自己时，他说：“我不喜欢那些娇滴滴的女生。我需要的，是一个能够跟我一起并肩战斗的人。”

他那样优秀，为了能够一直跟他并肩而行，王泳从一个晚期拖延症患者变成了 GTD[1] 星人。他说，他要在三十岁前提升一个社会阶层。他说，读书跟婚姻是实现阶层转换的唯二途径。她对他近乎崇拜，便也像他一样发愤读书。

当他提升阶层时，她要在他身边。

但她太天真了。没想到他一心要往上走的动力如此充足，只靠一条绳索远远不够。一手攀住读书，一手攀住婚姻，好风凭借力，双双将他荡上一级台阶。

在周铄进了这家航空公司三年后，她大学毕业，也进入同一家公司。刚开始他们住在一起，他每天早出晚归，常常是她睡到一半，才感到一双手从背后圈住她。

她迷迷糊糊地说：“又加班啦……好辛苦……”

他以吻回应，或者不回应。

刚入职时，她有两个月在不同部门轮岗实习。来到市场部时，远远地见到他，听到其他女生讨论，说他多么耀眼，才入职三年，已经获得老板青睐，前途大好。

然后，她听到那些人说：“可惜啊，名草有主了。”

她心里有点小得意。

那人又说：“是公司高层的女儿。”

---

1　GTD 是 Get Things Done 的缩写，意为“把事情做完”。

她心里那点小得意，一下子碎成渣渣。她尝试将这些碎片拼起来，慢慢还原出真相。那些加班夜归的晚上，那些神秘的来电，那些看向自己时的异常沉默。原来如此，原来如此。

然后，她搬出了他的房子，他没有解释，也没有挽留。后来，他们不再联系，她也只是在同学聚会时听别人提到过他，说他准备今年结婚，对方是白富美。

此刻，王泳按了按眉心，好像这个动作能够将涌起的往事压下去。她机械地翻看两人护照，对照名字，核对有效期。低头，在系统上操作，又抬起头："请问有行李要托运吗？"

"有。"那女生声音活泼，笑容甜美。

真可恶。为什么跟电视剧的不一样呢？这种角色，不都应该是要么心若蛇蝎，要么粗鲁无礼的吗？

周铄提起行李箱，放在输送带上。

"有锂电池吗？"

"没有。"他声音很低。

在王泳低头打印登机牌时，周铄女友突然说："咦？"她将身子前倾过来，指着柜台后那个水蓝色的杯子说："斯德哥尔摩杯子！我家也有一个！"

王泳将脑袋埋得更低，那女生语气仍旧兴奋，拍着周铄的手臂："宝贝，这不是你平时用的那个杯子嘛。真巧。"她一下子对王泳充满好感，"你也去过斯德哥尔摩吗？我家老周很喜欢那里，所以我们去那里拍婚纱照。"

登机牌打印好了，王泳捏在手心。目的地栏上印着斯德哥尔摩阿兰达机场的三字码：ARN。他曾经跟她说过，以后他俩去那里度蜜月。她买了一套斯德哥尔摩主题的杯子放在家里。从他家里搬走时，她将杯子也带了出来，习惯性地使用至今。

王泳没说什么，将登机牌放在护照里递给他俩，脸上挂着职业笑容："请收好登机牌。祝旅途愉快。"

"谢谢！"女生看上去很是开心。周铄一言不发，任由她挽着自己的手，一同走开。

他们一离开柜台，王泳马上转身将杯子藏起来。她恶狠狠地想：下班后，就将它扔掉。

"十一点半，飞首尔。"

她听到身后有人低声说。

"证件出示一下。"她猛回头，脸上狰狞的表情仍未煞住。

对方将护照搁在柜台上。

她意兴阑珊，翻开护照——

姓名：秦希。

这照片上的人，有一双沉默但非常好看的眼睛，而且，非常眼熟。

王泳抬起头，在加德满都机上坐她身旁的那个男人站在她眼前。她心情本就低落，此刻沉着一张脸，例行公事地处理着。

"有行李托运吗？"

"没有。"

秦希似乎没认出她，拿了登机牌后，转身就走。

早高峰过去了，柜台前没有其他旅客。王泳坐下来，默默地掏出杯子喝了一口水，突然才想起来，这杯子该被丢掉。她拿起杯子在眼前晃向左边，斯德哥尔摩的水跟陆地分开了；晃向右边，水跟陆地又慢慢连接上。

日光耀眼，这偌大的候机楼里回响着不同人的脚步声、叫喊声跟行李在地上被拖动的声音。她居然恬不知耻地回忆起两人分手前一晚，他最后一次吻她。

她一直在想，他那时候是否还爱着她。如果不爱，为什么还会吻她？如果爱，为什么会离开她？

她有点发怔。

直到一个声音将她拉回现实："这不是我的登机牌。"

王泳清醒过来，秦希站在她面前，递过来一张登机牌。目的地机场栏上，赫然印着斯德哥尔摩机场。

啊啊啊，这不是刚才给周铄打的登机牌吗？刚才机器有问题，出了一张登机牌作废，她忘记在上面打叉，居然直接递给下一个旅客了。

"不好意思……麻烦再出示一下证件。"

从秦希手上接过证件的刹那，王泳抬起眼，瞥见魏太后正远远走过来。看来她补了一个上午的觉，已经开始接班了。她正背着手巡视，一双眼精光四射地张望，王泳突然慌了手脚："啊，对不起，请等一下——"她在原登机牌上打了个叉，急急忙忙在系统上操作，边等待新登机牌打印出来，边抬头紧张地观察着魏太后。

魏太后正看向她这边来，向她迈开步子。

王泳忙低下脑袋，死死盯着机器，看它突突突地慢慢往外打印着。

再一抬头，袁均不知什么时候走过去跟魏太后说话，她被他转移了注意力，停下了脚步。

王泳撕下新打印的登机牌，将它递给秦希："请收好登机牌，祝您——"她话没说完，秦希已经接过登机牌，转身走开。

"旅途愉快……"王泳强迫症地将后面四个字补完。

因为老胡受了伤，罗真真被临时叫回来顶班。她苦兮兮地回来

值机，再借上洗手间的空隙跟王泳打眼色，做着嘴型："我——今——天——本——来——约——了——朋——友——去——逛——街——的——"

王泳完全看不懂这么高难度的唇语，加上旅客又多了起来，她没给罗真真任何反应，只一味像个机器人一样应付着。等熬到别人接她班时，她整个人像虚脱了一样。

罗真真跟艾珊要晚点才交接班，王泳负责帮她们打饭。离开柜台没几步，袁均向她走来，跟她一起走向机场员工饭堂。

"今早才落地？看你今天状态不咋的，小心被魏太后盯上。"

王泳问起老胡的事："老胡是怎么了？"

"旅客行李超重了，不肯掏钱托运，老胡说话也是够冲够没技巧。那旅客说要投诉，他还翻个白眼说请随意。那客人一怒，骑到他身上打起来了。老胡也够笨，这么多手机拍着呢，还当场还手了，现在说不清谁先动手了吧。"袁均的语气有点轻描淡写，"恶性伤害最近真是越来越多。上星期大延误时，我的手也被抓破皮了。看来在这里上班，得先去学武。"

王泳笑笑："没事，反正我们今年春运后应该就可以分岗离开这里了。"

他们已经来到饭堂门口。袁均有点欲言又止，说："分岗的事，你有没有听说……"

"什么？"王泳转过头来。

袁均很快摇摇头："没什么。我就是问你有没有听到消息。"

"没呢。但之前公司不是说等两年吗，快了啊。"

袁均像在想什么，没接她的话。

机场员工饭堂属于机场集团旗下，但航空公司的人也在这里用餐。印象航空作为这个城市的基地航空公司，人数众多。员工来自五湖四海,坐在同一个空港餐厅里,谈话内容无非是今天航班怎么了，遇上什么样的旅客，最近有什么好看的节目，有没有听说某明星的绯闻。

王泳跟袁均两人不时见到外航、安检的熟人，一一打着招呼。也许因春运将近，值班的人多了，吃饭的人也多起来。王泳跟袁均排了好长队才打上饭。在这期间，袁均接到魏太后电话，他对着电话那头语气恭敬，弓着背挂着笑，微微含胸。

挂掉电话，他手里拿起饭卡，朝自己脖子做了个割喉动作："午饭后，魏太后召集 A 组全员开会。"

魏太后经过一个上午的补觉，已经精神抖擞地在候机楼巡视了一圈。王泳跟袁均进来时，她正站在门边，每进来一个人，她就在小本本上记下名字。逼仄的休息室涌进来二十来个人后,她半掩上门,用笔敲着本子，扬起声音："我们开会！后面进来的，就算迟到！"

王泳的心一阵敲鼓，生怕她要点评今天上午的表现。她扳着指头数：没核对好护照有效期、登机牌弄错……不对，是那个讲英文的女人投诉我无礼？

没想到，魏太后什么都没提，往那儿一站，背着手，开始做春运动员。今年春节特别早，春运也比往年提前，去年春运时王泳还是个没放单的新人，跟在大牛身后跑登机口，春运完了瘦了一圈。今年她跟袁均、艾珊一样，都在国际值机科了。

魏太后站在休息室正前方那张桌子前，铿锵有力地说："今年春运加班航班已经开售。国内外热门旅游城市，像清迈、大理等等，以及传统返乡热点航线……"

罗真真偷偷溜进来坐到王泳身边时，魏太后正在拿着小本本传达公司的会议内容，特别有领导派头。王泳瞄了罗真真一眼，发现她今天脸色特别红润，嘴角含春。

不消说，肯定又是哪个金卡会员夸她漂亮了，兴许还留了联系方式。

王泳还没跟罗真真打招呼，她已先掏出笔和小本本，边在上面乱画线，假装记笔记，边压低嗓门问起王泳尼泊尔之行来了："好玩吗？"

王泳压低声音："好玩。加德满都机场就在烧尸庙旁边。有时候风向对了，飞行机组能够闻到味道，还问站长，附近是不是有烧烤店……"她看着罗真真的脸色一点一点变灰，乐了。

"这次春运特别早，加班量特别大，而且据说天气并不乐观。大家要做好打一场硬仗的心理准备……"魏太后身上制服笔挺，头发一丝不乱，只是每句话总将重音落在最后一个字上。坐在王泳跟罗真真身后的袁均，一直在低声学她："……线。……观。……备。"

罗真真突然扑哧一声笑出来。

魏太后停下来。

整个现场休息室瞬间安静下来。袁均瞬间闭嘴，看向前方的眼神特别认真，神态特别专注。

魏太后抱着双臂，往前走了一步："罗真真，有什么好笑的事可以跟我们分享的？"

罗真真一下子说不出话来。

魏太后扯了扯嘴角，开始数落起来："你们这批所谓的名校生，别以为培训期结束就能够离开地面保障部。我告诉你们，制订'精英计划'时的那个人力资源总监早就换了。你们这一茬，谁还记得起来啊？别拿自己不当地保人，一天到晚想往集团机关跑。”

坐在底下的二十几个人里，只有王泳、罗真真、艾珊跟袁均是通过“精英计划”招进来的。王泳注意看了艾珊一眼，见她一如既往的姿态端庄，坐得笔挺，面不改色，像个好学生。罗真真从来不善掩饰，头垂得老低，脸色变得灰白灰白。

魏太后瞟了几个人一眼，神情得意，又开始讲春运工作注意事项。那些字就像小飞蛾一样，拍着翅膀，绕着王泳脑袋飞啊飞啊，飘飘浮浮，就是进不去脑子。她也不知道后面魏太后说了些什么，反正动员会在慷慨激昂中结束了，散了会，大伙儿黑压压地往外走，各自回到值机柜台，像一滴滴水重新融入大海。

王泳跟罗真真往值机柜台走时，罗真真说：“小泳，怎么办？之前不是说春节后我们这批人就能正式安排岗位吗，最起码这个时候已经有消息了吧……好歹要填个志愿什么的吧……怎么一点儿风声没有？”

“别乱想。”王泳嘴里这么说着，但心里也没底。

“你想想看，上一批还在地保部干着呢，也还没分配。我们这批肯定是没戏了。糟了糟了糟了……”罗真真摸了摸脸颊，许是意识到自己此刻必然脸色惨白，她颤着手掏出一管唇膏，飞快在唇上抹了抹。

航站楼里人来人往，她们俩身着制服，胸前挂着机场通行证，脚蹬高跟鞋，肩并肩行走。周围都是旅行者，他们将这一阶段的人生塞到箱子里，带上它飞行。王泳、罗真真跟这些人的交集，只有登机牌、证照和行李托运。对她们而言，远方，只是旅客登机牌上的一个个名词。

两年前，王泳跟罗真真通过印象航空的校招“精英计划”项目，

初次出现在这个航站楼时，也曾怀有对航空与飞行的憧憬。

“我要进入公关部！”王泳对传统媒体已死的说法，以及他们不进行校招的决定耿耿于怀。她在公司培训会场振臂一挥，就马上得到了罗真真的挥臂响应：“我要嫁给飞行员！”

然而两年即将过去，她们除了在开头两个月内迅速在飞行部、客舱部、机务工程部、营销部、货运部等部门经历了“参观式”实习外，就一直留在地面保障部的值机柜台后、登机口前。公关部、飞行员……离这个柜台好遥远哪。

罗真真钱包里那张《空中情缘》（*Good Luck*）剧照里，木村拓哉灿烂笑容的牙齿也发了黄。

她俩离开中转区和那一排免税店，往奋战了近两年的值机柜台走去。

这天感觉特别漫长。在休息室碰面时，王泳听到袁均跟艾珊聊分岗的事，她想起回宿舍后要面对罗真真鬼哭狼嚎，便没兴趣搭话。她将那个斯德哥尔摩水杯扔掉，从柜子里取出一个学生式水杯。

下班时，天已黑透，玻璃门外有两三个男人，背对门口站着抽烟。她在制服外面披上一件大衣。玻璃门打开，她走出候机楼，南方冬天的风卷携二手烟迎面扑来，她将大衣连带的兜帽拉起来挡住。

“冷吗？”袁均跟身旁的人说声再见，扔掉手上的烟，凑到王泳身旁。她这才发现原来站在门外的是他。

“还好啦。”

“我请你吃火锅。”

王泳摇摇头：“不啦，我今早才下机，太累了，要回去补觉。”

袁均反应极快：“好，那就在你宿舍楼下随便吃点好了。”说着拉起她的手臂，跳上停在他们跟前的出租车。

现在王泳已经不太记得他们俩聊了些什么，只记得袁均是个很好的倾听者。天气冷，他们吃得多，她话也多。兜兜转转，难免聊到魏太后。

“听说太后年轻时也不是这样子的。”王泳夹了菜放到碗里，热气蒸上她的脸颊。

“怎么说？”袁均抬起头，给她倒满一杯果汁。

罗真真曾在中转科一个男生那里听说，魏太后以前也是个笑容可掬的淑女，直到有一次捉到老公跟下属出轨。她没打算离婚，但自打那次以后就性情大变，尤其逮着像罗真真这样的女孩子，就要劈头盖脸地骂她：“妆化得太浓了！洗脸去！”对外仍要维持一个和美家庭形象。罗真真私底下跟王泳说这事时，还一脸愤愤。

袁均听着王泳转述罗真真的话，笑了笑。王泳那天晚上躺在床上时，想过自己是不是说太多。但又怎么样？反正袁均听过就会忘掉的。加德满都的乌鸦跟鸽子乱纷纷地闯入她脑子，她又累又困，窗外黑夜沉沉，很快睡去。

两天后，她跟罗真真被调去了国内值机科。距离春运开始，只剩一周。春运期间的国内值机柜台……是张开口的地狱。

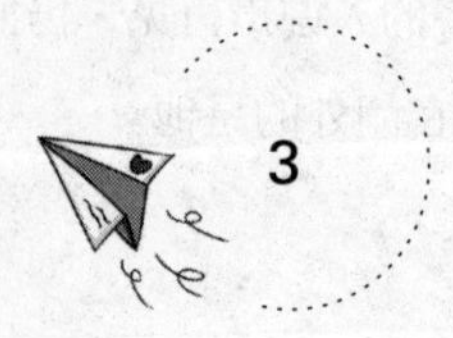

## 3

春运第一天就遇上全国性低能见度，大雾冰雪天气齐袭。

平常遇上航班延误，公司运行控制中心能够在空管系统看到航

班推出次序，再将航班最新起飞时间通知他们。但一遇到大片延误，就连空管都给不出起飞时间。运控中心只能根据经验往后推时间，但推多少谁也不知道，只能凭经验。推早了推晚了，都会有问题——要是机组来了，旅客没来呢？要是旅客来了，机组没来呢？

他们有他们的压力，但是王泳他们的压力更近乎贴身肉搏——所有旅客涌到柜台前，围着她，大声问："什么时候可以起飞？""为什么其他公司的航班都起飞了，就我们走不了？""我看这边天气很好啊！什么叫天气问题啊！你们这些骗子！""赔偿！赔偿！赔偿！"一根根手指快戳到她脸上、鼻子上、眼珠子里。

相关航班取消、调整等信息，通过公司短信、官方微博、微信等途径，向旅客及社会公众不间断发送。但依然有通过代理订票的大量旅客涌入机场。

偷空刷手机，新闻上说——"东北三省出现严重的大雾天气。其中哈尔滨变成'重灾区'，大雾封城犹如'人间仙境'，市区部分路段能见度不足十米，机场能见度一度跌到不足五十米。""今年春运高峰期，正值四川盆地、江南中西部等地雾或大雾天气的高发时段。历史数据显示，四川、重庆、湖北、湖南、江西、河南、江苏一带，在常年一月下旬至二月上旬这二十天里，有八天以上出现了雾或大雾天气。""云南多地遭遇强降温降雨冰雪天气，降雪量持续增加……"

新闻还说，因为突如其来的南方寒潮，许多停在地面的飞机结冰，但机场缺乏足够的除冰设备，加上天气恶劣，机场滞留了近万人。

这段时间，国内值机科虽然有四五十人轮流值班，但仍是人手紧缺。王泳这种入职不够两年的，一个顶两个用，还要带入职不久的新人小文。小文是北方人，但面对柜台前一片黑压压的旅客，总是怯生生像只小雏。

“我不要退改签！我只要你们给我一个起飞时间！你他妈的不给我说清楚，别想活着离开这儿！”一个头跟脸都很大的旅客，一掌拍在柜台上，胸前肌肉一抖一抖，喉结一上一下。小文躲在王泳身后，快被吓哭了。

王泳面不改色：“现在天气状况不明朗，航班起飞时间还没定下来，请您……”

“我今儿告诉你，老子就赖在这儿了！你不让我飞，我还真不走了！”他突然啪地将两臂一展，两旁人群退开一点儿空间，他就在柜台前坐下来。

“泳姐，怎么办呀？”小文在王泳耳边紧张地问。

王泳转过脸，低声说：“放心，他很快就会后悔的。”

果然，一波一波旅客像潮水一样涌过来，坐在地上那人被一双双腿踢中前胸后背，他“唉哟唉哟”地喊着，很快被人肉潮汐涌到后方。

不一会儿，对讲机传来声音：“小文，过来准备给延误旅客发盒饭。”

小文对着对讲机应了一声“哎”，正准备出柜台，王泳在身后一把拉住她，提醒着“别让他们扑进来”。

小文听明白了，怯生生地点头。

突然一张记者证啪地亮在王泳眼前，王泳看不到证件后的脸，只听到那证件的主人说：“我是记者。你们不让我走，我就报道出去！”

王泳一听这话，心中壮志未酬的那点新闻理想化作扭曲的怒火，忍不住回了句：“好的，请记得保持客观公正的视角。”

事实上，这机场里从不缺媒体。各角落早已架起了不同电视台的摄像机，记者主播们对着镜头，一脸严肃地介绍：“面对恶劣天气，

机场跟航空公司应该及早转移旅客或者安排食宿。天气原因大家都能够理解，但是现场秩序混乱则是可以人为避免的……”

不时有旅客冲到镜头前，大声哭诉航空公司的不人道，害他们回不了家。主播们将麦克风递给他们，没等讲完又拿回来，正色点评：“由于退改签、食宿安排以及航班信息模糊等问题，部分滞留旅客情绪激动，言辞犀利。”

因为出门前查了天气，王泳预计到今天会有恶战，她早已带了饼干——此时此刻，她周围只有这个柜台后面的几平方米是安全的。饭堂？不，离开这里半步都是危险。她还要时刻提防旅客们冲进来揍她。

但她现在才发现，之前自己对形势的估计还是过于乐观了——她根本连掏出饼干的机会都没有。在这里一站就是六个小时，她也不敢喝水。曾听大牛说过，他在被旅客团团包围时提出想上洗手间，众人齐声道：“想跑？没门！”他整整八个小时没上厕所。

系统上发出响声，她低头一看：飞往东北的航班全部取消。她清了清嗓子，大声喊：“东北航班取消！请各位——”

她的声音很快被淹没在喧哗中。

见值机柜台压力太大，魏太后从别的科室借来几个人，帮王泳应付一下。其中一个女孩，王泳记得跟她同一批加入“精英计划”，入职时见过她。身形高挑，脸容沉静，面对旅客斥责时，嘴角微微上翘，在旅客眼里也许是礼貌，但王泳总觉她似乎带着嘲讽。她长得像那种午后坐在玻璃房里喝红茶的女孩儿，不应该在柜台后。

后来王泳听说，那个女孩叫张白，轮岗进入地面保障部以后，就一直待在高端客户休息室。罗真真可一直对那个地方向往不已，“那可是谈笑皆富贾，往来无屌丝啊。”

但王泳发现，张白比罗真真还能吃苦。面对旅客刁难时，她斜着一双眼，像在听着，又像在看天花板，最后笑笑说："我知道了。"她从不抱怨辛苦——当然，也许只是因为跟王泳不熟。

那天，王泳的手臂被旅客一把抓住，张白替她推开那客人，举起手里对讲机，佯装说："警察同志，麻烦请到 D 岛十二柜台，这里有伤人事件。"那人睁大眼睛，张白也瞪着他，那人败下阵来，将手挪开。

王泳跟张白说谢谢。

张白说："对付这种人，不能软。你一软，他们就硬起来了。"

王泳笑了："你不是在高端休息室吗？怎么也有这种经验之谈？"

"都一样。在高端客户休息室也是，不能对他们谄媚地笑，要不卑不亢，保有尊严，对方反倒不敢欺负你。"

王泳发现张白很对自己脾性。脑洞中那个喝着午后红茶的女子，变成了马背上的侠女，一把将王泳扶上马，齐齐驰出这候机楼。

大雾持续好几天。王泳连睡觉时脑子里都响着魏太后的大呼小叫，旅客的高声斥责。模糊的背景音中，还有袁均的声音，他似乎在跟艾珊商量分岗的事。

休息室里，他们怎么说来着？

"如果出了严重差错，就别指望能够分配到集团机关了。"

画面一跳，又见到罗真真在沙发上，抱着靠垫，神秘兮兮地问："有没有觉得，魏太后最近对我们更差了？像盯着仇人似的？"

睁眼醒来，外面还是沉沉的天，有黯淡的星，郊外空气很好。浴室里传来水声，是罗真真在洗澡。一看时间，凌晨五点。该起来

准备上班了。

今天天气稍微好转。但即使天气差又如何？春运就是春运，中国人还是要回家，柜台前的人还是压在柜台前。王泳跟罗真真一个班，但罗真真所处柜台离魏太后远一些，她经常借故走开，上个洗手间，倒个热水什么的。跟她班的新人完全招架不住旅客，苦不堪言。

终于熬到下午，罗真真眼见魏太后走开了，赶紧又上了趟洗手间。十分钟后，她慢悠悠走出来，远远见到 E3 出发厅那头一阵骚动，一大波年轻女孩儿高举手机，朝中心位置啪啪闪光，不住有人尖叫："凯凯！凯凯！"

戴着帽子和墨镜的男人，在人群簇拥下露出大半个脑袋，极其缓慢地移动着，嘴里还叫着："大家不要挤，小心！"

罗真真眼前一亮：那不是超人气偶像李明凯吗？她最近看了他的电影，大屏幕上觉得还不错，没想到真人帅得让人昏眩。

正是春运时分，各地大雾造成大量旅客滞留。现在加上这批人数壮观的粉丝，候机楼内更加混乱。机场保安上前，准备驱散挤成一团的粉丝。

罗真真用手扫了扫身上的制服，快步走到人群中，以她多年在滞留旅客中侧身而过的上乘轻功来到保安跟前。她亮出工作证，回头对李明凯说："李先生，我是高端客户值机主管，请跟我来。"

一个戴墨镜的中年微胖男在旁边说："是莫经理让你来的吗？"他纳闷，明明没通知莫经理。转念一想：嗯，我们是 VIP，系统上肯定显示我们信息了。

罗真真回过头，一秒钟内判断出胖子是李明凯的经纪人。她微笑着点头："对，莫经理让我替两位办理值机。"她问，"请问是去哪里？”

话刚出口她就后悔了：这不露馅吗？既然是专门负责李明凯的，怎么可能不知道他要去哪里。

但经纪人并没在意，他低头看了看手机里的信息：“飞成都，CH3809 航班。”

罗真真正冒充值机经理，得意地领着李明凯办值机时，王泳也刚从登机口回到柜台。小文见她回来，一脸得蒙大赦状。

“泳姐，这位女士来晚了，航班已经关闭了，但她说一定要走。”小文看了看王泳，又看了看柜台前那个女子。

女子穿着一身黑色毛衣，黑色头发披下来，脸色苍白，嘴唇没有半点血色。她长得很美，瘦削得像女巫，看不出年龄，脖项、手掌皮肤细腻，指甲保养得很好。

王泳低头看对方证件，发现她今年刚满四十。

在值机柜台工作近两年，王泳见的人也不少，从衣着气质也能判断出，这人不像闹事的，看来必有隐衷。但她能怎么办，也只能公事公办，一板一眼：“您好，CH3809 航班已经关闭，请您到销售柜台改签……”

“我一定要赶回成都。”女人坚持。

王泳忽然发现，这女人气质出众，衣服穿得非常好看。但是她没有化妆，连眉毛都没画，眼眶微红，似乎哭过。身边不带一件行李。

王泳知道自己不该多嘴，但忍不住问：“您是有什么急事要赶回去吗？”

那女人搁在柜台上的手，忽然颤了颤。接着，王泳跟小文听到了女人像是从喉咙深处发出的声音：“我家毛毛，才十岁，他走了……

我连他最后一面都没见着……”

泪珠突然从对方眼眶里落下来。

小文有点紧张，不知所措地看着王泳。

女人忽然将身子往前一探，伸手握住王泳，那触感冰得像海底的石头：“毛毛现在一个人躺在那里，他没有爸爸，连我都不在身边，他一定很孤独……”

这空港就是个人生驿站，王泳在这里见过的悲欢离合不算少。她眼前仿佛出现了一个女人悲哀的半生：这样一个女子，多数缺乏丈夫庇护。也许独自将孩子拉扯大，但事业也要兼顾。如果有人可以依靠，她何须披上坚硬铠甲，独自上战场？但孩子，是她铠甲下最柔弱的一块心头肉。

小文站在王泳身后，偷偷背转身子擦眼泪。

王泳知道，如果公事公办，坚持让对方自行改签，自己会少很多麻烦。可是她自己家里也有妈妈，而眼前这妈妈让她心都碎了。

小文在身边低声问：“泳姐，怎么办？能帮她吗？”

王泳低头看系统：航班刚关闭，也许还来得及——

她在系统上发送信息，申请登机，在备注里简单写上“旅客丧子，急归家”。她记得艾珊跟离港调度的人比较熟，赶紧拨她电话。但她手机一直没人接。

女子见王泳在系统上操作，紧紧盯着她。她眼神空洞，嘴上忽然开始说起孩子的事。“成都现在很冷吧……毛毛最怕冷了……”

王泳不断刷着系统信息——

“有了！”

离港调度回复，同意旅客登机。

“您可以登机了！”王泳拿着旅客身份证，掏出一支笔，在空白登机牌上填写信息。写完后交给那女人，又回头跟小文说："小文，你带旅客去登机口。快一点儿！"

女人像一根瘦削的竹竿，杵在地上，像没料到这事真能解决。还是小文轻轻拉了拉她的衣服："我们走吧。来不及了。"

"谢谢——"

小文带着她，很快融入了春运返家的人潮。

至于一年后，王泳在电视上见到这个女人，并发现她是一家有名的时尚杂志副主编，则是后事了。电视上的她，妆容精致，跟嘉宾侃侃而谈，嘴上挂着笑。王泳搜她的微博，那上面都是一个成功精致女性的美好生活，充满活力。只有一年前春节前后，她的微博停更了好长一段时间。

罗真真依依不舍地送李明凯上了飞机，才转头踱回值机柜台。有那么一瞬间，她站在李明凯跟他经纪人身旁，维持着狂热粉丝的秩序，让自己有种高端客户经理的错觉。李明凯一路上没跟她说过话，但上机前，礼貌地朝她伸出手："谢谢你。"

罗真真差点当场晕过去。

就在五分钟前，她还在妒忌羡慕着安检那个女人。她一脸陶醉，手里拿着探测仪，上上下下前前后后扫了个遍，最后还要求李明凯将皮带都摘下来。

握手的刹那，她脑补了自己陪同这些艺人明星出入颁奖礼场合，走上红地毯的画面。她，罗真真，一个小镇姑娘，真想回家大声告诉那些势利眼亲戚：大明星李明凯跟我握手，说谢谢我啦！我可不是一般人。

但午夜魔法即将消失，灰姑娘的水晶鞋就要掉在台阶下。睁开

眼看，值机柜台就在眼前，她还是那个灰头土脸的值机姑娘。南瓜车跟白马在哪里?

她远远看到旅客们将一个个柜台团团包围，手里举着证照，大声吆喝着往前递。有人吼得大声："延误五个小时?! 那我后面的航班赶不上了呀！"

在机场工作几年，她已经养成了一种动物对危险的本能敏感，远远见到这么多旅客，身子就有点想往后躲。

"借过。"身后突然有人低声说了句，然后飞快地与她擦肩而过。罗真真只看到那人有一双漂亮的眼睛，长外套肩头上沾满了雨水。他正快步朝值机柜台走去。

不知什么时候开始，机场区域下起了雨。这雨越下越大，通往候机楼的机场高速公路两旁的路灯被水糊成了一团团鸡蛋黄，悬浮在半空，黄澄澄地点缀着雨色。

公司启动航班大面积延误蓝色预警。

原本就乱的航班，现在更混乱了。需要退票、改签和咨询的旅客，将柜台围得水泄不通。魏太后安排在机场 B 岛增加开设航延改签柜台和航延行李服务柜台，又增添了一个移动问询岗位。

王泳柜台前围着的旅客越来越多。天气实在太坏，航班大量取消，旅客们提前接到消息，都知道启程无望，没有进机场。跟白天比起来，旅客人数少多了。

在替一个轮椅旅客办理完值机后，王泳抬起头，跟柜台对面一双熟悉又陌生的眼睛对视。那人头发被打湿，长外套上有细细雨珠，一身风雨气。

她认得这个人。她认得这双好看的眼睛，但这不是她认得他的全部理由。她记得他……叫什么来着?

对方将身份证和客票搁在柜台上。

王泳瞄了一眼：秦希。

就在王泳在值机系统上操作时，秦希已经一言不发地将行李搬上传送带。

系统显示，他是金卡会员，搭乘的是飞往成都的CH3809航班，已经事先在网上办好座位。

由于天气原因，积压旅客太多，公司给航班更改了机型。在恶劣天气多发时，航班经常取消、合并，更换机型是很常见的。

这人非常沉默，但王泳还记得在加德满都时，他在航班即将起飞时坚持下机。显然,这是个惹事者,而且还不动声色。对待这种人,她向来敬而远之。她快速操作系统,贴上“行李优先”牌,打印登机牌,再将登机牌跟证件交给他。航班距离起飞时间还剩80分钟，他接到登机牌后，转身离开。

王泳莫名地舒了口气。

但她马上又被一波旅客包围。

座机响起。王泳一手手指覆在键盘上，另一只手掂起话筒:“喂,你好？”

罗真真的声音传来：“他来了！”

“谁？”小文在旁边问王泳行李托运的事，她用脖子夹着话筒跟她讲话，才又放回耳边。

话筒那边：“……先在地保部待几周，熟悉要客地面服务流程。啧啧啧，你说这人……”

王泳听得莫名其妙。又一个旅客上前问她国际值机怎么走，她伸出手，为对方指路。看旅客走开，她又将话筒放耳边。

话筒那边："喂喂喂，我看到他跟太后一起，正往你那边走。你小心点！"

这时小文握着对讲机，扭头看她："泳姐，太后找你呢。"

王泳放下电话，抬起头，见到魏太后手里拿着对讲机，正快步朝她走来。她嘴角挂着些笑，正跟身旁的人讲话。走在她旁边那个男人，身材笔挺，一双眼看向柜台这边。那眼神，是她熟悉的。

魏太后站在柜台前，像主人招呼小动物一样招手："王泳，你出来一下。"

小文在身后，紧张地看着王泳走到那两人跟前。

魏太后说："这是专机要客部门的周铄，他来我们部门三个星期。他说需要一个新闻系毕业的员工为他介绍工作流程。"

王泳听完，点点头："可是我也是半吊子，要不找一位值班主任？"说着就低头掏出手机，翻开通讯录，手指在上面刷上去，刷下来，也不知道要翻什么。

周铄说："其实是今天有项快速保障流程，公关部的朋友说会有记者来采访。这事很重要。我想找个念新闻出身的，总比找其他人靠谱。"

这逻辑无懈可击。

在魏太后跟前，王泳没法推托。

周铄嘴里的特殊任务，是要协助一名医生将活体心脏护送上机。

将罗真真电话里不完整的拼图拾起来，重新拼接，是这样的一个全貌——周铄下个月要调去专机要客部门。在此之前，他要分别先到几个相关部门走走，了解要客保障流程。地面保障部门是第一个。

地保部老总知道他是公司某高层的准女婿，也知道专机要客部门的人以后都要接触什么样的人物。他们客气得很，没有给周铄安排任何工作，只将他当闲人一样养着。

但周铄从不当闲人。他给自己列了张清单，上面是要了解的项目。他摊开本子，王泳见到上面有一项“快速保障流程”。

护送活体器官，是最典型的快速保障项目。

周铄昨天刚到地保部，今天就听说接到一项紧急运输任务。一颗活体心脏需要搭乘下午的航班赴成都，一个小女孩，九岁，胸腔等待着这颗心。女孩患有心肌扩张，心脏已经坏死，目前只能靠人工心脏维持起搏，病情危重。

几天前，医生告诉小女孩的父母：“如果没有合适的心脏，也许她过不了这个春节。”

今天凌晨，本市一名男青年离世，亲属同意将他的器官捐献出来。他的心脏跟小女孩匹配成功。唯一的问题是：一颗心脏一旦离开母体超过二十四小时，移植成功的概率就很小了。

在地保部值班两年，王泳不曾保障过活体器官。但基本流程她也是知道的——航班正常起飞，是一环扣一环的事。

首先，医生坐的这个航班前一站不能延误。其次，货物装卸、加燃油什么的，也要快速进行。飞机也不能有机械故障，一旦有故障就要换飞机。飞机一换，飞行员也许也要换——也许是机型不一样，也许是飞行员执勤期满了。

这些都是公司其他部门的事，对王泳来说，她要做的简单——与医生取得联系，替他提前值机，护送他快速登机。

王泳用手机登录公司系统，查气象信息——成都当地大雾。她忍不住偷偷问大牛：“航班能起飞吗？”

大牛说：“能起飞，但是能不能落地倒难说……也许会备降吧。”

王泳冒出冷汗。

大牛看了看站她身后的周铄，眼里露出些好奇。

周铄问："如果备降的话，要怎么处理？用地面交通运送过去吗？"

大牛说："这种情况以前也出现过。"

十分钟后，黄医生出现在机场，手里提着一个小小的白色恒温箱。

周铄提前接到电话。医生踏入候机楼时，他已经候在那里。医生见到一个将制服穿得很好看的男子，他身旁站着一个同样穿制服的女孩，脸又小又白，眼睛很亮，额前碎发用夹子别好，手里举着写有自己名字的纸牌。

见到黄医生，她的目光下意识地移动到他手里的小箱子上。

医生目光在他们身上流转，周铄已上前一步跟他打招呼，利落地说："黄医生，请跟我来。"

旁边早有电瓶车等候，周铄让黄医生跟王泳先上车，自己最后上去。医生早已提前发来身份证信息，也说明没有其他托运行李。登机牌已备好，预留的是前排座位。电瓶车呼呼地开，王泳一手抓扶把，埋头核对黄医生的身份证、医院身份证明、介绍信和捐献器官无传染性证明。黄医生每隔十秒低头看表一次。

王泳将登机牌和身份证明材料递给黄医生。周铄对他说："请放心，我们会陪你一起登机。"

车子在特殊安检通道前停下。魏太后已经安排好绿色通道，他们可以直接过安检。另一边，袁均提前填好特殊行李机长通知单，将活体器官运输信息通知机长，跟机长签字确认。

王泳跳下车，一回头："麻烦请跟上。"王泳腿长，周铄仿佛看到一只小鹿在眼前跃过。

她心急如焚，用手捏着挂在胸前的工作证，在安检口的人面前晃了晃，又指指黄医生 :“活体器官。”

电瓶车已在安检口另一侧等候。过了安检，三人再次跳上车，直奔登机口。

公司为航班申请了廊桥，每一步时间都能省则省。三人沿着廊桥一路小跑，登机口就在眼前。登机口的地勤跟空勤都在门口迎接，远远见到三人就扬手招呼着。

黄医生提着恒温箱，飞快步入舱门。王泳低头看了看表 :16 时 03 分。而飞机计划起飞时间是 16 时 30 分。来得及来得及，太好了。她嘴角弯起小小弧度。

周铄站在她身旁，打量着她。

自从他们分手后，她删了他微信，他看不到她一切近况。他本以为她会为之情伤很久，没想到她现在居然精力充沛地站在这里，站在自己身旁。她似乎没有为他分神，只全心全意地想着要将那颗心脏尽快送出去。

他惊讶地发现，自己居然有点不悦。

王泳抬起头，看到周铄在看自己。她移开目光，仿佛在看候机楼里的人。

只是这一瞬间，他发现，她原来还是在意自己的。他的虚荣心得到了小小的满足，而这多么无耻。

他是个男人，他希望所有爱过的女人都能够始终怀念他。他无法接受她们会放下自己，继续往前走。

王泳又将目光转回来了，她眼睛眨了眨，像在想什么。然后，他听到她问了个跟自己无关的问题 :“你说有记者要采访，是假

的吧？”

停机坪上的雨越来越大，飞机像一只只白色大海兽趴在地面上，经历雨水冲刷。机务、货运跟地保的人在登机口、廊桥下奔走，风吹得雨衣簌簌作响。

“女士们、先生们：CH3809航班现在开始登机……”候机厅里广播响起，旅客们开始在登机口排起长队。拖着行李箱的旅客三三两两说笑着，为自己能够登机回家感到兴奋。

还没踏上廊桥，秦希透过玻璃看向他将要登上的是一架空客A332。看来天气太差，他们给换了机型。

上了机，秦希熟练地找到他每次必坐的位置——31K，靠窗，可以往外看到机场塔台。

然而，他的位置上早已经坐了其他人。

他低头看手中登机牌，发现上面的位置居然是31C，靠近过道。

那个一脸警觉盯着自己的值机小姑娘，没有告诉他位置已更换。从他这个位置往外看，无法看到塔台。

他不介意坐在哪里，但他必须看到塔台。

驾驶舱内。

透过挡风玻璃，副驾驶蒋斌看着廊桥上鱼贯而入的旅客。这趟航班飞成都，乘客中的美女不少。

廊桥上，旅客们手上提着大包小包，边走边说说笑笑。等所有旅客登机后，最后一个是戴着墨镜、衣着入时的年轻男子。他垂着脑袋，手上没有行李，身旁的人紧紧跟随在侧，手上提着包。右侧一个地保的小姑娘，手里握着对讲机，春风沉醉地一路跟随。

机长在旁检查着仪器：“今年除夕也不知道飞哪儿呢。”

公司为了照顾飞行员，在除夕、初一尽量安排外籍机长去飞，但依然有大量本地机长无法跟家人一起过年。但是对蒋斌这样未婚的年轻人来说，他对在家过年并无执念。去年除夕他在新加坡度过，倒觉得当地华人过传统新年气氛很吸引人。

蒋斌刚才一直在看那个戴墨镜的男人，感觉这人好生眼熟，似乎是哪个电影明星。但听到机长跟他说话，他马上转过头，露出一口好看的白牙：“排班计划安排我今年飞沈阳，不知道会不会……”他突然顿住，接着喊道：“玻璃——”

机长顺着他的手指看去，发现左边前风挡的玻璃裂开了。他赶紧用手摸了摸，发现组成驾驶舱风挡的里中外三层玻璃里，内层是完好的。他拿起《最低设备放行清单》，交代蒋斌：“呼叫放行机务。”

根据相关规定，外层玻璃破裂的飞机是符合放行标准的。但是天空下着雨，天气能见度低，航班抵达目的地又将在夜间。

跟机务联系后，蒋斌在旁边小心翼翼地问：“要不要取消航班？”

机长考虑的正是这点：现在天气情况恶劣，公司取消了大量航班。正是春运时候，候机楼里来了不少记者呢，没准儿这班机上的乘客里就有媒体人，更别说那些自媒体了。如果在飞机可以飞的情况下取消航班，旅客一定发难，公司马上会成为春运期间的新闻题材。

机务正在地面进行检查，不一会儿，无线电里传来机务的声音：“按照标准，飞机可以放行。”

蒋斌看着机长，等待他的决定。

“我们走。”机长说，“不过记住：申请低巡航高度，不要加速飞行，随时注意风挡玻璃变化和增压变化。”

蒋斌点点头。

重新计算起飞油量，将玻璃情况告知乘务长后，他们开始起飞——松刹车，油门增加，飞机发出轰鸣、滑跑、增速、抬头。雨水仍细细洒在机身上，像无形的大手抚摸着它，跑道两旁的灯像情人离别在即的注视，目送它飞远。

飞机达到巡航高度。发动机运作正常，自动飞行正常，自动控制正常，一切正常。

蒋斌松开肩带，揉了揉肩膀，笑了笑："每次飞完成都，都总觉得自己会变胖。从落地开始就不停地吃吃吃……"突然，驾驶舱内一声轰响。两人的心齐齐跌落，惊骇得同时抱住脑袋。

刹那间心念像从地狱走了一趟。回到天上，飞机仍在平稳飞行着，这个始作俑者。

"检查仪表——"机长努力压抑着自己内心的惶恐。情绪会传染，尤其是害怕。蒋斌白着一张脸，异常沉默地检查仪表。

"仪表和增压没问题，内层玻璃也没问题。"蒋斌神经质地用手摸摸玻璃，"是左前外层风挡玻璃彻底裂了。"

机长已经沉着下来："选择低巡航高度和巡航速度。"

蒋斌点点头。

他有点后悔，刚才那番惊慌失措的模样，对自己的职业简直是个侮辱。他内心当然有过害怕，但是他的职业尊严不容许他害怕得像小雏鸟。当他还在飞校时，师傅就告诉过他：无论任何时候，飞行员都应该是最后一个恐慌的人。

驾驶舱内，气象雷达波束在荧光屏上来回扫动，显示着强降雨区。透过破裂的玻璃往外看，可以见到黑暗天空中的闪电。在那块破裂玻璃处，闪电弧线形成一团团蓝色火球，飞机机身颠簸得厉害。

客舱内，李明凯坐在头等舱靠窗位置，正闭目养神。起飞前有几个人认出他来，走上前来要求合影，他以今天身体不适为由婉拒了。连轴转地拍戏、上综艺，他身体有点吃不消，喉咙干痛，只盼在飞机上能够好好睡一觉。

但起飞不久，飞机就开始颠簸得厉害，他睁开眼睛，拉住经过身边的小乘："没什么吧？"

小乘认出了李明凯，说话也结巴起来："请您放心……只是，嗯，普通的颠簸。"她是李明凯的影迷。在飞机上遇到名人，要求跟他们合影，是非常常见的事。但李明凯看上去非常疲惫，她犹豫着，最后决定等他休息完后，再提出合影要求。

同一时间，客舱里的黄医生也在问小乘："没什么吧？"小乘安慰他，说只是普通颠簸。黄医生很是焦虑："我必须准时赶到成都，病人等着我的心脏。"

见小乘神情震动，他意识到对方误会了，忙解释："我手里拿着的心脏。"

靠舷窗的一个位置上，一个黑衣女子手里紧紧捏着一张照片。舷窗外闪电掠过，幽幽映在她手中照片上，那上面是个笑容开朗的小孩。在被雷电与颠簸惊得一片沸腾的机舱内，她清冷幽寂得像个女巫。

在这期间，机舱内相继响起两次广播，提醒旅客飞机正遇上颠簸，请务必系好安全带，在位置上坐好。

挂上机上广播话筒，乘务长靠在折椅上，紧紧抓着肩带。强烈的颠簸让她胃部也产生了不适，她正在深呼吸，突然听到机舱有人大喊："有人吐血啦！"

声音来自头等舱位置，乘务长等飞机颠簸减弱后，走到旅客的位置，发现他的座椅、地毯和小桌板上都有大摊暗红血迹。那人长

相英俊，脸色苍白，不正是李明凯吗？

坐他身旁的经纪人手臂上都溅了血迹。他见乘务长走来，大声问："飞机上有医生吗？"

"您放心。"乘务长马上安抚经纪人，"我们马上在机上广播寻找医生。"

跟外界想的不一样，这些"空姐"不仅是飞机上端茶倒水的服务员，她们在地面上接受过足够多的专业训练，包括简单的医疗培训。乘务长安排小乘进行机上广播寻找医生，并拿出氧气瓶交给经纪人。小乘从她们的工作区拿来卫生防疫包，开始擦拭李明凯吐出的鲜血，进行消毒。

这时候，飞机再次开始剧烈颠簸。

机长已经听到乘务长向他报告机上有 VIP 旅客吐血的事。黄医生听了广播，匆匆赶来，怀里还抱着那恒温箱。乘务长替他拿着，他再三叮嘱："千万别掉地上。"黄医生坐到李明凯跟前，这下他也已经认出这位明星来。乘务员围在他身旁，看医生脸色一点点变得铁灰，最后低声说："他脉搏微弱，也许会有生命危险。"

客舱里的旅客见到乘务员来回走动，也知道客舱里有病人，只是不清楚他的身份。他们也看不到，乘务长给机长报告机上有危重病人，消化道出血，边吸氧边吐血，"吐了四五个塑料袋了，情况危急，有生命危险。"

机长听完后，说了四个字："返航，救人。"

"机长……航班上有活体器官，二十四小时内要送到成都。"蒋斌小心翼翼地提醒他。

机长一阵沉默。蒋斌看着他的脸，笼罩在黑夜的阴影中。良久，只听他说："都是人命，都要救。先返航救人，将所有情况通知地面，让他们安排救护车地面等待。”

王泳看了看表：还有半小时交班。进入深夜的候机楼旅客人数比白天要少。但她面对的烦心事依然不少：刚才一个行李超重的旅客坚持不肯交费，她差点跟对方吵起来，后来还是大牛赶过来劝服对方。

大牛离开时，跟她说：“刚才那人五大三粗的，差点就要动拳打你了。你以后遇到这种人，自己小心为上。”

王泳琢磨着他的言下之意：是不是以后遇到类似情况，就轻轻放过，不用他们交钱了？但如果闹事就能得到好处，那吃亏的岂不是遵守社会秩序的人？

这议题太深，正在她想破脑袋时，公司运控部门突然打来电话——CH3809 航班机上有病人消化道出血，要紧急返航。“通知地面 120 急救中心，安排救护车到停机坪上，做好接机准备。”

王泳连声说好，挂掉电话后，马上打电话通知急救中心。这时罗真真气势汹汹赶来，一进到柜台就抓住王泳的手：“听说 CH3809 航班返航？有人吐血了，还是个 VIP 大客户？”

王泳点点头，手指仍在系统上操作。

“那航班上只有两个 VIP。不会是李明凯吧？”罗真真追问。

“不知道啊。”

罗真真还要问，王泳却一下子想起来：那颗活体心脏，不刚好在 CH3809 航班上？不知道这么一来一回的，重新再起飞，心脏还来得及吗？

罗真真还要说什么，却刚好瞥见魏太后远远走来，一唬，赶紧把身子缩到柜台下。魏太后却压根儿没看这里，身上赘肉一抖一抖，

仓促往前奔着。

后来他们才知道，是媒体记者不知怎么听说了 CH3809 航班返航，李明凯大出血的事。虽然大众关注的是李明凯，但这事显然是把双刃剑：闹得不好，会成为公司的负面新闻；处理好了，可以宣传公司形象。

部门老总已经赶到现场，魏太后正跟其他几个经理一起，急匆匆去迎接老大。

王泳没理会那么多，只一心应对眼前旅客。

距下班还有十分钟。

今天比任何一天都要漫长呀——电话突然响了，声音一颤一颤。

居然是魏太后打来的，声音倒是放软了，让她赶紧来休息室。“公司公关部需要协助，你来帮帮忙。”

机场内的记者们原本正在镜头前直击春运实况，现在不知道哪里听到风声，都赶去报道李明凯的事了。公司本没有公布病人信息的打算，但现在大家都相信病人就是李明凯。

深夜平静的机场，又热闹起来。

公司公关部派人来到候机楼，负责面对记者。这种情况下，地保部门本该派出一位值机经理或主任陪同。但春运时分，人手紧张，加上地保部老总也赶到现场，经理主任们全都赶去伺候主子了。

魏太后主动请缨，提出派出手下一个新闻系毕业生协助公关部。

王泳有种当了弃子的感觉。

公关部来的美女将头发拢在左肩上，一身浅色风衣，握着红色手抓包。见到王泳，主动朝她伸出手来自我介绍。她叫章楠一，她说，公司内部紧急启动应对程序，认为与其被动，还不如主动出击，向媒体主动通报信息。

“现在问题是：机务那边说，驾驶舱风挡玻璃有问题，现在雨太大，航班下降时会有一定危险。”

王泳没料到，事情比她所知道的还要严重。她以为，光是航班上有紧急运输的活体器官就够呛了。

章楠一跟她说他们的计划——

“只要航班平稳落地了，旅客会马上送到担架上。记者是不能跟救护车的，但他们会立刻跟到机场。在院方公布救治结果前，记者们的关注点会集中在飞机上所发生的事情上。”

王泳理解。记者的信息源很多，他们会想方设法联系上机上乘务，以及坐在李明凯附近的乘客。

章楠一将头发拨到另一边：“乘客，我们管不了。乘务组这方面，我们会解决。重点是要体现我们的专业素质，展现我们凡事以旅客至上。但是在此之前，我们需要时间对她们进行培训，以及提供通稿。在乘务组能出面接受采访前，我们需要主动推出一个采访对象给记者。”

章楠一看着王泳。

王泳指指鼻子：“我？”

章楠一笑了笑：“没事，放轻松就好。你新闻系毕业，该在媒体实习过吧？”她言下之意，找王泳总比找其他员工甚至值机经理要稳妥。受过专业新闻训练的人，熟悉媒体套路，不会轻易陷入对方问话的陷阱。如果足够聪明，也许还知道怎么见招拆招。

正常来说，地保部有一个负责宣传的工作人员。但刚魏太后打电话时，对方说因为暴雨问题，她家附近交通瘫痪，赶不过来机场。

在赶来机场的路上，章楠一已列出一些基本信息点。从王泳这

个值机员工说出去，会显得更可信。王泳看到纸上写了好几条内容，包括李明凯办理值机时的状态，我们怎样为他提供最好的值机服务，为他开辟最好的高端客户休息区位置……

“我只想到这些。你是地保的人，你可以稍微发挥一下。”

“但我没有为他值机……”

“记者们不会知道的，不是吗？”章楠一手里握着笔，一下一下地按着，嗒嗒嗒，像一种对王泳催眠的声音。

空中放油后，CH3809 航班开始进入进近阶段[1]。

雨水仍未停歇，啪啪啪打在飞机的前风挡玻璃上。

“执行自动着陆程序，注意找跑道。”机长对蒋斌说。

“是！”

客舱内，乘务员将温水浸过的毛巾搭在李明凯前额上。医生的手搭在这英俊演员的手腕上：“他的脉搏跟呼吸都很弱，留给他的时间不是太多了……”

驾驶舱内。

机长说：“开风挡雨刷！”

蒋斌吃了一惊：“开雨刷？但是——”这事风险太大了，他不记得飞机制造商波音公司有相关的说明。

“打开！”机长说。

蒋斌的脸煞白，手没动。机长沉声说:“打开。波音有相关通告。”

蒋斌听完这话，唇上恢复了血色。他也知道，雨下得越来越大，

1 “进近”是指飞机下降时，对准跑道飞行的过程。进近有严格标准和操作规程，飞行员须精神高度集中，对准跑道，避开地面障碍物。

如果不开雨刷，进近过程一定会受到影响。

“能见跑道，建立目视。”

“落地。”

“拉平接通。”

“滑跑接通。”

机长跟蒋斌操纵飞机落地。

客舱内，李明凯突然猛地吐出一口血。经纪人在身边，喃喃念着：“你可千万不能有事啊……”

外面的雨，越下越大了。跑道湿滑，过轻着陆会出现划水现象。

飞机扎实落地。减速板伸出来，刹车工作，反推拉出……这庞然大物终于慢慢地、平稳地停在跑道上。

“落地了——”蒋斌有点激动，陷入电影情节中孤胆英雄般的情绪中，“幸好波音有相关通告，不然我还真不敢开雨刷。”

“那个嘛……”机长悠悠地说，“其实并没有。”

停机坪像风雨飘摇的孤岛，救护车早已到位，像一片白色叶子浮在水面。身披雨衣的医护人员、地面保障人员，站在救护车旁等待。都从各自渠道听说了，病患有可能是李明凯。这么大的新闻，当然不可能错过。只是他们都已经提前接到通知：不可以对病人拍照。

众人看着 A332 在雨中缓缓落地，滑行，靠桥。除了驾驶舱内的两人外，地面上只有机务、章楠一和王泳知道这飞机下降过程有多惊险。

风携着雨打在王泳两边脸颊上，掀起她雨衣兜帽。她伸手按住脑袋。

舷梯迅速架起来，医护人员抬着担架走上去。不一会儿，医护人员跟机上安全员一起，慢慢抬着担架下飞机，直接上救护车。白色车在风雨飘摇的停机坪上，往前疾奔。在这过程中，章楠一举起相机从不同角度拍照。照片构图不同，但都看不到李明凯的脸。

她向王泳解释："记者们不能到停机坪上来，但是他们需要内容。我是要将照片发给他们。"

"没有李明凯的脸也可以吗？"王泳有点怀疑。

"大众只是需要一种'在现场'感。就像明星生完孩子，一家人提着盖得严严实实的婴儿篮，在医院门口笑着合影一样。能不能看到婴儿的脸，并不是最重要的。"

旅客空中发病，备降或返航救治这种事，在世界各地机场经常上演。但是一个演艺圈红人出这事，绝对要上头版。

章楠一电话响起，不同媒体的记者开始轰炸她。她一一应对，挂掉电话，看向王泳："你准备好了吗？"

雨水刮到她脸上、脖子上，她抬头擦了把脸，伸手裹紧了雨衣，才郑重地点点头。

正如章楠一预计的那样，有一部分媒体当即跟到医院去，院方守口如瓶，什么信息都不透露。另一部分更老练的媒体则留在候机楼，捉住章楠一事先为他们准备好的"替李明凯办理值机的工作人员"，反复问问题。

他们最关注的是李明凯的身体状况，有没有生命危险。

章楠一提醒过王泳：不要传递出任何"值机过程中发现李明凯身体不适"的信息。否则，李明凯所在公司会找他们麻烦。但是也不要向记者传达"李明凯身体很好"这个意思。这就是为什么章楠一坚持不要其他人接受采访的原因。

周铄也来了。他不是地保部的人，不需要去伺候老总，却又急于在这关头做出点成绩。这事最适合不过。

他特地在高端客户休息室里留了一个区域，供媒体临时采访用。在采访过程中，他安排人员不断为记者们送水果、糕点和饮品。只为他们在这篇娱乐报道中不要留下任何有关公司的负面文字，如果有只言片语的美言，那更好了。

章楠一在另一个休息室里，飞快赶着通稿。一份发给媒体，一份给乘务组人员使用。她用笔敲着清单上的问题："这是他们可能会问的问题，你们看一遍，先跟我演练一下。OK？"

记者们采访完王泳，接受了周铄让人送给他们的小礼品，然后在章楠一带领下，对乘务组进行采访。一切完成后，再赶到医院，时间刚刚好。

王泳站在候机楼一隅，看着章楠一送记者们离去，嘘出一口气。下一秒，她脑中忽然闪过一个念头：春节过后就要分岗了。她必定会在第一志愿填上公关部。也许，可以跟章楠一成为同事？

谁知道呢。

她转过身，见周铄站在那里打电话。他压低声音："唔，我处理完手头的事再回去……"

同样的话，王泳也曾经听过。

她跟他擦肩而过，准备下班。走出几步，周铄快步走上来："我送你回家？"

"啊不了，我还有些事要干。"她落落大方地撒谎。

周铄笑了笑："你不是下班了吗？"

"是啊，但我们经常加班。春运嘛，人手不够。"说着，她掏出手机，朝周铄做了个"不好意思接个电话"的手势，就走开了。她拨通小

文电话，让她查一下刚才那个航班重新起飞了没有，查一下黄医生在不在上面。

小文查了系统，说飞机正在维修，黄医生已经乘坐另一趟赴成都航班离开。

王泳放下心来。收起电话，她准备离开候机楼。她回头看了一眼，周铄早已消失在人潮中。

她没带伞，坐上机场北区穿梭巴时，身子几乎湿透了，寒气从里面透出来。在摇晃的车厢中，她打着喷嚏，回忆起大学时跟周铄坐车外出。那时她暗恋他，坐在他斜后面一点儿。巴士缓缓启动。雨停后的傍晚，她偷偷看他在车窗上的倒影。他转头看窗外，发现她在偷看他，转过头来。

又是一个喷嚏，回忆散了，什么都散了。

周围的人都看过来，旁边的姑娘好心给她递了张纸巾。“谢谢——”她一转头，发现是高端客户室的张白。

“回去冲个热水澡，喝杯姜茶。”张白什么都没问，连好奇的眼神都没给一个。

王泳硬撑了五个站，直到抵达宿舍区。雨势已变小，她一个劲儿往里面冲。

罗真真正指挥着一个男生修浴室的灯，替他扶着椅子。“嘿，多亏有你，我们两个女生还真不会修这玩意儿呢……你们机务的人不是都擅长修飞机吗，一个电灯泡不在话下，哈哈……什么呀，不都差不多嘛……哎呀呀，我室友回来啦。”

罗真真站在门边看王泳：“你怎么比我还晚……咦，淋湿了？”

旁边浴室内，突然灯光大亮。

王泳洗了个热水澡，罗真真在外面用廉价茶包跟超市蛋糕招待那个男生。这个澡洗了很久很久，她从浴室出来时，那个男生已经走了，罗真真正背对她洗杯子。

“小泳，你知道我今天在壮壮那里听到什么吗？”

王泳往沙发上一坐，彻底不想动了。随口应着：“中转区那个喜欢你的胖子？他说什么了？”眼睛看向天花板，脑子里出现的是：还有日语单词没背完，今年还报不报 N1？老妈告诉她家里有媒体招人，叫《家庭与养生》还是《养生与家庭》来着？还告诉她，早点回家相亲。上个月聚会，师姐说她认识猎头，可以介绍给自己……

罗真真将洗干净的杯子举起来，仔细检查：“壮壮说，袁均将你吐槽魏太后的话录下来，交给魏太后本人。”

王泳腾地坐直了身子。

罗真真将杯子放到一旁，湿漉漉的手指随便在衣服上擦：“那次壮壮刚好听到的。据说我们这批人里，只有三个人能够到集团机关，其他人继续留在地保。那个叫张白的女孩占了一个名额，她家里有上面关系。剩下就是我俩跟袁均、艾珊了。我现在算是明白了，我说上次袁均还试探我，想跟我告白呢，原来是看看谁合适跟他联手呗。”

王泳想起那次袁均请吃饭，她将他当朋友，把什么都说出来。难怪，难怪他是个如此好的听众，什么都不说，因为他在等她说。

她突然觉得浑身发冷，比刚才还要冷。

全国各地天气慢慢转好。最近每天起床后，王泳都在房间的小黑板上方写上农历日期——年廿七，年廿八，年廿九。

除夕到了。

进入除夕，候机楼里的人就明显比前几天少。王泳自从听说了袁均跟艾珊的事以后，心里跟他们保持一段距离，但表面上仍照常一块吃饭、聊天、开玩笑。

两年前她还在学校的时候，可是个喜怒都形于色的主儿。她知道踏入社会后，自己一定会变，只要变的不是她的初心就好。虽无法实现新闻理想，她仍愿意保有一点儿天真。

今天她特地松松地编了麻花辫，松松地垂下来。这不太符合着装规定，但今天魏太后不上班，所有老员工在除夕跟初一这两天都没有安排上班。机场旅客不多。她内心有种小孩在万圣节讨到糖吃的轻快愉悦。

她跟每一个来到柜台的人说："祝您新春愉快。"十个人里面，会有七八个人笑着回应她，剩下两个瞪着她，一脸怒气："你们这机场服务这么差，让我怎么愉快呀？"王泳仍是笑笑。工作两年，她已经不像刚入职时那样，跟每个客人都大费唇舌解释一番：机场是机场，航空公司是航空公司，空管是空管。正如她们是地勤值机，不是"空姐"。

小文今天也来上班了。王泳让她尝试自己操作值机系统，她在旁指导。"检查一下电子客票号。""这个通知客人了吗？"活像个老师傅。想起两年前自己也什么都不会，多少有点小小成就感。

忙碌着，很快到了晚上。机场旅客的脚步比什么时候都快，像水流一样，向四面八方流去，最终落到家乡土地上。

每年除夕，公司都会为各岗位的值班人员送上饺子，今年也不例外。王泳让小文领了饺子，到旅客看不见的地方吃。但到交接班时间，小文还没回来。

王泳边找她边打她电话，却一直没人接。

当她走到隔离区时，看到有一个熟悉的背影坐在那里，像是小文。她走过去，见到小文正在那里，抱着一盒冷冰冰的饺子。停机坪上空旷旷的，让灯光显得特别刺眼。

王泳在她身旁坐下，发现小文眼里有泪花。

“饺子居然难吃到哭？”王泳开她玩笑。

小文赶紧吸鼻子：“泳姐，我、我想家……工作后头一回不在家过年。好想妈妈做的饺子，好想看爸爸模仿春晚的小品……”

王泳想起来，去年这时候，自己好像也在候机楼。她在干什么呢？也许跟小文一样，对着停机坪上因为空旷而亮得刺眼的灯光流泪吧。

王泳说：“到我家一起过年吧。人多，热闹。”

从除夕到初二，王泳都值班，直到初三才休息。罗真真比她提前半天下班，王泳提着一大堆吃的喝的回到宿舍时，看见她正在贴喜字布置。

王泳放下东西，大喝一声：“那不是结婚布置新房的吗？”

罗真真拍拍手，叉着腰，满意地看着那“喜”字：“早点将自己嫁出去，就不用在柜台前受气啦！”回头看她，“她们什么时候来？”

正说着，门边已经传来小文怯怯的声音：“泳姐，真姐，新年快乐！”跟她一起的还有袁均、艾珊和其他人。王泳说过不要叫上袁均他们，但罗真真坚决反对。“你傻啊？这不打草惊蛇了？我们还怎么不动声色地复仇啊？”她一本正经地说，“成长的代价，就是要学会跟敌人笑嘻嘻地坐在一起吃饭聊天开玩笑。”

一群人提着水果，一拥而入，围成一圈包饺子，看春晚重播。“哎，这次小品没有去年的好笑耶……”“你去年不也这样说？”“那

是前年吧？”“前年我还不认识你好吗！”年轻人即使各怀心思，但傻气的时候依然傻气。

小文说起她们那儿的过年风俗，艾珊打断她的话：“我一美国的朋友说，他们在那里农历年也是很热闹的。”艾珊会时不时提起自己美国、法国、日本的朋友。有一次王泳在其他部门办手续，碰上有人问起艾珊，说：“她现在还会经常把她香港、澳门、台湾的朋友挂嘴边吗？”王泳乐了，摇摇头。

女孩子在别人看不到的地方，也会开辟微妙的战场。跟艾珊同样来自“十八线小城镇”的罗真真，对这人有着天然的仇恨。但偏偏艾珊的城市化改造在大学时业已完成，罗真真上午用《小王子》配一杯咖啡发朋友圈，艾珊当天就发一个停机坪上的深夜，配文是“我相信《夜航》才是圣·埃克苏佩里最耐看的作品”。

偏生罗真真还傻乎乎地在下面评论：“我还没看过他的书，好看吗？”

王泳悄悄提醒罗真真，圣·埃克苏佩里就是《小王子》的作者，她气得抓起手机就要摔。

现在，罗真真可不愿意继续听艾珊讲她美国朋友的事。她往各人杯里倒满可乐，先掂起跟前那杯，站起来大声说：“新的一年，我要找个多金温柔的帅哥男朋友！”

王泳嘴上也敷衍着“我也要找个帅哥男朋友”一类的话，心里却在默念：希望可以顺利进入公司公关部。

她偷偷看了一眼坐在旁边的袁均跟艾珊，两人嘻嘻哈哈的样子，也是各有心事。

这时电视上刚好播出一段新闻节目，恰是记者在采访李明凯发病返航航班上的机长和副驾驶。记者将话筒递到机长嘴边，语速超快地发问："听说那次情况非常惊险，驾驶舱玻璃破裂，又是雷雨之夜，飞机上还有急着要送往成都的活体心脏……"

艾珊打了个响指："哟，那副驾驶还长得蛮帅的嘛。"

袁均有点吃醋："很一般，不就是穿了制服才显得笔挺嘛。"

小文在旁边笑了起来。

罗真真默不作声地看着屏幕，见到上面分别打出机长和副驾驶的名字。她记下了副驾驶的名字：蒋斌。

机长说完后，记者又将话筒递给蒋斌，蒋斌一开口，屏幕突然闪了闪，然后黑掉。

"王泳，你家没交电视费用吗？"袁均问。

"交了啊。"王泳凑上去，断了电视机电源，捣鼓一阵又重新插上。屏幕恢复了画面，但采访已经结束，节目正在跟踪报道李明凯的最新情况了。说是经纪人表示对方已经出院，但仍未可以在大众眼前出现。

屋子里的几个人开始讨论明星八卦，一阵热闹。在大家都没法回家的春节里，有种同是天涯沦落人之感，什么心结都暂时放下，只是一群打打闹闹的年轻人。

这次聚会结束两周后，公司人力资源处那边突然传来消息——

他们这批精英计划的人，很快就要结束轮岗阶段，正式分岗。

# 第二章

# 运控中心

C　H　A　P　T　E　R　2

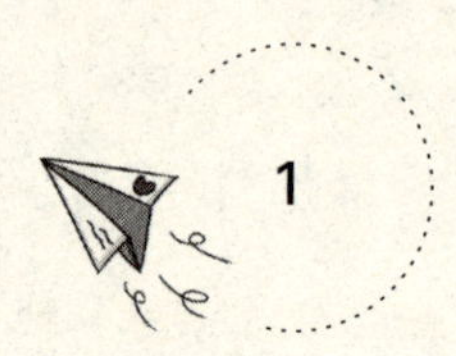

# 1

李明凯出院多时，第一次举办新闻发布会那天，王泳穿戴整齐，到运行控制中心上班。

人力资源部同事领她到航务部，一路上告诉她：“航务部的经理程慧珊，人们称她程女王。你跟着她应该能学到不少东西。”

一听这外号，王泳心里就咯噔一声。

魏太后这个阴影像甩着小尾巴的妖精，蹑手蹑脚跟在她身后。

人力资源同事在介绍这个部门。

他们在航务部办公室停下，刚好碰上一个四十几岁的男人，握着咖啡杯走出来。经过王泳身边时，他停了下来，上下打量：“这就是我们部门来的新人？”

人力资源的同事应道：“对，程女王在吗？”

那人朝办公室内间扬起下巴：“在自己办公室呢。”说着，也没理会他们，兀自端着杯子往茶水间走去，嘴里哼哼着：“无惊无险，还剩两小时下班。”

王泳好奇那是谁，但她的注意力很快被前方程女王的办公室吸引。那是航务部办公区域内的一个隔间，玻璃门后是一张大长桌。王泳想象程女王从大长桌后抬起头来，朝自己微笑。

人力资源处同事离开了，王泳独自在此等了一会儿，听到有人

走进来，外面的人喊了句“程经理”。她赶紧站起来，面朝玻璃门，看着程慧珊朝这里走过来。

程慧珊唇上涂着珊瑚色，灰色裤装，步伐不急，走路带风。她不光名字跟那个TVB艺人相似，穿起职业装来也颇有几分相像。她朝王泳招手，露出腕上的男式表。

王泳进了门，程慧珊问：“你叫王泳？”王泳像乖乖兔一样点头，将简历递给程慧珊。她坐在皮椅里，低头看，边看边说：“你是新闻系毕业，在地保做过两年，然后在民航院校进行过三个月航务培训——”

王泳坐得笔直，对方每说一点，她下意识地应一声“是的”。

程慧珊从简历上抬头：“你知道我们部门做什么的吧？”

“知道。负责航班申请和航务协议管理。”

程慧珊看向她：“你把我当成一个来参观的游客，来，你给我介绍一下，这个部门是干什么的。”

啊，这不正好是记者最擅长的活儿吗？

王泳原本还有点不自在，这会儿清清嗓子，开始用播音腔说：“朋友们，请看这边。这就是印象航空运控中心的航务部门。我相信大家都有看过类似的电影情节——男主角的飞机闯入他国领空，噗的一下，这国家的军机马上起飞贴近，向男主角喊话。”说到这儿，她举起两只手掌，作势一追一赶平飞。

“事实上，国际航线在两个相邻国家的空域有一个管制移交点。是不是想起了什么？对，海关。只不过这海关在空中。飞机进入外国领空，必须得到批准，否则可能被空军压制降落，甚至被击落呢。”她又做了个射击的动作。

“什么，你问这跟这个部门有什么关系？关系可大了。航务部，就是航空公司里负责航线申请的部门。一家航空公司里，跟国外民航局打交道最多的人，就在我们跟前了。”她手掌一展，指向前方的程慧珊。

程慧珊毫无表情。

王泳垂下手来，暗暗擦了把汗。

程慧珊又低头看了一眼她的资料，然后说:“行，你出去干活吧。”

王泳没想到她们的对话会如此简短。她记得在地保部入职时，魏太后用了整整一个上午，跟他们讲遵守纪律的重要性，最后才让他们的师傅将众人领去培训。

程慧珊见她还坐着，将手中笔放下：“有问题？”

“没有。”王泳腾地站起来。

“好，那出去干活吧。余思棠会带你。”她走到玻璃门边，对外面说：“余思棠，这个月你带王泳熟悉一下工作，重点是航班申请流程。”

一个圆脸，扎着马尾，三十岁出头的女人轻快地应了声。还没等王泳走到她跟前，她已快步走上去拉住王泳的手，热情地跟她说：“来，我带你认识一下咱部门的人。”

她靠在桌前，笑起来人畜无害，身后桌子微微起颤。

余思棠领着王泳在部门里走了一圈。当过值机的人，记起人脸和名字来要容易些。大家也都热情，再忙的人，也都跟王泳聊几句。“哪个学校毕业的？”“名校呀，高才生呀。”“在地保部待过吗？听说挺辛苦的，你小姑娘受得了吗？”“我们这工作也挺琐碎的，还要跟国外民航局打交道，有时差。”“航务代理现在不好处理，慢慢你就知道了。”

大家都热情地跟她打招呼，唯独刚才一进来碰到的那个男人，端着热茶细细啜饮，一脸满足。他微闭着眼睛，慢悠悠地点着鼠标，

也没抬头看其他人。桌上放着一幅小画，仿佛是明代文人在品茶，细细的小楷，上书“以闲为自在，将寿补蹉跎”。

余思棠低声说：“那是魏叔。他人其实不错。”王泳假笑着点头。

办公室里人人都在忙碌，桌面上摆满了航线资料等。唯独有一个位置，上面非常干净，只有基本资料，还有一小幅画。走近一看，是一张小小素描，像是某个欧洲城市的街道。

这部门有十几个人，余思棠给她逐一介绍时，唯独跳过了那张空桌。

她忍不住问：“这里有人吗？”

魏叔回过头，冲她挑挑下巴：“那是胡昊。别碰他的东西。”

看来是个混世魔王。

“哎呀，你还没卡座呢，我得打个电话给物业的人，让他们赶紧过来装卡座。”余思棠一拍手，走开了。

程慧珊正端着杯子走出来，跟王泳说：“胡昊出差，你先坐他的位置。”

航务部属于运控中心。三个月前，王泳被安排分配到运控中心时，她只知道值机人员获得的所有航班信息都出自这个神秘部门。到运控中心报到时，才后知后觉地了解到，原来这是一个航空公司的核心业务部门，就像神经中枢一样，从航空气象监测、飞行计划制作、飞行机组安排、航班调度、飞机性能评估，一网打尽。

这么重要的部门，《冲上云霄》里居然没有提过？

然后，她就被安排到民航院校去进行三个月的航务培训了，回来后，部门安排她到航务部。

正是初夏，航空公司旺季即将到来，航班量大增。航务部要负责临时加班航班申请。王泳要学的东西包括：开辟新航线、申请航线飞越许可等等。这里的工作跟值机完全不一样，她看着那些文件，感觉有点眩晕。

余思棠人非常好，总是很热情。唯独当王泳问自己要干什么时，余思棠只安排她做一些打印、复印、整理文件之类的事，或者让她自己上 OA 看公司文件，熟悉部门运作。

偶尔也有让她接触工作，但都不是什么核心内容。

“王泳，之前那些还没有航路或者高度的航线，发给签派员[1]没有？”

“王泳，跟他们确认一下，制作好航路跟高度，发给我们。”

“王泳，数数看这次旺季加班里国际航班有多少？”

事情办完了，她在桌前坐着看文件，干巴巴，不知道干什么好。

“余姐，有什么需要我帮忙的吗？”这天下午，她凑上前问余思棠。

余思棠想了一会儿，摇摇头：“我这儿没有呢。要不，你问问别人？”

别人也都没有。

王泳决定厚着脸皮。这天，她看见余思棠正在写文件，上前问：“余姐，你在制作飞越文件吗？”

“嗯。”余思棠看着电脑，没回头。

“我也来学习一下。”王泳笑嘻嘻地拉过来一张椅子，坐她身旁。

余思棠没说话，只从喉咙里发出一声嗯，但手上动作明显慢下来。

王泳这才觉得有点不对劲儿。她想起自己念书时在报社实习，

---

1 签派员（DISPATCHER）负责制作航班的飞行计划，与机长共同放行航班。航班放行，需要签派员签字。

采编主任让她跟一个刚毕业几年的美女记者。那美女当着她的面露出不高兴的样子，对主任说："不嘛，采访还要带着这个累赘。"

后来，王泳跟其他实习生混熟了，才知道去年这美女也带过一个实习生。那实习生水平非常高，写的稿子大获赞赏，从此以后，这美女就不太爱带新人了。

如果是罗真真的话，她会怎么做呢？估计会口甜舌滑，哄得余思棠很高兴，心软下来吧。再来，就要跟办公室其他人搞好关系。以罗真真的思路，先从男性入手，跟他们了解了解众人好恶，才能有的放矢。

大概就是这么些套路了。

罗真真曾经点着她的脑袋说："小泳啊，你也不傻，你知道要怎么做的嘛。你只是太清高了，不愿意。"

但王泳不太适应这些办公室生活，她注意到，有好几个人只是在手头上忙碌。程慧珊一走到附近，他们就会大呼小叫："我还有报告要交！""这个周末忙死了！我连续几个星期加班！"程慧珊不在，他们就玩手机聊八卦刷网页。一件可以一个多小时完成的任务，要拆分到八小时完成。

一到下午 6 点，魏叔就悠悠地站起来，一声不响地提包离开。其他人看程慧珊不交代什么事，也就自觉地提包离开。

跟地保部值机打仗一样的节奏相比，王泳觉得仿佛进入了一个树懒部落。偏偏这些树懒还长了人心，专司办公室政治。

就在王泳在这趟水里挣扎时，程慧珊朝她扬扬手，让她进去。

王泳心慌意乱：是试用期谈话吗？自己还什么都没做过呢。

程慧珊让她将门带上，递给她一份材料："你知道上半年公司要开哪条国际航线吗？"

“知道。纽约。”王泳的神情像个好孩子。

程慧珊来回转动着手中的杯子：“这是条重点航线。你跟我一起负责这事。”

“我？”王泳脱口而出，身子往后缩。

“当然是你。其他人手头都有活儿。”程慧珊露出“这还要问吗”的表情，“再说了，你跟着他们也学不到什么。他们也还没摸清楚你来路，不敢贸然派活儿给你。”

哦，原来程女王都看在眼里。

王泳听人说过，几年前魏太后没搞清楚状况，将一个管培生训哭过。第二天那人没来上班。她正要打电话兴师问罪，直到其他人告诉她，那女生是公司高层的侄女。她一路提心吊胆，等那女生旷工第五天时，她决定买点东西亲自上门拜访道歉，却传来了这高层被调查的消息。这事就算过去了。魏太后乐得哼起了小曲儿。

不过后来，她再也不敢掉以轻心。每个落到自己手上的员工，她都详细了解背景。

看来每个部门都差不多，毕竟，构成的因素都是“人”。而人性是不会变的。

但是对于要跟程女王一起工作这事，对于要处理纽约开航这种大事，她充满了畏惧。她喜欢穿过高级商场，看看橱窗里的衣服，偶尔在跟前驻足欣赏。但要是销售迎出来冲她微笑，她会马上掉头走开。

从无到有，在天空中辟出一条新航线。这种事太重要，太显赫，不是她王泳能做的事。从小到大，妈妈对她左叮右嘱：“你跟我一样，都是普通百姓，就要老老实实做人，别净想些有的没的。一个人是块什么料子，就只能做什么事。”

王泳忽然想起在地保部的日子。在那里，每一个人都是大海里的一滴水，大海流到哪儿，你就流到哪儿。人们只会看到大海，不会见到你。对于那样的日子，她并不怀念，但似乎那样更适合如此普通的自己。

航空公司要开辟一条新的国际航线时，首先要向本国民航局申请航权，还要跟机场谈。民航局同意后，航空公司需要向对方民航局申请航权、时刻、境外航空公司运行合格证等。航空公司派员考察机场，跟机场签订服务协议。再向航线经过国家逐一申请许可，以飞越其领空。

最后一个步骤，由航务部牵头负责。

程慧珊牵头，在部门跟部门之间开了几次会议，王泳负责写会议记录。上面密密麻麻，记满了太阳辐射、燃油冰点、通信能力等字眼。这事儿说难不难，但对新人来说，的确是了解开航流程的最便捷方式。

“公司之前从来没执飞过极地航线。航线经过北极高寒地区，在极端低温条件下可能出现油箱温度低于燃油冰点情况，航班放行前，必须对预报的航路温度进行检查……”程慧珊手里握着一支笔，在空气中一点一点地总结着。

王泳唰唰唰在本子上记。

坐她旁边的人悄悄捅捅她：“这个分析报告上有，会后跟我要就是啦，不用记下来。”

王泳回头一笑：“谢谢啊，艾珊。我就是闲着没事写的。”

在这批人中，艾珊去的地方最让人羡慕。她在运控中心的安全管理部，属于中心内部的机关单位，时不时监督抽查一下业务部门的安全隐患，所到之处，人人闻风丧胆，谄言媚笑。袁均跟罗真真就没那么幸运了，继续留在地面保障部，魏太后手下。

结果出来那天，罗真真大哭了一场，第二天请病假没上班。她轮岗两年了，一直是考勤金刚不坏身，就连失恋那次都是哭着去上班的。

但最有前途的自然是张白，她去了公司的专机要客保障部。这似乎坐实了她“上面有关系”这一说法。

运控中心的核心业务是签派和调度。他们的人数占了整个运控中心的 70%。王泳所属的航务部，职责重大，人手不多，但也得了解这些业务。分岗后，王泳按照公司安排，到民航院校进行签派培训。没想到，跟她一起去的还有张白。

“我需要了解航班运行保障流程。”张白言简意赅地解释。

王泳正回想着这些事，耳边已经听到程慧珊说散会。人们呼啦啦站起来，相互寒暄。她抱着本子，将一管笔夹在上面，循例坐在位子上，等所有人离开再走。

前排的人稀稀落落走开后，她看到周铄坐在后排。王泳假装低头翻本子，但已经来不及，他站起身，向她走来。

“你在这里上班了，还适应吗？”

“还好。”本子上的笔突然掉在地上，滚了两圈，停下来。

周铄弯腰捡起笔，递到王泳手上：“我跟章楠一都大力推荐你到公司公关部。但听说有位金卡旅客投诉你犯错，还是两次，一次打错登机牌，一次没告诉他位置更换。按照规矩，你应该会被留在地保部。”

王泳紧紧捏着那根笔，好像那是秦希本人化身，再用力一点儿，那家伙的真身就会喊痛。

周铄说："我找人替你写了推荐信。后来，原定到运控中心的那个男生被刷下来，你来了这里。"

王泳没料到会听到这种话，心里感觉很怪。说不上对周铄是感激，还是害怕。

程慧珊走过来，看了王泳一眼："没什么事的话，赶紧回去吧。"

"没事。"王泳抱起本子，急匆匆跟在程慧珊身后走了。她忽然想：自己好像忘记跟周铄说谢谢了，但是谢谢什么呢？她有种被侮辱的感觉。但马上，她又笑话起自己来。像她这样的人，在解决温饱前，哪里有资格谈尊严和理想。

程慧珊开口："有些事，过去了就不要再想。"

她讶然，有种被人看破的窘态。程慧珊却指着她的本子说："我说的是刚才开会他们扯皮的那些话，你不要再想了。明天是公司级会议，公司老总会来参加，你今晚将会议纪要整理出来，同时盯一下飞越许可申请情况。"

这天晚上程慧珊走后，王泳独自留在办公室加班。尽管程慧珊已经看过她写的材料，认为明天会议上可以直接提交，但她觉得并不满意。

她将今天会议上各部门提交的材料和问题逐一整理出来，对比从艾珊那里拿到的极地航线开航报告，打算整理一份附录出来。正在这时，电脑右下角弹出新闻提示。平时她会不耐烦地将它叉掉，但这次，新闻标题写的是"'得心'女孩康复上学　为救命恩人画画表谢意"。

她点进去看，果然，说的正是当日那件事。

新闻里说，那个小女孩进行心脏移植手术后，身体已经康复。

在家休息了一段时间，已经准备重新上学。她在家画了一幅画，上面有捧着一颗心的白袍医生，天上飞着一架飞机，飞行员探出头来，另一边地面上，许多穿着白袍的医生在等待。

孩童笔法稚嫩，却感人。

这时手机响起，外卖小哥打电话来了："哎，我到楼下了，你们大楼我进不去。你过来接一下。"还加重语气强调，"快点啊。"

他们的办公地点在机场附近工作区，餐馆不多，候机楼内的餐馆又不愿意送到他们这边来。晚上八时半，整栋运控大楼除了二楼运作区外，其他办公室都关了灯，锁着门。王泳有点害怕那条昏昏沉沉的走廊，于是半掩着门，让室内透出来的亮光映着她走出去。

但外卖小哥手中的酸辣粉像会发光，照亮了回程路，王泳丢掉了恐惧。

像圣殿骑士捧着圣杯，她抱着酸辣粉回办公室，推开门，一眼发现她的位置上坐了个人，正看着她的电脑屏幕。

她将酸辣粉悄悄放在旁边桌上，警觉地站在门边，低声问："你是谁？"

那人抬起头来。尽管坐着，但看得出来长得很高，黑色眼睛微微笑着，像钩子，从茫茫大海里将一个个异性钩住，高高甩出一条白色水花的弧线。

他站起来，果然很高，杏色大衣非常好看，黑色漆皮短靴。

王泳往后退了一步。

他往门口走去，跟王泳擦肩而过时，微微一笑："酸辣粉？"

王泳脑中闪过各种关于变态杀手的故事，还没来得及将故事脑补完，那人已经走了。

她回到办公桌前，扫视一圈，发现没丢东西。她抓起电话打给公司物业部。物业部没有人值班，她只好留了个语音信息：“你们不要放奇怪的人进来。”

因为跟飞越国有时差，所以一些电话和邮件回复都要在深夜进行。王泳犯起困，跑到茶水间倒咖啡，居然见到刚才那个人坐在那里，正翻看一本厚厚的东西。

那人听到声音，刚抬起头来，她已抱着杯子跑掉。回到办公室，疑神疑鬼地锁上门。

今晚不宜久留。

她制作好飞越许可材料，将它们发送给程慧珊。程慧珊只回了一行字——

赶紧回家。睡觉前敷片面膜。

王泳住在机场高速入口附近。她到家时是夜里十一点多，路上仍热闹得很。在这条不算长的云霄路上，光二十四小时便利店就有好多家，从大排档到高档食肆、酒吧甚至糖水铺，都有脱下制服后的飞行员、空乘的身影。从食肆窗口往外看，是拖着行李箱来往的飞行员、空乘或安全员。

说起来，这算是城市的郊区，尽管发展速度惊人，但其楼价之高与其地理位置不符。每次说起这个话题，王泳那些刚入职的师弟师妹都愤愤不平，慷慨激昂：“航空公司、机场跟空管的人都住附近，楼价能不高吗！”

说着这话的他们，很快也加入到省钱购房大军里去了。

工作两年，前两年都在轮岗，拿着实习生工资的王泳，压根儿存不下任何钱。她租了房子，云霄路上侧面一道斜坡，往上走便是小区入口。

这是本地段最贵的小区之一，设计简洁明快。进门后走几步，是小型人工湖，旁边草坪上有推着婴儿车的年轻妇人，小孩子坐在垫子上画画。穿着套装的母亲，站在孩子身后打电话。正是小学放学时间，一群戴着黄帽子的小学生跟王泳擦身而过。

王泳上了楼，掏钥匙开了门，张白在长沙发上剥橘子吃，转身跟她打招呼，身上有淡淡橘子味。“吃吗？”她递过来一瓣。

从接到分岗通知开始，王泳就要离开地保部宿舍。在民航院校上课三个月，她烦恼了三个月，下课后就在网上找合适的住所。看了几家，终于好不容易找到一个单人间，没有小区，不带电梯，胜在价钱合适，环境安静。她刚交完定金，就接到中介电话，说房东要将房子卖掉，将定金退给她。

那段时间，她已经离开了学校，开始到运控中心报到了。地保部宿舍早已下了最后通牒要清人，多亏罗真真跟管宿舍的阿姨又是送特产，又是说好话的，王泳才能继续拖着。

阿姨啃着罗真真带来的猪手，语气郑重：“最多还能住一个月哦。”

王泳忍不住抱怨：“那边房子太贵了。不就是离公司班车点比较近吗？我又找不到人一起住——我可不想跟艾珊一起住呀。”

罗真真幽幽地看向她：“那你是情愿跟我一样，住在候机楼附近宿舍，近则近矣，但时不时凌晨时分上下班？”

王泳知道自己刺激到罗真真了，立马闭嘴。

没想到张白给她发来消息，问她要不要一起住。

她听说张白一收到 offer，父母就给买了房子。张白说她不愿意一个人住，“反正还有房间空着。”

王泳不太好意思，婉拒了。但张白说：“我整天出差，回到家里

空荡荡一个人，怪吓人的。再说，我又不是不收你房租。”

想想也有道理。王泳就提着一箱衣服、一箱书搬进去了。

张白不怎么提起她的工作，王泳知道那是她的工作操守所在。但偶尔两人一起窝在沙发上看电视，新闻里出现某小国元首、王室成员，她会来一句“电视上显得有点胖哦”。

倒是王泳会跟她讲工作上遇到的事。好的坏的，只要不涉及机密，都说。年轻女孩儿不畏惧身材变形，她舀一大勺冰激凌放在嘴里，一张口就是香草味：“物业现在都不好好看门了，乱放人进来。今天居然有个怪人坐在我桌前，还看我电脑上的东西！幸亏不是什么文件，是新闻网页……”

张白见她张着口，突然不说话，用手摸摸她额头：“怎么了？”

“没什么……我可能犯了个智障错误……”王泳突然想起来，她坐的位置，并不是她自己的，属于一个叫胡昊的人。

她狠狠挖了一勺冰激凌，塞入自己嘴里。

这晚她入睡前，在小黑板上写上“用自己的努力，交换想要的生活”。还剩一点儿空位，她添上“等价交换”，几个感叹号。

小黑板挂在床头，起床一睁眼就能看到。当然，看到这话的也许还有正对她睡房的对面楼那户人。不过王泳搬过来整整一个月，对面房间一直黑灯瞎火，她只见那里亮过一次灯，但房间里没人，只见到墙上挂了个小黑板。

住户会是谁？她有点好奇。

第二天会议开始得早。王泳来得更早，她将昨晚准备好的会议文件分发到会议桌每个位置上。程慧珊比她晚到十分钟，跟她一起摆名牌，通知 IT 中心拉线，准备设备，没把自己当上司。

陆陆续续有人进来，程慧珊一一跟他们打招呼。

部门副总沈光，就是在这时走进来的。

沈光非常精神。他年过四十，中等偏高，保养得非常好，有一副长期去健身房锻炼的体魄。他年轻时在空管工作，后来才到了航空公司，因此跟空管那边的人关系不错。听说，他老婆就是空管的美女。

部门一位老总，下面三位副总，各自有分管的部门。航务部属沈光管理。

在程慧珊向沈光汇报开航进度时，部门老总张策陪同公司老板进来。

王泳在地保部工作时，曾经远远见过几次公司老板，但部门的张总却还是第一次见。人们背后称他“九叔”。王泳还以为这背后有什么精彩故事，最后失望地发现，每一任部门老总的外号都叫九叔——只因办公室门牌号是333。

九叔比沈光大约年长十岁，脸与肚子一同往下松弛，不笑的时候感觉有点凶。但他与大老板一起，嘴角便总挂着笑。他尾随老板走进来时，目光迅速扫视全场，每个动作刻意放慢一步，似乎在模仿领导人姿态。跟在九叔后面的是他的秘书，外号泰哥，模样精干，眼观八方。

只消一眼，王泳便感觉九叔与沈光是两个不同时代的人。前者混官场，后者更像现代企业家。

但她很快发现自己判断失误。公司老板一进来，沈光也无心听程慧珊说话，程慧珊合上文件，言简意赅“大概就是这样”。汇报完毕。沈光来到老板身边，将程慧珊刚才汇报的内容，看似向九叔，实则向大老板挑简要的说。

大老板坐在长椅上，边听边点头。

这时候，所有人都已经到会场。王泳挑了个角落，将录音笔放在一旁，本子摊在膝盖上，准备做记录。

运控中心作为航空公司的运行中枢，在每次开航、救灾、包机这种工作中，都处于牵头位置。九叔主持会议："这次公司开辟纽约航线，公司领导非常重视，亲自参与会议……"

九叔的声音跟王泳想象的不一样，显得有点衰老。

王泳抬起头，见到周铄坐在对面那排。他正在低头跟旁人说话，眉心舒展。但当老板一开口说话，他便正襟危坐，做认真倾听状。

这时会议室后门被悄悄推开，有人走了进来，环视一周，看到王泳身边有个空位，坐下来。

程慧珊注意到那人，眉头皱得紧紧的。

王泳好奇地回头看那人，那人也看她，浅浅地笑。黑色西装下，衬衣领子松开一点儿。

是昨夜那人。

王泳低头看他胸前工作牌，上面一张脸英俊周正，印着名字：胡昊。

胡昊见她在看自己，便用手指指她的本子。

她这才留意到大老板已经说了一会儿话了："第二，各部门要高度重视开航工作，做好各项培训……"她赶紧低头记录。

会场内没有人说话。只有疑似空调发出的微不可闻的声音，还有与会者在本子上偶尔写写画画。除此之外，就是王泳在奋笔疾书，写完一句话，抬头一看，窗外远远飞过一架B787。她走神两秒钟：这飞机会飞去哪里？

程慧珊身旁那人调整一下眼前的麦克风，一开口，拿腔拿调："目前这条航线还存在几个问题:一是低燃油温度,二是备降机场少……”

有人低声笑了笑:“还有个问题你没提,那就是飞行员都不肯飞这航线,尤其那些年轻刚结婚没生娃的,说是有辐射。”

王泳听到身后的人窃窃私语:“把飞行小时费翻个几番,我不信没人飞。”

大老板点点头,没有表态。

随后,每个部门在简短汇报筹备进度后,都提出了难点。一开始王泳还特别认真,几乎每句话都记下来。渐渐地,她意识到那只是一种姿态,一种向大老板展示的姿态,于是只挑要点来记。

一个会议下来,大老板最后提了几点要求,所有人马上提笔记录。

在人们翻来覆去说同一个意思时,王泳会抬头看看这会场内各人。

她留意到,其他人都喝后勤部送来的瓶装矿泉水,只有九叔喝自带保温杯里的温水。他的脸色很差,眼圈下挂着一片墨色,像用了廉价睫毛膏的女人刚刚哭完。嘴唇发紫,精神状态很不好,看上去比他的实际年龄老了十几岁。

比他小十岁的沈光,刚好相反,看上去非常年轻饱满,坐得笔直,肩膀宽阔,随时可供鸟类栖息其上。

而后是程慧珊。她眼神冷峻,不时在笔记本上写着什么,但后勤小姑娘上前为每个人换水时,只有她会低声说“谢谢”。

周铄。他现在应该已经在专机要客部门了吧,跟张白是同事。他坐在他们经理身旁,偶尔在面前的本子上写着什么,递给旁人看。他们经理点点头。他会抬起头,目光如羽毛般掠过会场内的人,在王泳身上一顿,像轻轻沾了水后顺风飘走。

还有胡昊,坐在会议室角落,似乎跟王泳一样,正观察着会场

内每个人。他注意到王泳的目光，大方接纳她的注视。

王泳赶紧低头做记录。

“所以我们需要公司更多的支持，才能够完善流程……”几乎每个汇报者都用相同的话结尾。

当涉及不同部门工作交集时，总有火药味暗中涌动，但表面上仍是和气客套。

散会后，九叔跟沈光送大老板离开，其他部门参会人员也陆续散去。王泳陪后勤小姑娘一起收拾杯子，将凉掉的茶水倒在会场内的大株绿植土壤里。周铄与她擦肩而过，看也没看她一眼，跟专机要客部老总边说话边离开。

胡昊经过她俩身边，弯腰拔掉插头上的线。王泳见收拾杯子的小姑娘忽然有点不自在，茶水从杯子里泼出来。

“借过一下。”胡昊捧着手提电脑，绕过她们身旁，离开半个身位，又回头，“子青，今天唇膏换了色号？”

叫子青的小姑娘抿抿嘴，浅笑：“你看错啦。”

果真是混世魔王。

王泳在心里下了判词。

胡昊一回来，王泳当天下午就拥有了自己的卡座，就在胡昊后面。王泳估计，胡昊打电话催过物业了。

胡昊的桌面非常简洁，只有桌面上那幅小素描暴露了主人的喜好。他回来后，那张画换成了另一个欧洲城市，这次王泳认出来，画上的是斯德哥尔摩。

那年，她拿到公司 offer，周铄请她吃饭，告诉她，在航空公司工作有员工候补机票。“只要提前申请某个航班，航班上有空位的话，就可以走。”

王泳啪地合掌：“可以去瑞典吗？”她小时候最爱看的书是瑞典的《尼尔斯骑鹅旅行记》。

周铄放下黑咖啡：“公司还没开瑞典航线。”抬头见对面的人满脸失望，他将手覆在她手上，“但我们可以买票去。”

电脑屏幕在眼前一闪一闪。面前，是化作一个亮点的纽约。纽约有什么？伍迪·艾伦。他曾经那么专心致志地给这座城市写情书，但最后身边还是换了女郎——伦敦、巴塞罗那、罗马、巴黎……

她移动鼠标，将地图拉到欧洲，瑞典，斯德哥尔摩。

目光在上面停留三秒，然后移回纽约，开始继续制作飞越申请文件。

已是成年人，哪有时间沉湎过去？

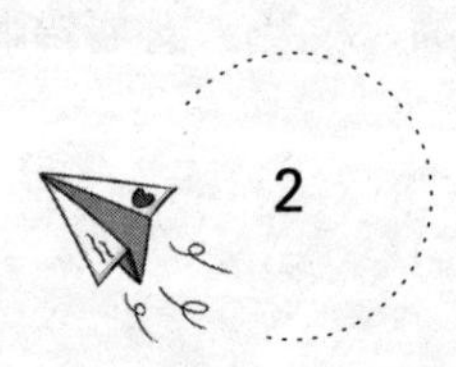


罗真真提着蛋糕，在电梯入口按门牌号，对讲机传来另一个女生的声音：“是真真吗？上来吧。”

看来今晚张白也在家啊。

罗真真远远见过张白，只记得她人如其名，长得很白，牙齿又白又整齐，说话时带笑，嘴巴像一弯月牙。她觉得，张白看上去就是个衣食无忧、生活安逸的人。被客人骂也好，被人夸也好，脸上都是差不多的表情。袁均有次笑罗真真说话嗓门大时，就趁机夸了张白有气质。

罗真真狠狠地想：如果我也有个富爸爸，我的气质可要比她好多了！

但她对张白这种人，却讨厌不起来。也许因为她在自己触不到的地方，是比自己上一个阶层的。她在她身上投射的情绪里，有自己也不愿意承认的羡慕与妒忌，但唯独没有讨厌。

啊，像“讨厌”这种耗费能量的情绪，当然要留给跟自己在同一起跑线的人。比如，跟她一样出身十八线小城镇，又同样上普通二本的艾珊。

自从艾珊离开地保部，就整天在朋友圈发些“这才是一个职业女性的样子”“航空安全，我来守护”“我努力来到这里，而你仍留在原地”一类的内容。

“你说这不是气我嘛！”罗真真愤愤不平，觉得艾珊是在挖苦她。王泳却给她一脸“你想多了吧”的表情。

门开了，张白站在门口：“罗真真？请进。王泳正在洗澡。”

“我洗好啦！”王泳走出来，一手用大毛巾擦着头发，“咦，你还带了吃的？太好了！小白，过来一起吃。”

“什么东西？”张白放下手机，看了一眼王泳打开的蛋糕盒后，摇摇头：“哦……我不吃啦。”又拿起了手机。

罗真真突然觉得，自己一直小心呵护的自尊，被刺了一下。她低头看着自己从路边蛋糕坊买来的蛋糕，松松软软，捧在手上很香，她疑心是化学添加剂的那种香。样子也不好看，连盒子上的花纹也有种廉价的精致感，就像农妇穿上松垮垮的戏服，演了个舞台上的王后。

王泳用大毛巾盘起头发，用手拈起一块放到嘴里："唔，很好吃。小白你真的不吃吗？"

张白笑着摆摆手："不吃啦。你们吃吧。"

罗真真没说话。

王泳问她："在哪里买的？是不是宿舍附近那家？"

罗真真说："我忘了。"

"啊？这么快就忘了？别告诉我你是前几天买的啊。"

罗真真没理会王泳，她看着张白打开冰箱，取出一瓶薄荷水，打开，倒到玻璃杯里。客厅的灯光打下来，杯子里的水闪着细碎的银光。

罗真真忽然想起，自己刚来这城市那天，挤在公交车上动弹不得。她踮起脚尖，在一个个脑袋上方，看到银闪闪的高楼、银闪闪的车，连女人提的包都是银闪闪的。那天下午，她在地摊上给自己买了个银闪闪的发夹。

那发夹，跟张白手里的杯子差不多明亮。

王泳还在耳边聒噪："我今晚一定是饿得不行了，怎么还想吃。我去下个面吧，真真你要不要吃？"

罗真真摇摇头。

王泳说："那你到我房间等我。小白要在阳台练瑜伽了，这时候她不喜欢客厅有人，老说觉得背后有一双眼睛在嘲笑她。"

张白抱着手臂笑。

王泳到厨房里下面，罗真真到她房间坐着。王泳的东西并不多，只有那些书搬来搬去。她的书桌正对着窗台，摆满航务专业书籍。随手翻了翻，都是自己看不懂的。

床头挂着小黑板，那是她自大学时已养成的习惯。但罗真真跟她同住的两年里，一开始还见过她在上面写些鸡血文字，整天给自己打气。罗真真经常给她洗脑，说：“这么勤快干嘛，还不如多敷两张面膜呢。我跟你都没后台，就别多想啦。”

渐渐地，王泳的小黑板上面只剩下日期、天气和行程。要交水电费啦，明天下午两点开会啦，要买的东西啦……

但这次，她看到王泳在上面抄了一句话——

“我从来不相信什么懒洋洋的自由
我向往的自由
是通过勤奋努力实现的更广阔的人生”

罗真真感到在张白跟王泳的屋子里，自己像个外人。她忽然有点害怕，害怕自己会一辈子待在小小值机柜台后面，直到脸皮耷拉下来，变成另一个魏太后。她害怕自己会像那天买回来的银色发夹一样，一直藏在抽屉里，慢慢褪色成灰。

王泳觉得今晚罗真真情绪不太高，但她没多想。自己也当过值机，知道每天的心情都受客人影响是什么滋味。

她坐在书桌前，摊开手账，打算写完今天总结和明日计划就睡觉去。抬起头来，却发现对面房间的灯亮了。

一时好奇，她抓起桌上那个看演唱会时买的望远镜，往对面看去。

木质家具，米白色床单。没有任何杂物，这房间看不出灵魂。也许有，但通通被收纳到墙边的木质四斗柜里去了。柜上、床头上，一张照片都没有。没有奖牌，没有绿植，没有电子设备。

房间主人是个性冷淡吧？

床头上正朝窗户位置，挂了一面小黑板，上面贴了杂七杂八的纸条。

王泳握牢望远镜——

“周二：报告 deadline

周四：联系阿姨

……”

房间主人果然是个性冷淡。

正要放下望远镜，王泳忽然注意到小黑板下面还有一段话——

“勤奋也没用。

大部分人还不是留在原地，

最后过懒洋洋的人生”

这个人！

他看到我写在小黑板上的那段话！

王泳一把放下望远镜，咚咚咚走到床边，踮起脚将小黑板取下来。她用力刷掉上面的字，在上面写着——

“你懒你随意”

她忽然想到，既然对方可以看到自己小黑板上的字，自然也能看到自己。万一真是个变态男怎么办？她跑到书桌前，一把拉上窗帘，没想到力气太大，帘子被扯下了一大半。

她索性将小黑板放到窗台上，有内容的一面朝外，恰好挡住对

面视线，关灯上床睡觉。夜里，一架飞机入梦来，她坐在驾驶舱内，底下是纽约景色。很美。

第二天起床，诸事不顺。

闹铃没响，日光打在王泳眼皮上时，已到七点五十，距离上班时间还有四十分钟。她急匆匆穿上小黑裙，头发随便扎成一团，翘成脑后的小尾巴。早餐来不及，她在客厅抓了包曲奇塞进挎包。

出门走得太急，几乎迎面撞上了从车库驶出的车，忙往后跳两步。对方急打方向盘，脑袋伸出车窗，看向她，眼神阴沉。

秦希！

王泳刚认出他，他已将车开走。

她对即将来临的一天，有不祥预感。

错过班车时间，王泳挤上通往机场的地铁。走得太急，她坐了两个站，发现不对劲，才意识到自己坐了相反方向。又急匆匆下车，换乘对面方向。

地铁上人少，大多提着小件行李。大件行李堆在地铁行李架上。车厢门一开一合之间，无人下车，倒有零星数人提行李踏上来。一到机场，她被众人带下车，又跟他们一起挤电梯。直到其他人走向值机柜台，而她穿过人群走向候机楼外长檐下的穿梭巴乘坐点。坐在穿梭巴上，她才有空拿出包里的曲奇，塞进嘴里，吃了几块，意识到自己没有带水。

就这么干着嗓子，一路赶到办公室时，已经将近九点。她还是迟到了。

程慧珊站在自己的小办公室跟胡昊说着什么。王泳进来后，众人抬头看看她，但什么都没说，又低下头。

气氛不太对，但她没多想，迅速拿起桌上的杯子，给自己倒了水，昂头饮尽。

放下杯子，她隔着玻璃看见程慧珊向她招手，让她进去。

她的办公间混合着香水跟花茶的味道，文件铺满桌子，长桌一角的木相框内有她、一个男人跟小女孩的照片，她笑得很媚。男人站在两人身旁，也在笑着，略微有点疏离。王泳奇怪，她上次怎么没注意到这照片。

但当程慧珊开口说话，王泳马上将所有游离的心思都吓丢了。程慧珊说："纽约航线的飞越国家，你少申请了一个挪威。"

王泳的心停了一拍。呼吸短促，心率过快，体温下降。过膝裙子下的小腿，凉风像蚂蚁一样往皮肉上爬，痒痒的。

还有七天，纽约航线开航。公司已经做好一切准备。本市半空最贵的广告牌早已买下。首航前一天，本地会有一场新闻发布会。首航当天邀请媒体团跟机，落地纽约机场后当地还有仪式跟庆功宴。公关部还安排了一名网红空乘直播落地纽约后的首日日常。

她准备好迎接末日洪荒，脑袋垂得很低。魏太后厉声骂人的阴影，又浮上来。

程慧珊说："我马上就要去哈尔滨开会，胡昊会跟你一起补好这个锅。"

就这样？没有声嘶力竭的痛斥？

程慧珊又交代了一下关于工作的事，胡昊低头在笔记上记录着。王泳白着一张脸，在旁边听着。

"行了，出去吧。"程慧珊开始收拾桌上文件，抬头见到王泳还

呆立在那儿。她蹙眉："怎么了？"

"程经理，我……对不起！"王泳猛地鞠了个躬。

"你的道歉又不能折现成现金，对我有什么用？"程慧珊看了看表，"在这儿多说一句话，补锅的时间就少两秒钟。"

王泳不太记得程慧珊是怎么离开的，只记得这又是繁忙的一天。办公室的人大呼小叫，航务代理协议签署没有，航线考察报告记得交给老板，仿佛少一样，地球将会停止转动，全世界航班将停飞，人类社会将再次隔绝。

余思棠经过她身边，拍拍她肩膀："这种差错是常有的，别说新人了，什么人都出过这种错。我们都试过。"

"程经理也犯过？"王泳一振。

"不，她没有。"余思棠摇摇头，"她不是'什么人'。"

这句话像根刺一样，扎在王泳心头。她坐在自己位子上，慢慢回想程慧珊的行事作风，又反思着自己工作上的过错、个性上的缺失，想用自己的反省浇灌这根刺，让它长出花来。

这花还没长成，人却招来一个——

"王泳——"胡昊走到她桌旁，"沈副总要听一下开航准备工作汇报，我们现在过去吧。"

王泳觉得自己的心跳停了一拍。

运控中心办公楼在机场附近，因此楼层很低。跟其他部门领导层及秘书室一样，沈光的办公室在运控大楼三楼。到了约定时间，王泳跟在胡昊身后进去，一眼见到沈光埋首大办公桌前，正低头看一份文件。从他身后玻璃窗俯瞰下去，可见到二楼航班运行区外围的空中花园。有签派员三三两两站在一起抽烟聊天，谈论最近房价。

“你们来了。”沈光抬头，指指办公桌对面的椅子，“坐吧。”

胡昊为王泳拉开椅子，等她坐下后，自己在她身旁落座，将手头厚厚一叠文件放桌上，开门见山：“沈副总，我们来跟您汇报一下纽约开航准备进展。”

沈光点点头。

王泳低头翻着文件，膝盖微抖。

胡昊有备而来，先挑对方最感兴趣的内容汇报：“我们提前准备了开航前工作清单，目前所有工作都按流程进行，五天后可以按时开航。”王泳边竖起耳朵听，边用力按住膝盖。

他什么时候会将那件事说出来？

她一直在等。

这时有人敲了敲门。艾珊捧着一份文件站在门边，向沈光甜美一笑：“沈总，明天的安全审查，张总说让您带队负责。时间地点已经发到 OA[1] 上，请您查看。”

艾珊的短裙下露出雪白的长腿，王泳发现自从她离开地面保障部，不受魏太后管辖后，服装风格大变，妆容比过去浓得多，更有风情。王泳这才发现原来她身材很有料。这就是所谓的变色龙吧——在女性上司手下，穿得像个古板老女人；在男性上司手下、在男性较多的工作环境中，则不吝啬展现自己的女性魅力。

艾珊从来都是个聪明人。

沈光微一颔首：“我知道了。”

艾珊歪了歪脑袋，一笑:“那我先走了。”她看了一眼胡昊和王泳，

---

1 办公自动化（Office Automation，简称 OA）是将现代化办公和计算机技术结合起来的一种新型的办公方式。

便退到门外。

办公室内又剩下他们三人。沈光说："这件事继续向我汇报。"

"好的。"胡昊轻松应着。

王泳膝盖上的文件滑落在地，发出啪嗒一声。沈光瞥她一眼，胡昊没理会，继续汇报着。

弯腰捡起文件的那一瞬，王泳听到胡昊说："大致情况就是这样。我跟王泳会继续跟进。"

从办公室出来后，王泳忍不住问胡昊，为什么不将事情汇报给沈光。胡昊已走到电梯前，按"往下"后，回头看她："你说，丈夫出轨，自己决心改正，会将这事跟不知情的妻子商量吗？"

"但这是两个人的事啊。"

"你怎么就觉得妻子会想知道这件事呢？"电梯门开了，胡昊冲她扬了扬下巴，"进去吧。"

因为跟挪威存在时差，胡昊跟王泳都留在办公室加班。王泳制作申请材料，做完后交给胡昊检查，他确认后，她发邮件给挪威民航局。一算时间，对方到点上班了，赶紧打电话，诚诚恳恳说明整件事。

"还有几天就要开航了，时间很紧张。"王泳捏着话筒。

胡昊正站在复印机前。复印机透出一些光，映在他的脸上，从上至下。他抬头看王泳，见她神态拘谨，牢牢握着话筒，像拿着救生圈。她皮肤很白，脸小小的，不施脂粉。他此前没仔细打量过她，不知道她是因为今天迟到来不及化妆，还是向来素面朝天。

今天一天，她在办公室走来走去，像春光下跳跃的小鹿，只是表情一惊一乍。别人问起什么，她头一个怀疑自己，缺乏自信。

他低头笑笑：果然还是个新人。

办公室那头，王泳沮丧地放下话筒，用手托住两边脸颊。“我无论怎样追问，他们都不肯给确定答复，告诉我什么时候可以批复。”

“当然。换了是你，也不要轻易给人这种答复，给人具体时间。”胡昊看上去很放松，似乎没为此事着急。

“我还以为只有某些国家才有官僚主义。”

“这不是官僚主义，职场准则而已。”胡昊从复印机里取出文件，抽出重复的两张，塞入碎纸机。吱吱作响的机器声中，王泳听见他说，“哪有那么多民族劣根性，很多行为是人类社会共同拥有的。”

王泳好像在回味这句话，胡昊走近她桌前，将文件放在她面前：“很晚了，将材料放好就走吧。你住哪儿？”

王泳没回答，倒是受宠若惊的样子：“真不好意思，让你陪我加班。”

胡昊将文件袋封好，头也不抬地说：“我只是为我自己。”放好材料，抬头见王泳还在那儿呆立，他微笑着重复一遍问题：“你住哪儿？”

车子下了机场高速，再往前开一点儿，就是王泳住的机场生活区了。胡昊知道她住的小区后，点点头：“离我家挺近的。”又笑笑，“不过百分之八十民航职工都住这边，都是邻居。”

车子驶进小区，王泳给他指路。夜已深，但小区内的便利店跟餐馆仍开着，路上偶尔可见一两个遛狗的女子或跑步的中年男人。胡昊将车子驶向她所住的 C6 栋，在路旁停下。

“真不好意思，让你送我回来。”王泳说这话时，微微弓着背，

朝他点头。

胡昊一只手搁方向盘上，另一只手忽然伸出来，探向她眉心。她吓一跳，下意识地往后靠，他已经用手按在她眉心上，手指轻轻揉了揉：“放松点，ok？别这么焦虑。”

“啊，我看上去很焦虑吗？哈哈。”王泳干笑了两声，笑得蹩脚。

“重视工作是应该的，但不要影响生活。不然这辈子没法过了。”

王泳想不出该说什么好，只得低声应着“嗯”。但心里并不同意：你不是犯错的人，当然说得轻巧啊。

“今晚谢谢了。”她下了车，向胡昊告别。

这时，有车往他们方向驶来，最后进入 C6 栋的车库入口。这车经过他们时，似乎放慢了速度，王泳看到车里的人看向他们这边。没认错的话，那人似乎是秦希。

胡昊也注意到秦希，他的目光追随那辆车，直至它消失在车库入口。他好一会儿才回过神来，跟站在车旁的王泳说晚安，便驱车离开。

这不顺的一天，似乎终于过去了。王泳回到家，张白正在房间里看剧，房门半掩着。她靠在门上跟她讲了几句话，就洗澡刷牙去，再慢悠悠回到房间。

她开了房灯，踢掉拖鞋，跳上床来。昨晚被扯掉一半的窗帘，还可怜巴巴地垂在那儿。她可以直通通见到对面房间，窗边桌前坐着一个人。她好奇心大起，抓起床头柜上的小望远镜，窥探对面的房间主人——

那人正低头注视面前电脑。仿佛感应到了什么，他抬起头来。透过望远镜的两个圈圈，王泳看见了一双熟悉的眼睛，漂亮而冷漠。眼睛的主人，是秦希。

她打了个寒战，抓起床头便笺本，用力写上“装窗帘”，后面三个狠狠的感叹号。

是日，诸事不顺。

距离纽约开航日子越来越近，王泳几乎每天都留在办公室加班，不是打电话追问挪威民航局，就是等他们的电话或邮件回复。

渐渐地，她也明白胡昊所说的话了：对方不会给她任何准确答复。无论如何追问，也只会是官方答案“我们将依照程序办事，尽快答复”。

距离开航还有两天的时候，王泳感到自己情绪接近崩溃。表面上，她仍要装作没事人一样，去参加各类开航前准备会议。在同事说某某部门工作差错多时，她嘴上附和，心里挖苦自己：吐槽别人？王泳，你也配？

这天下午，她刚开完会回到办公室，便发现程慧珊站在余思棠桌旁，跟她要一份航务代理名单。程慧珊今天一身黑，肃杀如三千世界乌鸦，不怒而威，王泳的脑中突然涌上魏太后那张脸。

王泳惴惴不安，坐在电脑前惶惶不可终日，终于还是给挪威民航局又敲了一封邮件。

刚写了两行，电脑屏幕弹出对话框。她没点开，仍全神贯注地敲着字。不一会儿，胡昊从前面轻轻用笔敲她桌子。她这才意识到什么，点开对话框，来自胡昊的消息——“别再发邮件给对方了”。

王泳心烦意乱，一言不发地站起来往外走。

办公室外面有一道门，推开后便是楼梯。她慢慢往上走着，一直走到顶楼天台。

除了大清早有搞卫生的阿姨外，王泳就没在这里遇到过别人。她喜欢这里，因为安静，也因为从这里往南眺望，可以见到候机楼，

还有附近的其他航空公司大楼。她常常幻想，其他大楼里，是否也有一个叫张泳、陈泳的女孩为了工作上的事烦心。

她在这里看了一会儿刚起飞的飞机，就回办公室去了。正是下班时候，她回去时，办公室已经走了一大半人，剩下的大多都是还没结婚的小年轻。胡昊正在位子上打电话，嘴角带笑，明明是个工作电话，明明要跟对方分清职责，他的语调却像正跟人在壁炉前喝茶般愉快。

王泳抬头瞄了一眼，隔着玻璃，她看到程慧珊正一手叉腰，在柜子上找文件。

她看了看桌上的台历：距离开航，还剩不到 48 小时。

程慧珊突然在小办公间里喊王泳名字。王泳赶紧应声，正要过去，程慧珊桌上电话突然响起，她抓起电话，挥挥另一只手，示意让她等会儿。

王泳只得又坐在自己办公桌前。

她点开邮箱，发现没有新邮件。

没有，连公司内部邮件都没有，更别提来自挪威的了。

一只手放在鼠标上，无意识地不断按着“刷新”，一双眼又不时抬起，看向程慧珊办公室，等待女王随时召见。

程慧珊已经放下电话，抬起头来。

王泳最后点了一下鼠标。

程慧珊看向王泳，却又突然想起了什么，于是拈起桌上的笔，写着什么。

王泳的电脑屏幕闪了闪，出现一封新邮件。她点进去看——

胡昊刚放下电话，回过头见到王泳趴在桌上，肩膀不住颤抖。他第一反应是：她哭了？

他有点漠然地想：哦，这个一脸写着“我要向前冲”的新人，没想到这么快受不住压力，直接崩溃了。

办公间那头，程慧珊唤她：“王泳，过来一下。”

王泳抬起头来，胡昊发现她脸色红润，嘴角挂着笑。办公室的打印机突突突地往外冒着纸，她从容地走到打印机前，取出一张打印材料，将它郑重地对叠，走到办公间里。

胡昊大约猜到了怎么回事。

果然，程慧珊问起了纽约开航的事。王泳将刚从挪威民航局那儿收到的批复递给她，然后安静等待发落。

不管怎么说，这事，是她错了。

“很好，下次注意。”程慧珊轻描淡写。

王泳终于忍不住好奇，问：“程经理，您不担心吗？”

程慧珊抬起头：“胡昊没跟你说？这种事不是第一次了。”

“但后天就要开航了……”

“我经历过开航前一天才拿到批复的，甚至起飞前才拿到批复的。而且那两次，错都不在我们，最后却通报了我方的错。”

王泳张着嘴，不知道说什么好。

“很好，这次你吓个半死，下次就不会犯同样的错了。出去吧。”

王泳坐在那儿，一动不动。

程慧珊皱了皱眉：“你还在等我骂你？”

“咳咳，可是，我做错了……”

“知错就行。我心理健康，情绪稳定，不像其他上司，喜欢借着训下属的机会发泄。大家都是成年人，时间宝贵，想让我跟你上课？对不起，我的人生道理很贵，不轻易教给外人。”她摆了摆手，“纽约开航还有一堆事，快去做吧。”

纽约开航那天正是周六。王泳原本不需要上班，却特地带上外场证件，进入停机坪开航仪式举行的区域，远远观望着。

大使馆、民航局、观光局官员和公司高层出席的开航仪式，头天晚上已在高级酒店举行。循例，又是双方交换礼物、合影、致辞等环节。

至于今天出港的环节，较为简单，因为更隆重的欢迎仪式将在纽约那边举行，纽约办事处的人已经提前半个月准备了。但王泳站在风中，远远看着即将出发的飞行员和空乘们手里拿着花束，站在祝航线顺利开通的横幅后笑着合影，心里居然有些廉价的感动。

也许因为自己还有对工作的新鲜感？

“王泳——”身后有人喊她。转身，她见到手里端着相机的章楠一。

章楠一穿着烟灰色套装，脚步轻快：“怎么也来啦？听说你到运控中心了。”

在这里见到章楠一，王泳很高兴。两人在停机坪上聊了会儿，章楠一提到上次的事，“我觉得你还挺适合公关部的，也跟我们老板提过。我们部门缺人，老板也想多个用得上的，但没想到后来这事黄了。”她表情有点惋惜。

王泳倒一脸坦然：“没办法，谁让我被金卡旅客投诉了。”

章楠一正低头摆弄相机，听到这话抬起头，有点愕然：“谁说的？你是被金卡旅客投诉，但你们的魏主任将这事压下来了，她给你写了非常漂亮的报告。”

魏太后？漂亮的报告？

王泳瞠目结舌。

罗真真跟她说，袁均将她讲的话录了音交给魏太后，然后她就在春运期间去了又忙又累的国内值机。谁都知道，魏太后虚荣小气又自私，平时就爱骂人。在分岗这种事上，她怎么可能不趁机给她写一份难看的报告呢？

但是细想想，那又都是猜测而已。

客观，公正，是王泳进入新闻系时对自己提过的要求，然而她本人却没有做到。

章楠一说："具体经过我不了解，但估计你是得罪了公司里的人。你是不是自己开了个公众号，在上面写一些旅客故事？"

王泳点点头："那上面都是些隐去真名的故事，写着玩，也看不出是哪家公司的。"

"但在有心人看来，就不是那样了。尤其我们这种公司的公关部，管得严，自个儿员工不得写任何工作的事，怕影响形象。"

谁会是这个有心人？

今天天气真热。王泳觉得汗都要流到眼睛里了。她抬起手，擦了擦前额上的头发。远处那堆人里，有人在喊章楠一的名字，招呼她过去拍照。

"哎，真没完没了。下次再聊。"章楠一嘴里骂了句，飞快跟王泳扬了扬手，转身跑开。

王泳远远看着她站在人堆里。当地记者在停机坪上围了一圈，对着机身拍照。有更多媒体已经在飞机上，接受公司邀请参与首航。太阳很烈，她独自站在角落，像一块即将融化的糖果。

只有极少身边人知道她开了这公众号，发点自己的文章。不完全跟工作相关，但免不了会写值机时遇到的事。她自己没有在朋友圈转发过，她的朋友也心照不宣，替她隐瞒。

章楠一说得对，那是个"有心人"。

是一个不愿意她进入集团机关的有心人。

唯有他而已。

她想起，他特地告诉自己，说他帮她说了好话才让她进入运控中心。她想起，他们分手后，他某天深夜给她发消息，问是否还是朋友。

朋友？你会这样对自己的朋友吗？

真想当面问周铄。

她现在明白了，他不希望在同一栋办公楼见到她，不希望在工作范围内见到她。他知道王泳不会对外说他什么，但是他那样谨慎。也许他不愿让妻子知道自己曾是个贷款读书的穷学生，也许他不愿让人知道他的前女友也在同一家公司，也许，他只是单纯地避免她往上爬，爬到离他近的地方而已。

远处一阵喧闹中，首航航班滑行一阵后，飞机拔地而起。在升向太阳的同时，也离地面如蝼蚁般仰望它的人群越来越远，越来越远。

傍晚时分，王泳在楼下跑步。城市的天空在楼宇与楼宇间黯下来，路灯一盏盏亮起，将人影在地上拉长。她看着自己的影子跑。附近不断有全副武装的跑步者，全神贯注，轻易超越她。

又一个跑步者擦肩而过，哐当当，掉下一个什么。王泳上前拾起，见是一把钥匙，连着金属钥匙扣，飞机造型。

当她抬头时，那人已经跑远。她起步追，但前面好几个跑步者，身影在她面前晃啊晃啊，她认不出来谁是谁。只好停下脚步，返身站在原地等了一会儿。但一波又一波跑步者越过她，就是没看到有人停下来找钥匙。

回去后，她走到楼下物业小姑娘那儿，将钥匙交给她。小姑娘一看这钥匙，忽然笑起来："又是这个呀。"

王泳正莫名其妙，这时有人从身后经过，小姑娘喊："秦先生，您看是不是掉了钥匙？"

王泳回头，见到秦希一身便装走过，听到小姑娘的话，他手插在兜里，斜着头，"哦"了一下，回过身。

小姑娘冲着他笑："上次您也是掉了钥匙，被人捡回来了。我记得上面的小飞机。"

"谢谢。"秦希礼貌地向她道谢。

"是这位姓王的小姐姐捡的，应该谢她……"

王泳赶紧打断："不用客气。"转身就往电梯口走去。她按了按钮，等了一会儿，秦希已经走上前，站在她身旁。

电梯门打开。两人一前一后走了进去。

电梯门关上。密闭空间，静得骇人，只听到极其微弱的器械运转声。王泳开始抬头看电梯里的广告，一个字一个字看过去，异常专注。

秦希突然开口："你不当值机了？"

原来他认出了自己。她心里不怀好意，嘴上漫不经心："是啊，被人辞退了。"冲他促狭一笑，开始胡编，"被金卡旅客投诉了。公司最不缺我们这种值机小姑娘了，说辞退就辞退，还有一大批大学生挤破脑袋要进来。"

13层到了，电梯门打开。王泳走出去，听到他说："对不起。"

一天之内，魏太后不再是魏太后，周铄不是周铄，连秦希也不是秦希。每人都迎来各自的反转。

两人一前一后步出电梯。秦希说："我有什么可以做的？"

“撤销投诉？”王泳信口开河。

本以为秦希会满口答应——做不做是一回事，但表个态总不难。然而他将手插在兜里，眉头微锁，像在严肃思考。王泳快要举手投降，要跟他表达这只是个玩笑，他却开口：“对不起，不可以。”

王泳一副“大哥你玩我”的表情。

“一码归一码。你们公司为了一个投诉，就对员工做出过于严厉的处罚，我认为这是他们的内部管理出现了问题，缺乏对员工的尊重。但是就你本人而言，你确实犯了差错，这是不可原谅的，尤其在民航运输这样一个行业。”

王泳语气冷下来：“打错登机牌的确是我的错，我道歉。但能不能坐靠窗位置就那么重要？以至于成为我的罪状之一？”

“一旦放过细微差错，就会形成侥幸心理，这很可怕。”

王泳瞠目结舌：“先生，我不是你的员工。”

“但你在一个与安全息息相关的行业。”

王泳忽然有点头昏目眩，但又觉得他讲得有道理——如果自己在入职后这两年，养成良好的工作习惯，是否纽约开航的错就可以避免？程慧珊没苛责她，这次没捅娄子，她确实大觉侥幸。

秦希见她脸色苍白，一脸沉默，于是放低声音：“除了撤销投诉，我还有什么别的可以做的？”

王泳却突然想到了什么，双眼一沉：“慢着——你怎么知道我不再当值机？”

“你的作息非常规律。除了有几个晚上特别晚，但我猜那几天你在加班，而不是约会。你看上去不像有男朋友，我经常在便利店或小饭馆看到你单独进餐，或者叫外卖。”秦希平静坦然得像在报数字。

王泳对自己说，一定不要生气。她大口大口深呼吸。魏太后的事教育她，千万不要以貌取人。也许他没有恶意，只是说话实在太没水平。

“谢谢你的关心，很晚了，再见。”她转身便走。一人向左转，一人向右转。

第三章

# 加勒比海岛国地震

C H A P T E R 3

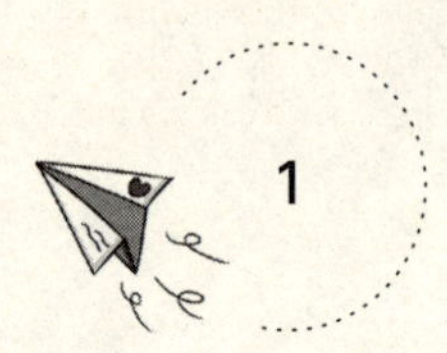

# 1

这大半年来，王泳渐渐适应了工作。每月出一两次差，与国内外民航局联络，应对公司安全检查。航班换季，新开航线和紧急包机时，会忙得焦头烂额。办公室里的打印机、传真机响个不停。程慧珊在办公间门口虚晃一下，讲几句什么，又消失在门后。

因为年轻，还没结婚，所以是办公室加班常住人口。其他同事下班后，往往只有她跟胡昊留下。他桌上的小幅素描换了又换，就像传闻中他身边的女人。有一次，王泳在外面吃饭时见到他跟一个空乘进来，他亲昵地吻她的脸，抬眼见到王泳，微笑着向她扬手。

不加班时，王泳在小区跑步。那是自从她跟周铄分手后养成的习惯。那时候，她什么都做不了，书看不进去，电视看不进去，只能跑步，只能一直往前跑。跑得筋疲力尽，倒头就睡，跑得忘记了当初为什么哭。

有意思的是，她以前身体不太好，月经不规律，晚上睡不好。自从开始跑步以后，大姨妈准时报到，吃得香睡得沉，脸上痘痘也消失了。值机时，开始有男客人跟她调情。她有点明白，当你处在人生低谷时，也是最容易积蓄能量的时候。

周铄早已是过去时，但跑步的习惯延续了下来。她只要不加班就在小区跑步，偶尔会遇上秦希，多数在电梯里。他下班非常晚，

往往她跑完步上来时才碰见他，一身西装步入电梯。

王泳厚着脸皮，笑着跟他打招呼："今天没犯错吧？"若有所指。

秦希掀掀嘴角，肉不笑，皮也不笑。

王泳承认自己八卦，她偶尔还是会看看秦希的房间。她发现他的作息也非常规律：每个月都有一个星期不在家。晚归。晚睡。早起。他的小黑板依然贴满各种备忘事项、发票单据等，也不再对王泳写在自家小黑板上的话有任何吐槽式反击。

只有一次除外：纽约开航后，王泳在小黑板上写上一句"细心！检查每个飞越国！"，这话挂了整整一个多月没擦去。

某天她发现，秦希房里的小黑板有简单四个字：交叉检查。

其实这正是程慧珊之前就提醒过她的。但当时她跟余思棠，余思棠一直显得很忙，王泳则有种"尽量别麻烦人"的心理，觉得能自己做的就自己做，没想到后来出了岔子。后来王泳跟罗真真聊过这事，罗真真问："如果后面这件事捅娄子了，那个人是不是就没有责任了？"

王泳一愣："是啊。"

"你现在负责的工作，是不是有部分接手那个余什么的？"

王泳好奇："是啊。你怎么知道？"

罗真真将勺子往汤碗里一扔："你呀，多个心眼吧！"

罗真真最近过得挺不开心的。她说，魏太后还是看她不顺眼，经常让她值差的班。干机务的那个壮壮，追了她大半年，见一直没回应，改追求新来的小妹妹，还火速见了家长，两人已经一起看房了。袁均倒是变化挺大，没能离开地保部对他打击不小，他不再讨好魏太后，也开始灰心丧气了。这个月被客人投诉了几次，也不放在心上。

大家都说，他已经打算回家找工作了。

说着这些话时，王泳跟罗真真刚从小饭馆出来。傍晚在夜风中沉静下去，天上月亮很圆。今晚也许是农历十六。她们沿着云霄路走，看路旁的小汽车来来往往。这路上住很多空乘，罗真真看她们在车窗里露出一张雪白的脸，美丽的唇。她好奇，坐在驾驶席上的都是些什么男人。

夜风吹过去，掀起她裙子下摆，露出细长的双腿。她突然有点害怕，害怕自己穿多好看都没人发现。

“对了，艾珊跟公司安全部门的一个小主任好上了，你知道不？一个四十好几岁的男人。”罗真真语带慨叹：“真快呀。我还记得几个月前，她还跟袁均好着呢。”

“是吗？那还不错呀。”王泳信口说着。

“好什么呀！那男人离过婚，还有个小孩呢！”

王泳觉得这也不能说明他们不是真爱，但她不好说什么。毕竟罗真真跟艾珊的关系，就像《X战警》跟《复仇者联盟》，都在一个次元，但不属同一世界。

罗真真幽幽地说：“不过，你知道吗，袁均跟艾珊好之前，他还跟我表白过呢。当时我没接受。他也是小地方来这里打拼的，我知道他家里没钱，给不起首付的。我要跟他结了婚，连房子都买不起。”

王泳跟罗真真是截然不同的两种人。王泳太重情怀，罗真真考虑实际。她俩也常嚷嚷：怎么会跟你这种人当朋友嘛！但王泳知道，幸好身边有罗真真，自己这个不接地气的人才不至于飘上了天。

她调侃罗真真：“你找飞行员的事怎么样了？找了三个，还是五个？”

入职培训刚分到一个宿舍那会儿，罗真真就拿出手机里木村拓哉在日剧《空中情缘》（*Good Luck*）中演飞行员的照片，信誓旦旦地对王泳说，自己立志要嫁飞行员。

才不是因为木村拓哉。

飞行员收入高，光鲜体面，连老婆在公司里也往往能够获得优待——毕竟现在航空市场发展迅猛，飞机拼命地买，航线拼命地开，飞行员人数却只能一胳膊肘一胳膊肘地慢慢攀爬。公司只得采取这种“照顾一家”的政策。

罗真真刚摆出一张苦瓜脸，王泳这边电话就响了起来。她从包里掏出手机，那头是胡昊的声音：“在家吗？我的门禁卡丢了，还在补办，现在要回办公室一趟。你的借我用？我快到云霄路了。”

“不在家，但我在云霄路上。”她抬头看四周，旁边是一家叫行星树的餐吧。“我在行星树门口。”

“在那儿等我。”

三分钟后，王泳见到胡昊。他开一辆福克斯，远远见到王泳，打方向盘驶到路边停下。王泳从包里掏出钥匙，递进车窗里，低下头问他：“怎么突然要回去加班了？”

“看新闻。”他从驾驶座上微微探出头，隔着降下的车窗与她说话，“加勒比海岛国地震。公司紧急派机过去，我要回去联系。”这里不能停车，他说话间看看周围，便朝她扬扬手，驶车离去。

罗真真在后面探头探脑：“谁呀？同事？挺帅嘛。”

“嗯，同事。”王泳低头掏出手机，才发现工作群里已经有几条新闻链接。程慧珊在下面简单写了几句：“我国维和人员在地震中伤亡。公司接到国家任务，要求派机运送救灾物资过去，同时接回维和人员遗体。”

这次，加勒比海岛国遇上强震，太子港是国际社会救援当地的唯一通道，可以预见机场会异常繁忙。

根据救灾包机方案，航班将飞越北京、安克雷奇、金斯敦，最后到达太子港。俄罗斯飞越许可、美国飞越落地许可、牙买加备降申请……为保证信息统一，必须要有一个人作为公司运行的对外联系口，负责 24 小时接收传递信息。

这个人是胡昊。

王泳从未见过他这般严肃模样。在办公室里敛起笑脸，带着心事般对着电脑，桌上的咖啡早已冷却。其他同事下班后，办公室只剩他一人，睡袋在地上一铺，手机放桌上。估计也不敢熟睡吧，生怕错过任何电话——外国民航局、大使馆的电话，往往在夜半打来。

王泳晚上跑完步，站在树下压腿，喝水，刷手机新闻。太子港比想象中还要繁忙。当地缺衣少药，尸臭弥漫。美国人接管了当地，机场接受能力极度有限，世界各地救灾航班都往那里飞。在他们发出落地命令前，航班只能在那儿等着。

她抬头，透过楼宇与楼宇间的夜空，看飞过的小小白色飞机。不知道它飞往哪个方向。

王泳查看资料，发现岛国机场目前处于三无状态：无空中管制，无地面指挥，无空地保障。航班的航线距离极长，航路气候复杂多变，目的地机场通信落后。她坐在位置上看航图，不知不觉已经过了下班时间，抬头时发现众人已走。

转过身，只有胡昊桌上满桌文件，一杯咖啡。她上前摸了摸，凉的。

胡昊正在二楼，那里是一线人员集中的工作区。穿着打扮如程序员般的签派员，默坐在各自位置上，制作飞行计划，进行航班调度，接收导航信息，监控航路天气。他刷了门禁，站在负责这个航班的签派员边上，看他们跟机上飞行员一起计算剩余油量。

原来，航班在当地时间飞抵岛国上空，却收到消息，停机位已满。美国军方接收了机场，要求他们盘旋等待。飞行机组怕油量撑不住，跟总部运控中心紧急联系。他们在飞机上研究备降航图、备降机场图，认为可能需要备降牙买加的金斯敦机场。

胡昊问："还剩多少？"

"最多只能等一小时二十分了。"签派员满头满额的汗。

飞机必须就近备降金斯敦。

王泳离开办公室，到二楼去交一份材料。她见到胡昊在小花园树下，坐着抽烟，不一会儿，他手机响起。他接听，反复追问同一个问题：在金斯敦备降的航班，什么时候能飞向岛国？

王泳回到办公室，替胡昊将变凉的咖啡倒掉，打电话叫了外卖，等外卖小哥将盒饭送来，她放他桌上，然后离开。

那天晚上，王泳在云霄路上的高记港式茶餐厅喝粥，店里人声喧闹。母亲斥责不听话的小孩，小情侣相互调笑，中学生三两成群掏出手机对打。她坐在背对入口处的位置，抬头默默看电视新闻。听不到声音，她只能看画面与字幕——

"八名维和人员在地震中遇难……中国在国际维和行动中的作用越来越重要……"

画面上播放着参与国际维和人员的资料图片。照片上，他们笑得灿烂。

有人走了进来，在王泳对面坐下。她沉下双眼，见秦希穿着衬衣，拿起餐单，对服务生说："一碗云吞面，一碗白粥，谢谢。"

"一碗云吞面，一碗白粥。"服务生重复。

"是的，谢谢。"

服务生走开。

秦希顺着王泳的目光看电视，新闻上已开始播放关于我国派出航班赴太子港救灾一事。"你们应该也有参与吧？"他问。

王泳点头。

"那些地方机场环境恶劣，保障设施肯定缺乏。估计机组够呛。"这时服务生送上来一杯柠檬水，秦希接过，"谢谢。"

王泳抬起眼睛："你对民航还挺熟悉的，是有什么人在那儿工作？"

秦希捧起柠檬水喝，没说话。

这时王泳手机响起，是老妈打来电话，她忽然有不祥的预感。果然，电话那头，老妈在"最近冷不冷？工作忙不忙？钱够花吗？"后，话锋一转，"我昨天到李阿姨家，她有个侄子在银行上班……"

"妈，我在加班，不说了啊。拜拜。"急匆匆挂掉电话。

对面秦希取出筷子，开始吃云吞面。这家店的云吞面也是王泳心头好——汤底鲜美，有虾干、花生熬了数小时的味道，云吞皮薄馅多。王泳走时，他仍在专注地用餐，没有抬起眼皮。

第二天上班时，王泳发现胡昊位子空着。余思棠见她盯着他桌子，说："胡昊十分钟前刚离开，程女王让他回家休息。"

昨晚，他不断拨打电话，等待金斯敦塔台发布起飞命令，足足等了八个小时。

航班终于可以起飞，飞往太子港。

今天王泳也很忙，她组织一个部门培训，整天都待在二楼会议室里。培训结束时，已经过了下班时间。她夹着文件袋走出来，低头走过工作区前由四块小屏幕拼接成的大屏幕。除了机场实况、气象云图和系统数据外，其中一面屏幕上连接着电视信号，新闻频道滚动播放着异国的救灾信息。

新闻说，印象航空派出了我国第一个抵达灾区的航班。

她抬头，一眼见到胡昊往她这边走来。他洗过澡，穿着浅色衬衣，身上有薄荷味道。她正要问情况，胡昊已开口："伸手。"

"什么？"她迟疑地伸出手。

他将办公室钥匙放在她掌心上，慢慢合上她的手指："谢谢。"

"你怎么还在……"

"还有回程航班要处理。"他说。

他俩没空说太多话，因为艾珊从会议室出来，走起路来显得腰很细，她微笑着将培训材料交给王泳。胡昊走到签派员边上，开始了解回程航班情况。

——回程航班从太子港起飞去迈阿密。航路天气不理想，太子港保障水平差，不可能给回程航班加油。飞机油量不多……

王泳跟艾珊简单讲了几句话便分开。她抱着培训材料，经过大屏幕时，不期然停了下来。

新闻频道仍在不断滚动播放当地受灾情况：小小的黑色孩童骨瘦如柴，在陌生的异国医疗人员怀中哇哇大哭。灾民不断徒手去挖埋在瓦砾中的亲人。一个老婆婆腿上缠着绷带，麻木地躺在帐篷角落，苍蝇趴在她手臂上，她一动不动。一座教堂废墟外，一名当地妇女正跪在地上祈祷，抬头时泪流满面。

联合国驻当地维和部队总部大楼在地震中被毁。中国八名维和人员不幸被埋。

直播画面中，中国国际救援队及中国维和警察防暴队正举行仪式，送别地震中遇难的同胞遗体。五星红旗和联合国国旗缓缓披在灵柩上。镜头扫过送别人群的脸，一双双通红的眼眶。

王泳站在大屏幕前，呆立片刻。在巨大的生命危险面前，她的眼角流下小小泪滴。工作上、生活的一切烦恼都如蝼蚁般渺小。好一会儿，她意识到自己在工作场所，赶紧用手背拭眼角，匆匆走开。

胡昊在工作桌前，一抬头，恰好看到了屏幕前王泳在擦眼泪。

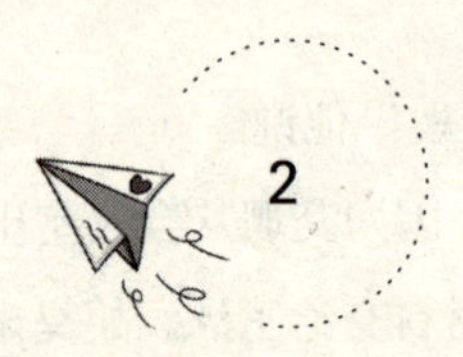


地震救灾任务结束后，程慧珊给胡昊放了长假，但胡昊没休息，留在办公室写报告。王泳很是为他的职业精神所打动。转身却在茶水间里听到杜大鹏跟余思棠在议论，说胡昊这人野心不小：“倒是会抓住一切机会呀。这事完后，老板们都知道他这个人了。”

见王泳进来，那两人不说话了。

王泳将茶包袋子撕开，狠狠扔到垃圾桶里。一想到不干活的人还在背后嚼舌头，她就来气。

回到办公室，王泳整理完代理培训材料，发现已过八点，办公室其他人早已离开。她收拾桌面，听到胡昊仍在后面写报告，键盘嗒嗒嗒跳动。

她转过头："有什么要帮忙的吗？比如替你改改文字什么的，毕竟我读过新闻系，对文字比较熟悉。"

胡昊停下手，抬头打量一下她。那种熟悉而暧昧的微笑，又回到他嘴边。那一刻，王泳确定，一定有很多女人告诉过他，他长得很好看。

"我饿了。你上次叫的盒饭，是哪家外卖？非常好吃。"

盒饭很快到了。王泳腾空办公室那张长桌，在上面铺上报纸，打开饭盒。胡昊自己迎上来："好香。"

胡昊推开窗，候机楼夜色扑进室内。他走近时，王泳能闻到淡淡的皂味。她从未见过他不修边幅的模样，连在办公室铺睡袋而卧的这些天也没有。他的身体干爽好闻，但她心知他的灵魂沾染了人间烟火。

食物才是更具色相的人间烟火。黄米凉糕，铁板烤羊肉，牛肉汤泡馍，胡麻油炒鸡蛋。胡昊点评道："外婆是西北人，我从小吃她的菜长大。"

从没听胡昊说过自己的事。王泳只知道，他在法国国立高等航空航天学院毕业，后来在空客总部待了一小段时间，才进入印象航空。

"那你自己也做菜？"王泳问。

"不，没这份耐心。我不做付出与收获不成正比的事。"胡昊笑着摇头，见王泳一脸茫然，他解释，"得在厨房花上多少时间，我才能做出外面小饭馆的水平。拿这做饭的功夫赚钱，我可以吃上很多顿米其林。"

王泳觉得这逻辑没毛病，只是觉得哪里奇怪："做菜不光为了填饱肚子，也是一种乐趣嘛。"

“为了给你增添乐趣，下次你可以做给我吃。”

王泳敏感地觉察到谈话方向开始往调情方向走，马上问起他关于救灾航班的事。她这才知道，原来这次航班每个节点都跌宕起伏。不光是从金斯敦等待飞往太子港，等了足足八小时。就是从金斯敦起飞时，也异常惊险。

胡昊用手比了比：“金斯敦机场旁边是加勒比海，周边是高山峻岭，飞往太子港机场要耗时 30 分钟。临海机场受乱流影响，保障条件差，跑道上没有中线灯，只有边线灯。”

他非常擅长讲话，连这种工作内容，都可以讲得绘声绘色，让王泳仿佛身临其境。一顿饭下来，她突然意识到自己多傻：胡昊根本不需要她帮忙改报告。他本身就是讲故事高手。

吃完饭后，窗外传来一阵喧嚣声。胡昊看墙上的钟：九点。“到签派员交接班的时间了，难怪这么吵。”他关上窗，办公室内突然沉静如海。王泳强烈地感觉到，这空间里只有她和他两人。

王泳默默低头收拾桌上的饭盒，一个一个，叠起来。胡昊不作声，默默在旁帮忙。两人一起走到茶水间，用废报纸包起饭盒扔到垃圾桶。

接下来他们非常高效。两人都没有说话，办公室里只有敲击键盘的声音。偶尔王泳产生些问题，停下来，回过头问胡昊。他讲完后，她嗯嗯地点头，回身继续修改。一个多小时，报告便校对完毕。

胡昊将它发给程慧珊，抄送给九叔和沈光。

“我送你回家。”他说。

“我坐班车就好。上次陪我加班，也是你送我，不可以每次都麻烦……”

胡昊打断她，几乎失笑：“你不是在还人情吧？还清了，不想再欠？”

王泳一时语塞。她的确是因为上次胡昊陪她加班，心有歉意。但要说还人情，也谈不上。

胡昊推推她肩膀，一手替她拿起包包："走吧。"

她在他身后追："谢谢，但我自己拿——"

胡昊回身，对她说："第一，男人为你提包时，你应该坦然接受。第二，男人为你开门、让座时，你应该坦然接受。第三，男人为你买单时,你可以坦然接受,也可以坦然拒绝。女性数百年来争取权益，是为了让你们跟男人的关系在同一天平上，可进可退，不是为了让你们跟男人龙争虎斗的。走吧，我送你回家。"

这番妇女新知，一下子推翻了王泳在男女关系上接受的原生教育。

二十年来，王泳母亲一直对她耳提面命："小心那些不怀好意，对你献殷勤的男人。男人脑子里就只有那件事。一旦让他到手，你整个人就不值钱了。以后你找男朋友，一定得让你妈我亲眼相一相。要知道，这世上谁都会害你，就你妈不会害你。"

王泳跟周铄在一起后，过了很久才敢跟母亲提。母亲很不高兴，跟她大吵一场，说她"脏"。周铄大学毕业后，提着礼物上门拜访，母亲给他端上一杯茶。他端起茶杯，非常烫手，母亲在旁静静地问："你打算什么时候娶王泳？"

跟周铄分手，是在工作以后了。那段时间她上班经常出错，每天都吃两个乘客投诉，心情压抑，请了个假回家。她跟母亲二人围聚在昏黄灯光下吃饭，不知怎么突然鼻子一酸，掉下泪来。

母亲放下筷子，语气平静："你是跟周铄分手了吗？"

那天晚饭，以母亲教育王泳，她最终强颜欢笑而结束。

她能够体谅母亲，但是，她更怀念小时候那个母亲。那时候，一家三口很快乐。她是父亲最疼的宝贝，直到某一天，父亲遇上了他的初恋情人。

她记得父母将她锁在房间里做作业，他们俩在外面大吵大闹。她趴在房门上，听到父亲说："我对不起你们，但我一直爱着她。她也愿意为了我离婚。"

后来，家里就只剩下她跟母亲两人。从那时候起，她害怕跟母亲待在一块。有一次，母亲哭着将她推出门去："你去找你爸！快去那个女人家里，将你爸带回来！不把他带回来，你别想进这门！"王泳坐在楼梯上，将脑袋埋在膝盖里，不让过往邻居看到她的脸。

到了青春期，她努力考上市里重点，只因那所学校要求住宿。她提起箱子离开家，有种放飞自我的激动。跟同学们一起，她变得开朗。直到暑假回到家里，有男同学电话打到家里。她像在学校里一样，跟电话那头的同学开着同龄人之间的玩笑。挂掉电话，她一回头，看到母亲靠在墙上冷冷看着她。

母亲抛下一句话："男人接近你是为了得到你身体。"转头就走，留下王泳站在电话旁，一脸惊诧。

在这样的教育方式下，她在男女关系上比谁都迟钝，又比谁都敏感。别人一进，她就退，直到退回自己舒适的位置。

就在这个时候，她喜欢上了高年级的周铄。在她小鹿乱撞的少女心中，他是道亮眼的光。只有跟他在一起后，她才留意到，原来他也会有汗味呀，也是个普通人呀。

他第一次亲她，胡楂扎到她，她觉得说不出的诡异。在她心目中，他更像个哥哥，是个无性的存在。她不至于天真得不懂得男人之性欲，只是从未将此跟周铄联系起来。她想象不出周铄做那种事的样子。

在妈妈灌输给她的观念中，性是龌龊恶心的。而周铄这样的初恋，

应该是无性的存在。

然而胡昊告诉她：男女关系，不过是人际关系中的一种而已。为什么不能平常心对待？

车子在 C6 栋外停下。已是深夜，夜里有风，胡昊在风中看着她。她跟他说晚安，又说谢谢。

他笑："我发现你说谢谢的频次太高，说明你将自己位置摆得很低。"顿了顿，"难道今晚不该我来谢你？"

"那我也要感谢你送我回家。"

"那我要谢谢你的外卖，你烧的茶。"

有人经过车旁往大楼走去。王泳想，那人要是听到他们的话题，一定觉得滑稽。"我俩要一直在楼下互相客套一晚上，你谢谢我，我谢谢你？"

胡昊的笑容停在嘴角，像一轮弯月，不说话。王泳再跟他说晚安，下了车。

电梯在顶层停住，一动不动。另一台电梯在逐层往上攀升，王泳抬头看电梯顶部的红色数字，一路变动。

有人站在她身旁："刚下班？"

王泳回头，看到秦希。她点点头。

然后是一阵沉默。两人本就无话可说，此刻都抬头看着电梯顶部的数字变动。在顶层停住的电梯还在顶层，而另一台电梯终于攀爬到目的楼层，也停住了。

秦希突然开口："刚才送你回家的是你同事？"无话找话。

"是。"

"你们一个部门？"

王泳有点疑惑：秦希今晚意外地对她过分关心。

顶层的电梯开始往下降落，王泳说：“是。一个部门的同事。”

秦希嘴角动了动，似乎想说什么，但还是没开口，电梯落到一楼，电梯门打开。秦希让王泳先进去，身后忽然有人喊王泳名字。她扭头，秦希为她按住电梯。

胡昊走上前，将一串钥匙递到她手上：“你包里的钥匙落到我车上了，待会儿回家开不了门。”

“不会，我室友在。”王泳接过钥匙，“谢谢。”

“又要开始循环道谢了？”胡昊一笑，“我走了。明天见。”他转身要走时，一眼瞥见在旁站着的秦希。胡昊嘴角那轮弯月，突然被乌云掩掉。

秦希这时慢慢开口：“胡昊，好久不见。”

胡昊敛起那意料之外的表情，嘴唇线条紧了紧：“好久不见，秦希。”

王泳并非不好奇秦希跟胡昊的关系，但无论她在小区里碰到秦希，还是在办公室见到胡昊，他们都没有提起另一个人，仿佛那次偶遇不曾发生。

那当然，她不过是个局外人。

这个局外人，很快将这件事抛诸脑后。像罗真真说的：自己的事还顾不过来，谁还有空理别人呢？

对讲机里不断传来消息：“各单位请注意，现在通知延误信息……”

罗真真打了个喷嚏。

真倒霉。最近这个月她特别倒霉，感冒断断续续一个月都没好。

上班几乎每天都遇上晚点，还换着花样晚——天气原因、机械故障、空中管制、旅客晚到……都被她碰上了。偏偏这个月有大型交易会，酒店房间非常紧张。

旅客遇上航班延误，本来就恼火，要是不给他们安排住宿，更是浇了一盆油。

她跟袁均分配在一组。罗真真不停地查看航延酒店名单、备用酒店名单，App 上显示“没有房间”，他们打电话去问，一副“长期合作伙伴有难，你们帮不帮忙”的嘴脸，硬生生挤出一两间房。袁均在系统上查航班人数，联系食品公司订午餐。

魏太后过来巡视，袁均跟她汇报情况，她拿起对讲机，马上安排人手到登机口服务台，挂上航班不正常的提示板。“每隔三十分钟通报一次航班信息！”“给旅客发饮料！”又提醒：“小矿泉水就行！不要大瓶的！大瓶砸身上特疼！你不信的话，给你砸一个试试！”

航延越来越厉害。因为最近公司领导出席新闻发布会，公关部生怕这时候出点负面舆论事件，于是明令要求航延时，所有值班主任都要到场。罗真真刚放下电话，就听旁边席位上小文说：“真真姐，听说登机口那边可热闹了。所有值班主任都到了，每个登机口都被旅客包围。不光是值班的，连主任甚至经理都被旅客围着，没人出得去。”

罗真真一副见惯世面的模样，摆摆手：“这次也不算什么。去年初那次才厉害。当时我还在登机口实习，对讲机都被人摔在柜台上了。”

“那后来怎么办呀？”小文问。

罗真真得意地笑：“我赶紧委屈地大哭，那旅客是个男人，本来还想上来打我的，其他人一看我哭，就开始数落他了，说他一个大男人欺负小姑娘……”

小文露出钦佩的表情。

袁均高声问：“酒店房间订好了吗？”

罗真真瞥他一眼，没好气：“正忙着呢！”

跟其他人不一样，她时刻关注着天气预报。她知道，像这种大雾天气，只要下雨就好了。这会儿，她口袋里的微信不住地响。但魏太后在附近，所有人都在忙着，她不敢掏出手机。

雨终于下了。天空灰沉沉。

原本应该九点钟交班，但因为积压航班太多，人手不足，罗真真留到了快凌晨一点才走出候机楼。她跟袁均都还住在地保部宿舍。脚步沉重地坐上穿梭巴时，袁均想跟她说话，她却闭着眼睛，懒得搭理。

袁均识相，只好开始玩手机。

罗真真的手机在口袋里响了响。她摸出来一看，已经电量告警了。她刷了一遍微信，发现都是各个群的人在说话，中学同学、大学同学嚷嚷着要聚会。工作群里，小组长要求每个人写一份航延处置心得。还有公司举办做好旅客服务的视频比赛，部门广泛动员，要求每个人都要交一段视频。

她百无聊赖，将微信关掉。

电量再次告警。

她正要将手机放回去，却发现微博显示有新消息。点开一看，她见到自己最新发的微博有人点赞。那条微博，是她捧着新做的蛋糕。

点赞那个人的头像，是一片蓝天白云。

她的心一跳，知道蒋斌回复了她。

当日，罗真真在电视上看到成都送心脏航班的介绍，副驾驶蒋

斌跟机长一同接受采访。站在木讷严肃的机长身边，他显得特别精神。在罗真真眼里，那套飞行员制服穿在一般人身上，总有化腐朽为神奇的功能。

更何况，蒋斌长得还不错。

口口声声要嫁给飞行员的罗真真，进来航空公司也已经两年，却连一个飞行员都不认识。前阵子，她吃饭时听到同事聊天，说起当年一个也做值机的小女生，怎样在网上认识了飞行员。

“前几年吧，微博那时候不是还挺火的吗？那女生关注了公司几个小飞，被关注的几人又很快关注上她。”

大伙儿笑了起来：“还不是因为她的头像漂亮！”

午饭时间非常匆忙，大家聊了一会儿，又赶回值机柜台去了。但这一个下午，罗真真都没法忘记这件事。

两天后，她又在电视的新闻回顾里见到了蒋斌。

罗真真在微博上搜索关键词，居然真找到了蒋斌本人。他用蓝天白云当微博头像，内容不多，但能够看得出个人喜好：摄影、健身、旅游、电影。她发现他提到好几次荷兰，怀疑他飞这条航线。

她查了查他所在机队，这个机型果然飞阿姆斯特丹。

罗真真壮起胆子，在他某条微博下写下这样一条评论：“上次看新闻，那次送心脏航班的副驾驶是你吗？非常敬佩。”然后点发送。

那几天她都经常登录微博，但没见到蒋斌回应。但他也没更新微博内容。

也许在飞？也许拉黑了自己？她心里七上八下，于是回头翻自己的微博内容——没问题呀。她的头像活泼迷人，分享内容充满正能量，不是在去云南西藏的路上，就是在咖啡馆看书，或者在健身房流汗，休假时回家陪妈妈做羹汤。

罗真真不甘心，想了想，索性点开蒋斌的关注列表，关注了几个跟他一样的飞行员。奇怪的是，那几个人倒是很快关注上她。但也就这样而已，彼此间没任何交流。

就在罗真真觉得事情卡住时，蒋斌在她的微博上点了个赞。

她盯着那个蓝天白云头像看了一会儿，手机再次弹出电量告警。她将告警关掉，给蒋斌发了条私信：“可以麻烦你替我带一包荷兰郁金香种子吗？我的阳台正缺郁金香的美。”

她刚将私信发出去，屏幕闪一闪，手机没电。黑掉的屏幕上，罗真真见到自己微微上翘的唇角。

第四章

# 台风来了

C H A P T E R 4

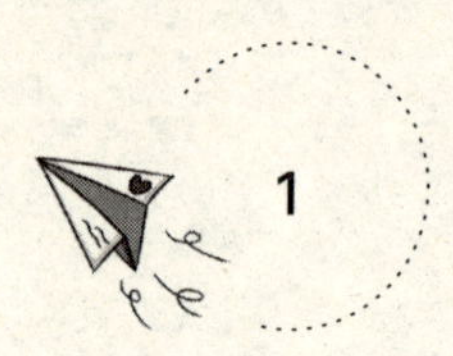

王泳一上飞机，取了一份报纸，坐在位置上安静地看完这几天的新闻。报纸看完了，她翻出笔记本，查看这几天写下的林芝机场航务代理考察情况。

飞机上很热闹。正是桃花节，大多都是到林芝看桃花的游客。有十来个大妈，穿着鲜艳，在各自位置上还要自拍，还嚷嚷着“谁帮我修一下手臂跟肚腩上的肉”，嘻嘻哈哈，又翻看着旅途合影。

每次出差到旅游热门地，王泳总会遇到这种人。她们跟广场舞大妈拥有同样自信的神情，到了一定年纪，孩子已经长大，扔下乏味的丈夫跟家务活儿，约同龄好友一同外出游玩。虽然每次都是走走看看拍照发朋友圈，但依旧玩得不亦乐乎。

王泳居然有点羡慕。

自从到了航务部，她出差的次数多了起来。

跟其他航空公司一样，印象航空在各地都有分子公司。这些分子的运控分部，负责当地航班的保障。但全球这么多机场，印象航空不可能在每个机场都有自己人。

这个时候，他们需要在当地聘请航务代理。当飞行员飞到那里时，这些航务代理要给飞行员传递飞行资料，要是遇上什么突发情况，比如宵禁之类的，这些航务代理就更是派上用场了。

全球及全国各地航务代理，都由航务部这个小部门来管理。平时，十几人的办公室，长期只有一半人在。另外一半人都在各地出差。

王泳本以为这会是份美差，但程慧珊派她出去几趟后，她才发觉自己想多了。

每次出差，她都基本没离开过机场区域，开会、检查、吃饭，全在这一片，她不知道这地方长什么样。这就是在航空公司工作的代价——飞得多，看得少。

在机舱内的欢乐氛围中，王泳没法集中注意力——

“全年适航时间累计仅有 100 天……高原地形地貌和恶劣多变的气象条件……世上最难飞的机场之一……”

这些字都像浮在水面般，她的注意力抓不住它。一抓，就调皮地散了。

她索性掏出 Kindle 开始看书。

旁边有人匆匆忙忙赶来，放好行李，在王泳身旁落座。她放下 Kindle，好奇地抬头看了一眼，发现对方也在打量她。

她认出来了，脱口而出：“黄医生？”眼睛下意识地去看他手里有没有恒温箱。

黄医生也认出来，这个有点脸熟的小姑娘，就是半年多前在候机楼里带着他一起跑的那位。他笑着摊开双手：“我这次是来旅游的。除了一台相机，就没别的了。”

航班没怎么误点，飞机很快推出滑行，升空。离那片富有江南气息的藏地高原越来越远。王泳问起黄医生送心脏那次，航班返航后，他是怎么及时将心脏送到的。

“我还没落地，你们公司已经替我安排好改签另一个公司的航班。我估计当时是两家航空公司联手吧，我一下机，很快就有人引导我上了另一架飞机。”

“我可记得那天下暴雨。”王泳说。

“对啊，我当时急得不行。心想，难道是老天注定吗？我们该做的做了，没想到遇上了飞机故障跟雷雨。不过幸好等了半小时，雨势减弱，飞机很快起飞。”

王泳知道，这种情况下，一定是运控中心里的调度部门找了空管，说人命关天，请求先放了这飞机。

黄医生看了看王泳：“你现在换工作了？”

王泳吓一跳，赶紧摸摸自己的脸：“你……怎么看出来？”他又不是心理医生。

黄医生笑起来：“你看上去跟以前有点不一样了。”

到底怎么不一样，他没说。但王泳怎么会放过他。直到空乘推车发放饮料时，王泳还在不依不饶。黄医生只好告诉她，她的眼神没有当初那种“对未知的焦虑”，取而代之的是“对于未来会发生什么的好奇”。

王泳握着手里的水杯，歪着脑袋回味这句话。空乘又推着餐车经过，脖子微向前倾：“你要鸡肉饭还是牛肉面？”

黄医生刚张嘴，飞机突然一阵猛烈抖动，接着左右摇晃，像一心创造惊险的游乐设施。王泳被自己杯子里的橙汁泼了一脸，只好赶紧将它放到小桌板上。

杯子刚离手，就突然飞起来。

不光是它，餐车上的饮料瓶和餐盒，座椅上的报纸杂志，人们手中的 iPad，膝盖上的毯子，全都飞到半空。

餐车旁的空乘来不及反应，身体离地，跟机舱内几个没系好安全带的客人一起，整个飘起，像半空中的气球。如同电影里的慢镜头，

时间跟空间同时消失。世界全部安静。王泳唯一可察觉的现实感官，除了太空舱失重感外，便只有安全带紧紧勒住腹部的深刻禁锢感。

但这脱离现实的感觉只维系了三秒。

下一刻，如同蹩脚的剪辑师突然切入现实，飘浮着的橙汁猛地一顿，泼了王泳一脸。

王泳感到身子连同整个机舱，如同自由落体般往下重重一坠。机身重坠刹那，客舱内呼喊声四起。刚才那群热闹活泼的大妈，高低声齐叫，错落如一曲交响。

“啊有人流血啦——”有位大妈高声叫着。

大妈话音未落，飞机又猛然往下重重下沉。

有孩子大声哭喊起来。接着是女人们的哭叫声。王泳的手被抛到前排座椅上，像有一道闪电穿过整条手臂。她痛得直龇牙，抬头看到前面一排的年轻人，整个儿被抛到空中，脑袋撞到飞机顶，啪地往下摔。他的脸趴在地面，下巴流着血。

刚才第一次重坠跌倒的空乘，正扶着椅背慢慢爬起，又一阵重坠，她赶紧半蹲，牢牢把住椅背，脸色苍白。

飞机机身扔在抖动，广播传来空乘声音，说飞机遭遇气流影响，有严重颠簸，让乘客系好安全带，留在座位上。直到颠簸结束，广播才再次响起，询问机上是否有医生可以帮助处理伤者。

张白正在办公室核对名单上的人员信息，手机弹出一条信息，是公司公关部章楠一发来的——

“有一趟运输大熊猫的航班。是你们牵头保障吗？”

张白扑哧一笑。她放下名单，飞快回了条：“我们只保障人，不保障熊猫哇。”

章楠一秒回："熊猫可是要客哦。"后面加个笑脸。

张白还没来得及敲完字，章楠一已经又发一条信息过来："我问问货运部门吧。"

可怜的国宝，身份一下子从"要客"跌成"货物"。张白笑着摇摇头，放下手机。

"有什么有意思的吗？"周铄握着水杯，经过她桌前。

"没什么。一个朋友。"张白抬起头，礼貌地笑。

眼前这个男人，打扮精致，说话拿腔拿调。她从未见过他有放松的时刻。就连跟同事开玩笑，他都在揣摩旁人的反应。她想象不出他发自内心的笑容是什么样子的。

听说他下个月就要结婚，她能够想象他的婚礼是何种盛况——场面奢华，领导轮流发言致辞，他托着新娘的手，感谢领导们关心。

在职场上遇到这种人，她向来心存几分警觉。表面上一派和气，谈笑风生，下班后离得越远越好。

只是没想到，周铄居然是王泳的前男友。这个世界不光小，还无法自圆其说。王泳到底为什么会喜欢这种假人？她莫名地想起念书时，看到过莎士比亚《暴风雨》里的一段台词。父亲在知道女儿喜欢一个男人后，对她说："你一共只看到过他和凯列班，你就以为再没有比他更好的男人了。告诉你，傻丫头，大部分男人都比他强得多，就像他比凯列班强一样。"

张白感叹着：也许没见过世界的少女，都以为眼前的男人是最好的了。她自小听妈妈跟朋友在客厅聊天，那些周游列国、以学生作为长期职业的阿姨们让她知道，有经验与阅历的女人，才会发现年长后遇到的男人总比年少时那些更好。她们燃起香烟，细数经历过的男子都付诸唇边一笑。

如果说身为王泳和罗真真同龄人的张白真有什么优越感的话，那并不是因为她家庭条件好一些。少女们总认为金钱和权力俗不可耐,但张白为自己比同龄人见过更多世面而感自豪。她似乎没意识到，自己引以为豪的见识与品位，不过是财富的衍生品。

张白不会轻易被好皮相的男人迷惑，但是，也很难有人真正入她眼。她接触过不少男性，但深入交流后便失望。

但说到底，她亦不属富人阶层。妈妈是教育局的小领导，人脉多而广，这些见识反过来迷惑了她，让这姑娘更加心高气傲。

此时张白捧着一杯柠檬水,隔着桌子看向周铄,脑子里胡乱想着，不知道自己以后的丈夫会是什么人。手机又弹出微信。她放下柠檬水，发现是一条公司运行信息——

“CH3018受气流影响遭遇空中颠簸，机上七名旅客、两名空乘受伤，已送往医院救治。”

她放下手机。

两秒后，再度拿起来，再看了一遍航班号：CH3018。这不是王泳今天出差回来的航班吗?

王泳手臂骨折，膝盖也受了伤，黄医生对她复位处理，用简易夹板固定，用冰敷好。

她伤势不算严重。新闻报道说，有部分伤者在医院躺了几天。程慧珊听到消息后，马上打电话给她，让她在家待着。又带上办公室一批人，下班后直奔她家探望。

一进门，见到王泳客厅开着电视，刚好在播放这次空中颠簸的乘客采访。一个胖胖的中年男人，握着话筒，特别严肃地说："那一刻，我想到了我妈，我爸，我老婆和她肚里的孩子，我家养的狗。我爱的所有人，我怕再也见不到了。还有我恨的人，真讨厌自己平时没勇气骂他们解解恨，活得像个孙子……"

记者适时打断："您现在有机会呀。"

男人马上情感升华："现在我觉得人生苦短，还是将精力放在家人身上吧。这次劫后余生，我要好好爱。"

接着是记者采访业内人士，讲解造成飞机颠簸的各种复杂原因。

王泳右手缠着绷带，穿着一件宽大的蓝白色衬衣，脚上一双拖鞋，见到程慧珊他们，客客气气地迎进来。在他们落座时，她用一只手打开冰箱找饮料，发现只剩两罐果汁，一瓶运动饮料。她转身去找水壶，行动迟缓。

胡昊趋前，端起那黄色开水壶："你去休息，我来。"

她还要客套一下，余思棠已拍着沙发上的空位喊："快过来，你是病人！"

他们带来一个玫瑰花礼盒，吃不完的水果，还有几瓶之前程慧珊说过自己正在喝的排毒饮料。客客气气地坐在沙发上寒暄，问她当时机舱内情况，问她怎么受伤的，问她伤势如何。王泳也客套地说没什么，休息休息就好。

魏叔一直在旁抱着双手，不耐烦地看表，听到这里，突然开口："工作就是工作，还是保住小命要紧啊。公司少你一个不少，但你家可不能没有你。"

王泳嘴上微笑着说是，心里却很反感。

魏叔取过杯子喝水，发现没水。胡昊拿过水壶，给他们倒了几杯水。水壶空了，他径自到厨房取水，开始烧水。

王泳在客厅跟他们说话，目光触到亮着橘色灯光的厨房里，胡昊背对他们，他身旁是那只小小水壶，正往外冒着白色蒸汽。厨房窗外的天空，一点点黯红下去。他从厨房走出来，边笑着加入话题，边往杯子里倒水。

外面的天空开始变得阴沉。程慧珊站起来："不打扰你休息了。这段时间你就在家休息吧，伤好了再来上班。"

王泳知道这种时候应该跟领导表忠心，赶紧站起来："不要紧的，我想过两天我就能回来……"

"你不怕手断，我还怕被人说我虐待呢。"程慧珊已经走到门边。

王泳没明白程慧珊这话是真是假，她用右手将头发别到耳后，带点犹豫。胡昊微笑："王泳你不能光考虑自己，也得替程经理考虑一下名声。"像一阵风吹开王泳眼前雾霾，她顺着台阶下，也笑了笑："那谢谢程经理了。"

其他同事哈哈笑起来，魏叔倒是敛起了那份懒散劲儿："该休息就休息。"

送他们离开后，王泳坐在客厅里边查邮件，边等张白回来。自从她受伤后，张白主动包揽了一切家务，包括买菜做饭。王泳想起她们刚认识时，电视开着，天气女郎说，今年第六号与第七号台风正在生成。

门铃响起。王泳慢慢踱到门前，打开门："你没带钥匙……"

门外站着胡昊，眼睛里有笑："我手机忘在你家厨房了。"

"哦哦，我去拿。"王泳刚转过身，胡昊已更快地走进来。"我拿吧，你别走来走去。"他走向厨房，这时天空闪了闪，王泳看向窗外，胡昊握着手机，倚在厨房门边，轻描淡写地说："下雨了。"

奇怪。如果是刚才一群同事，王泳肯定会自然而然地问他们带伞没有，再继续坐坐，留在这儿吃饭怎么样。但现在，胡昊脱下黑色西装，衬衣领子松开，斜着头看她，空气中有茉莉花熏香的味道，她说不出话来。

像站在一块薄冰上，既怕冰裂开，又怕它不裂开。

张白的声音突然从门边传来："门怎么没关？我买了蛋糕，饭后一起吃。咦，你有客人？"

压在身上的金钟罩骤然消失，王泳如释重负，脸上又恢复了鲜活的表情："我同事来探病。"她指了指胡昊："我同事，胡昊。"指了指张白："我室友，张白。"

胡昊毫不犹豫地上前打招呼："蛋糕很精致。看来你们会度过愉快的一晚。"

张白头一偏："不，吃完蛋糕后，我们会度过一个充满罪恶感的夜晚。"她看向王泳，"尤其是她，吃完了又不能跑步。"

"至少你们在享受蛋糕的那一刻是快乐的，那就值得了。"胡昊点点头，"打扰了，我先走。"他退出门外，面向王泳微微一笑。

张白看了看窗外："下雨了，你有带伞吗？"

"没有，但没关系。"

张白从自己包里掏出一把小黑伞，递到胡昊手里："拿着吧。不然你感冒了，王泳又要去你家探病了。"

胡昊笑着接过，想说什么，但一转念，只说"谢谢"。

他走后，窗外的雨越下越大。张白走到每一扇窗边，将窗户关上，嘴上说："早知道雨这么大，你应该将你同事留下来。"

"你不是把伞借给他了吗？"

张白已经走到桌前，打开蛋糕盒子，用小勺挖了一点儿放嘴里，一脸满足。听到王泳的话，她捏着勺子，在空气中晃了晃："哇，你

也太不近人情了吧。人家可是来探你病的啊。”

“他是跟整个办公室一起来的。东西忘了，回头来拿。”

张白嘻嘻一笑：“那还真巧。他好像挺关心你的，你倒是觉得他怎么样？”

“普通同事，对他不了解。”王泳怕张白继续往下问，赶紧打个呵欠，伸懒腰，“好累，我今晚不吃饭，先睡了。”

王泳是有点对自己赌气的。

她再不要走错战场打错仗了。她的战场，合该是亚历山大大帝东征的那条路，是恺撒驱马跨过的那道卢比孔河，才不要是周铄、胡昊脚边的小径、花园里的泥呢。

但如果你问王泳，东征路上另一头、卢比孔河的彼岸到底有什么，她也回答不上来。

王泳回到房间。对面屋内亮着灯，她能够见到秦希埋头对着电脑。秦希，到底是什么人呢？他对民航非常了解，甚至认识胡昊，可是两人都绝口不提跟对方什么关系、怎样结识、为何见面时有种怪异的陌生感。

王泳唯一肯定的是，这古怪的秦希似乎是个工作狂。一副职场精英的模样，将所有时间投入事业中，没有个人生活。

王泳拿起一支笔，漫无目的地在白纸上写写画画。每个人都有自己的日标。她自己呢？

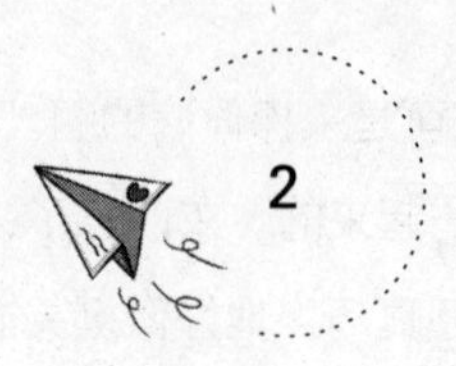


罗真真躲在洗手间里，手指在手机键盘上嗒嗒嗒，响得快，就像她的心思回转一样。

“累死老娘了！老员工都欺负我，整天给我排烂班。我天天这样子日夜颠倒，一年下来就老了十岁了！真想拿辞职信砸魏太后一脸！”

对话框一颤，发了出去。

她走出洗手间的格子，将手机放回口袋，边洗手边抬头看镜子。镜子里的人望定她，她也挑衅地跟镜像对峙着。她是她，但也不再是她。

跟念书时相比，她的容貌发生了巨大变化。当年那个小胖妹，经过持续锻炼，终于练出了马甲线。在防晒、遮阳伞、长袖衣裤的加持下，她像蜕下黝黑不起眼的那层皮，跳脱出一抹白净的魂。几年值机下来，她检阅来往旅客证照的同时，也在检阅他们的外在。什么是好的，什么是坏的，她已经有了初阶的鉴赏力，且伸长了脖子在靠近。

转身走出洗手间，又挺起胸脯迎接这汹涌人潮。

台风季节到了，风球正在生成。航班延误厉害，罗真真还被安排到了“晚到旅客柜台”，每个人都冲着她吼“我要误飞机了！快点快点！”，额头青筋暴起，像要跟她同归于尽。

罗真真板着脸站在柜台后，像熟透的果子，疲倦地耷拉着脑袋。一双手还要不停地动，她恨不得自己是条章鱼，能够伸出长长短短

的触手。

一个旅客挤上来，一手扶着眼镜，一手将证照啪地拍在柜台上："飞西安的！路上堵车……"

罗真真低头查系统：航班还有10分钟就起飞了。她在心里翻了个白眼。这就是她为什么害怕在晚到旅客柜台值班。总有些旅客航班快起飞了才来，你耐心告诉他系统已经关闭，他还死磨烂磨。她见过晚到赶不上飞机，对着值机破口大骂的，有滚地大叫的，还有站在柜台前号啕大哭将所有人目光都吸引过来的……

她例行公事地解释："办理登机需要提前三十到四十五分钟，请您改签吧。"

"不，我在路上已经给你们的人打过电话，我说好了，我带着病人需要的移植肾脏赶航班。这器官不能等！"

"系统已经关闭了，还是请您改签吧。"

那看上去斯文儒雅的眼镜男，眼睛一瞪，提高了音量："你们答应过我要等的！"

"先生，不是我要卡你，但是系统已经关闭了呀！"罗真真觉得脑袋有一点点痛。这人，怎么就说不明白呢？这些旅客不知道，每个航班起飞前都要清点乘机人员，都要做配载平衡，都要做起飞准备。

眼镜男身旁站了个人，貌似是他的助手。那人气势逼人："我们堵车的时候给你们客服打了电话的，还打了三次！每一次，你们的人都告诉我说会全力配合！怎么到了这里，就不让我们上飞机了？!"

罗真真大概明白是怎么回事了：这男人知道要误机，提前打过公司客服电话。不知道客服部门跟地保部门的沟通出现了什么情况，她这边是没有收到任何消息。

要不，给他问一下？

罗真真抬眼看了看那男人，他正又怒又期待地看着自己。她拿起话筒，拨打大牛这个组长电话。

大牛电话没人接。现在航班延误厉害，不知道大牛被旅客堵在哪儿了。

如果找不到大牛的话，罗真真就要联系魏太后了。

但罗真真不想跟魏太后联系，她有她的小小私心。今晚她要参加一个形体课，从下午开始，她就假装患了重感冒要去看病，晚班要跟人换。大牛知道她的伎俩，提醒她下午尽量躲开魏太后："你这样子，你这声音，一看就不是感冒。万一她查今晚的班表，你可就麻烦了。"

她拿着电话，放在嘴边，眼睛盯着前方眼镜男。她又看了看对方的系统信息，只是普通旅客。

罗真真心里盘算开了：这事主要是两个部门间的沟通问题。即使对方要投诉，也投诉不到她身上去。即使投诉，他也不是金卡旅客。普通旅客投诉，她罗真真还吃得少吗？

但这事毕竟人命关天，她有点心虚，对着电话那头"嗯嗯"了几句，说："我知道了。"挂上电话，摆上一脸遗憾的表情："我们领导说了，系统已经关闭，她也搞不定。还是请您改签吧。"她还体贴地看了看表，"您这活体器官不能等，还请您抓紧时间办理。"

看着眼镜男跟助手一脸悻悻地提着恒温箱离开，罗真真默默在心里的"麻烦处理清单"上打了个钩。

她有点小心虚。但是她并不坏。根据她的经验判断，改乘其他航班对眼镜男来说才是更好的选择。毕竟到了这个点，他原来要坐的那航班早已结载。假如打电话给魏太后，拦下飞机，让飞机重新上客，那就得重新做配载平衡，就得重新通知塔台，就得重新排队

等候起飞。谁知道要耗费多少时间？

但这话也不能对眼镜男他们说。航空公司跟旅客关系向来紧张，就跟医生和病人一样。首先是由于双方信息不对称，久而久之，即使航空公司将信息告知旅客，旅客也已经为航空公司贴上了“骗子”“撒谎”的标签。

所有在值机柜台干过的人，都一肚子心酸。现在空中飞人多了，很多人都知道航路天气不能怪航空公司。但更为专业的机组超时、前站延误、流量控制，几乎没法向旅客解释。飞机起降不如驱车出行般轻易，需要空管、机场、航空公司等所有单位层层保障，环环相扣。飞行员有严格的执勤时间限制，即使航班延误，他坐在飞机上干等，也消耗他们的执勤期。时间一到，他们就要换人飞。而天上的“路”都有规定，“路”上特别拥挤时，空管自然要控制流量。这些都是规章要求的，目的只有一个：安全。

以前跟罗真真、王泳一起入职的小薇，熬不过漫长的值机岗实习期，跳槽到国内一家廉价航空做培训。有次聚会她说起，廉航上不提供餐食，航延时客人在机上等，乘务循例推出餐食售卖。这时有些乘客就会生气：“怎么隔壁都飞了，就我们飞不了?!是为了卖给我们几个鸡腿，才不让飞的吧?!”

她是当笑话讲的。业内人士都知道，航班延误越久，航空公司亏的钱就越多。飞机趴在停机坪上，每分每秒都算入成本。卖多少鸡腿才补得上？但她说完，饭桌上的几人都笑不出来。

这天晚上的形体课，由一个芭蕾老师来开讲。她向学员们展示，如何通过芭蕾动作来重塑身体的纤细、修长与结实，如何让体态更优雅，如何雕塑出新的身体线条，如何拥有芭蕾舞者的独特美感。

罗真真回到宿舍，就开始在房间里对着穿衣镜练习。她专注地做伸展动作，却懊恼地发现房间太逼仄，她的手脚完全舒展不开。在形体课教室干净优雅的环境里，她跟着老师的动作，幻想自己穿着蓬蓬短裙，站在布景前，她微笑，舞台下的人为之沉醉，她弯腰，足尖鞋上的丝带被缓缓解下。

她觉得自己是一只等待美丽命运展开的天鹅。

然而在宿舍房间里，她听着走廊外其他人下班后走来走去的脚步声，听着阳台水龙头在滴水，看着天花板上因为漏水而污了一大片。身体下面的大垫子因为使用太久，早已卷边。她像是刚从命运手中讨到巧克力蛋糕的孩子，一转身发现蛋糕早发了霉。

她懒得洗脸刷牙，倒在床上就睡。入睡前，她听到外面刚下班的人走过。房门不隔音，他们聊天的话题入了她耳朵。他们说："刚有个大V发了篇文，声讨公司。现在那篇文已经刷爆朋友圈了。"

罗真真弄不明白，怎么会有人下班后还在讨论工作呢？她累极，很快就睡着了，对第二天即将降临的命运一无所知。

因为头天晚上跟人换了班，第二天中午她还要接着去上班。回到候机楼后，还没到柜台，大牛走到她跟前："魏太后找你。"

罗真真有点紧张，一步一步跟在大牛身后："你知道是什么事吗？"

大牛用同情的眼光看着她："你进去就知道了。"

休息区有一张办公桌是属于魏太后的，她坐在桌前，正在读一张报纸。罗真真低着头走进去，心想：这个年代，谁还读报纸啊？

魏太后放下报纸，上下打量了罗真真一眼。她垂头不语，等候被发落。

魏太后将报纸推到她跟前，指着头条位置的一篇文章，语气平静：

“你给我念一遍这标题。”

罗真真纳闷地拿起报纸，开始念：“医生携移植肾脏登机晚到被拒 印象航空……”她停了下来，抬起头看了看魏太后，紧张得开始冒汗。

“不识字？嗯？”魏太后将报纸抢回来，开始往下念：“印象航空说法前后不一。”她抬头看罗真真，“这上面的内容，要不要我给你接着念？”

罗真真将脑袋垂得更低了。

魏太后将报纸在她跟前抖了抖，开始念了一段：“经过调查，沈医生给印象航空打过三次电话，对方客服人员表示将会全力配合。但当沈医生办理登机时，却遭到印象航空值机人员的拒绝，表示要按规章办事，提前三十到四十五分钟登机。”

她将报纸搁在桌上，凑近罗真真：“你知道运输活体器官这种事多大吗？你为什么没通知小组长？”

“我……我联系过了……他电话没接。”

魏太后掏出手机，用手指在上面刷着屏幕上的“所有通话”，眼睛盯牢她：“那我的电话呢？我昨天一天手机都保持畅通，也没接到你打给我的电话！”

罗真真不敢说话，只低着脑袋，听魏太后教训。她这才知道，这事已经在社交网络上闹开了，那个医生写了一篇长文，抨击印象航空这件事。在文中，他提到了那个“不管人命，只懂得死依规章办事”的值机人员，还有她的上级。魏太后看了这段后，勃然大怒，反复问罗真真，说文中讲的这段是什么意思。

魏太后边讲边用手敲桌子：“你知道，上次啊，就李明凯那个航班啊，你记得不？那次活体器官运输的事，公司好不容易提升了形象,这下可好了,被你一棍子打死了。现在可没人记得上次的好事了,就知道印象航空是个草菅人命的公司!”

整整一个下午,罗真真站在休息室的长桌前,垂头听着魏太后拍桌子斥骂。她低着脑袋,看着自己脚上的鞋。她仔细看,才发现脚背部分的丝袜已经抽了丝,像自己千疮百孔的生活。她盯着丝袜的抽丝部分,开始走神,一路联想到了宿舍房间天花板漏水的一角。她记得刚搬进去时,那里还挂着蜘蛛网,是她跟王泳搞了一天卫生,才将这宿舍搞干净。这丝袜抽丝的地方,跟蜘蛛网可真像呀。

对了,王泳现在在干什么呢?想必一定坐在办公室里,跟老外们打电话,谈什么航路吧。她现在经常出差,会有人好吃好喝接待着吧。前几天她给王泳发消息,她隔了一天才回。她也许很忙,忙得顾不上自己了。

魏太后还在骂:“现在连公司领导都知道这事了!我看你别想有好日子过!”她突然停下来,打量着罗真真,“你怎么哭了?是不是觉得委屈了?啊?”

罗真真没说话,只低着脑袋,继续盯着脚上的鞋。

这是公司发的高跟鞋,一点儿不好穿,刚穿上时还磨脚。她用自己节省下来的钱,买了一双款式有点像,但质量好得多的鞋子。有次她穿着上班,那天却下起了暴雨。她在车上看着地上黑压压的积水,犹豫着不愿伸脚,司机在背后骂她:“你在磨蹭个毛!别碍手碍脚,赶紧给我下去!”

自那以后,她就只穿公司发的鞋上班。那双鞋被她郑重地收了起来,只有约会时才穿。

她一直很努力,为什么每次都这样?

她知道,类似的事情,以前也曾经在别人身上发生过。但是那

个赶时间的旅客不是大V，也没有在社交网络上写点什么，闹得全世界都知道。为什么只有她这样倒霉？

魏太后见她这样子，心里忽然转过一个念头：要是骂得太狠，万一她想不开自杀……她赶紧停下来，语重心长地说："真真啊，不是主任要说你，我也是为你好。公司现在还在调查这件事，你这个状态，不适合上班。你先休息一个星期吧，回去好好想想，啊。"

罗真真不记得自己怎么走出来的，她只觉得离开休息室时，其他人都在看她。她从没试过这么丢人。她不想回家，就在这候机楼内找了家咖啡馆坐下，呆呆地看来往的人。

隔壁桌有人在讨论昨天的事。罗真真突然想看看眼镜男到底写了些什么，于是掏出手机刷新闻。

显然，公司公关部已经开始行动了。网上开始出现为印象航空发声的舆论。有新闻评论指出，这个问题不光印象航空一家存在，目前来说，每个航空公司对于活体器官运输都没有明确指引，而民航运输涉及跨机构、跨职能部门之间的协同。这应该是整个交通运输行业都要解决的问题。

当然，网上也有其他声音，有人骂："那个值机的怎么那么冷血！还是人吗！"罗真真欲哭无泪。她喝完杯里的咖啡，叫来服务员买单，还记得亮出机场工作牌："我记得可以打折？"

服务员一脸冷漠："这个月一号已经取消了。"

她想到咖啡的价钱，觉得有点心痛。

离开前，罗真真看到微博弹出一条消息。点开一看，有人给她发了私信，头像是蓝天白云——

"之前忘了回复你。我刚下机，郁金香种子给你带了。什么时候给你？"

副驾驶蒋斌的回复，像一阵清风，吹散了聚合在她四周的PM2.5。罗真真觉得自己像穿上了蓬蓬短裙，布景在身后展开，足尖鞋上的丝带被缓缓解下，露出一双吻合水晶鞋的小脚。

她的指尖在手机上轻快跳动："我现在在候机楼。哪里见？"

航站楼里，人来人往。罗真真从咖啡店的落地玻璃窗往外看，手里紧紧捏着手机。这小机器，捏在手里，滚烫滚烫，像要爆裂似的。

不不不，快要爆裂出胸腔的，是她的心吧？

微博又弹出一条私信，她赶紧低头看。蒋斌发给她一串数字，接着，又是一条信息："打给我。"

她颤抖着手指，点下那串数字，拨打出去。

电话正在接通中。

她觉得有点腿软，慢慢坐在椅子上，转过身来，在咖啡店的玻璃窗上照见自己的脸。小而尖的下巴，眼睛大而明亮，是男生喜欢的类型吧。袁均跟壮壮都夸过她漂亮，但是，她的漂亮，能跟整天在云霄上穿行的空乘比吗？在航空公司的金字塔中待久了，地面人员在面对空勤人员时，光是身份已让人没了底气。

电话突然接通，蒋斌在那头说："喂，你在候机楼吗？"

罗真真深呼吸，对着玻璃窗练习微笑："我在。你在哪里？"

"我刚走出来，我们找个地方见面吧。我现在正坐扶手梯上来……噢，我看到好大一个千叶咖啡的LOGO。"

"咦，这么巧？我就在千叶咖啡这里。"罗真真握着手机，急匆匆跑到咖啡店门口，一眼见到一个身着制服的飞行员，拖着箱子边走边打电话。他侧着半张脸，特别好看，正是蒋斌。

她按捺不住激动，对电话那头说："我见到你了！"

蒋斌一抬头，见到面前一个穿着值机制服、肤白腿长的姑娘隔着玻璃窗正朝自己使劲儿挥手。他笑了起来。

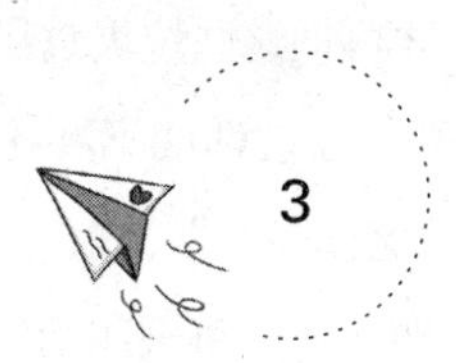


王泳已经把附近馆子的外卖都吃了个遍。

张白经常要跟机出差，即使在家也整天属于睡觉倒时差模式。王泳受伤之前，大多是她负责做饭，张白偶尔刷个碗。现在王泳受伤了，张白虽然主动提出做饭，但到底没做多少顿，总是叫外卖。

这次张白出差一个多星期，王泳也吃了一个星期外卖。

这天，她点完外卖后，开始看萨伦伯格机长的自传《最高职责》，从机长进入民航业开始看，直到飞机在哈德孙河上迫降。看累了，她趴在沙发上休息，心里想：怎么这外卖等了那么久？

外面下着雨，她不想催促外卖小哥，加上自己不算饿，于是就继续翻书。书上有这么一段——

约翰·豪厄尔是来自夏洛特的管理顾问，他想到自己是妈妈唯一健在的儿子。他的哥哥是消防员，2001 年 9 月 11 日死于世贸中心。后来约翰告诉记者，1549 航班下降时，“我那时唯一想到的是，如果我死了，我的妈妈也活不下去了。”

王泳觉得鼻子酸酸的。她抽了一张纸巾，擦了擦鼻子。

门铃在这时响起来。她用没受伤的那只手撑着自己，慢慢从沙发上站起来，一步步走到门边："来了来了！"

打开门,她见到秦希站在门外,手中拎着一个塑料袋装着的盒饭。他将盒饭举到她跟前："不要再把这些垃圾食品叫到我家了。"

"再？"王泳哭笑不得，"你说话能不要这么夸张吗？外卖小哥偶尔走错一次门，你犯得着这样吗？"

"你是不是叫了一个星期外卖？每天叫两次，午饭和晚饭？偶尔还有宵夜？"秦希语音刚硬。

王泳迟疑地点点头。

"每次他们都先到我家按半天门铃，不是打断我的视频会议，就是我洗澡洗到一半。我要跑出来应门，再给他们指路。"

"别把快递小哥说得这么低智。他们不会犯两次错好吗？"

"那是你没给他第二次机会，就换了另一家。"

王泳张着嘴巴，不知道说什么好。

秦希将盒饭塞到她手里，再次强调："不要再吃垃圾食品了，更不要将这些东西送到我家。"他突然顿住，上下打量王泳，"你受伤了？"

"你观察力真好。"王泳讽刺。

"一般，但家里地址还能认得清。"

王泳还没想到怎么回击这句话，秦希已经转身走开。

张白出差前将信箱钥匙留给王泳，让她有空的话，一个星期去清理一次信箱。王泳打开信箱，抽出一堆小广告，一本张白订阅的学报，还有好几本从美国寄来的航空杂志。

她从没见过张白看这些航空杂志。不，她身边的同事也没几个看这些的，除了几个还没被工作消磨当初的航空梦想的小伙伴。到底是谁订的？

她好奇地看信封，发现上面印着Liam Qin。

秦希？

真是以牙还牙的好机会。

这晚，王泳吃完饭便回房间看书。一直等到晚上十点多，秦希房间的灯才亮。她知道他已经到家，抓起杂志，走到他家门口，拼命按铃。

好一会儿，门才打开。他穿着短袖衬衣，隔着一段距离看她："有何贵干？"

"你是Liam Qin?"

"什么事？"

王泳用没受伤的左手抓起那几本杂志，在他面前抖了抖。"不要再把这些垃……呃……杂志寄到我家了。"

秦希一手按住她手上的杂志，取了过来："谢谢。"他没给王泳教训自己的机会，飞快将门关上。王泳却在他家的门缝闭合前的瞬间，捕捉到他家客厅里摆放的物件——大大小小的，都是飞机模型。

她慢慢走回家时，心里还在纳闷这件事。她记得秦希从事的应该是咨询业，然而他似乎对航空业有某种执念。而且，他认识胡昊。但两人显然不像是好友，也不像是一般熟人或是旧同学。

难怪说，人一闲下来就会八卦，她回到房间，看着秦希房间亮着灯，但他一直不在。她犹豫着，打开电脑，慢慢在上面搜索框里敲下了"秦希"，按空格，"航空"。

跳出来二百四十五条搜索结果。

排除掉那些同名的无用信息，终于发现了一条空管与印象航空业务交流的新闻。时间是五年前。新闻上只有一张照片，是两个机构的参会人员合影。她在空管人员站的最后一排、中间偏右位置发现了他。

他那时候非常年轻，脸上依旧没有笑容，但是眼神跟现在不一样。日光投影在他脸上，他穿着至为普通的衬衣，微微扬起下巴，头发拢在耳后，眼睛明亮。

她再往后翻，后面还有一条信息，也许跟他有关。是一条新闻稿，说空管足球队跟印象航空运控中心足球队比赛，球员名单上有他。

王泳难以想象，这个看上去孤僻的人居然还会参加群体活动。她以为他唯一适合的运动，只有单人进行的跑步。

她盯着对面房间的灯光。床头小黑板在柔和灯光映照下，像一片敛起了星光的夜空缩影。

王泳左手抓起粉笔，歪歪斜斜地在自己的小黑板上写下一句话：

你是空管塔台的人？

她将小黑板移到窗前，好让秦希注意到那上面的字。她拉上窗帘准备上床睡觉，只留小黑板在窗帘外。

睡觉前她刷了刷手机，新闻说，第六号台风和第七号台风正在海上迅速逼近，预计会以南北夹击的态势同时登陆我国。气象局已经发布了最高等级的红色台风预警信号。王泳心想，公司跟部门今天一定都提前开会了。风雨欲来，航班应已提前取消。辛苦了机务人员，要提前在停机坪上系留好飞机，估计又将彻夜无眠。

然而对其他人来说，这应该会是个听着雨声入睡的舒眠之夜吧。

正这么想着，外面已经开始下雨。王泳听着雨声，很快便睡着了。第二天，她在雨声中醒来，发现比平常晚了一个多小时。

她赤脚走下床，左手慢慢拉开窗帘，外面正下着细雨。天空阴冷灰暗，室内一并阴沉，她开了灯，房间温暖光亮起来。

不需要望远镜，她已经能看清对面房间。秦希不知道什么时候移走了他的小黑板。现在他的床头，只有一面干净的墙。

这一天，六号台风和七号台风同时杀到。城市上空一直乌云密布，细雨不断。王泳站在阳台上往下看，小区内只有一两辆车驶过。阴寒细雨中，红色车灯闪烁。

中午时分，所有市民手机上都收到同一条消息："正式启动全市防台风和防汛1级应急响应，全市范围内实行'三停'，即：停工（业）、停产、停课。除抢险人员外，其他人员切勿随意外出。"

王泳很快在朋友圈里看到公司同事叫苦连天。整座城市恍若空城，只有他们还要蹚水上班。平日早上在楼下便利店买面包当早餐的同事发现，便利店货架上的食品早被抢购一空。

他们在朋友圈发消息诉苦，但老妈们很快在下面评论："还想买面包？下午三点多，周围菜档、肉档已经清空啦。幸好我机智，早就买好了！"后接各种表情。

电视上，大妈裹着雨衣出行，对着镜头擦脸上的雨水："每个摊档前都排了长队，我好容易才抢到一些猪肉跟几根菜。"

王泳啃着面包，转头看窗外黑云压城。她今早已经开过冰箱，里面只剩一小块蛋糕，无论如何撑不到晚上。这个点儿，就算有人愿意送外卖，王泳也不敢叫。她在报社实习时，曾经做过这样一个报道：外卖小哥在台风天涉水送餐，被电击而倒在水中。

犹豫半天，她还是抓了把大伞，一步步走出门。

小区里的便利店、食肆，全都关了门。自动贩卖机空空如也。

她苦不堪言，裹紧外衣，冒着细雨走出去。

原本热闹的云霄路，像被进击的巨人袭击过一样，店铺大门紧闭，萧条如末日洪荒。行星树餐吧前那个牌子，早已倒在地上的积水中。茶餐厅的玻璃门上贴着“接上级安排，台风天期间关闭，敬请见谅”。

王泳左手不受力，那把厚重的大伞在头顶不住晃，一直戳她脑门。她死死抓住伞柄，继续前行，雨水落到地上，溅到她裤腿上，黑了一片。她像万里长征一样，勉强支撑到路口那家便利店。

店门居然还开着。那个熟悉的小伙子，正蔫在柜台后玩手机。

她的欣喜持续不过两秒，在见到实物货架与饮料冰柜全空后，跌到了裤腿部分。

小伙子靠在柜台后，仍在低头玩手机，眼皮都没抬：“买吃的？一大早就被抢光啦。”

王泳不甘心。好不容易撑着这残肢破腿来到这儿，她一定要买点啥。正拖着残躯在货架前后徘徊，外面天空突然闪了闪，似乎有闪电划过。

小伙终于从手机上抬起双眼，语气幽怨：“要下大雨啦。”

王泳飞快扫视目标对象，抓起食品架上仅剩的瓜子、原味凤爪和榴莲干。买完单，她将这几包东西装在购物袋里，挂在身上，撑起大伞走出去。

刚在这长街走了一半路程，雨点骤响，像擂鼓一样，噼里啪啦就往下砸。仍开门营业的几家小店，店主探出头张望，回头大呼小叫，让店员们开始收拾。云霄路上不多的行人，从未如此行动一致，迈腿就跑。仿佛跑慢一步，他们就会像鱼群一样被疾风卷入河涌，翻滚着冲入名叫“台风天气受灾群众”的大海。

行星树餐吧前的广告横幅，被大风扇着耳光，噼噼啪啪在风中

凌乱劈飞。

王泳看前面的店铺都关了门，她犹豫要不要折回便利店躲雨。但现在雨势并不大。按照天气预报，这个台风天来势汹汹，她怕一旦困在便利店，就没法回家了。犹豫片刻，还是继续往前走。

身旁的人都在跑，一个个地赶到她的前头。

她心急，一心加快脚步。没走出两步，肩上的袋子挂在路旁广告牌上，她没注意，仍往前走，一用力，袋子刺啦开了口，里面东西倒了一地。

王泳只能使上一只手，唯有蹲下身子，用脑袋跟脖子使劲夹住伞柄，同时伸手去捡东西。她身体往前一探，手一伸，伞柄马上从脖项间滑落。只一瞬间，王泳成了水人。

这水人急了，赶紧回头用力抓住伞柄。风刮得疾，水人又变成一个火柴人，在跟风中的无形烈火对抗，还是那么单薄。

一辆车驶过，在她跟前一点儿停下，车上有人走下来。

那人走到她身旁，一手把住雨伞，收起，她看到伞后露出秦希的脸。他迅速弯腰将地上的东西捡起，抓在手里："上车！"

上了车，满城风雨都被关在车厢外。车上太暖，王泳反而连打了几个喷嚏。

秦希瞥了一眼她购物袋里的东西："台风天来之前，你没有提前买储粮？"

"我……不方便出门。"

他的手搭在方向盘上，看了她一眼，克制住没说话。王泳觉得自己像个傻帽。她看着窗外的暴雨，心里仍在犯愁：吃饭的事怎么解决？瓜子、原味凤爪和榴莲干，是绝对撑不过去的。她焦虑起来，开始啃指甲。

"指甲吃不饱。我家有储备。"

王泳过了半秒钟，才会意：这不冷不热的话，就是邀请函了。她正要说谢谢，又猛地打了个喷嚏。秦希露出嫌弃的表情。

尊严事小，饿死事大。

王泳回家将半湿的衣服换下，穿上宽松的运动服，就到秦希家蹭饭了。她没忘记基本礼节，还带上了冰箱里仅剩的啤酒和那一小块蛋糕。

秦希穿浅蓝色衬衣的身影出现在门边："你先坐一会儿，还有十五分钟开饭。"

"需要我帮忙吗？"

秦希扫视一下她的手，王泳赶紧低下头，又马上抬头："我还带了啤酒和饭后甜品。"

这么礼貌地跟这人讲话，还是第一次。

等开饭的时间里，王泳打量秦希的客厅。浅褐主色调，同色系家具。他家里东西很少，极度简单干净，像个样板房，就差没放"内部展示 请勿坐"的牌子。

她看不出来男主人的任何喜好。除了柜上相框里有张秦希抱着狗狗的照片，就看不出这房子拥有主人了。秦希什么时候要搬走，拎起箱子就可以。她当然看不到，在他收拾得齐齐整整的柜子里，一打开就是排得整整齐齐的海鸥牌空军表，这是男主人唯一的"玩具"。

秦希在厨房里问："你有什么忌口的？"

"没有。"她慢慢踱进厨房，见他正在切鱼片。他手指修长，刀极快，鱼肉切薄了如纸片，在火上烤炙，浇上油，香气扑到脸上。

他一回头，见到王泳："你出去等。"

“我……看看有什么可以帮忙的？”

“你的手能动了？”

“有一只可以……”

“出去。”秦希下了指令。

在王泳来之前，他已经将洗净的小蛤蜊加白葡萄酒烧开，去壳去肉，煮汁过滤到平底锅，再加酒。王泳不甘心被轰走，躲在门后看他取出另一平底锅，放黄油、橄榄油、葱头、大蒜、西芹，入锅翻炒。

“我叫你出去。”他头也没回。

王泳没管他。什么都不做，坐在客厅等开饭也实在太……虽然她帮不上忙。她看秦希大米下锅，炒了一会儿，文火慢煮，加入煮沸的蛤蜊汁，他低头搅拌，神情专注。跟在电梯里偶遇时的刻板脸容相比，他的神情柔和多了。

又是一个对待食物像对待恋人一样的男子。

还以为这种人只在日剧里才有。

王泳忍不住说：“好香，Spanish Paella[1]？”

“Italian Risotto[2]。”他语气敷衍，又倒入一杯煮汁继续搅拌。

“你这样一说，我想起来了。以前有个作家在意大利服役时，也吃过这道菜。他念念不忘，还在写给朋友的信里提到这个。”

秦希没搭理她，他开始加最后一次煮汁，放入蛤蜊肉，手指轻抖，加上一勺盐。海鲜饭黏稠，米粒完整，在金黄色米饭前，仿佛有地

1 西班牙海鲜饭。

2 意大利米，一种常见的意式主食。

中海的风扑到王泳脸上，她嗅到饭香。耳边传来涛声，眼前是遍布迷迭香、罗勒花、百里香和薰衣草的乡间田野。

她沉醉其中，直到秦希张口："用你能活动的那只手，替我把餐具拿出来。"

开饭了。

王泳放好碗筷，安静落座，回头看秦希端出玻璃杯，低声说："我带了啤酒。"王泳酒精过敏不能喝，那酒还是上次罗真真带过来的，一直放在冰箱。

秦希盛好饭，将碗递给她："我今晚还要做 ppt，要保持清醒。"

他泡了茶，宽口玻璃杯盛着，茶叶直直不倒，水中浮沉。茶色淡，入口香。窗外雨势猛烈，黑云笼罩整座城市，室内盈盈茶香，暖暖饭气。王泳满足地用勺子扒着饭。

秦希看了看她的手，用筷子给她夹了一箸菜、两片鱼肉。

王泳马上意识到，他在体谅自己左手使不上筷子，只能用勺子。她小心翼翼地评价："其实你也不算太讨厌。"

"不算太讨厌的意思是，还是讨厌吧？"秦希往自己碗里夹了一点儿肉末。

"这只是修辞。"王泳尴尬，只好埋头吃饭。

秦希显然是个话少的人。王泳不说话，他也不用应付她。他吃饭时的神情也很专注，像那种独自放学回家的小孩儿，说不上有什么心事，但路上碰到同学喊他，就是不理会。王泳不知道，在秦希眼里，她才是那个趾高气扬、独自放学的小女孩子。

但王泳显然不是个话少的人。她边吃饭，边偷偷打量这屋子。

秦希抬起眼："想问什么就问吧。"

她马上抛出昨晚的问题："你以前在空管塔台上班吗？"

"……吃饭。"

她沮丧："你不回答？"

"我只让你问，没说我会答。"

切，太无聊了。

王泳扒了几口饭，又忍不住问："上次你不是见过我同事胡昊吗？你认识他吗？你们什么关系？"

秦希喝了一口茶，继续低头吃饭。

王泳捏着筷子，在空气中一挥一挥："让我想一下，嗯，一定是这样的。你们是中学同学，是好朋友，但后来喜欢上同一个女孩子。中间又产生了种种误会，好朋友关系就变坏了。最后你和他就老死不相往来。"

秦希没理会她，往碗里夹了一片鱼肉，继续自顾自吃饭。

王泳没趣，只好吃力地用勺子吃饭。扒了几口饭，她又问："你干哪一行？"

"咨询。"

王泳想起了那天在加德满都飞机上，他手中幻灯片上的小小LOGO。她抿了抿嘴唇，低头吃饭，终于又忍不住抬头："这……我真的是好奇，并不是故意不礼貌的。我是听说，国内好多关于组织架构调整的咨询都是忽悠人，只是为了帮老板达到换人或者淘汰某些人的目的。"

"可以这样说。"

"那不会很没有工作成就感吗？"

"你之前值机，会很有成就感？"秦希反问。

"能帮上人的时候，还是有点成就感。你知道吗，每次大航延时，会有一堆旅客堵在柜台前，朝你伸出一双双手。这时，值机员会接过谁的证照，会处理谁的航班，完全就是随机。有次我处理了一个旅客，他后来非得要我号码，每次节日都给我发问候。现在还一直有联系。”

“你现在做什么？有成就感吗？”秦希继续发问。

“我在运控中心上班，平时做些航线申请之类的事。航线申请就是……”

“我知道那是什么。”

气氛冷下来。

秦希又问：“所以你喜欢民航业吗？”

王泳苦笑：“谈不上。”

“那为什么还在这里干？”

这正是王泳自己都搞不清楚的地方。她一直想当记者，但国内媒体大环境已经全面萎缩，进入媒体工作的师兄师姐纷纷退出这个行业。每十个人里，有两个转行当公关，四个转行做自媒体，一个辞职在家带孩子。剩下三个苦苦支撑，每次聚会时总临时接到电话先走，剩下几人就在慨叹：他们怎么还不辞职？习惯了温水的青蛙呀……在值机柜台后快撑不下去时，师兄师姐让她千万别辞职。“你们公司有自己的媒体吧？有公关部吧？你把手头的工作干漂亮了，引起老板注意，然后找机会跳过去啊！”

王泳舀起一块蛤蜊，没底气地交代：“我有自己想做的事情……”

“是什么？”

她突然意识到，这个不怎么讲话的人，一直掌握着谈话节奏。像击球手一样，他抛出一个又一个问题，又巧妙避过对方发球。王泳想知道，他这样不断向自己发问，是出于真正的好奇，还是为了

躲避对自我内心世界的揭示？

显然，这种人将内心关得很紧，不愿意让人看到里面。

越是这样，王泳越对他感到好奇了。

每个时代最有能力的人，最终都流向这个时代最赚钱的行业。（这里的能力，包括智商、颜值与家世）虽然管理咨询有点不复当年勇，但显然秦希依然属于这个社会的精英。只是王泳无论如何无法想象，一个在空管塔台上指挥飞机的人，怎么会转身投入这个不搭界的行业。

为了钱？

很有可能。这家伙没啥爱好，估计唯一爱好就是钱吧。

王泳还在认真思考，秦希已将碗筷收到厨房里，走出来时，手上盘子里摆着几瓣橙、几瓣奇异果。他将水果搁在王泳带来的蛋糕旁。

王泳继续着刚才的话题："成就感是什么？是赚到很多钱，还是自己定下的目标已经实现？"她掂起一瓣奇异果，扔到嘴里，"像你这么忙，经常加班的人，是不是特有成就感？"

"你是指我低效？"

"不是不是。"

"时间管理太差？"

显然，他不想回答任何跟工作有关的话题，一直避重就轻。王泳仿佛看到自己像只可怜的小动物，不停在他脚边打圈。

她泄了气，举手投降："既然你不爱说话，那我也不再问了。"

"与人沟通是我工作中非常重要的一部分。不过你说得对，除了必要的沟通，我不常说话。"

"什么是必要的沟通？"王泳微弱地追问。

秦希直接忽略了她的问题。

王泳有点生气："你不像是有朋友的人，我没见过你跟其他人在一起。电视里的连环杀手，就是你这种零社交的人。不过没想到你这么忙，居然还会养狗。"

"已经死了。"

王泳恭恭敬敬坐端正，轻声问："没有再养？"

"不养了。"他握着玻璃杯，盯着里面载浮载沉的茶叶，"家人跟朋友都不会陪你一辈子，更何况动物。"

台风过后，阳光映在云霄路上，关闭的小店都开了门，便利店的小伙又恢复了生机，准备随时迎接谁过来突击检查。张白载王泳到医院拆了绷带。

"吴叔叔，那我朋友这腿应该没太大问题了吧？还有什么要注意的？"张白挽着王泳的手，笑眯眯地看着眼前的医生。她听说王泳去医院看个病等了三小时，实际就诊时间三分钟后，就带她来看这个医生。

"没什么大碍。就是晚上还得敷药，另外不要做剧烈运动。"

"好嘞，谢谢吴叔叔。"

吴医生边开药，边跟她寒暄，问她妈妈身体情况。

回家路上，王泳跟张白道谢："幸好你认识骨科医生。我之前一直拖着不去复诊，就是觉得看个病太麻烦了。"

"吴医生是我爸妈的朋友，他平时不常在。不过没事，反正这医院的院长我妈也认识。他小孩入学的事，当时找我妈办的。"

王泳之前在地保部时，只听说过张白老爸是民航局的领导，她想当然地认为，她老妈也是。

红灯亮起，车子缓缓停下。张白抓起一瓶矿泉水，昂头喝下，

擦擦嘴边："我跟你说过没？我爸是局方[1]的人，副局。我妈是教育局的人，一个小领导吧。"她转头看看王泳，"我一直没觉得这有什么，直到我进了公司以后，才发现背后很多人在讨论我的家里关系。既然是朋友，我觉得这些事，你从我嘴里听到要好一些。"

王泳装作才听说这事，长"哦"一声，尾音抖了抖。

王泳妈妈在地方小医院当后勤，父亲给私人老板打工，她对公务员系统的级别毫无概念。她只知道，不论级别高低，民航局对航空公司来说，就是大爷跟孙子的关系。

有次公司领导到运控中心视察，以九叔为首，一众副总们排开，笑脸相迎。公司领导直接绕过他们，跟站在他们身后的女人热情打招呼。王泳后来才知道，那位大姐是局方某领导的夫人。难怪每次九叔他们见到那位大姐，都特别亲热。

王泳感觉张白似乎对家庭关系与流言蜚语不耐烦，但她没好意思问，为什么她不离开民航业这个圈子谋生。

绿灯亮了，前方车子开始动起来。街道在车窗外后退，张白在身旁说："去哪里吃？去喝骨头汤怎么样？给你补补骨头。"

"我腿不好，腰也不行……"王泳装出老年人声音，用手放嘴边咳嗽。

张白直笑："大婶，那我直接送您回家歇歇吧！"

"不，大婶现在饿着。"

因为在修地铁，前面的路围闭起来，张白驾车绕了一大圈都没找到那家餐馆，天色又突然暗下来。两人赶紧随便找了个地方吃饭。落座后，两人都饿极了，随便点了餐。

---

1　此处指民航局下直属的民航地区管理局，如华北、东北、中南、华东等。

这时天上乌云散开，又亮起来。王泳笑笑：“也太捉弄人了吧。”

张白将手放在铺满小珠子的桌面上，指甲抠着上面的珠子，忽然问：“对了，上次来我们家探望你的那个同事，叫胡昊对吧？”

王泳还在研究餐牌上的饮品，头都没抬：“嗯，是啊。”

“前两天在一个朋友聚会上见到他，原来他以前在法国念书。我以前在英国念书时，也在法国交换过一年。当时有个女生就是图卢兹的，我们经常去她家玩。”

张白对胡昊印象不错，问起王泳他的更多事。可惜王泳跟他不算熟，对他的现状一无所知，更别提以前的事。

张白最后点评：“如果他没有女朋友的话，你可以跟他发展一下啊。他可比周铄好多了。”

王泳有点尴尬。张白知道她跟周铄的事，曾在她跟前鄙视其人其行为。但他到底是张白同事，王泳提到这个名字总有点尴尬。两人心照不宣，很少提起他。

见王泳默默地搅动杯子里的碎冰，张白说：“别想了。他下个星期就要结婚了。”

“没想。”

“没想怎么这个样子？”

王泳咬着吸管，勉为其难地笑了笑。

张白拍拍她的手背：“投入感情不是坏事，但在不适当的时候投入就不好了。”

“感情的事，也分好和坏？”

“感情没有好坏，但是感情导致的行为会产生好坏结果啊。”

王泳笑了起来，吸管从唇边掉落：“感情专家，那你呢？”

张白吐吐舌头：“我才不当感情专家。被称为专家的人，一定受

了很多次伤，才将伤疤结痂成徽章。”这时，服务生将张白点的柠檬水送上来，她握住瓶身，轻轻碰了碰王泳的杯子：“庆祝你腿脚康复，重获新生。”

上班第一天，王泳买了巧克力到办公室，郑重而低调地告知回归。一群人免不了又约了晚上一起吃饭，以示庆贺。

胡昊那天开会，饭席过了一半才来，跟他一起的还有艾珊。艾珊进门就脱下那件灰色小外套，搭在椅背上，笑着让服务生为她倒酒。她举起酒杯：“不好意思来晚了。是我听说你们部门庆贺王泳回来，也厚着脸皮跟来了。再怎么说，这里所有人里，我跟王泳相识最久了，可是一起在值机柜台后奋斗过的人啊。”

昂头饮酒。

倒是王泳不好意思起来，再三解释她酒精过敏不能喝，讪讪地以茶代替。

程慧珊心知自己出现，下属会吃得不开怀，早寻了借口不来。魏叔一到下班时间就走，也基本不参加同事间的聚会。

这饭桌上没有老板，话都说得很开，在王泳隔壁格子间的杜大鹏，几杯酒下肚，从黄段子讲到老板坏话，最后开始讲起九叔来。

“九叔身体不好，也不是什么秘密了。两位副总可是斗得风生水起，都削尖脑袋想当下一任九叔，坐到333办公室去。程女王是沈光的人，但我听说最近老八可是在公司老板那边风头正猛的哟。”

这些话，办公室里的人都私底下传过，但毕竟是三四个人的小圈子，把圆圈拉直成一条线，也延伸不了多远。

现在杜大鹏忽然在十几人饭桌上说起，更别提还有艾珊这样的外人，大家一下子不知道怎么接话。

胡昊坐到他旁边，用酒杯碰碰他的："别以为你是谁的人，你就是个干活的。"

杜大鹏在椅子上东歪西倒："对，上面怎么站队是上面的事，我就一个小人物，嘻……"脑袋垂下来，睡过去了。

胡昊笑了一声："不会喝酒还爱喝。"又说起前几天他在公司开会听到的一些事，无非又是哪个飞行员的女朋友跑到公司那儿，还绕过了保安，上了天台跳楼。这件事大家都听说过一些。

这种事情大家都关心，也适合在这种场合讲。尤其几个女同事，知道的细节比胡昊更多。余思棠添油加醋地："说是跟那个小飞一起半年时间，有四五个月都在吵架。第三次跳楼了。"

"就因为这事跳楼？"

"不不不，是因为男的要分手，女的不肯分。在天台大哭大闹的，说是之前为那男的流过产。第一次跳是两个月前，估计是刚怀上那会儿。第二次估计是几天前，都只是在自家那儿。这次没想到，居然偷了个工作证，混到公司大楼去了。"

大家边听边啧啧啧。年纪大点儿的同事，将眼镜往上一推，笑着摇摇头："现在的年轻人可真乱啊……"

一个话题没完，胡昊又聊起了几个外籍空乘在国外闹事被拘留的事。王泳在旁边边吃水果边笑着听，今天的草莓很甜。

饭局散了，胡昊跟另一个男生架起杜大鹏，由胡昊负责开车送他回去。王泳跟余思棠同路，两人走了一路，闲扯着近期的明星八卦。余思棠又说起公司跟部门内部八卦，发现王泳居然一个都不知道。她惊讶，又若有所指地说："王泳呀，你除了干活，还是要多了解一下公司跟部门的各种小道消息才好。"

王泳笑笑："这种谁是哪个老板的侄子，谁要跳槽去哪里，谁跟

谁是一对的消息吗？好好好，我会多了解。”

余思棠知道她没听进去，也不再说什么。

在她看来，王泳是典型的“学生气”与理想主义：眼眸清澈，黑白分明，笃信拥有实力比经营人脉、学会邀功都重要。在余思棠眼里，理想主义跟幼稚是镜子的两面。

若是年轻个三五年，余思棠也许还会好为人师，对她提点一二。现在？她低头看表，打了个呵欠：“今天还挺晚的了。”

两人在十字路口分手，王泳在小马路前等红绿灯，一眼看到对面小餐吧里，罗真真搂着一个男生手臂走出来。

她化了淡妆，虽然看着精神有点紧绷，但整张脸都发着光。那男的低头跟她说了句什么，她轻轻笑着，打了打对方手臂，两人一起走了。

王泳站在小马路这头，看得出神。

她原本以为自己认错了人。那不会是罗真真，不会是她的朋友，不会是那个鸡毛蒜皮小事都跟她讲半天的人。但她的确又是罗真真。

是有什么误会吗？

王泳想起来，她最近一次跟罗真真聊天，是什么时候了？是海地救灾前一天，还是出差航班遇上颠簸前？尽管她说不上来自己为什么而忙，但她总归开始为了目标而忙，不再疲于应付柜台前一个又一个脑袋。

回家后累极了想找罗真真聊聊，但好几次都遇上她在值班，或是下了班在睡觉。她俩不再是室友或同事，而朝九晚五的自己，也弄不清罗真真的班表。上次罗真真说起，地保部现在都是系统排班，跟着航班时间走。上班时间有时不到凌晨五点，下班还是要等航班完结才能走。王泳惊讶地问：“那岂不是比以前更忙了？”罗真真一脸幽怨地看着她，点点头。

她俩现在像是一战前后的两代人，时间相隔不远，但生活节奏全然不同。明明上一代还以马车与火车代步，收音机还没发明，电话罕见，女人穿严实的曳地长裙，男士着三件套西装，戴帽子。怎么一眨眼，飞机已经被制造出来，女性开始要求选举权，汽车开始在柏油路上奔跑，光怪陆离的广告牌竖了起来。这头的人理解不了那头，那头的人看不到这头。

她们隔着一条马路，已是不同世界。对王泳来说，她不知道这两个世界的分化从什么时候开始。是因为罗真真认识了新男朋友？肯定在那之前。

但是对罗真真而言，她执意认为，从王泳离开地保部，过上朝九晚五的办公室生活后，就跟她不是一个世界了。她的世界并不大，能看到的就是这个公司，这个空港的人潮。

作为朋友，她衷心希望王泳过得好。但是……最好不要比自己好太多。

第五章

# 北非撤侨

CHAPTER 5

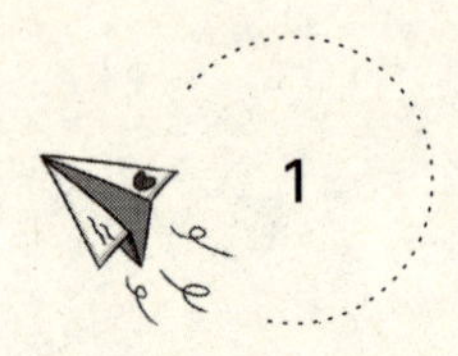

## 1

王泳今天过得跟世界局势一样动荡：

先是一出门碰到秦希，她念起“一饭之恩”，上前热情打招呼，对方离她一点儿距离，点点头，一言不发。她好像看到两个小人在眼前晃动，一个冷着心冷着面孔，一个热着脸蹭到人家屁股上去。

上班路上接到杜大鹏电话，让她帮忙订个会议室。她正挤地铁，用语音记录下这件事，却忘了设置提醒时间。回到办公室，彻底忘了这事。杜大鹏临开会前问起她，她才吓得面青唇白，给办公室的小姑娘子青打电话。幸好幸好，这个点儿有一间合适的会议室。

为了赎罪，她赶去会议室看看有什么可以帮忙的，电梯在三楼停下，门一开，她吓了一跳：外面站着运控中心的几乎整个领导层。九叔、沈光、陈副总，就连不怎么管事的汪副总也在。

她站到一边，眼看九叔的秘书泰哥按住电梯，好让这些领导像一片黑色洪水般涌入电梯。她退出去后，瞥见所有人都沉着脸。电梯在六楼停下，那里有运控大楼的紧急会议室。

人们说：发生大事时，这会议室的灯才会亮起。

王泳不知道这是不是真的。但起码她来了将近一年，除了公司老总来时，其他时候，她从没见这会议室的灯亮过。

这时，王泳手机响起，是子青打来电话：“王泳，你们的会议室

还要吗？刚听其他人说，大家都往六楼赶，其他会议全部取消。”

除了运控中心的领导层外，其他业务部门经理都在往六楼紧急会议室赶。沈光心焦，步子迈得有点大，他眼角余光瞥见人称“老八”的陈副总走得慢，自己一抬头，发现鼻子几乎贴上九叔后脑勺了。

他心里一紧，赶快放慢脚步，让九叔先走。

老八与沈光并肩而行，和他打了个招呼：“看这阵势，要忙一阵子了。你之前不是说准备去澳洲度假吗？估计走不了了吧？”人们背后叫他老八，全因都知道他铆足了劲儿要当下一任九叔。

沈光摇摇头，摆出一副难兄难弟的同情样儿：“再说吧。其实部门没有谁都一样。我估计你那块够呛——你分管的部门，是整个中心人数最多、最核心的。没有那群签派员，一个航班都飞不起来。”

运控中心有十二个部门，三位副总手下都有自己分管的部门。汪副总出身民航家族，老爸是功勋飞行员，他没有任何野心地慢慢坐到了副总位置，管着一些比如气象、航行资料一类稍微边缘些的部门，闲时背着手笑眯眯跟经理们交流，从不说狠话，脸都没红过。还有两年，他就要退休了。

两大核心部门，分别在沈光和老八手上。这两人年龄相当，当年分别从国内一南一北的名校来到印象航空。那个年代，航空公司跟空管还没分家，公司内部的员工百分之八十都是学历参差不齐的民航子弟，扯着父辈的裙带走了进来。

那是个乘飞机还要托人开介绍信的年代，航班旅客非富即贵。“空姐”政审标准极其严格，属千里挑一，在公众眼中神秘漂亮如女明星。当时每天航班很少，名校大学生进来后，也跟其他人一样从底层做起。那时还没有运控大楼，飞行、乘务、机务、客运、货运等职能部门全挤在一栋楼里，上下走楼梯。每天晚上所有航班一结束，老员工乐呵呵地将大门铁闸一关，领着他们吃夜宵去，边吃边传授他们的人生哲理。

在一群新来的大学生中，沈光和老八注意到了彼此。热腾腾的火锅蒸汽中，他们一抬眼，看到了与自己相似的眼神。在其他同龄人虚无度日的浑浊空气中，两头隼嗅到了同伴的气息，并悄然张开了防御的羽翼。

羽翼既已张开，这两只灵敏的动物在社交楼梯道路上不时相遇，彼此知道，他们既是同种，又非同类。

两人都有野心。但跟沈光对民航事业的热忱相比，老八更热衷于将社交触角伸到民航圈子以外。他参加各种同学会，每晚游走于各种饭局，乐于担任这个“主席”那个“秘书长”。他深知，多一个头衔，就多一圈人脉。

省市主要领导出行时，公司老板都会去送行。以老八的级别，他还不具备陪同资格。但借着保障航班的由头，他每次都准时出现在候机楼。人们传说，他还只是个部门经理时，就经常出现在廊桥上，笑得比空乘还标准，亲自送客人上机。

那些客人，有的是医院领导，有的是重点中学校长，林林总总。人们又说，公司一些中高层领导，苦恼儿女上中学，忧愁老父老母找专家治病，最后都由老八轻易操办成功。因此他虽业绩平平，倒还比沈光早两年坐上副总经理的位置。

眼下，这两位同龄人一路低声交谈，随着九叔走到了会议室。很多业务部门经理都已赶到，也都陆续听到消息，正在位置上交头接耳。

会议室一角，子青来不及找人烧水倒茶，正弯腰从纸箱里掏出

一瓶瓶矿泉水。见九叔跟几位副总相继落座，她赶紧抓起几瓶水，一一放到他们跟前。

显然是时间紧迫，平日九叔随身携带的保温杯不在手边，他拧开盖子，昂头喝了一口水。环视一圈，见会场内极为安静，大家都盯着他看。他放回水瓶，张口说："昨天深夜，公司收到民航局的消息。因为现在北非局势动乱，需要紧急撤侨，我们要尽快派出飞机完成这项任务。"

会场内各人其实早从各自渠道听到了消息，赶到会议室前，都约莫做了一些准备。但更多的情况，只是隧道口那头的光明，只知方向，具体未知。有人问："旅客人数多少？"

"三千多名。"

"三千多！"人群中嗡嗡一片，像一大堆蜜蜂潜伏在会场地板下。

"目的地机场资料有吗？"

"什么情况都不清楚，从没飞过那里。只能向外交部了解。"

在一片嗡嗡嗡声中，子青在每位经理跟前都摆上一瓶水。放完水，按照流程，她只要等会议结束时再来一次就行。但她向来多加留心，记得九叔平日只喝温水，汪副总喜欢喝茶，沈光跟老八都爱喝咖啡。在她分矿泉水时，已开始烧水，水烧开了，她开始泡茶、煮咖啡。

她往一个杯子里倒入一点儿菊花和枸杞，连同泡好的茶、煮好的咖啡一起放在托盘上。她端着托盘，先将枸杞菊花水放在九叔面前，又将茶放在汪副总跟前，然后将两杯咖啡分别递给了沈光和老八。

老八微笑着说了声"谢谢"。

不知道谁说了一声："现在是旺季，飞机资源本来就紧缺，时间又紧迫……"

九叔正端杯子喝水，突然砰地掷桌子上："这事难，再难也得做！

你以为只有我们难吗？其他接到这项任务的航空公司，也难！”

他看向沈光：“跟往常一样，这种临时包机需要航务部牵头，要以最快速度组织起各部门开会，最快速度向国外申请航线，最快速度派出飞机！”

沈光点头：“刚才我已经按照优先级，将流程和分工简单列了一下，一散会马上就要动起来。”

九叔点头：“其他部门那边……”

“刚才已经让程慧珊通知飞行、客舱、机务等所有相关部门，一小时后开布置会。”

老八插话：“我跟其他几家大航空公司打听了一下，他们也在昨晚收到消息，准备派机到不同目的地。”

有人问：“我听说我们派机去突尼斯？”

老八点头：“是。我们从没飞过那里。当地机场设施落后，能提供飞机起降的设备少，看来得想想办法。”

九叔点点头，神情非常严肃，一只手伸向杯子。沈光跟老八都注意到，他的手竟颤得厉害。老八马上假装没看到，假装跟身边人说话：“得提前了解一下，当地机场油的品质和数量能不能满足……”

办公室里一阵嗡嗡嗡声。大家都在传递各自了解到的讯息。子青正在认真地烧一壶水，心里面走着神：听说，胡昊最近跟他的空乘女友分手了。不过这跟自己有什么关系呢，倒是泰哥最近经常找机会约自己。他是九叔的秘书，长得也还行……

突然，砰的一声。整个会议室静下来。子青像其他人一样，转过头。

九叔打翻了手中杯子，水洒了一地。九叔身子在皮椅上一歪，软软地倒下来，沈光跟老八冲上前去，一人一边扶住了他。在外面拿材料的泰哥走进门看到这一幕，一下惊住，手里的材料散落在地。

他顾不得拾起，立马上前护在九叔身旁。

会议室内众人全都围上前去，子青根本无法挤进去。她只听到泰哥大喊：“快打电话，叫救护车！”

十分钟后，关于下午要开撤侨布置会的消息，连同运控中心老总九叔病倒送院的新闻，同时抵达印象航空各部门。连航医室正在录入飞行员体检数据的航医，航食部正在试吃的厨师，都在讨论这事。

“哎哎，听说那个什么部门的什么老总来着，开会的时候，当着众人的面砰地晕倒了！”

“哟，这么刺激哪！”

余思棠和杜大鹏在办公室讨论这事时，王泳在电脑屏幕前抬头，想起上午她去财务部报销，正经过沈光跟老八办公室。两人办公室的门都敞开着。

沈光锁着眉头在跟程慧珊说话，一只手按在桌角上，手指僵硬。老八则对着电话，咬着牙齿笑着说什么，神情却是严肃而急促的。王泳感到仿佛即将有一场台风，马上就要卷过整栋运控大楼。

她当时并不知道，自己和其他一些人，都在这场台风的移动轨迹上。

沈光个性沉稳，日复一日，以动词谓语作脚注，往前推进：HE CAN, HE WILL, HE MUST。撤侨筹备会议还在进行，他已信手在本子上画了个工作流程，手机拍照发给程慧珊。

从会场出来后，他回到办公室，见到程慧珊已在门外等他。

“上个月我去开了个会，会上讨论的内容，今天就用上了。”沈光推门进去，随手指了指门边的沙发，示意程慧珊坐下。

程慧珊知道他说的是民航局召开的会议。

在国内过得安逸的民众也许不清楚，这些年国际局势并不太平，世界各地不时爆发突发事件。而中国企业走向海外，足迹已经伸到中东、北非、中亚等局势动荡的地区。涉外撤侨比过去任何时候都要多。要是算上海外的地震、瘟疫等情况，更数不胜数。

程慧珊在沙发上落座，用手理了理裙子："我一直有关注北非那边局势，最近不断传出消息，说驻当地中资企业遭到袭击。没想到还真的要撤侨。"她低头看了看本子，"最新消息是，有七十八个工人被困在厂里，三十个当地人，四十八个中国人。"

沈光也在想，上个月民航局特地召开"涉外突发事件紧急运输工作"的经验交流会，必定也是出于这考虑。一般执行新航线，要提前分析目的地机场、机型性能，优选航线航路，选择合适备降场，评估天气因素，向沿途国家提交飞越领空和降落领地申请……要花的时间可不少。

但这种紧急运输任务，跟客人催菜一样，要快、快、快。餐厅上菜拖得久，客人一生气，挥手就可将菜退掉。但航班不行。二十四小时内要完成所有准备，起飞。对于平时商务航班来讲，简直是不可能的任务。

"有没有什么问题？"沈光问程慧珊。

"肯定有。但我相信我能解决。"她想佯装轻松微笑，但嘴角有点僵硬，还是没能笑出来。她握着笔杆，在本子上写字，但劈头第一个字，怎么写都写错。

"航"字怎么写？连写三次都错。笔画颠三倒四。

沈光看在眼里，拿过她手中的笔，在上面写上正确的"航"字。笔画紧凑，看得出来，写字人心神不宁。

彼此都知道，这是自四九年以后，国家最大规模的撤离海外中国公民行动，动用的力量不光印象航空一家民航，还包括了海陆空及军队。在这样庞大的事件跟前,这个向来从容的女人,也有点焦虑。

而且，她内心深处知道这件事对沈光而言，还有另一层意义——

九叔在关键时刻倒下，运控中心老大换人的事迫在眉睫。沈光跟老八，这两人长久的“夺嫡之争”连续剧，已经播到最后一季。显然，撤侨这事会成为这季内容的主线和看点。

尽管老八掌管着最重要的签派部，但在撤侨事件中最使得上劲的两个部门——航务部和调度部，都在沈光麾下。可以想见，沈光会希望借由完美完成这次任务，攻下一城。

程慧珊收起本子，打算往外走去：“如果没什么事的话，我先回去准备。”

“等等。”沈光在后面唤了声。

“什么？”她转过身。

他看着她，像在犹豫，又像在斟酌：“听说你跟老徐在办离婚。”

“哦，那件事。”程慧珊轻描淡写应着，“我不会让它影响工作。”

“我知道你是什么人，我知道你不会。所以，从朋友角度讲，我更担心你会硬扛。如果有什么需要的话,随时打给我。”他顿了顿,“作为朋友。”

程慧珊笑了笑：“沈总，作为朋友，你现在真不该阻碍我工作。不然我要被老板批评了。”

沈光索性也开她玩笑:“程女王的老板是谁？难不成是太上皇？”

北非硝烟弥漫而至的紧张感，在两人的谈笑间缓缓消弭。等等，这到底算是上司与下属的普通谈笑，还是男人与女人之间的交流？

多年前，沈光曾经喜欢过程慧珊。那时候他有女朋友，程慧珊是刚从客运部（地保部的前身）调过来的新人，曾经的小值机员。不算漂亮，但眼中有光，非常自信，笑起来让所有男人都舍不得移开眼睛。在那个大部分女子都唯愿相夫教子的年代，她跟男人一样留下来加班，跟男人一样没日没夜地出差，跟男人一样在开会时拍桌子抢资源。

沈光非常欣赏这样的她。他仗着胆大，约过她几次吃饭。她没有拒绝，但在饭桌上主动问起他女朋友的事。

那时候，沈光女朋友的父亲是飞行教员，在公司人脉广，说得上话。小女生虽然个性有点骄纵，但对他很好。程慧珊，只是个什么都不是的新人。

沈光知道，男人对女人的意乱情迷只在一时，稍纵即逝。他不再约程慧珊，很快地，他听说程慧珊跟货运部一个姓徐的男生走在一起。他收拾心情，跟女朋友结了婚。不久后，程慧珊也结了婚。后来徐先生一路扶摇直上，现在已经是货运部副总。别人私下里都说程女王好眼光。

现在，沈光已经跟妻子离婚两年，前妻带上儿子在澳洲定居。他孑然一身，满腔热血全洒在事业上，在事业以外的生活里，只有一汪安静的水。

直到他听说程慧珊正在办离婚。

正回想着，外面走廊突然传来老八急切的脚步声，他边走边打电话，对那头说：“旺季不够人？不够人就跟公司申请，将有飞行执照的公司领导都抓去飞撤侨航班！不要把他们当领导！”

沈光瞬间被拉回来。

他在桌前坐下，抓起话筒，想了想，拨了一个民航局那边的号码。

前妻也好，程慧珊也罢，都不过是清晨的大吉岭，或者是饭后

的小烘饼。只有与另一个男人的竞逐，才是餐桌上那道硬菜，须在紧临大花园的餐厅里，坐在一架大钢琴附近，摆出态势，心无旁骛地去品尝。

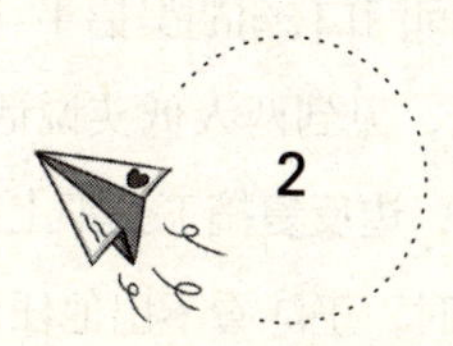


这常年阴霾的城市，难得晴好。清早，一队空警穿着墨绿短上衣黑色短裤，绕着公司楼一圈圈跑步训练。上午十点多，王泳回复完邮件，替杜大鹏跑腿填完报销单据，给桌上的盆栽喷了水，给罗真真发了条语音："晚上有空吗？好久没一起吃饭啦。"

程慧珊站在玻璃门外，轻轻拍了拍手，所有人停下手头的活儿，齐齐看她。

"晚上公司就要派出一架飞机赴突尼斯撤侨，请各位暂停手头其他事，将精力放在这上面。"

她开始分配任务。

以一般开航的三十倍速，整个航务部像被上帝之手点过的地球，飞快转动。各人根据分工，协助程慧珊落实筹备起飞环节。

运控中心事情多，航务部要逐一盯着——飞行航路定了没？飞行许可，向国内国外机构申请了没？

还有公司其他部门的事，也都得一一盯梢——机务要放行、舱单要制作、机位须安排、航材须处理。

电话响起，余思棠接听，低声说了一会儿，又放下。她昂起脖子，高声说：“机组人员就位，已提前进驻机场休息。”

很好，第一个撤侨航班，至少不会因为机组原因延误。

办公室空调开得足，但王泳还是觉得自己在流汗。不，她好像感觉到，整个沉默的办公室里所有人都在流汗。

程慧珊站在自己办公间门口，朝胡昊招手。他进了她玻璃办公间，王泳打印材料时抬头看去，见到两人低头说话。胡昊背朝门口，王泳只能看到程慧珊边说话，边反复摘下又扣上手中的笔套。

胡昊从办公间走出来时，王泳看不出他任何表情。

王泳听说，除了印象航空外，其他航空公司也都已接到撤侨指令。其中，国宇航空按要求应在下午飞赴希腊接回同胞，但时间到了，他们的飞机还没起飞。

余思棠跟杜大鹏在办公室窃窃低语：“说是雅典机场临时性罢工。我那国宇的同学说，他们的五个国家飞越，才拿下了两个……”

“不知道我们这边能不能准时……”

声音低了下去。

王泳有点心焦。

这时，手机那边弹出罗真真的回复：“好的呀，我们去吃印度菜？”

她这才想起，自己还没通知罗真真晚饭可能要取消的事。她赶紧回复好友：“不好意思临时有急事，今晚取消哈。下次我请！”

罗真真没再回复她。

王泳问余思棠：“既然从那个北非国家撤侨，为什么不派机直接前往那个国家？”

杜大鹏插话：“那里的通信全部中断啦。天知道那边空域还开不开，机场能不能正常起降，加油这些地面保障更加玄乎……”

三千多名公民，这会是一次漫长的撤离。

这天晚上，所有人留在办公室加班，连魏叔也不例外。

王泳站在大办公桌前，跟前是一字排开的六张国际航图。时间紧迫，程慧珊要求飞越申请分两步走：一方面通过正常渠道，拍发申请电报；一方面将所有文件转外交部，通过外交途径申请，争取最快拿到批复。

直到王泳他们下班时，胡昊还在那儿。他要彻夜值守，跟民航局和大使馆联系。出了办公室的门，杜大鹏说，胡昊在直接协助沈光："他可是个聪明人，一到这些大事情就会站出来，老板们都看得到。"

王泳明白他在暗示些什么，但她想，杜大鹏怎么好意思说一个每天都比他下班晚的人？

几个人上了空港快线，王泳跟在魏叔身后上了车，只剩最后一排两个位置。她不想跟魏叔坐，但没办法，只好一上车就装睡。但也实在是困，很快就打起盹来。

醒来时，见到车子行驶在机场高速路上，高高的路灯飞快闪到身后，形成一条条浪荡的光线。从高速路上往下看，路过一个商业广场，高高低低好几个促销摊位，五颜六色像水果。

手机突然响起。老妈的电话。

三段论：身体好不好，工作忙不忙，有没有认识新朋友。最后问："今年什么时候休假呀？"

王泳脑袋靠在椅背上，迷糊应着："还没想好……"

"下星期回来吗？"

"不了，最近很忙。"真是矛盾，她刚刚才敷衍完，说自己不忙。

电话那头显然失望，三秒钟沉默后，王泳疑心失去信号，连喂几声。老妈说："那没事了。你好好休息。"

王泳挂掉电话，魏叔忽然在旁问："家里人？"

"是啊。"

"我记得你不是本地人。是独生子女吧？家里就剩老爸老妈，会很孤独的。"魏叔的语气居然不太讨厌。

王泳稍犹豫，居然跟他说："我家就我妈一个。"说完就后悔了。办公室这帮人，最爱嚼舌头。

没想到魏叔只是点点头，竟是语重心长的模样："工作是做不完的，有空多陪陪家人。"

这话没什么错。只是王泳一想到其他人在办公室加班时，魏叔第一个提起包就走，总觉得怪怪的。她只好勉强微笑，又靠在椅背上闭目养神，不一会儿就睡了过去。

醒来时，魏叔已经下了车。空港快线班车上，交通电台播完一首歌，开始播放新闻——

"……局势动荡，目前有三万多中国公民滞留在当地。政府要求全力保障中国驻当地人员生命财产安全……英国外交大臣称，滞留当地的三千多名英国公民应当自行搭乘商业航班撤离，而非在冒险情况下期待空军解救……美国总统签署命令，冻结当地政府及银行所有海外资产……

新闻过后，在浮夸的背景音中，电台主持声音轻快："明天就是周末，大家想好去哪里度假没有？"

睁开眼，车子恰好路过一片大型购物中心，广告牌像从地底生长出来的大蘑菇，男人女人在空地上抽着烟，聊着天，市俗得热闹。周五晚上去哪一家吃饭，去看什么电影，去哪里喝酒？和平之地，人们烦恼得最多的，无非是这些问题。

身后位置上，有人接了个电话，聊起男朋友的生日，音量大，

态度嗲，时间约十分钟。王泳在那十分钟里，终于慢慢地想起：下周三，好像是老妈的生日。

她赶紧掏出手机拨过去，耳边只有嘟嘟嘟的声音。不甘心，又拨一遍，还是嘟嘟嘟，长久的一串颤音。她不安地等了一会儿，正打算再拨，老妈又打过来。

她听上去像感冒，语气闪烁。

王泳的心一沉，知道老妈一定哭过了。

老妈虚荣、自私，但是也善良、脆弱、依赖人，这些特质外向展现出来，形成另一个极端：蛮横骄纵，不听人劝。年轻时，她活在父亲构筑的生态圈里。父亲抽身离开后，她的生活全面崩塌，成了废墟。王泳那时候上小学，老师夸她认真勤快，下课后留在课室学习不愿走，其实她只是害怕回家单独面对妈妈。

父亲给过她自己新家电话，妈妈将那个号码撕掉。王泳蹑手蹑脚绕到屋后，戴上手套，伸手到垃圾桶里，忍住恶心翻了半天，将零碎纸条一片片找到，粘上。小女孩儿汗都没擦，身体还带着垃圾味儿，咚咚咚跑到士多店，打电话给父亲。

嘟嘟嘟……

她左手抓着话筒，紧张，手里都是汗。换到右手，耳朵紧紧贴着，头发也是汗。

汗水滴在话筒的瞬间，电话接通了。

一个女孩子的声音，细声细气，听起来跟她差不多大。“你找谁呀？”

王泳有点意外，她以为接电话的会是父亲。她一下结巴起来：“我……我找……王志豪。”她想说找爸爸，但不知怎么的，这话到嘴边就变了，好像自己也觉得底气不足。

这个女孩儿是谁？她上次听到妈妈跟外婆说话，知道那个女人也有个女儿，也是十二岁。他们住在一起吗？

“你等等。”

王泳听到女孩儿放下电话，冲着那头大喊：“爸爸，有电话找你——”

这个女孩儿，喊他爸爸。她喊她的爸爸作爸爸（多像讽刺人的绕口令）。

电话那头传来脚步声，是爸爸熟悉的脚步声。然后，爸爸拿起电话：“喂，你好！”

王泳没说话，她在想：她叫他爸爸，她是他女儿。

话筒那边问：“喂，你谁？”

她叫他爸爸，她是他女儿。那我是谁呀？

她挂掉了电话。

那天回家，她见妈妈的房门半开着，妈妈躺在床上一动不动，似在盯着天花板。真的在盯天花板吗？王泳想上前，但不敢，怕一上去，发现妈妈不会动，不会呼吸。

她躲在门口，一动不动地站着。直到发现妈妈转过身，传出压抑的啜泣，王泳才敢擦一把脸。脸上湿湿的，是汗还是泪？

她转身放下书包，走到厨房，开始做饭。

她从没做过饭。哪里需要呢？她素来是爸爸的掌上明珠，想吃什么都给买，宠她宠得不行。那些日子，像泡泡一样消失。王泳醒过来，但妈妈没有。

从那天开始，王泳像成年人照顾幼儿一样，小心庇护妈妈，期待她再次长出羽翼。渐渐地，妈妈不再哭泣，脸上有了笑容。她又再次变得专制蛮横，敌视女儿身边的所有男性，偶尔说些难听的话

刺激女儿。

王泳知道，这是过于弱小的妈妈在慌乱中披上的铠甲。不合身，更不美，但她觉得躲在里面舒服。

在妈妈开始重新交朋友，还尝试跟朋友们一起外出旅游那年，王泳在高考志愿上填下外地大学的名字。她拿到录取通知书那天，妈妈哭了，既为女儿高兴，又为自己难过。

离家的日子，一过就是四年。又过下去，快满七年了。七年里，妈妈老得快,像被用力捏在手心的纸团,又皱又小。王泳有时候会想，那些到北上广的年轻人付出的代价里，是否也包含这个。可是她那混沌不清的梦想里，也包括了要给老妈更好的生活。

老妈的声音在话筒那头传来，假装没事一样。

王泳静了片刻:“妈，下周你生日，我如果能请到假的话就回来。”

王泳哪知道，自己会这么快食言。

应国务院要求，印象航空新增加撤侨航班数。申请跟协调都要更快了。

周六，航务部所有人回到办公室，包括刚来半年多的新人小江。程慧珊让他帮忙跑腿，做些打印、复印、倒茶一类的事。

小江替大伙儿买了饭盒，一一拿出在桌面上，喃喃地说：“这时间也真的太紧张了。”

“还紧张？”余思棠拿过筷子，在他头上轻轻一敲，“欧盟各国都开始准备撤侨了。他们有上万人。当地随时可能关闭港口和海关。到时候想撤都撤不了！”

王泳正把饭盒取出来，逐一递给其他人。递到魏叔手上时，发现他正面朝窗外，心驰远处。她伸手在他脸前晃了晃：“魏叔？”

“嗯？谢谢。”

魏叔接过饭盒，在自己桌前坐下来，慢慢打开。

余思棠语速超快，又说了起来：“再说了，你看新闻了没有？当地的建房工程，几乎全由中国人承包施工，动乱起来，当地人抢房子抢东西，不抢你们中国人这‘财富新贵’还抢谁呀？一天被抢七八次，有的还被赶到沙漠里……谁受得了？你受得了吗？”

小江不敢说话了。

余思棠朝魏叔努努嘴：“你问问魏叔就知道了，十年前到阿富汗援建的六名工人被武装分子袭击遇难，将遗体接回国那次，魏叔有跟机保障。”

“那时候我还小……”小江怯怯地。

魏叔不说话。

王泳默默地掏出手机，开始搜索那一段新闻。新闻图片上，停机坪上整齐排列着六口棺材，遇难者家属扑在棺材上号啕大哭。王泳想，直面生死后，一个人到底会发生多大的变化。

周日晚上，她接到程慧珊电话，说公司派出撤侨航班后，在当地情况不太顺利。“那里没有一个总体协调的人。前面派出的都是具体执行业务的人，跟大使馆沟通时，信息接口太多。”

沈光认为，运控中心需要派人赴当地。他问程慧珊意见，她提议让胡昊去。“他懂法语，熟悉业务。”沈光没有异议，但是提出应该再派一个人协助胡昊。

程慧珊问王泳：“我个人觉得你比较合适。这是一次机遇，但是也不能说一点儿风险没有。如果你说不，我马上另外找人。”

电话那头，王泳内心天人交战。

国家执行海外撤侨，不是第一次。有别的同事去过，尽管不是总体协调，不过跟机来回。他们说过一些见闻，说危险谈不上，只是整个人投入未知的空间而已。

“我去。”她说。

奇怪极了，她的心同时跳动着小紧张和小向往。但又忍不住好奇心：“为什么是我？”毕竟，她资历尚浅，还犯过错。

“给你一个锻炼机会。”程慧珊明显敷衍她，又催促她抓紧时间收拾行李。

王泳不知道，程慧珊自然有自己的打算。她手下十来个人，有一大半已经是老油条，剩下几个能干活的，不是前任经理留下的人，就是各怀异心，想往集团机关走。她需要培植自己人。上次纽约开航，王泳犯了错，但是她没有趁机找借口推脱，而是老老实实承认，战战兢兢等待惩罚。

她对未来充满憧憬与畏惧，对自己缺乏足够了解和自信。这让程慧珊想起年轻时那个自己，那个也在值机柜台后待过的自己。

王泳就是被她相中的一张牌——听话，勤快，有潜力，且不会越级。

王泳正在胡乱打包衣服，张白不太放心，问这问那，让她注意安全。

客厅开着电视，枪声一直在响。的黎波里机场。十万异国逃亡者。机场混乱如废墟。难民如失控丧尸，冲上跑道拦截飞机。跑啊跑啊快跑啊。班加西港口，外籍劳工攀上逃亡船只，被船主直接推下大海。沙漠地带，埃及劳工一路逃亡回家，最后彻底消失在镜头外……

屏幕下方不断滚动着一行行文字——外交部在北非中国公民临

时保护中心应急热线电话……

主持人声声呼唤，请需要帮助的公民拨打应急热线电话。

遥控器一按，另一个频道上，是国内的工人家属对着镜头哭："求求你们了，把我儿子带回来吧呜呜呜……""我要爸爸，我要爸爸……"

"风油精、驱蚊水……"王泳正在低头清点。她往行李箱里塞了内衣裤、外套、衬衣、长裤、毛巾、创可贴、肠胃药、感冒药、驱蚊液和女性用品，还在想有没有漏了什么。

张白突然站到她身后，紧紧抱住她的腰，脑袋埋在她头发间。

王泳耸起肩膀往后推她，笑着："痒死了，别动我头发。"

张白低声说："平安归来。"

王泳跟胡昊约好了，直接到候机楼碰头。

除了海路，跟动乱地接壤的，共有六个国家。西边、南边是白金色的大沙漠，难以穿越，被外交部首先排除。东边埃及和东南苏丹，跟中国关系良好，加上从动乱爆发城市到埃及边境最近，是撤侨首选。

但随着动乱升级，东部陆路被切断，现在只剩下西北方向往突尼斯边境的陆路可走。

数日前，从动乱国陆路撤出的首批三千名中国公民通过拉斯杰迪尔口岸，进入突尼斯。中国大使馆租用大巴，一辆一辆运送几千人，通过海堤登岛。

突尼斯成了我国从这动荡的北非国家撤侨的最大通道。大使馆在位于突尼斯的杰尔巴岛设有工作点，协助中国公民入境突尼斯，登机归国。王泳跟胡昊正是要前往此处。上了飞机，胡昊跟乘务和空警们扬扬手，打招呼。

也许是机上空调温度太低，也许是这条航线太过陌生，也许因

为客舱里所有人看上去都过分紧张。王泳觉得背脊在一节节冷下去。她看向舷窗外，熟悉的停机坪此时分外肃清。

“你知道尤利西斯从特洛伊归国时，曾经登上过杰尔巴岛吗？”在航前安全准备时，胡昊忽然问王泳。

王泳摇摇头。

“马耳他骑士也曾经试图攻岛。”他继续说。

王泳发现他的话比平时要多。他总是这样，想要掩饰内心情绪时，话就不自主地多了起来。

看王泳无力地笑了笑，他静下来，轻轻拍她手背：“没事的。”

在胡昊断断续续讲述杰尔巴岛的历史时，王泳边心不在焉地听着，边觉得胃痛。是因为兴奋，还是紧张？她跟空乘要了杯温水，喝完后，将毯子叠起来，垫在脸边，慢慢入睡。

航班一点点越过空中的国界线，离突尼斯越来越近了。

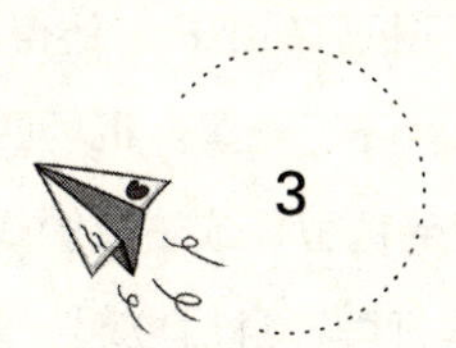


当地时间七点半，他们抵达杰尔巴岛。外面黑乎乎的，没有地面人员来接应。乘务长打开舱门，一阵风刮到脸上。

两人披了薄外套就下机，王泳在夜风中冷得直哆嗦。停机坪很小，只有一条跑道，上面布满了各国飞机，显然已经到了机场容量的极限。

平日里，这里航班数量很少，有来自欧洲的包机抵达又折返，从上面走下来度假的欧洲人，特别是专门过来做海水浴疗的法国人。夏季时，每天有四班前往突尼斯本土。

跟他们一起下机的空警，已经不见了人影。他们等了一会儿，看到有个穿着印象航空外套的人走上前来。脸孔黝黑，笑得热情，伸手来握住他们的手，非常有力。对方是公司此前派出的机务人员，人很豪爽，说喊他阿成就好。机场一片混乱，没有摆渡车，阿成领着他们绕过重重人墙，弯弯曲曲往外走。

王泳回头看："刚才跟我们同机的空警呢？"

阿成说："他们一下机就要工作。机场没有地面安全监护，他们得靠肉身守着飞机，防止外人接近。"顿了顿，"现在非常时期，你待会儿就明白了。"

王泳想起电视上看过，的黎波里机场里，那些失控冲上跑道拦截飞机的各国难民。

跟阿成一起来的年轻人，沉默寡言，跟胡昊、王泳打了个照面，就直接留在了停机坪上。王泳没问也明白，十二个小时的飞行后，这些机务小伙要马上进行飞机航后维护，还得为飞机加航油。

一进入候机楼，王泳就吓了一跳。机场四处都是难民，全都胡子拉碴，头发凌乱，裹在毛毯里，或站或躺或坐着。也有地上铺着毯子，三五人笑着在这里打牌，身后拉起一条绳，晾着衣裤袜子。远远看到有人围堵着一个地方，她好奇张望，阿成笑道："洗手间有啥好看的？每天都这样。难民们在里面洗澡刷牙呢。"

楼里味道很重，像念大学时放假回家挤火车的那种味儿。

看到有中国人走出来，这些难民望向他们。这时大楼里响起登机广播，难民一听有什么风吹草动，就紧巴巴地跟过去，又继续无助地等候。阿成说，动乱国的外籍劳工里，占最大比重的是埃及人。

不过在机场看到的难民，似乎大多来自亚洲国家，越南、孟加拉、菲律宾，哪里人都有。阿成说，这些人已经滞留两三天了。他们航班少，只能以机场为家。

“那边是我们国家的人。”阿成往机场角落一指。

在这里等候的中国人非常好认，他们跟王泳在全国各地见到的外来务工者没什么两样，安静老实地站在有点形状的队伍里。不少人手里居然握着棍子。在这里待久后，王泳知道，这是他们逃亡路上的防身工具。队伍里，还有女人跟小孩。

王泳咦了一声：“不是向来都说中国人的秩序最差吗？”

“你没看他国撤侨的新闻？加拿大政府包机飞到的黎波里，因为没有人组织侨民登机，最后航班空机返回。所以说，有没有稳定的航班计划，有没有人指挥，差别很大。”阿成笑了笑。

王泳有点尴尬。工作将满三年，她还没学会从专业眼光看问题，表现得像个看热闹的。

停机坪上，一架空客321拔地而起，呼啸声覆盖过候机人群的喧闹。整个候机厅里，各国口音形成的声浪从四面八方扑过来，在王泳耳边形成低沉的颤音。

印象航空在当地租了车，阿成驱车带他们离开。机场在一个叫Mellita的村子附近，王泳在舌尖上揣摩这发音，隐隐像“美丽达”。

一路上可见一千零一夜般的微光夜空下，白色清真寺掩映在大片椰枣树和橄榄树之间。路上经过阿拉伯人的集市。空气中，脏乱差与色彩斑斓并存。在这里，美如宝石的建筑与低矮破败的房子并存，房前晾晒着穆斯林袍子，在风中晃动。远处依稀还能看到欧洲人在此建筑的城堡。

遥遥望去，宝石蓝、乳白、孔雀绿、深酒红，就像真主撒下一把糖果在这片土地上。

勇敢得像尤利西斯那样的孩子，会讨到糖果吗？

一阵冷风刮进来，王泳打了个喷嚏，胡昊随即将车窗拉上。

机务、配载、货运等人员都住在一起。王泳他们经过一片荒地后，进入那个拥有清真寺外表的建筑物时，吃了一惊。两层建筑立面，游泳池水蓝莹莹，映出一旁的橄榄树影，整体干净整洁。白色屋顶在月光下，像铺了一层白色细沙。

显然是欧洲人来此享受人生入住的那种度假酒店。

但他们几人都没有度假的心情，一路上，胡昊已经向阿成了解了目前面临的情况。

突尼斯首都有个联络官，专门负责收集各航空公司航班计划。但这个人并不是民航界人士，所以没办法掌握更具体的运行情况，对于突发状况更是没法对付。

到了酒店，阿成先领着胡昊和王泳办理入住手续。那是一栋白色建筑物，门外有高高的椰枣树，在蓝色天幕下向这几个中国人敞开。

在前台大厅等待办理入住手续时，有小孩子跑过来，摊开掌心跟王泳说话。王泳蹲下身子，用英语回他："你说什么？"

大厅灯光阴柔，映得室内那两棵高大的棕榈树，投下两道幻影在王泳脖子上。

胡昊转过身来，用法语跟那个小孩儿说了句什么，他笑着跑开了。

王泳奇怪地看他，他说："他问你从哪里来，跟你要糖果。我告诉他，你是东方来的女巫。"王泳擦了把汗。

手续办好。他们穿过高高的拱门，走到房间放下行李，按照约定到海水泳池旁，跟早前来到当地的其他同事碰头。

彼此都谨慎，知道像这种级别的国家级撤侨行动，最容易出现

各种状况。

“杰尔巴岛各个安置点距离机场起码半个小时以上的路程，要组织人上机的话，至少要提前四个小时。”负责配载的同事说。

也就是说，如果人到了，飞机没到，又或者几批人同时到达，造成部分人员滞留机场，这都会对保障造成冲击。

王泳本以为自己过来只是帮忙协调一下航务事宜，但没想到情况这么复杂。

王泳问 ：“有没有可能提前安排？”

“应该没问题，只是我们前期工作量会大一些。”胡昊想了想，“这样吧。哪些人上哪个航班，我们全都事先安排，提前一天通知。防止当天混乱。”

大家都同意这种做法。

正说着，又有一个印象航空的人走过来。他负责行李货运，刚从机场回来。他累得直接坐在地上，仰着头说，因为没有这里的外场牌，自己没法进机场行李房，只能在飞机底下活动。他冲胡昊说：“听说你懂法语？那太好了！跟当地人员沟通简单的事还行，但一复杂，我就得绕半天。”

接着他向他们展示自己随身携带的本子。在日期下，清楚列明每个航班号、飞机号、箱子数量和编号，还有当地机场一些简单情况。

胡昊掏出手机，拍了张照。又掏出自己的笔记本，在上面写上什么。王泳看了一眼，发现上面密密麻麻都是他预先设想的问题和解决方案。

自己在飞机上睡觉时，他就在写这个吗？王泳又觉得脸红起来。

酒店泳池旁，有几个白人躺在长椅上聊天。夜灯打上来，映着他们刚做完 SPA 后放松的脸。邻国动乱，对他们来说就像故国的多雨阴沉一样，都被度假心情摒除在外。有当地小女孩子蹲在泳池边，浓密的鬈发，非常美丽，好奇张望着王泳他们几张亚洲面孔。

小女孩觉得，这个姐姐跟这几天住在这里的那些人长得很像，但是又有点不一样。爸爸说，这几天入住的，是来避难的中国人，现在他们要回家了。

白天在餐厅里，小女孩看到那些中国人，成群地来，吃得又多又快，声音很大。他们出现在泳池边、阳台上，指着远处的海，激动地说着什么。虽然她听不懂，但是他们看上去很开心，就像小小孩儿要回到妈妈怀抱那种开心。

他们商量完，几个人往回走，另外还有人要往机场方向赶。王泳走回酒店，一眼见到大堂挤满了中国工人，黝黑脸孔，但表情放松。仿佛他们正在国内旅游景点，等待导游为他们办理入场。

阿成说："大使馆联系了酒店，保证给滞留当地的工人提供床位。"

王泳注意到，还有两个长相干净的年轻人，胸前挂着牌子，在大堂跑来跑去，统计酒店入住人数、姓名、属于哪家中资机构等等。阿成说，那是商会组织的华侨志愿者，他们还要连夜汇总资料，帮忙运送基本药品。"北非这边人手紧缺，希腊那里会有更多志愿者。"

那两个年轻人手头拿着一叠卡片，一个人发放，一个人在本子上登记。见王泳好奇地看他们，他们也望着她，似乎彼此都没想明白对方身份：你？这么年轻？在这儿干吗？

一个工人边拿卡片，边问年轻人："这长途电话卡怎么用啊？"

哦，原来是大使馆给他们发电话卡，方便他们跟国内家人联系。

那几天，王泳跟胡昊不断机场酒店两边跑。白天穿单衣，晚上披件外套。幸好胡昊懂法语，跟当地人沟通起来非常方便，这样他

们就不需要麻烦大使馆了，还能帮公司其他人解决棘手事。

但麻烦事还是很多。

首先，一般航空公司的航班计划稳定不变，但为了让撤侨行动更高效，杰尔巴岛的航班计划变动频繁。

其次，原本国家通过埃及、希腊和突尼斯三个方向撤离中国公民。但因为其他边境关闭，涌入突尼斯的难民越来越多，后来决定以杰尔巴岛为主要方向。这样一来，除了印象航空外，其他几家航空公司也从国内各大城市派机飞赴杰尔巴岛。

杰尔巴岛成为主战场，但负责航班整体协调的人只有胡昊跟王泳两个。他俩不光负责自己公司，还要兼顾其他公司。

最要命的是，北非网络本来就相对落后，现在当地一下子涌入这么多人，网络资源被占用，要联上网络查找公司航班数据，就成了碰运气的事了。活在网络时代的他们，只能用最原始的方法传递信息——电话。

偏偏这电话还整天断线。

那几天，她跟胡昊一天要接上百个电话，跟公司总部、中国民航局、其他航空公司以及当地航务代理公司保持沟通。在手头资源有限的情况下，胡昊要依靠自身的经验进行判断。

王泳从没见过他这样严肃。

在高强度工作中，王泳却感到阵阵兴奋。

跟飞行员不一样，他们能在前排座位看到最美的日出，最亮的星，最壮阔的海，最蓝的天。这是工作所带来的附属满足感。

而对王泳这样的地面人员而言，满足感只能来源于解决一个又一个问题。

查不到的数据，终于查到了。

联系不上的人，联系上了。

被迫延误的航班，可以飞了。

就是这样大大小小的满足感，支撑着她。

大使馆那边在组织救援，将同胞们从各驻地带出来，沿路接送保障。因为人手严重不足，胡昊有次被喊去帮忙。

“你一个人留在这里，搞得定吗？”胡昊端详着她，有点不放心。

王泳故意狠狠龇牙：“怎么信不过我？”

胡昊点中她软肋：“你信得过自己？”

从小，妈妈就反复提醒她，你是个普通人，你干不成事。她进入职场后，卖力演出没心没肺，只为掩饰自卑。她垂下颈子，又抬头：“总得让我试试。”

使馆人员安排了一辆中巴，搭乘食物、药品等物资，车头插着一面五星红旗，一路往突尼斯边境口岸驶去。

口岸离杰尔巴岛大约有两小时车程。根据计划，胡昊抵达口岸后，等待同胞过关，将他们领回机场，再组织上机撤离。

大巴驶向突尼斯边境时，气氛开始紧张。从边境那头传来阵阵枪击声。胡昊在车上颠簸了一路，透过车窗窗帘往外看，前方上空有直升机盘旋。他想辨认那是哪国直升机，但日光猛烈，无法直视。

身旁，钱乐闻摇着头：“前几天有几个荷兰士兵，乘坐直升机到利比亚打算直接带他们的侨民走，刚落地就被扣押起来。”

钱乐闻是驻利比亚的外交人员，到突尼斯协助撤侨。他比胡昊大一些，理着平头，戴着眼镜。他跟胡昊讲沿路跟反对派武装交涉的事，讲同胞们的遭遇。

他说，从的黎波里到这儿，路程长，且有大量武装力量盘踞，

被称为“死亡之路”。使馆人员领着同胞们连夜赶路，遇上关卡，要一遍遍地跟那边的人说:“我们是中国人，是来帮助建设你们国家的。现在遇到了困难，请放我们过去，请协助后面撤离的人。”

胡昊问:“管用?”

“管用。虽然路上危险,但中国人的待遇比其他国家的人好多了。我在口岸见过武装分子殴打其他国家的人。打中国人的有,但不多。”钱乐闻说，“可是抢砸东西的，不少。”

胡昊明白过来，为何这次撤侨所见的中国公民有不少人身上带有刀——为了防身啊。

钱乐闻一路上不时掏出手机，翻看上面的照片。胡昊发现那上面是个年轻温婉的女子，抱着小婴儿，软糯糯在笑。钱乐闻说，这是他太太跟出生不久的女儿，“这里太危险，她们已经在希腊上船走了。”

到达口岸，车子停下，司机回头说:“没法再往前走了。”

雾很大。

从车窗往外看，他们什么都看不到，只能听到零星的枪声。渐渐地，大雾中显现出两三个人影，渐渐露了面，都是突尼斯人。衣衫污渍斑斑，一到突尼斯国境上，便整个儿趴在地上，不断亲吻土地。

钱乐闻跳下车，一脚深一脚浅在沙海中前行，俯身问那突尼斯人:“口岸那里有中国人吗?”

“你们中国人过不来！人太多！海关封死了！”

胡昊在车上看守着物资，遥遥见到钱乐闻走回来，一脸沮丧。他将手臂伏在车窗口，低声说:“他们过不来。我得过去那边。”

一刹那，胡昊有片刻的犹豫。他转过脸，见到正拼命亲吻大地的突尼斯人，从口岸传来的枪声越发激烈，夹杂哭喊声。他想起在法国念书时，见到穿白袍的穆斯林青年，他经常见到他们，但不曾有过什么接触。

从突尼斯过去容易，但再过来，也许就是生死之隔。

然后他听到自己说："我跟你去。多个人，也许能帮上忙。"

车子过了境，就踏上了动乱与死亡之地。

司机是突尼斯人，一听说他们要过境，身体一直在抖，拼命摇头："我还有老婆孩子。"

塞给他一叠美金，还是摇头。

钱乐闻犹豫，低头又在腰包里数了半天，狠狠心，再塞给他几张——这钱，还要留到口岸那里，必要时疏通当地海关。

那司机稍犹豫，又别转脸，仿佛下定莫大决心，又重复一次："我还有老婆孩子，他们不能没有我。"

于是，过境的只有胡昊跟钱乐闻两人。

远离了杰尔巴岛的地中海风光，奢华酒店度假区，色彩斑斓的自由集市，热情的当地人，跑跑跳跳的孩子，披着围巾戴着墨镜的欧洲游客。两小时车程外的此地，是另一个世界。

空气中的热风，刮来阵阵白金色的细沙。他们两人用围巾围上嘴巴，防止沙尘入口鼻。炽热的风过处，沙丘缓缓移动。

头顶偶尔飞过一只鹰。

车厢内，极度闷热。

所谓的海关大厅，就是坐落在一望无际沙漠中的百来平方米小屋子。突尼斯这边的草屋里，坐着几个海关人员，在铁丝网前查护照、盖章。边上站着边防武装人员。动乱国那边，有一排简陋的房子，军警持枪，像盯猎物般扫视眼前所有人。

越过突尼斯边境，枪声更响了，就在耳边。

从车窗往外看，这边口岸外堆满各种车辆，缺乏形状的车队排开好几百米。不同肤色的难民，在那里闹哄哄挤成一团，团团围住这排小房子。空气潮热，像是有上千匹无形的马在这里呼吸，如酸牛奶变质般的恶臭，薄纱般覆在这沙地上。

不断有人往大厅拥进去，这些人都那么瘦，衣服上蒙着厚厚的尘雾。

口岸大厅里，又传出一阵枪声。里面一阵骚动，接着有人跑了出来，后面出来一个举着枪的军警，朝奔跑者后脑勺砰砰开枪。

隔着车窗玻璃，胡昊看见那人趴下了，身体流出黑色鲜血，渗入沙地里。

有人尖叫，他听到有人在议论，说这些人往口岸方向奔去，想要强行突围。

钱乐闻在车上跟他说过，在这场边境逃亡中，死亡人数未必低于某中型城市动乱伤亡人数。逃亡者多数被当地警察和武装人员打死，即使没被打死，也有人死于途中的饥饿疾病。

他移开目光，看看口岸大厅外面的空地。在人与人之间的艰难缝隙中，偶尔能看到三两个人坐在门外，眼神干瘪，有苍蝇停留在身上。

他们死了吗，还是仍然活着？如果天上有神祇正眷顾，那会是上帝还是安拉？

如同欧洲建筑的拱顶天花板般，屋外一圈一圈绕着的人流，此刻又动了起来。一个又一个人，像一滴水一样，流入那个敞着黑暗入口的大厅。就像生命被吸入了地狱，或是深渊。

他解开上衣的第一个扣子，弯下腰，觉得想吐。

钱乐闻骂了一句脏话，说："这是个死亡之地。就算这些人能侥幸过关，也得在枪口对准脑门的压力下回答问题。"

稍有不慎，枪声与子弹穿透头骨的声音，便是最后的镇魂曲了。

他们的车子刚在人群外沿停下来，一阵连续的激烈枪声猛然响起。他俩赶紧趴下。枪声伴随着阵阵惊叫停歇，有人高声骂了句什么，接着是寂静，宛如死神提着袍子下摆，携着镰刀正悄然过境。

在这寂静中，胡昊悄然抬头。

透过车窗，他见到两个当地军警走出来，手上拖着尸体，一路踏步到口岸大厅外。其中一人朝地面吐了口浓痰，那痰正吐到尸体的脸上。军警笑着说了句什么，两人合力，扬手一掷，那还有温度的躯体被扔到垃圾堆旁。

小房子外，人流仍在缓慢蠕动，如尸体上的蛆虫。在他们脚边，便是垃圾堆。垃圾堆上，高高低低躺着的，说不出是患病难民还是尸体。苍蝇蚊子嗡嗡盘旋着，为这热浪制造更多声响。

他偏在此时讽刺地想起学法语时，被迫背过波德莱尔的《腐尸》。诗中怎么说来着？天空从上面俯视这壮丽的尸体，蛆虫黑压压从中爬出，度这繁殖的生涯？

钱乐闻说："我们这些物资，先留在车上。现在分派给中国人，恐怕被其他国家的难民一哄而上抢了。"

胡昊说："好。"

他的眼睛，仍盯着车窗外的那些人。在仍然活着的人中，有一个持枪军警，目光锐利如豹狼，在人群当中慢慢穿行。

钱乐闻又骂了句脏话。胡昊转过头看他，他说："电话拨不出去，我要进去看一下。"又做了个手势，"你留在车上，不要下来。看着

车上物资。如果我回不来的话……”

回不来的话怎样？他没说，只生硬地转了个话题：“等我回来。”

钱乐闻从车上翻出一面小国旗，攥在手心里。他跳下车去，一只手高高举起那面小旗，一手肘一手肘地将自己埋进人群中。胡昊看着他的背部被吞没，只剩脑袋，然后只剩那一面小国旗。那一点儿红色，渐行渐远，终于被黑色的人海吃掉。

胡昊掏出手机，这里没有信号。能够与外界联系的，只有钱乐闻身上那部卫星电话。微妙的是，过了国境，他发现腕表指针居然不动了。

简直是时间与空间之外的遗忘之境。

他在枪声与叫喊声中，只觉得国内种种宛如碎片，悉数散落在遗忘之境外。

铁窗那边父亲的脸。初恋女友的模样。云霄路上的小饭馆。天台上的云。前女友小腿肚上的文身。办公桌上的台历。王泳低头露出的那截白色脖项。

“谢谢！”

王泳跳下车，用航班上跟胡昊现学的法语跟当地人说再见。对方笑起来，朝她扬扬手。

我的法语有这么差吗？怎么每次他们都会笑。王泳边往候机楼走边纳闷。

她已经对这里非常熟悉了。这里的人也知道她是“来撤走侨民的中国人”。往停机坪上一站，扬起细细的胳膊儿，晃一晃，很快有车停下，载上她。她用蹩脚的法语加英语指手画脚，说自己要去哪个停机位。没有人拒绝。

烈日下，有风吹到她脸上，咸咸的。她分不清这味道到底来自地中海，还是撒哈拉沙漠。

这真是个奇妙的地方。

头天的新鲜感与紧张感，很快被后面想家的情绪冲淡了一些。在异国停机坪上，接到来自印象航空的撤侨飞机，乘务员跟安全员把一箱箱巧克力、可乐、方便面往下搬。年纪大一点儿的，对他们特有同理心。阿成说，有次一个乘务大妈看到他，激动地说“你们真不容易”。她转身到后舱里，将剩下的飞机餐热了，拿给他吃。

有个乘务长，王泳第一眼见到她，便觉得她像自己妈妈。那乘务长一眼见到她，竟也愣了愣，然后向她招手。

她走过去，乘务长从自己包包里掏着东西，半天翻出来一小瓶驱蚊液、一小盒创可贴和一罐老干妈。“小姑娘，都给你。你在这里不容易，想家了吧——”顿了顿，她说，“你长得有点像我女儿，但她比你养尊处优多了，唉……”

王泳想了想，慢慢地说：“我还要干活，东西我不要了，谢谢您。但是，我可以抱一下您吗？”

王泳不记得拥抱乘务长那一刻，自己有没有落泪。太忙了，连记忆都非常黯淡。只有航班号、航班时刻、乘客人数这些数据，如同杰尔巴岛夜空的星一般，不断变换，又异常闪亮。

航班计划不断变动，这天夜晚要执行两个航班。赶回酒店来不及了，王泳决定留在机场通宵。

跟她头天来相比，机场滞留难民更多了。外国人多了，中国人也多了。

现在，撤侨航班二十四小时运转。胡昊不在，没有人跟她轮换，她只能硬撑，每天见缝插针休息三四个小时。不敢照镜子，害怕看到吸血鬼般惨白的脸。小小停机坪上，每天迎接送走八九架印象航空的飞机。

飞机下，上百个同胞排成一列，等候二次安检。大太阳下，印象航空的安全员西装笔挺，弯腰打开手提行李，用手持安检仪细细扫过。这一动作，重复两百多次。汗水从他们的脸上流下，淌入脖子里，成为衣领上的汗渍。王泳走过去问："为什么不把西装脱下？"

"代表公司形象嘛。"那人说完，又挺了挺背脊，"还代表中国帅哥界形象呢。"

她站在停机坪上，在小本子上记下运行数据。最后一个数字怎样都写不出来，没水了。她从裤兜里掏出另一支笔，继续往下写。

一阵风刮来，她听到停机坪上一阵喧嚣，尽管不懂语言，但他们一定在喊着"留意飞机别被硬物剐蹭"。风刮到她指尖，刮到掌中的本子上，往前翻了好几页，她看到胡昊的字迹。

胡昊，他现在在哪里呢？

他说去接两趟同胞就回来。距离他说这话，已经超过40小时了。

送走今晚第一个航班，下个航班将在四小时后。

回酒店，来不及了。现在就睡的话，应该还能睡上三个小时。

王泳在机场绕了圈，看地上那些撤离人员来不及带走的毛毯。她素有洁癖，但这时来不及多讲究，只挑了条没那么脏、味道不那么重的，卷起来就往国际到达厅入口处走。那里对着跑道，能够看到飞机。

铺好毛毯，调好手机闹铃，她蜷身躺下。当地蚊子多，驱蚊液早已用完，她随身携带的这瓶是让机组帮忙带的。合上眼刚睡一会儿，听到有人过来喊。睁眼一看，是机场执勤人员。

那个当地人，叉着腰说话，等王泳站起来，他发现好像是个女孩儿，态度缓和下来。

王泳搞不清楚他说的是哪国语言，但“护照”还是听得懂。她从身上掏出护照，递过去。对方翻开一看：“哦，中国人。”

他将护照递回给她，居然笑了笑，说了句“NIHAO”，又用英语夹杂法语，让她小心一点儿，说这里人多。王泳有点小感动。

她不敢浪费时间，赶紧入睡，又不敢睡沉，生怕错过航班。迷迷糊糊睡着了，梦里都是烽火，她看到中国人排着长队，从遥远的的黎波里跋涉到突尼斯，路上不断响起爆破声。

撤侨航班越来越密集，王泳经常赶不上大使馆为他们准备的饭菜，每天吃饼干泡面，加上睡眠不足，额头上的痘痘一个个往外冒。

她听阿成的话，早已将头发剪成男孩儿样，穿着宽松的衣服，不说话的时候，外国人大都以为她是中国的少年。“你怎么又瘦又小？以后怎么娶媳妇？”他们用法语问她。她听不懂，一个劲儿笑着点头。

她已经不怎么回酒店了，不是在机场，就是在使馆前线指挥部，跟其他人联合办公。那里有电脑，有网络（只是常断），有传真机，有电话。她一人一桌一杯水，就是一个运控分部了，时时与远在中国的总部保持联系。

恍惚中，她有点觉得自己仿佛实现了昔日的记者梦。啊，不是的，她才不想去跟踪街坊新闻，采访肉菜市场最新动向。她喜欢在现场。她跟公司总部连线，信号断断续续，仿佛远处是国内的观众，正守在电视前，通过这破信号，观看“本台特派记者王泳……从突尼斯……发回……最新消息……”。

当然不完全是炮火连天的消息。

那天下着雨，她撑着伞，护着一名空警将食物往下面搬。那空警很年轻，一路搬东西一路碎碎嘴：“我之前飞过非洲维和航班，每次遇到什么困难,你就给当地人一些可乐。可管用了。如果不行的话，就塞美金。”

王泳笑了笑，将伞往他那边移。

“哎你别笑，这真的！”他正在说他上次的经历，舷梯上有人喊着什么。风里雨里，他跟王泳说着话，好一会儿才发现那人在喊他。

“别管他们！肯定是让我少点废话。”他嘻嘻笑着，弯腰将东西放在小推车上。

转过身，舷梯上站了个乘务员，手上拿着手机，冲他直挥手，说了句什么。

雨声很大，伞柄在王泳手中摇摇晃晃。

他笑着吼回去：“你说什么？”又扬扬手，“别光愣着，快继续搬东西呀你们！”

那乘务长急了，风一刮，将她雨衣上的兜帽吹落。雨水打在她脸上，风将她的声音送下来：“你老婆刚生啦！是闺女！”

刚才还一路碎嘴说笑着的空警，一下怔住。王泳看到他一手搭在舷梯扶手上，弯下腰，大声笑了起来。

套用《枕草子》式的话，这是很有意思的。

还有其他有意思的事。

比如，机组告诉她，希腊、土耳其空域的管制员，在密集的中国撤侨航班飞越时,在频道里直接用“NIHAO”跟他们打招呼。比如，她在另一个撤侨航班上，又见到那个跟老妈长得很像的乘务长。她上前跟对方打招呼,对方笑了:“你是认识我姐吧？”原来是孪生姐妹。

但除此以外，工作上一有风吹草动，她还是紧张。

她要将印象航空制作的航班计划通报给撤侨前线指挥部，指挥部根据信息，组织分散在各地的人员集结机场。计划不断在变，她要不断跟踪进度，打电话，记录每个变化。

航班进度怎么样？

安排谁撤离？

什么时候撤离？

王泳边盯着电脑屏幕，边啃指甲。

使馆参赞看到，递过来一根棒棒糖："别啃指甲，啃这个。"

大使馆的人听说了她一个女孩儿睡机场的事，特地给她带去了睡袋。终于不用捡别人的毛毯用，王泳满足极了。后来她才知道，大使馆的工作人员多日没休息，比她睡得还少。

那天她跟大使馆的人核对完名单，信口问："我那个同事胡昊，你知道他情况吗？"

对方说："他们正在协助同胞过关。"

这话说得滴水不漏，反倒让王泳担心起来。她追问："他真的没事吗？"

对方安慰她："我们会保证每个中国人安全。"

王泳倒觉得自己想太多了。

然而偶尔在机场里见到各国记者，还有人采访她。摄像机关掉后，她问对方是否知道边境口岸的情况。记者告诉她，情况多么艰险，她听得牙齿发酸。但大使馆告诉她，目前还没收到有中国人伤亡的消息。

机场的人越来越多，一批又一批中国人运来，快速等候上机，安检，登机，起飞。有亚裔记者在候机楼采访，王泳擦身而过，听

到一个越南人对着镜头在讲："为什么我们不能走？为什么中国人都走了？"

她在停机坪见到阿成，他正在跟当地人高声讲着什么。

"怎么了？"

"中央油箱漏油了。"

她本想问他有没有听说胡昊去了哪里，但见他神情严肃，也不好说什么。

她站在停机坪上，准备迎接下一趟撤侨航班。

这天晚上，她感冒了。回到前线指挥部，在药箱里拿了点泰诺，就着凉水服下去。趴在电脑屏幕前，她最后一遍核对着第二天的航班人数，中途打了个盹。

也许是趴在桌上睡，颈椎受压迫，也许是脑中思绪太纷乱，也许是因为吃了感冒药，反正，她梦见了胡昊。

他站在检查站前，咬着牙笑，在他前面站了一些人，黑压压的看不清脸。王泳好不容易走过去 看，却发现那一排排朝向他脸孔的，都是当地人的枪口。

她猛地惊醒。

房间里暗沉沉，窗帘隔绝了外面的月光。她心惊胆战，默坐片刻，听着外面人们走动、打电话的声音。上前拉开窗帘，远处那片黑蓝色轮廓，依稀就是晃动着的地中海。月亮投下一片光，覆在远处白色房顶上。钟声遥遥传来，她似乎听到穆斯林祈祷的声音，又似乎是错觉。

低下头，她见到文件夹上留了张纸条，借着月光，可以见到那上面是阿成的字迹。

王泳开了灯，见到上面写了几个航班号，以及飞机维修情况。

最下面还有一行字，写着 :“刚胡昊打来，说明天就回。”

第二天，王泳终于见到了胡昊。

“见”了两次。

第一次在酒店。她抱着资料往外奔，骤然看见酒店大堂沙发上坐了个亚洲男子。背对她，浅蓝衬衣，正低头翻杂志。她一急，快步走过去。有红裙女人迎面向他走过去，男子站起来，抬头亲她脸颊。王泳看到他侧脸，失望地停下脚步。

第二次在机场。远远地，先看见那件墨绿色的外套，蒙了尘，有点皱。这哪里会是永远纹丝不乱的胡昊。

王泳停住脚步，慢慢往前踱。那人抬起头来，跟对面的使馆人员说着什么。

竟真的是胡昊。

他正跟使馆人员核对登机人数，确认航班时刻。人似乎瘦了些，下巴有些胡楂。嘴角再没了平日常见的舒坦自在，显得沉静。

机场里到处是闹哄哄的难民。日光透过玻璃棚，投下一大片在王泳身上，她走得快，短发在日光下飞起一道白刃，破开四周乌压压的人浪，向胡昊的背后逼近。

使馆人员抬头，见到王泳向胡昊走来，目光定在他身后，然后笑了笑 :“就这样吧，有问题再联络。”

胡昊转过身来，见王泳站在跟前。两人几乎同时开口——

“我回来了。”

“你回来啦。”

说完这句，都是一静，又都笑起来。

候机楼里响起了登机广播，一群孟加拉人从他们身边走过去，

很吵闹。有一个在这里滞留了好几天的小男孩，已经跟王泳混熟了。他知道中国人有吃的，跟她讨过几次巧克力。这次他经过她身边，大声冲她喊着："I' M LEAVING!"

王泳冲他吼回去："NICE TRIP!"

小男孩笑着，又好奇地看看王泳跟前的中国男人。那会是谁呢？真想知道。但来不及了，老爸揉揉他脑袋，拽着他小胳膊就往前奔。生怕晚一步，飞机会反悔，回程会落空。

这群人走过去了。登机广播后面又响了几次，终于静下来。

王泳问："那两天你手机没人接。我很……我们都很担心你。"

"那边情况有点复杂。"胡昊说，"找我有事？"

"没有。"王泳用手背擦擦脸。

"你一个人，还应付得来吧？"他看她的脸，小小的。他记得她很白，皮肤软糯，但到北非后变成了染色娃娃，眼睛下挂黑眼圈，精气神仍很足。她抬头跟他说话，边说话边擦着汗，而他并不觉得很热。

"我可以。"静了静，她慢慢地问，"你什么时候回来的？怎么不回去休息一会儿？"

"我在车上睡过了。倒是你，一个人撑了两天。这里有我就行。"

王泳伸出手，向前指了指国际出发大厅的角落："我在这儿睡过了。"

两人又笑了起来。

他俩从候机楼一起往前线指挥部办公点走。她问起胡昊的经历，他说："很多人是临时被救援人员带走的，火箭弹就在他们头上飞过，落在不远处，噗地腾出黑烟。有些人护照来不及拿，或是路上弄丢了，特麻烦。口岸那边，没有护照就不放人，我们抵达之前，有人在那儿滞留了几天，直接饿晕或者病倒在那儿。”

他没说那里有军警会持枪射击，他没说很多人就在他眼前死去，他没说北非日光下尸体在垃圾堆里腐烂，从翻开皮肉的肚子里爬出虫子。他没说那天他在车上等了三小时，才再次见到钱乐闻。他们跟海关口岸的人交涉，用语言用手势用美金用友情。有部分人过去了，有部分人留下来。

中资企业工人过关时，在当地外资企业打工的国人，挤开人群，扑上前抱住他跟钱乐闻的大腿，眼泪鼻涕沾在他们裤子上。“求你们了！把我们也带过去吧！我们也是中国人！”

这些事情覆在他大脑皮质上，不会再轻易剥落。但他不跟眼前这边说话边擦汗的人儿说。

“那他们成功过境了吗？”王泳感冒还没好，掏出纸巾擦鼻涕。

“人太多，有很多越南人挤过来冒充中国人，大家又没护照，没法分辨。大使馆想了个法子，让他们唱国歌，唱出来就过了。有人唱着唱着就哭了。口岸那边，使馆的人插了面国旗，过了境的人，一到突尼斯就向着国旗方向直奔。”胡昊说着停了下来，他见王泳背转身子，似乎在偷偷擦眼泪。

“哭了？”

“眼睛进沙了。”

这是场大规模的撤侨，最高峰时一天要执行七八个航班，王泳跟胡昊二人不停跟进总部和突尼斯两地情况：航班计划、动态信息、航务代理、上客、维修进度等，每个流程都要及时协调，每个信息都不能出错。

突尼斯与中国时差七小时，根本无法按照常规“等待总部指令”再办事。

他们就像救火队员一样，到处去灭火。

偶尔收到程慧珊发来的邮件，知道公司总部也全员投入——

我们为更快撤离更多人，公司要动用尽量多的宽体客机。运力跟机组，都是个问题。

运力不够：国内航班基本都改由窄体机执行。而且从各地分公司紧急调来宽体机到总部，弥补运力空缺。

人手不够：暂停空勤休假，对只拥有中短程航线资格的乘务，暂时放开，安排执行远程航线。

硬邦邦的工作流程文字后面，程慧珊在邮件最后写道：愿世界和平。

王泳盯着这行字，久久沉默。

王泳从没干得这么走心。她长这么大，头一次感觉自己如此重要，肩负着别人的性命安全。

王泳在停机坪上跑前跑后，一转头就能看到公司的空警，还是一身严严实实的制服，太阳底下，手里握着金属探测仪和爆炸物探测仪不住扫，脚边散落了一筐刀具、打火机。

撤出的公民随身带有攻击性武器防身，以求自保。跟国内标准相比，这机场的安检太松散，他们不得不额外安检。

胡昊随身带了些巧克力、可乐，不时分发给当地人，但最受欢迎的却是风油精。每天他都能像变戏法一样，从口袋里掏出一小把。当地人的笑容，一天比一天更灿烂。见到胡昊走过来，他们会张开两臂，热情地喊他名字：HAO，HAO！

听起来，像不停地在说“好好好”。这感觉真不错。

这次胡昊发完身上的风油精，王泳问他：“你怎么带了这么多这个？”

“常识。他们喜欢这个。”他说完，又补充，“我不是说你没常识。”

别看突尼斯人对其他国家的人不怎么样，他们对中国人倒是友好得很。即使没有风油精，他们也开始将王泳他们当朋友。“那两个中国少年”，他们这么说。

胡昊笑得直拍他们肩膀，又扬手招呼王泳：“少年郎，过来呀。”

王泳擦擦额头的汗。

航班时刻变化幅度很大，他俩经常半夜来回。跟国内一样，这时段经常会遇上不打表、绕路的“黑出租车”。坐了两次后，胡昊开始跟司机砍起价来。

他的砍价技巧也是神奇，先跟人天南地北地吹一通，劈头便是：“你知道尤利西斯从特洛伊归国时，曾经登上过杰尔巴岛吗？”

有时候王泳怀疑他滔滔不绝，司机也滔滔不绝，但是不是都明白对方意思。

但事实是，每次司机都真的不绕路，不多收钱，偶尔还有人热情邀请他俩到自己家做客。

酒店的值班经理是个大胡子，对中国人有莫名好感。听说大使馆联系酒店时，大胡子没有趁机抬价，还尽量将好房间留给这些中国人。

有一次他过来看“来自遥远中国的民航人”。王泳趁机跟他聊天，想和他说，酒店餐饮不是太够。但想来想去，还不是因为入住人数超额，餐厅超负荷运作。大使馆跟酒店方都已尽力。

大胡子问她，有些中国工人捧着一罐很难吃的东西，那是什么？

比画了半天，他居然转身从垃圾桶里翻出一个空罐子。拧开，又捏着鼻子，摆出“好臭”的表情。

王泳一看标签，乐了。

是虾酱。

大胡子跟她讲，中国人很好，他喜欢中国人。他说他也想去中国旅游和做生意。絮絮叨叨的，又给王泳看他女儿的照片。

他女儿非常漂亮。他说：“她在法国读大学。”神情自豪。王泳夸她漂亮，大胡子露出得意的神色。但又叹了口气：“太漂亮了，我这个当爸爸的，担心哪。”

钱乐闻在电话那头跟胡昊说：“我每天走在死亡之路上，也许一颗飞弹就会夺走我的性命，到时会有其他人代替我跟你们联系。”

电话的空旷背景音里，胡昊还能隐约听到流弹声。他无法不想起钱乐闻手机上那个温婉的女人和她怀里的婴童，以及程慧珊邮件那句“愿世界和平”。

此时王泳跟胡昊已经很熟悉每天的工作——收邮件、查航班计划、搜集航班运行信息、奔赴前线办公室联合办公、反复更新计划变化、跟踪进度、打电话。最后再根据航班进度，确定中国公民撤离的人数与时间。

组织自己公司的航班，他们还是能够应付的。

但很快，他们接到公司电话：“现在各大航空公司里，只有我们派了航务人员到前线。你们这次责任重大，除了保障自己的航班，还要帮其他公司跟前线联系。”

哪还有什么生意场上的敌人？目标只有一个，就是要撤出更多自己人。

撤离的难民都长得憨厚老实，很多人身上还穿着式样相同的工作服，头上还戴着工人帽。一听到手举国旗的人举起手臂喊，他们便一个紧跟一个往前挪，生怕跟丢了，在异国再也回不去。他们每一个人都紧抿嘴唇，耐心而温顺，汇集成一条等待归家的安静人流。

跟国内外各地机场的客人相比，他们更好组织，更有秩序，从不问“能不能走”“什么时候走”。他们是黄土地上长出来最坚韧的生命力。

撤侨航班运作得很顺利，落地，加油，上客，撤离。然后胡昊跟王泳回到机场里，找个干净地方，在地上轮流休息。等下一趟航班抵达机场，重新加油，上客，撤离。一切有条不紊。

快速组织上客后，王泳通常会进入客舱，看看机组还有没有需要帮助的地方。

几乎每一次，她都会见到乘务长拿着面小小的五星红旗挥舞，有人兴高采烈，有人喃喃着：“回家了，回家了……”

因为组织疏散速度快，有些难民进入突尼斯后，没到酒店入住，直接到机场等候离开。他们连日跋涉，缺衣少食。外交部通过民航局，通知印象航空这些公司，在派遣飞机时记得多带食物和保健物资。除了机上主餐外，飞机上还有八宝粥、水果、火腿肠。

难民们笑嘻嘻地扒开火腿肠，边吃边张望舷窗外的异国，又幻想这火腿肠是家乡美味。

老乡碰上老乡，大嗓门乡音中，忍不住细数家里媳妇做的菜——闷罐肉、板栗焖鸡、南湾鱼、固始鹅块……唉，真想儿子呀。小狗崽子读书行不行？现在要比我高了吧？要是他也能亲眼来看看这什么杰尔巴岛，也住上这大酒店该多好。他也最喜欢吃火腿肠了……

说着说着，身后有人想起一路生死惊险，过程中一滴眼泪没流过的老实人，突然后怕，放声哭起来。这情绪感染了整个客舱，开始有人操着乡音，不成调地唱起国歌来。太想家了，太想了。眼泪从浑浊的眼睛里流出来，赶紧用手臂擦一擦，又接下去唱，越来越不着调。有人笑起来，更多人跟着唱，或者放声哭。

起飞前，机长开始机上广播：

> “我是本次航班的机长，谨代表本航班三套机组全体成员，以中国民航的名义向大家致意问安。
>
> “踏进机舱这块移动的国土，意味着各位已经转危为安。”

终于起飞了。

哭过笑过，还是兴奋不已，相互跟邻座认识不认识的人交流着这些天的历险。“俺那工地外,整天有人架武器,开车转来转去。”“我们的工地一天被抢八次，还有一组人被赶到沙漠去了！”“咱们几个人逃出来的时候，每人身上只带了瓶水。”“我躲到当地人家里的，他们够朋友！”“不知我那埃及工友逃出来没有，唉。”

一批又一批中国人快速地来，快速地走。

胡昊点评：“我们的人走得最快。”

王泳从鼻子里哼了一声：“派来的飞机都在停机坪上等着了，但柜台太少。不然还能再快点。”她当过值机，恨不得冲上前去帮忙。

其他国家的人越来越多滞留在机场，眼看像潮水般涌来的中国人，像一夜间蒸发般走了，心情越发躁动。

中国的撤侨任务已接近尾声。在杰尔巴岛的最后一天，其他国家才开始通过民航在当地撤侨，小机场容量本已紧张，现在骤然升到极限。

人们情绪开始不稳定，空气中都是喧嚣。

但对王泳、胡昊他们来讲，尤利西斯冒险快要到终点了。

最后一天在候机楼，王泳看到了比过去一周更多的起哄跟闹事。这些人扛着行装，穿着廉价鞋子，眼看飞机一架架离开，心情终至崩溃。一见到穿制服的人，不管是哪个国家的，他们都会一拥而上。听说哪里的航班要起飞了，他们飞奔过去，企图趁乱上机。

王泳低下头，不敢揣测他们内心的绝望。

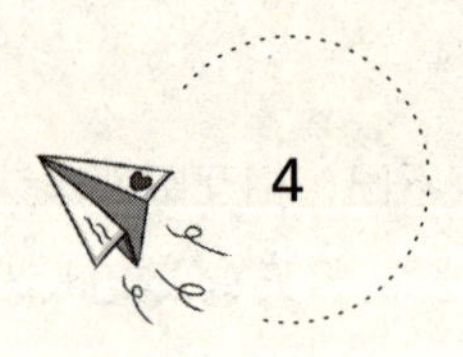

## 4

这天是他们留在岛上的最后一个晚上。明天晚上，他们就要乘坐最后一个撤侨航班飞回国内。

“大家都回家了，真好。”送完今天最后一班，王泳伸了个懒腰。

穿过机场时，王泳依然见到其他国家的难民还在，跟她初次抵达这里时没什么两样。一个记者正在对着镜头说着话，又蹲下来，跟打地铺的难民们交流。

见王泳脚步缓下来，胡昊顺着她眼光看过去。

“想出镜？”他打趣。

“曾经想过。”王泳摇摇头，“以前特别想出镜，不是作为被采访对象，而是站在记者的位置上。想想看，这个世界风云变幻，而你就在其中——在我还年轻幼稚的时候，特别迷恋这种感觉。”

“现在呢？”

王泳微笑着，摇摇头。

欧盟救援组织在这里设置了难民点，他俩穿过出发大厅时，正好看到欧盟的人。在这东倒西歪难民横躺的空间，只有他们穿着质量上好的西装，齐整地打着领带，头发梳得亮，面带微笑地走来。

“这些中国人……”王泳与他们擦肩而过时，曾经听到他们低声说什么。到底说什么？她是听不到的。一抬头，碰上的只是点头与微笑。

为首的男人跟胡昊打招呼，笑着跟他讲法语。他银白色的头发，在太阳穴上方卷成波纹，说话时脑袋一点一点。旁边那小个子男人，见到王泳面无表情，开口对她讲英文：“你们完成了不可能的任务：短时间内撤走上千人。”

他满脸笑容，将两只手往外摊开。

王泳也摊开双手，实在地说：“我没想过真的能够完成。”

对方哈哈笑起来，露出齐整洁白的牙齿。他说话时带手势，口音浓重，年轻时应该颇为英俊，王泳疑心他是意大利人。

胡昊在前方人群中见到了熟人，说了声“抱歉”，飞快跑开。他奔到前方，喊着钱乐闻的名字，钱乐闻也见到他，用力拍着他肩膀。

“准备回国了吧？”钱乐闻问。

“对，你呢？”

“埃及那边还需要人手。我今晚过去。”

胡昊想起他提到过，他的妻子女儿都在希腊，也想起他那句“也许一颗飞弹就会夺走我的性命”，不由得握住了钱乐闻的手：“保重！”

钱乐闻握紧他的手：“保重！”

他们打车回酒店，一路上，外面的风呼呼扑进来，胡昊忽然跟司机说了句什么，司机又应了他一句什么。

王泳问：“你说什么？”

“我说让他带我们去自由市集。”

司机带他们去的那市集有好几个入口，纷纷通往周围的大小广场。自由市集里面宛如迷宫。此时的摊位早已无人，王泳站在迷宫当中，想象白天这里的热闹。这里该会摆满传统服饰吧，那里应该是卖陶瓷器皿或木制品的，这个摊位外挂着一张地毯，也许就卖这个。

王泳走了几步，发现胡昊不见了。她喊：“胡昊？”

没有人应。

她从来不擅长玩迷宫，此刻在异国的夜，一时间有点紧张，但转念想他该是恶作剧，索性也不急，就站在原地等。等了许久也不见他，她只得凭着记忆往外走。月光映下来，连影子也躁动不安。

她走到一个出口，那里有一个大广场。远处是银白色细沙的海滩，蓝莹莹的水，还能见到再远处的茫茫灯火，圆顶屋檐在幽暗中散出微光。

王泳停下来，一时间不知道自己身在何处。脑子乱纷纷的，想起老妈的生日，心里泛上些愧疚，决意补偿。又想起周铄要结婚。真奇怪，踩在软软的细沙上，月光下泛着白金色的光，她无论如何想不起他的脸。

每天早上七点，她准时起床，坐八点钟的班车到公司打卡。日子在申请航线、开会、写航线报告当中度过，每月出一两次差。每

当在机舱里静候起飞时，她都无聊地猜想身边这些乘客是什么人，过着什么样的生活。是否像罗真真一样，为了更好的生活离开家人、或者像她一样，谈不上有什么梦想，说不出在追逐什么，只知道留在小城市家中的自己，必无法看得见现在眼前的一切。

她静立良久，直到一阵夜风吹来，忍不住打了个喷嚏。

胡昊不知道何时已站在她身后:“叫你多穿衣服的。”她面朝远方，清晰地感知到身后年轻男性的气息。他站得很近，呼出的气触到她后颈，温热。她一时有点恍惚。

罗真真说过什么？做得好不如嫁得好。

王泳知道部门里有很多女孩子议论，胡昊很得几位领导器重，他业务能力强，为人也圆滑……

又一阵风吹来，将这气味吹散，她清醒过来。悄然握拳，回过头：“走吧。”飞快转身离开，像逃离战场，看也不看对手一眼。

他始终没说为什么带她到这里来，她也没问。

以前周铄就说过，王泳你既敏感又迟钝。

回去时打了出租车，胡昊异常沉默，不像往日那般与司机说话逗乐。那司机方向盘打得很急，漫漫夜路上，车子左拐右转地奔突。王泳发觉他似乎绕了路，转头看胡昊，他只是一味看车外，似乎亦心事重重。

离廾杰尔巴岛的日子，终于到了。

王泳跟胡昊坐上最后一个撤侨航班。乘务长早已将客舱布置好，航班起飞后拿出一个蛋糕。印象航空派驻当地的人员中，王泳是唯一的女孩子，合影时，人们都推她站中间。

“胡昊，你俩一个部门的，一起站一起站。”阿成喊。

王泳被人推过去，感觉肩膀被胡昊碰了一下，她低头看着跟前蛋糕。

“哎哎，看镜头！”拿着手机的乘务员，笑着喊。

王泳刚抬起脸，就看到相机闪了闪。人们胡乱喊着：“再来一张再来一张”，接着乘务长上来切蛋糕，大家乱哄哄地分了吃。吃剩下的，拿到前排去，分给同机上的人。

同机的，还有建工集团一个姓黄的负责人。他一直微笑着看印象航空的人合影、分蛋糕、相互开玩笑。他看王泳模样年轻，好奇地问她怎么也在这航班上。当知道王泳是去保障撤侨的，他点点头：“小姑娘，挺厉害呀。”

王泳摸摸自己那一头短发，心想还是中国人聪明，不会以为她是“又瘦又小的中国少年”。

王泳跟他聊了一会儿，才听说，在国内的建工集团每天都收到工人家属的电话，话筒那边哭声一片。撤侨开始后，这些电话仍没停过，但渐渐从恳求变成感谢。他还说，除了协助同胞撤离利比亚外，他们还带走了集团的部分外籍劳工。

黄先生唇角微扬：“怎么说呢，如果你在现场，看到那些外籍劳工的眼神，就不忍心丢下他们不管。”

红眼航班上，大家都非常疲累。那些工人刚登机时特别兴奋，相互交谈生死逃离的经历，但用餐后不久也入睡了。黄先生聊了一会儿，也开始闭目。

王泳觉得困，但兴奋充斥着她的大脑，让她毫无睡意。她转过头，见到坐在舷窗旁的胡昊一直在看外面。

“有什么好看的吗？”她问。

胡昊回过头，冲她微笑，非常神秘：“你看看外面的银河。”

此时，客舱内的灯全部熄灭，机上安静异常。王泳越过胡昊的肩膀，往舷窗外张望，见到了庞大星群。云很稀疏，银河近得仿佛伸手就能摘下来，又仿佛围在飞机四周，用以点缀机身的边角。

“有一次我飞南太平洋上空，也是红眼航班，飞机在云上飞，星星很近，很大，很亮，在通透的天空上晃着。”也许是怕扰乱这客舱内的寂静，他的声音很低，像浓茶，又像醇酒。他讲自己在客舱内看星的事，也讲他曾在驾驶舱内看到的震撼景观。王泳仿佛回到了童年听老爸讲故事的时候。

老爸……对她来说，那是很久远的事情了。靠在男人身边，听他轻软地低声说话，如此体己亲密，也像遥远的二十世纪。但也许因为共同经历过生死，又也许共浴过突尼斯海边的风，王泳不再抗拒胡昊。她的脑袋往外探，头发落在他肩上，他轻轻用手拨开她的头发，不经意触到她的脸颊。

她的手微微一颤。他伸出手来，飞快握住她的。她要缩回，他轻轻一笑：“你看你的手，这么凉。”又放开了。

窗外，仍是那片庞大星群。他又继续沉声在耳边说星座的故事，她如喝下一杯杯醇酒，慢慢睡着了。断断续续醒来后，发现自己正靠在他肩上。

“还能看到星星吗？”她低声问。

“看不到了，但我们可以说点别的。”他开始低声讲，述说自己在边境口岸看到的事，以大人给小孩儿讲睡前故事的口吻。

“那些工人告诉我，他们逃出来之前，网络电话都被管制了，他们领导给上级打了好多电话才打通，后来也不知道怎么的，终于找到车子载他们过去。一路上闯了很多道关卡。”“其中有一道关卡，让所有人下车检查，有个工人动作慢了点儿，那个军警一下子用枪把他抵到一边儿。幸好公司翻译上前解释沟通，最后才放行。”

王泳听了一会儿，慢慢地说：“幸好，你回来了。”

“我们都回来了。”

又是一片云飘过飞机外。粗大，色白，分开几瓣，像栀子花，或棉花糖。

十几个小时的航程结束。下机后，那些工人们见到集团项目组的人，他们在到达大厅拉起“欢迎回家”的横幅。工人一下子哭得像孩子，还有人趴在地上亲吻地面。这所有的一切，则是另外一个故事了。

第六章

# 斗争

CHAPTER 6

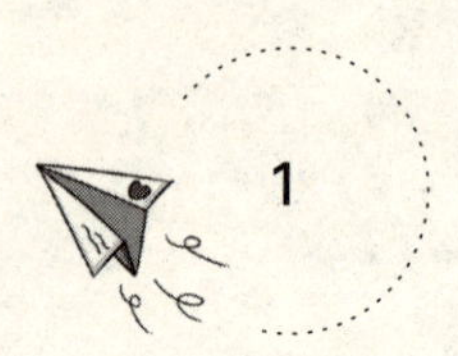

从突尼斯回来后，程慧珊说要给胡昊和王泳放个长假，但两人都不肯。王泳在家休息了一天，晚上蒙头补睡倒时差，打算第二天直接去上班。

张白一见面就抱紧她，再打量两眼，忍不住笑话她发型太丑。等她睡醒起来，抱着抱枕问她撤侨的事，听着听着也红了眼睛。

“我有关注那边的新闻，听说很乱，好多中国建设项目的营地都被打砸抢。你有没有遇到危险？”

王泳摇摇头：“我不危险。”她跟张白讲了胡昊的事。张白听完后，在沙发上直感慨生死。

王泳没有对生死的深刻体悟。但她也察觉，自己内心有些东西不一样了。

她不再信奉老妈那套“普通人”的说辞。当初填高考志愿也好，找工作也好，老妈不乐意她离开身边。直到现在，也总想通过相亲什么的，将她拉回自己出生长大的小城。

突尼斯海滩上吹过来的风，飞机舷窗外的银河星景，就像怎么拉都拉不回来的马，肆意闯入她的生活，一再踏平她对未来生活的平淡规划。这让她意识到，自己是一个更宏大图景的一部分。她像披上了无形的战衣，心底觉得，前方有什么东西值得自己奋斗。

与此同时，心底也有一点儿东西，在变得越发柔软。

仿佛突尼斯海边那一瞬间的魔法再度恢复，现在她回到公司，朝九晚五上着班，开会不再是普通的开会，写材料不再是普通的写材料，似乎有根线将她跟某个愿景连接起来。有时候她加班留下，在茶水间冲泡面时，碰见刚出差回来的胡昊，两人隔着一张桌子说话。彼此都没有提起那次撤侨，也没有提起窗外那片星空，但突尼斯的海水好像就在他们周围晃荡，云霄上的星空仿佛就在四周包围。

好几次加班至夜深才回家，走在云霄路上，看着周围拖着箱子走动着的飞行员和空乘，王泳总觉得，对她来说，这是一个最好的时代。

那晚，她到家等电梯时，碰到秦希。两人一前一后走进电梯，并肩而立。

秦希说："很久没见到你。"

"嗯，出差了。"

"去了很远？"

王泳挽起衣袖，向他展示晒黑了的肌肤："突尼斯。"

秦希垂眼看她那头男孩子样的短发，像在追寻："去撤侨？"

王泳点点头，知道自己不该，但终究还是有点骄傲。

电梯门开了，秦希让王泳先走出去。他跟在身后，突然问："你上次讲的那个作家，是多斯·帕索斯吗？"

"什么？"王泳挠头。

"那道 Spanish Paella。上次你说，有个作家在意大利服役时，非常喜欢这道菜，特地在信里跟朋友说起。那个作家，是多斯·帕索斯？"

王泳咕咕轻笑："我忘记啦。"

这段时间并不忙，公司跟部门都无大事，航班正常飞着，大大小小的会开着，领导要求下了一道又一道，无非进一步加强某某工作，继续深化某某改革。但运控中心深似海，大家都清楚，九叔这一病倒，背后暗流涌动。

王泳趁淡季打算休假，程慧珊爽快地批准，用笔点了点她面前的空气："你再不休息，别人会在背后议论我虐待的。"

王泳笑了笑："胡昊还没休假哪。"

"他不一样。"程慧珊低头飞快签字，抬头递给她，"你不知道现在是中心的非常时期吗？"

王泳心想，这些上层斗争，跟我们这些普通员工有什么关系。她拿了批假记录本，收拾行李打算回家跟妈妈补吃生日饭。

出发前的夜晚，她跟罗真真在云霄路上找了家餐厅吃饭。她坐在窗边等着，罗真真发来消息："我带个人来。"

看来，男朋友要登场了。王泳托着下巴看窗外来往行人，不一会儿，罗真真挽着一个年轻男人的手臂迎面走来。正是上次王泳见过的那个男人。

王泳隔着玻璃看他们，想跟罗真真打招呼，但两人只顾低头说笑，没抬头看。进了门，他们张望，王泳朝他们挥挥手。

罗真真比之前更白更瘦了。换了个俏皮短发，烟粉色外套，白色裤装，手里拎着小小的手包，翩然坐下，开始抱怨这里不好停车。讲了两句，开始向王泳介绍："这是蒋斌，我男朋友，飞 747 的。"

又对蒋斌说："王泳，以前一起做值机的战友，现在到运控中心去了。"

蒋斌很健谈，言谈间充满自信，对自己从事的职业充满了职业自豪感。但跟王泳认识的其他飞行员一样，聊深入了，也会小抱怨飞太多太累。但王泳对蒋斌印象还不错，毕竟她见过太多乘务员和部分飞行员拼命抱怨工作辛苦。

每到这时，她都在心里嘀咕：哪里有不辛苦的工作？

蒋斌上洗手间时，罗真真忽然说起袁均："他前阵子辞职，听人说他回老家了。"

大家都在地保部轮岗时，袁均最被看好——他做事圆滑，嘴巴乖巧，在中年女同事间人缘特别好，大姐们都夸他。当时袁均跟艾珊一起，人们都说他俩是金童玉女。哦，那还是在艾珊卖"乖巧女生"人设的时候。

"艾珊一离开地保部，就跟他提分手了。袁均干久了，也觉得没劲，就辞职了呗。"

罗真真说这话时，神态轻松。分岗这事曾是她心头的疤，现在轻巧提起，可见已经跨过去了。

"去哪里了？"

"不知道，估计是回老家吧。"

蒋斌回来，罗真真赶紧换了个话题，开始向他介绍说王泳刚去过突尼斯撤侨。蒋斌很感兴趣，开始聊到他以前执行过的救灾、维和任务。"……当地那个机场是为小飞机而设的，我们飞机太大……"他用手比画着。

要在以前，王泳会对这些很感兴趣，但今晚她有点心不在焉。

入职那天，袁均壮志雄心的模样还在眼前，还有值机柜台后的其他好些人。因为是合同编制，那些跟他一起入职的人，很多都已经走了。他们到哪里去了呢？还记得以前她跟罗真真讨论过，觉得袁均应该会是他们当中最快出头的。

但到运控中心后，她倒学会了从不同角度看事情。现在想来，袁均的个性过分圆滑，为中层领导不喜。毕竟，老板还是喜欢老实巴交、做事勤快、容易控制的下属啊。

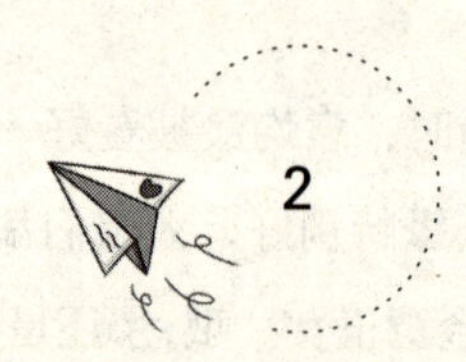

## 2

王泳家在三四线沿海小城。她下了轻轨，打车到家时，天色已暗。小城白天游客不少，王泳住在老城区，长街漫漫，街灯跟她念中学晚自习下课时一般昏暗。两旁的树木又细又长，在地上拖出长长的影子。

她掏出钥匙转了两圈，推开掉漆的闸门，步步爬上楼梯，推开木门，见到老妈坐在藤椅上抬头，笑着说，你回来啦。

因为距离长，老妈的脆弱抑郁、情绪多变、说话刻薄，都变得不那么难忍。老妈为她做了满满一桌的菜，母女俩围在桌前，吃完晚饭喝糖水，喝完糖水吃水果。

也许食物太鲜美，也许灯光太温暖，王泳像当年围坐在父母跟前的小女孩一样，有点得意忘形地谈起工作上的事。她说起身边人称程慧珊为“程女王”，说胡昊的工作态度她很欣赏，说九叔病倒了所有人都很紧张，说罗真真交了新男友……

“她有男朋友了？干什么的？”老妈原本边看电视边听着，有一句没一句搭话。一听说罗真真这事，便扭头看着王泳。

王泳忽然意识到，自己失言了。

果然，老妈对罗真真有男朋友的事深感兴趣，不断追问，还点评：“我之前去你宿舍时，就说这女孩子不简单。你看吧，她到时候会比你嫁得早，还嫁得好。”

王泳对这种谈话非常不适。她蹩脚地转移话题，谈起自己前阵子处置纽约开航和撤侨的事。老妈暂时被转移了注意力，她对女儿参与了新闻上的大事件感到满意，还问她：“有照片不？”

“只有几张跟工作人员的合影，太忙了。”

“那也行啊，那些平时跟我一起跳广场舞的人，整天问我女儿结婚没，啥时候抱外孙。我得拿这些给她们看看！”

王泳听出这话的含义，只尴尬地笑笑。

除却时不时觉得跟妈沟通有小困难，其余时刻，王泳均感觉愉快。她参加了中学校庆的同学聚会，当年的班草未到中年已有发福之态，怀孕的老婆坐在身侧，都是一副满足的神情。还没结婚的在大谈创业计划，有意识地跟混得好的坐一起，“我们要多碰头，整合整合资源。”留在当地的女孩子，相对更早结婚一些。在北上广工作的没回来几个，即使来了，也随便坐坐就走。

身为旁观者，她发现已婚者跟未婚者，留当地的跟闯北上广的，彼此因身份的不同而分为不同阵营。不至于看对方不顺眼，只是都对自己的活法更抱优越感，都试图指出对方生活中和思想上的问题。

王泳免不了被问到在哪里工作，工资多少，结婚没有，有男朋友吗。在去突尼斯撤侨前，她极厌倦这些问题。但现在，她好像不太把这放在心上了。

同学们也不是刁难，只是彼此好奇。她一概笑嘻嘻回应。别人说她“你快点抓紧呀”，也笑嘻嘻回应。

饭桌上她没怎么吃，聚会一结束，王泳就骑着自行车，要赶到甜品店那儿。每次回家，她都要去吃一家百年老店的甜品。

铃声在车头叮叮响，她下着坡，像少年人过暑假一样轻快。车子拐一个角，她听到路旁有人喊她名字。

她猛地刹住车：哪个旧同学在喊？

回头，见到一个穿横纹短袖、黑色长裤的男人朝她挥手，快步跑到她跟前。

她惊讶，喊出对方名字，几近口吃：“袁均？”

袁均的脸晒得黝黑，用手背擦了擦额上的汗：“看你这意外的样子，我还以为你知道我在这儿呢。”他走近几步，“你头发怎么剪这么短？”

王泳知道袁均辞职，但不知道他来了这里。

袁均提醒她：“我以前跟你说过的，我奶奶就是这里人。”他拍了拍她车头扶手，“去哪里？一起吧。”

小店逼仄少光，桌子掉了漆，但人还是不少。店员手上拿着脏兮兮的抹布，来回地走。店里有个少年，趴在柜台上做作业，不时抬头看来往的人。王泳跟袁均进来，他一直打量着他们，仿佛在他们身上看到了从外面侵入的世界。

服务生将两碗糖水放到桌面，袁均用勺子挖一口，一脸满足：“好吃！难怪你大力推荐。”

王泳用小勺拨拉碗里的花生米，欲言又止。

袁均比之前晒黑了些，样子有点疲倦，但精神很好，胃口更是

惊人，花生米在嘴里咯咯嚼着。半碗糖水下肚，他已嫌不够，扬手多要一碗。他在这个对他来说是异乡的地方见到王泳，分外兴奋。不像过去那样说话绕圈子，守口如瓶、防意如城，现在他话多，信息密集。

他说，当时他攒了三万块，正打算托关系送礼，家里突然来电话说妈妈病重。他赶紧请假回去，从宿舍去机场的路上又看到了这城市特有的树，形状弯弯曲曲，看起来有点丑，但这城市里几乎所有主干道都有它。

“当年去那儿读大学，我一下火车就看到这些树。我就想，这丑丑的树既然能在这城市扎根，那么我也一定可以。”

“阿姨没事吧？”王泳小心翼翼地问。

“救过来了，但是要花很多钱。她自己偷偷从医院跑出去很多次，拒绝治疗，在家里等死。我知道，她想把钱留下来给我在大城市买房娶媳妇。”袁均的语气轻描淡写，像在复述昨天看的朋友圈。

服务生又端上来一碗糖水。袁均问王泳“要吗”，王泳摇摇头，他拿起勺子，边吃边接着说，“也是从那时候开始，我突然醒悟了。与其留在那儿，慢慢熬上去，不如回家算了。”

“但你怎么又到了这儿？”

袁均抽了张纸巾，擦了擦嘴角：“老家那巴掌大的地儿，谁家有个什么事都传得远。有一年春节，我租了辆车，带过艾珊回家，一起参加同学聚会。那次聚会上，我的同学们基本上都在本地当个小公务员，或者在事业单位混着，准备结婚生子了。我现在回去……”他又抽了张纸巾，没往下说，王泳已经听明白：他进不可攻，退不可守，只能在人生的场子里兜圈，一转再转。

王泳尚有些唏嘘，袁均却始终笑着，似乎看得开：“这里离老家不算远，但是旅游业发展得好，经济势头猛。我现在跟朋友在这儿搞些事，也方便抽空回去看老妈。”

有些话，王泳原本一直想问，但现在感觉已经没必要了。她想知道，当日袁均有没有将她抱怨魏太后的话录音。她想知道，他会不会把分岗落败的事，怪在自己头上。毕竟这事版本太多，连身为当事人的自己，也不知道哪个是真，哪个是假。

但这些东西，都已经无所谓了。坐在甜品店的那四十分钟里，袁均喝完两碗糖水，吃完一碟花生米，接了两个工作电话共十分钟，跟老板搭讪了三分钟十二句话，逗老板的猫一分钟。两人从小店出来时，袁均说：“以前听你说过，你家里就一个老妈，一个人住这儿是吧？我现在在这边做事，要是有什么事需要我帮忙的，随时给我电话。”

王泳使劲点头。

袁均说：“有时间的话，多陪陪老人家。”他哈哈一笑，“虽然挺烦人的，哈。”

“我知道了。你也是。”

袁均看她表情，知道她感动了。真是奇怪，他向来认为职场上越“硬”的人才越走得远，但为什么王泳这般心软的家伙，却比他走运？跟旧同事聊天，就像跟老同学见面，掏心话没少说，但辛酸处永不袒露人前。他告诉王泳，自己现在过得很好，但不会告诉她，他讨厌老家。

讨厌那里商场的布局，讨厌餐馆放的音乐，讨厌身边人看的电视，讨厌结束放映后影厅的满地瓜子壳，讨厌家人逼他相亲，讨厌人们笑话他看的小说、听的音乐。偶尔他会遇上一两个同样从一线城市回来的人，彼此都如他乡遇故知般情感激荡。明明此处为故乡，北

上广才是他乡呀。

在这海边小城，一波又一波游客来到，平日里，袁均喜欢凭借他们穿的衣服鞋子辨认这些人来自哪里。但现在，他无暇顾及。王泳推出自行车，轻松跨上去的一刻，他喊住她："罗真真还好吗？"

"她很好。"

"她有男朋友了吗？"他看上去有点不自在，"不知道她怎么生我的气了，好像朋友圈把我屏蔽掉了。"

王泳犹豫片刻，笑着说："还没有。"善意的谎言，她最擅长了。

她明显看到袁均的神情松下来。暮色中，他笑了笑："叫她要抓紧啊，别那么不靠谱，整天老想着嫁给小飞。周围还是有很多好男人的嘛！"

王泳已经骑上车，朝袁均挥挥手："好，我会转告她的！"

远处有大船经过海边，风呜呜地吹，淡红色天空满满变成深色。两人道别，王泳骑着车一路往前冲。

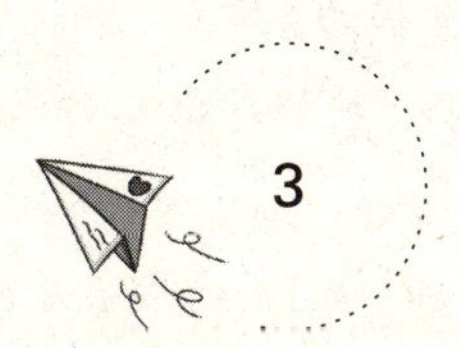

## 3

"今晚有饭局，晚点走。"程慧珊给王泳发来消息。

她从电脑屏幕上抬头，看向程慧珊的办公隔间。胡昊正在里面跟她说话。说起来，撤侨这事已经过去快一个月，胡昊一直没提出休假。他的状态比以往都要好，像一面旗在风中鼓啊鼓，天知道那阵风什么时候才肯停下。

有时候王泳想，如果人生是一个游戏，那么撤侨应该是某个事件的触发点。她触发了“听从内心比一切都重要”路线。那么，胡昊呢？

从突尼斯回来后，他俩像守护了一个共同的秘密。但这秘密是什么，谁也说不上。只是好几次，她在会议室里抬起头来，发现他在看着自己。见到她的目光，他会微微一笑，然后坦然移开。

仅此而已，再没别的。

胡昊从程慧珊办公间走出来，一眼见到王泳正抬头看着他的方向，微微一笑。她赶紧低下脑袋，继续写邮件。

他经过身侧时，手指似不经意般勾连她桌角，如抚摸女人脊椎般一路轻移，到桌子另一头，再缓缓放手。俯身，在她耳边说：“看手机。”

手机上，一条他的消息——

今晚沈光副总组织饭局，有空管和机场的人，程女王带上我和你。你在云霄路区域找家好点的餐馆，好好安排。

王泳来航务部快一年，但办这种行政事务还是首次。她如临大敌，赶紧请教有丰富接待经验的办公室人员。无奈子青座机一直没人接。打她手机才知道，子青感冒了，正在家待着。她声音软弱，鼻音很重：“这种事，你怎么不问胡昊？他是整个运控中心最懂行的人啊。”

胡昊一直不在办公室，王泳查看会议申请表，发现他也不在开会。给他发消息，他秒回：“上来天台。”

王泳坐电梯到顶层办公区，又绕到两个会议室后的楼梯往上走，推开一扇小门，胡昊正靠在天台抽烟。附近几栋低矮建筑，挂着不同航空公司的LOGO，层层叠叠立在蓝天下。

“我找了你老半天，你躲在这儿呀。”

胡昊笑了笑：“什么叫躲？”

“我看你一直忙前忙后的，一直没停过，还以为你在哪里开会。”

胡昊微笑，不说话。他吸了一口烟，扭头问她：“不介意吧？”

王泳摇头，但还是下意识后退一步。

胡昊叼着一支烟，从天台远眺停机坪方向，几架宽体机正在缓缓滑行。他神态轻松，王泳忽然想:胡昊真的像他看上去那么忙吗？她记起程慧珊某次暗示她，不要闷头在家加班：“最好回公司加班。Do and be seen doing.”

跟办公室其他人比，他确是最忙的那个。但也多少因为他从来不让人看到他空闲的一面，永远精神奕奕，永远微微带笑。人们见不到那面旗下垂，也许因为风停时它不会出现在人前。

王泳请教饭局安排的事，胡昊揶揄：“我还以为没有你搞不定的事。”

她举手求饶。

胡昊手机响起，他将香烟扔在纸杯的茶水里，拿起电话。电话那头说了些什么，他应道：“对，十一个人。你安排个安静点偏僻点的房间……你把菜名给我念一遍……”

他侧耳听了一会儿:“不，将刚才那几道菜换了，再换几道荤菜，要辣的……四川人居多……”

王泳靠在天台上，远远看着飞机起降，耳边听着他的话。大概讲了十几分钟，他挂掉电话，自然地靠向她身旁：“都安排好了。”

“什么？”

“搞定了。你今晚参加就行。”

王泳睁大眼睛，胡昊微笑：“上次连我们办公室聚餐的饭局，你都没安排好。你以为程女王真的会放心交给你吗？”

“我……怎么没安排好？”王泳有点心虚。

“那次程女王要慰劳一下大家，还叫上了其他部门的经理，你却选了一家价格亲民的。点完菜，你没有给程女王过目，最后上来的菜品也毫无特色，荤少素多。席上的几位经理都不能吃辣，但辣菜占了三分之二，这是你个人口味吧？”

王泳听得越发心虚。

“那次基本是自己人，但今晚不一样，程女王才不会放心交给你。”

王泳这才知道，胡昊发给自己那条消息，纯粹是拿她消遣。但她的长处是不要脸，在被胡昊推到井底嘲笑时，她还会仰起脸来，向他请教怎样爬上去。

自己入职这么久，居然连饭局基本功都没掌握，可耻啊。

胡昊反问：“你知道参加饭局的是些什么人吗？”

“沈副总，还有空管跟机场的，再来就是我们几个了。”这个问题问得好奇怪。这些信息，不都是他告诉自己的吗？

“所以是管理层之间的饭局吗？”

王泳有点迟疑地点头。

“那为什么叫上我们？”

王泳答不上来。

胡昊说：“这几个人虽然是空管跟机场的，但都是沈总同学、老朋友了，算是半私人场合。”

王泳像被老师一言点悟的小学生：“我们经常要跟空管、机场打交道。沈总带上我们，是为了在私人场合建立感情，这样比起有事相求时打电话找人来得更方便。”

胡昊又燃上一支烟，叼在手指间。他回过头微笑：“抽完这支烟，我们就下去吧。”

王泳说：“不急。我先回去。”

胡昊缓缓吐出一口烟，平静地说：“别走，在这里陪陪我。”

晚上有点闷热，夜色又沉又深，云霄路两旁灯光极盛，掩过了月色。程慧珊带着胡昊、王泳，早早来到餐馆。沈光跟空管、机场的老同学一同走进来，他们三人走到门口迎接，客气又热情地招呼对方落座。

胡昊是个饭局型人物，他恭维得体，俏皮话说得自然，将饭局气氛调节得很好。

跟他相比，王泳很少参与这种场合，有点拘谨。她给自己定位为陪坐的“花瓶”。沈光介绍到她，说她是名校毕业生时，她谦逊乖巧地笑。程慧珊让她给各位领导倒酒时，她听话地倒酒。除此以外，她只需要在其他人问话时，答一两句，在别人说笑时，假装开怀大笑即可。

“李局，我都不敢跟我空管的同学吃饭了，每次都听说他们涨薪，让我们压力很大呀。”

空管的李局长听了，得意地笑着：“我倒觉得你们航空公司人才多啊，沈总居然藏着这样的帅哥美女。”

胡昊手里端着分酒器，抖了点到李局杯中，又给自己倒了一大杯：“李局这么一说，我都不好意思不代表美女界来跟李局和王主任代表的帅哥界喝一个了。”说着，又将酒往机场集团的王主任杯子里添了一点儿。

王主任却将眼睛瞥向王泳，嘴上笑着："那位小姑娘也是姓王吧？自家人啊。怎么一直沉默得很？"

王泳受宠若惊地站起来："没有没有，我在认真地听领导们说话，正在学习呢。"

王主任用手指了指胡昊："来，给小王也倒上一杯。"

胡昊看了看王泳，绕到她身旁，给她倒上半杯。

王主任起哄了："小帅哥挺会怜香惜玉嘛。听说你们一起去撤侨，是产生革命友谊了？"

王泳赶紧说："不是不是，我喝酒会过敏……"

王主任大笑起来："这就对了！喝酒专治过敏！你把这瓶喝光了，就不会过敏了！"

王泳跟着假笑，但手里捏着杯子，离胡昊的分酒器远远的。胡昊笑着："我估计这家伙没治了！喝酒也不行了！"

王主任眯着眼一笑，怪声怪气起来："哦，那是不肯跟我喝酒的意思了？"

王泳之前喝了几杯，已经觉得浑身又烫又痒，此刻求救似的看看程慧珊，又看看沈光，两人只是脸带微笑，什么都没说。这时胡昊端起分酒器，往她杯中边倒边说："你呀，还得听王主任的话，不能放弃治疗啊。"

她绝望地看着他给自己倒了满满一杯。红酒在杯子里晃，泛着暗红色光芒。

胡昊放下分酒器，跟王泳说："来，我们给王主任、李局长敬一个！"

他仰头喝完，鼓励似的看着王泳，她只好咬咬牙，将那杯酒喝下。

王主任笑起来："果然是自家人，好样的！"他又用手指指胡昊，"来，继续治疗啊！不能停！"

酒精。王主任难看的嘴脸。痒得难受的皮肤。翻滚的胃。又或者，上述的全部。所有这些让王泳一下子上来了小倔强，她用手挡开胡昊递过来的分酒器，高声说："对不起，我上个洗手间。"转身就走。

她往外踉踉跄跄走去时，听到王主任不高兴地说了句什么。

然后是沈光低沉的声音："小姑娘不懂事。"

王泳觉得浑身难受。她撞进洗手间，靠在马桶上，哇的一声吐出来。

吐完了，她靠在墙上休息，感到手机在口袋里震了震。她无力地掏出手机，看到胡昊发给她的消息——

最好喝点，装醉也行，在他们面前倒下。身居高位者，喜欢看下面的人为讨好自己，喝不了也拼命喝。这是忠诚度测试。

王泳走出洗手间隔间，用冷水泼了泼脸。抬看镜子，自己满脸通红。装醉？只有瞎子才看不出来她真不能喝。但她已经输了上半场，无论如何，也要回去收拾残局。

她一头栽回刚才的世界，众人正在说笑，她一进来，王主任的脸明显冷了冷。

王泳厚着脸皮走到桌前，取过桌上的分酒器，绕到王主任跟前倒了点儿，又往自己杯中倒了满满一杯。她举起杯子，笑嘻嘻地说："王医生，小王病人知道自己的问题出在哪儿了。诚心诚意接受您的治疗。我先把这仙丹甘露喝了！"

仰起头，她将这酒一饮而尽。

放下杯子，看那王主任却纹丝未动。他看上去有点得意，为践踏地位低下者的尊严，尤其是对方还是个年轻的女孩子。此刻乖巧温顺，低眉顺目，乖乖匍匐在他脚边，乞讨谅解。他便比什么时候都要摆出姿态来：“一杯就能治好？”

王泳赶紧又给自己倒上一杯：“当然还要再喝！”一仰头，又饮尽。

她放下酒杯，看王主任似笑非笑，也不知道什么意思。她有点忐忑。

这时，沈光说话了：“老王，别把自己当医生了。你看小姑娘都红得像只虾了，待会儿你真给她治好啊？”

李局也笑着打圆场：“老王就是看人家小姑娘实诚，专欺负人。”

王泳慌里慌张地，又给自己倒了杯：“王主任哪里是欺负我呢，是在为我好呢。”说完就喝下。

王主任的脸色缓和了，眉梢有点得意。“你看，人家小王都没说我欺负她呢。你们一个个的，急啥呀。”

胡昊趁机又给王主任敬酒，将话题引到最近他比较得意的一件事上去。

程慧珊悄悄拉了拉王泳衣服，轻声说：“坐下吧。”

后面又陆续来了几个人，都是沈光的老同学，跟王主任和李局长都认识，因为有事耽搁了。

胡昊跟王泳站在程慧珊身后，等他们落座后才又坐下来。胡昊喊来服务生，重新加了几道菜。落座后，他给新来的几人倒酒，说着恰到好处的话，很快又将饭局气氛推上去。

其中一人盯着胡昊看了一会儿。胡昊来到身旁为他倒酒时，他低声问：“你是……胡岚生的儿子？”

胡昊面不改色，仍旧平静地倒着酒，微笑说："是。"

那人不再说什么。

这次王泳学乖了，别人还没说什么，她已先举杯去敬了一圈。最后坐下时，她觉得皮肤又红又烫，像随时有异形会破体而出。

胡昊注意观察着，给各人先后夹了一箸菜。那肉落到王主任碗里时，王主任微微颔首："还是小帅哥人好啊，给我面子。"

王泳没在意这话，只端着茶杯，低头喝着。

王主任又笑了笑，看她一眼："我让人家小姑娘喝酒，她好说歹说不愿喝。现在老徐老张几个一来，倒是热情得很。"

王泳的手抖了抖，抬起脸来，勉强地朝王主任笑了笑，却什么都说不出来。

胡昊又往王主任碗里夹了菜，程慧珊在旁浅笑："瞧，您不是把一个啥都不懂的傻妞儿，给教出来了嘛。"

王主任笑了笑，还是看着王泳。

王泳觉得自己的嘴角也往上翘了翘，似乎也在笑。也许因为酒精，也许因为浑身发痒，她对后面发生的事记得并不牢靠，只记得自己似乎又倒了酒，又胡乱地喝，又没技巧地恭维。

服务生端上来鲜绿色的芦笋。胡昊用刀切掉嫩芦笋的尖头，蘸了点芥末，缓慢地吃。吃到一半，他转身让服务生推开后面的窗。王泳一只手托着腮，一只手持筷子，夜风抚过她长出红疙瘩的手。时而跟着他们干笑，时而胡乱应几句，就这样熬完了全场。

临走时，她跟在程慧珊身后，目送其他人上车离开。那王主任上了车，还特意指了指王泳："小姑娘，下次再一起喝酒。"

王泳意识模糊地笑着，点着头。一转头，程慧珊跟胡昊说："王泳不太舒服，你送她回家。注意安全。”

王泳是真不记得后面发生了什么。这本该是个寻常的晚上，她一丝不苟地工作，下班后将文件带回家看，加班，或者跟张白在沙发上看一部老电影。但绝不是像现在这样，坐在网约车后座，靠在男同事身上。

她的脸上若有红酒般的颜色，来源会是那曾握牢分酒器的手。修长的手指，指关节圆润又有棱角，轻轻抚过她的头发。在耳边说：“你可别睡死过去啊，我没法将你抬上楼呀。”

像哄小孩一样，他得不停跟她讲话，分散她注意力，防止她睡着。

王泳还有一些意识，只是整个人像踩在灌木丛里，每走一步，大地都会轻微摇晃。她踏入现实，拔出脚来，带出一把幻觉软土。胡昊一手搂着她，一手按住电梯。电梯门打开瞬间，她仿佛看到眼前出现了王主任。

“王主任，您好！”她笑，一头栽入电梯间。

“别摔着！”胡昊抓住她手臂，拍她脸蛋，“你住几楼？”

慢慢闭合的电梯外，有人走来，胡昊一手按住开键，对方步入电梯，说声谢谢。

胡昊听到他声音，抬起头来，与秦希打了个照面。

电梯门闭，电梯间一时很安静，只有胡昊还在摇王泳：“别睡过去，你住哪——”

“她住 1304。”秦希说。

胡昊没说话。

王泳突然高喊一声：“王主任，对不起——”猛地吐了出来，呕吐物溅到胡昊手上。胡昊下意识松开手，她重心不稳，一下往前栽。

秦希一把抓住她，胡昊也连忙扶住她。

电梯门开了，胡昊跟秦希一人一边，将她往外拽到1304室。张白刚到家，正在门前掏钥匙，见到王泳被两个男人架着回来，吓了一跳。看清楚是同事跟邻居后，赶紧开了门，让两人将她扔沙发上。

王泳刚躺下一会儿，就自己摇摇晃晃站起来，直奔洗手间。趴在马桶前，哇哇吐了起来。

张白狐疑地看了看胡昊跟秦希："她怎么……"

秦希说:"我只是路过,先走了。"正要抬脚走,又转过来跟张白说,"她手臂都是红疙瘩，估计酒精过敏，用盐水给她擦擦吧。"

胡昊跟张白借洗手间洗手，进门见王泳已经吐完，抱着马桶在睡觉。他细致地洗了手，擦干净，将两手探到王泳腋窝下，用力将她抬起。他召唤张白："过来帮帮忙——"

张白没应声，客厅断断续续传来她接电话的声音："对，这件事已经安排过了……航班人数我马上查一下，您稍等……"

胡昊只得像拖小鸡一样，将坐在地上的王泳慢慢拖到卧室。她吐完又被活拖乱拽，似乎清醒了些："我屁股疼……"

"屁股疼你就站起来自己走。"胡昊松开手。

王泳想站起来,使不上劲,胡昊伸出手,她一把抓住,却不站起来。

"快起来。"

"嘿，小时候我跟我爸就这样玩。我坐地上不起来，他拉我，我趁机抓住不放手……"她用力攥紧男人的掌心。

啊，那是爸爸的味道。他们家一直用这样的香皂洗手，那是家乡出产的，茉莉花味道。她上大学也好，住宿舍也好，直到现在，唯有香皂要从家里带来用……

"爸爸"的手轻轻松开……轻轻抚着她的头发，手指触到她的脸……

张白的声音传来，越来越近："王泳，你怎样了？"

"爸爸"的手缩回去了。

为什么？为什么爸爸的手要缩回去呢？王泳觉得自己像在拼命索取，但那只手消失了。她迷迷糊糊地，像陷入了睡眠，又听到张白的声音，她在跟一个男人说话。那男人是谁呢？张白真好，她爸可疼她了……

第二天闹铃响起，被子里伸出一只手，在桌上乱摸了约莫半分多钟，才一把按下去。王泳从被子里探出脑袋，脸红红的，仍睁不开眼。脑中一左一右两小人激烈对峙：起床！再睡会儿。起床！再睡会儿。

二十分钟后，她的头脑慢慢清醒过来——要迟到了！

她跳下床，急匆匆穿上一条墨绿色裙子，批一件外套，往口袋里塞包饼干，直奔楼下。一路小跑时，有车经过她身旁，慢驶，车上人问："要载你吗？"

居然是秦希。她忙不迭点头，上了车，又问："你不怕迟到？"

"我去机场接人。"

"啊，那太巧了。"

秦希开车时，一如其他时刻般沉默。若是面对其他人，王泳或许会想法子说点什么，填满这寂静的不安。但在秦希跟前，她觉得似乎没这必要。

车子驶上机场高速时，他倒先开口："昨晚睡得好吗？"

"啊？"王泳纳闷。她只记得自己昨晚喝醉了，不知怎么回来的。秦希怎么问起这种问题来。"挺好啊。"

“不会喝就算了。勉强自己去经营人脉,未必见得会有什么好处。”

王泳真拿不准这家伙说话，到底是好意还是讽刺。想必昨晚醉酒的丢人样，被他看见了。她并不理直气壮，但也不愿在他跟前矮了半截 :“这是忠诚度测试。我要是不喝，就是没通过。”

“这不像是你自己的话。”

王泳有点觉得被冒犯 :“邻居先生，你对我很了解吗？”

“对于在你们这种国企工作的人，多少有点了解——在稳定的社会秩序里，努力经营自己被分配的角色。”王泳的脸色越来越沉，他话锋一转，“但我本以为你不一样。我以为你不会忠于主流价值，会有个人意志。”

每次都这样！这家伙似乎是个好人，在王泳困难的时候会伸出援手。但不知道他经历了什么，对自己的价值观引以为豪，且总爱站在制高点去否认别人。王泳悄悄握拳 : 下一次，就算饿死在家里，就算迟到被骂死，也别蹭他的饭，蹭他的车。

她没好气地争辩 :“你认为我没有个人意志？但我只是无法认同‘啊,这工作太辛苦了,我不能干’‘在动物园里散步才是正经事’‘生命要被美好地浪费掉’这样的价值观。这工作我谈不上喜欢，但也要好好干啊！”

秦希点点头 :“看得出来。”

“什么看得出来？”

“看得出来，你并不真心喜欢自己的工作，纯粹是因为别人都在往上爬，你也要往上爬。像你这样的人，工作特别积极认真，但是一旦过一段时间看不到工作成效就会沮丧。更可怕的是，在现实跟前碰到挫折，你就会一败涂地——败给自己。”

“哈？邻居先生，你还真是了解我。”王泳努力克制她的不快，假装煞有介事地点头，“那你呢？一天到晚不在家的工作狂，赚钱比我多，但是行事游离于主流价值之外，以不用鞠躬屈膝为荣，因此觉得有资格俯视我这种人？”

秦希见她越说越激动，沉默片刻，才问：“你酒精过敏怎么样？好点了吗？”

“好了，谢谢关心。”王泳克制地回应。

两人都不再说话。王泳索性只将一只胳膊搭在车窗边沿，眼看窗外。保持这姿势，一直到候机楼。秦希问：“你在哪个工作区？”

“我自己转穿梭巴可以了。”

“北区？”

王泳沉默。不知道自己是在赌气，还是纯粹不好意思继续麻烦邻居先生。

“南区？”

“南区。谢谢。”

王泳下车时，正好遇上余思棠。她回头看着秦希驾车驶去，用肩膀撞撞王泳：“谁呀？男朋友？”

王泳急匆匆走着，只庆幸自己没迟到，嘴上应付着余思棠：“邻居。”

只见到秦希一眼，余思棠居然说了一路，从电梯间讲到走廊再到办公室：“你邻居显然想追你啊。去机场接人？哪里有那么巧！哈！你们结婚记得请我！”她光顾着说话，撞上了正从办公室步出的胡昊。

他面带笑容，举起双手后退：“小心。”退到一旁，让两位女士先过。

王泳经过他身前时，他轻声说：“早上好。”

王泳坐在办公桌前，边打开电脑边悄悄观察他。他昨晚到家比自己更晚，但今天到公司比她还早。倦意像一张被打湿的厚棉被，重重裹住她。胡昊却神采奕奕，衬衣领子松开一点儿，站在门边接一个电话，冷静轻快地微笑。

跟他相比，王泳好像在自卑着些什么。她不擅长交际，个性敏感，但努力跟大家聚会、开玩笑，希冀进化成胡昊，能在职场上游刃有余，滴水不漏。

现在的自己，比当年刚入职时好多了。程慧珊的杯子一空，她会懂得上前给她倒茶。跟大伙儿合影时，她总是笑得最开心那个。但夜深时，她偶尔会发现自己并不愉快。稳定的社会秩序里，自己只是在完成被分配到的社会角色，按部就班。

她不像胡昊，能够从中得到快乐。他们不是同一个世界的人，自己在后面努力追赶。

一个电话打来，她立马回过神，赶紧抓起电话。是办公室的子青，问她后天公司举行撤侨总结表彰大会，她要不要参加："我要替你们向集团办公室报名。"

王泳这才想起，程慧珊跟她提起过这事，让她到时候参加。是她忘了跟子青报名。

"我去我去。还有谁？"

"胡昊呀。就你们俩跟着九叔去参加公司级的大会，可真神气呀。"子青语气羡慕。

九叔前两周回来上班，特意到各办公室走了一圈，罕有地用极其热情的态度跟大伙儿打招呼，开会频率也比过去高，会议更拖得老长，大家苦不堪言。

私底下，谁不知道，这不过是演戏。但九叔硬要将这场戏撑下去，大家心领神会，搬上小板凳买好瓜子坐在台下鼓掌奉陪。

后天公司举行撤侨总结表彰大会，这是九叔在众人面前晕倒后，头一次正式在公司高层跟前露脸。他很重视。

上面有上面的活法，下面有下面的过法。这事与王泳无关，徒添谈资而已。下午程慧珊让她清理航务外站的运行资料。五十个外站，一百多个航班，合共三百份资料。杜大鹏跟她两个人将资料搬到部门仓库，两人搬来椅子，在角落里一份份清点。

仓库里没空调，通风设备不好，两人搞得满头大汗。杜大鹏咬着牙絮叨："就知道会这样！这种不露脸不讨好的事，老是让我干！其他老板重视的活儿，大家都抢着干。"

王泳正低头清点资料，只敷衍地应了声"是啊"。

她知道他说什么，也知道他对胡昊不满。有好几次，王泳听到他跟余思棠嘀咕，说胡昊做事爱抢风头。

王泳的想法很简单：日常工作也得有人做，不是吗？杜大鹏能做的，胡昊可以做。但是胡昊做的事，杜大鹏他们未必可以胜任。

杜大鹏在耳边喋喋不休，王泳嘴上客气地应付着，老板怎样讨人厌，工作如何没意思，打卡制度多么苛刻，破工资越来越不经用。经过袁均一事，她不再随便透露心思，嘴上不露半点缝。

她的心驰在远处，回想起胡昊在饭局上长袖善舞。她知道自己不是这类型的人，但谈起对未来的职业规划，她也很迷茫——要成为像程慧珊那样的管理人才，她最好向胡昊的世界靠拢。如果只是成为余思棠那样混国企的人，她可以跟大部分女孩子一样，打扮动人个性可爱，将心思放在找个好老公上，何必拼命工作？

她不甘心当后者，可是前者也跟她个性不符。她内心骤然浮起

秦希那番话。他怎么评价自己来着？——在稳定的社会秩序里，努力经营自己被分配的角色。

对，从小到大她想当记者，大学毕业后却尴尬地面临传统媒体萎缩的局面。听从妈妈的话，投身国企图个安稳，跟着上面安排的岗位走，但与公关部接触后，她再次感受到了内心的不安分。这不安分像风拂光，如刀断水，总触不到又断不了，只在心底强压着。

但是那一次撤侨，就像圣诞老人将手探入她胸腔内，将这不安分又掏出来，摊开在她跟前，作为给她的礼物。那一次，她作为旁观者，看到别人站在生死边缘。他们说，既然从地狱回到人间，这条命就是挣回来的，以后就要做想做的事。

杜大鹏一会儿说出去抽根烟，一会儿说上洗手间，进进出出好几趟。王泳就在每个只有自己的时间与空间里，静静地思考这一切。

她听人说过，程慧珊当年也是个小值机员。她听到心底有小小的声音传来：我才不甘心当被分配的角色呢。她能成为整个运控中心唯一管业务的女性经理，我也可以。

杜大鹏带着一身烟味，再次走进来。他搓着手，看上去有点兴奋，抓起一份运行资料，挡在自己嘴旁，压低声音："你猜怎么着？"

"怎么了？"

"刚我上洗手间时看到，办公室的人正慌里慌张地叫救护车！我一打听，才知道，原来——"他清清嗓子，观察着王泳的脸，"九叔又晕倒了！"

王泳张大了嘴巴。

杜大鹏要的就是这种反应。

可以想象，整个运控中心，不，也许包括公司其他部门的人，在听到消息后都会露出同样的表情。

公司的撤侨总结表彰大会照例举行，代替九叔上台接受表彰的是汪副总。汪副总退休在即，早不管事，但沈光跟老八都说只有他最适合上台。对，他资历最老，他暂时主持大局，他不会挡别人的路。还有谁比他更适合？

这个时刻，沈光跟老八都异常低调。一个临时安排出差，一个临时请假。但是王泳听张白说，近期经常在公司高层身边见到他们俩。

“明显在抓紧时间跑动嘛。”张白坐在沙发上，正往一只脚上涂指甲油，“不过你等着吧，很快就会有大戏上演。”

有没有大戏，王泳不知道，她只知道张白笑着跟她说自己饿了，想吃路口那家茶餐厅的牛腩面。

“别老吃外卖，对身体不好。”王泳说。

“偶尔一次嘛。”

王泳换好衣服，站门边等张白一块出门。张白却临时说想起有个材料急着交，让王泳替她打包回来。她亲热地搂着王泳肩膀：“小泳，我都快饿死了。就指望你了啊。”

王泳心里明白，这不是临时想起来，张白原本就没打算一起去。

张白待王泳极好，凡事替她出头，只是施了再小的恩惠也会记心上，偶尔聊得热烈，笑着笑着，她看牢王泳的脸，突然冷不丁提起。又也许自觉帮过王泳不少忙，她总习惯让王泳替她跑跑腿。聊天时，有些事情王泳不太熟悉，张白会淡淡一哂，以“你不懂”作结。

她绝不高高在上，情商也高，但同一屋檐下住久了，那点子优越感终究掩不住。

王泳暗暗想过几次，要不要搬家，但没合适理由。张白对她非

常非常好。只不过，她认为只有平等才是朋友。

这茶餐厅来了多次，她跟收银台的打招呼，点了牛腩面打包和云吞面堂食，坐到一旁餐桌去等。

晚饭时分，茶餐厅人非常多。王泳一边喝着柠檬水，一边远远看着众人。妈妈攥着下课孩子的手来打包三份食物，叉烧饭，排骨饭，叉烧饭。中学生情侣坐在彼此对面，小勺子挖盘子里的牛奶红豆冰。中年男人低头看手机，面汁溅到眼镜片上，他大叫，服务生经过他桌旁，迅速从口袋里丢出几张皱巴巴的纸巾。

学生时代养成观察人的习惯，至今未改。老师说，好的记者同时兼具洞察力、敏感和同理心。纵然迟钝如王泳，也有冷眼审视旁人的一面。

对面有人坐下，跟她打了个照面。

“还没吃饭？”秦希坐对面，接过一杯柠檬水。

“还没。”王泳瞄了一眼他扔在桌上的票据，跟她一样，云吞面。“你不是不吃垃圾食品？”

“高记的云吞面不是垃圾食品。”

为避免跟他聊天，王泳掏出手机开始看。不一会儿，她的云吞面上桌。

她如释重负，赶紧大口吃，伴着隔壁桌男人的吼声。他在骂坐对面的老婆婆，婆婆嘴唇颤动，满口方言地说着什么。男人将跟前那碗面一把推到她跟前，“快把它吃完！不吃饿死你！”

服务生将秦希的云吞面和王泳打包的牛腩面同时送上来。

秦希取了筷子，低头吃了几箸。

旁边那男人阴阳怪气地说着话：“我说，你搬出去不好吗？我都给你找好房子了，你非得继续住在这儿！小顺要结婚了，你这房子也该让出来了！”

“你……让我住哪儿……”婆婆放下筷子，嘴唇翕动。

茶餐厅所有人看过来。

男人注意到其他人眼光，压低声音，逼近婆婆：“快点吃！别在这儿丢脸！”

婆婆仍重复那句话：“我住哪儿……”

秦希啪地放下筷子。王泳吓了一跳，一抬头，见他站起，走到男人桌前，突兀地问：“这儿有人吗？”

男人正骂到一半，敌意地看他，秦希已径自坐下。也不理会那男人，他倾身过去，在老人家耳边说了句什么。那男人似乎听到他的话，腾地站起来：“这是我家事！你别多管闲事！”

秦希不去瞧他，仍自跟老人家说话。话毕，回到自己桌前，继续吃面。

王泳有点紧张，瞧那男人走过来，恶狠狠地：“你刚跟我妈说什么了？”

秦希捏着筷子，头也不抬：“我让她小心，这面太烫。”看向男子，“不然你以为我说什么？”

茶餐厅所有人都望过来。老婆婆嘴唇翕动，用方言哆哆嗦嗦地说着什么，那男人不耐烦地回去，一把抓起老人家的手：“走吧走吧，回家再吃！”像拽小鸡一样，将她拉出店门外。

像即将到来的打架戏被喊停，人们没了看头，继续低头吃面，玩手机。

王泳低声问：“你刚跟她说什么了？”

“提醒她这面太烫。”秦希看她，“你也是，慢点吃。”

不肯说拉倒。

高记老板拧着块抹布，笑着走上前来，跟秦希打招呼："我就住他们隔壁，不止一次看到他骂自己老妈。"

老板说，那家伙当初说儿子在附近上班，可以跟老人家同住照顾她。将房子骗到自己名下后，又声称儿子要结婚，媳妇不肯跟老人家同住，要逼走她。"我刚听不下去了，也要过去跟婆婆说叫她千万别搬。要是被虐待了，记得报警。但你比我还快。"

秦希只对老板点点头，平静地说："今天的面很好吃，但云吞口感比往常差些。"

王泳抬头看秦希，觉得他好像也并没有那么讨人厌。

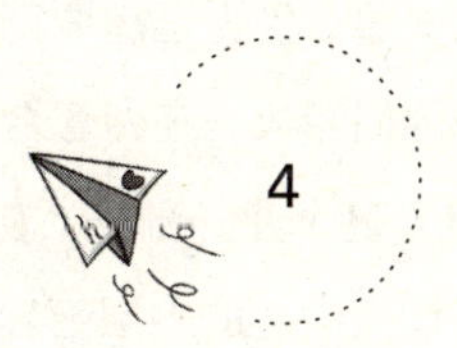

## 4

这天上班时，王泳见到一楼大堂架了台摄像机。有记者拿着一支笔，对着空气在练习。讲两句，又停下来，冲身旁的章楠一抛出两三个问题。王泳上下打量着那记者，个子娇小，贴近章楠一，神情有点紧张，估计刚出镜没多久。

她暗想：自己当时在电视台实习时，可比这小姑娘淡定多了。

王泳从她们身前经过。章楠一低着头，没看到她。

"楼下在干嘛？"王泳在休息间咖啡机前遇上魏叔。

他在泡茶，悬空提起茶壶，沸水注入，壶中叶子在水中翻动。水满，茶沫浮起，他用壶盖从壶口轻轻刮去。他动作轻，声音缓："公司开辟了"一带一路"沿线航班，电视台记者来采访。"

盖上茶壶，他用沸水淋在壶上，冲掉壶身的茶沫。转过身，他问："喝茶吗？"

王泳匆匆摇头，匆匆地笑："一小时后要交报告，急着回办公室改呢。"

她转过身，依稀听到魏叔仿佛在自言自语："年轻人啊，总是把身外事看得太重要。"

王泳匆匆离开。

近期公司集团内部机构调整，据说要将公关部拆分为二，一部分纳入市场部门，负责活动推广；另一部分要新成立宣传部门，专门负责媒体关系。张白消息灵通，告诉王泳要把握机会："机构调整后，宣传部肯定要扩张，听说他们老板正在留意合适人选。"

她暗中琢磨，运控中心是个业务部门，她半路出家，要出头非常难。身为女性，更难。运控中心的中层管理层里，只有三名女性，除程慧珊以外，其他两位分别管行政和工会。

但集团的宣传部门不一样。

她对自己有信心。

一整天，她都心不在焉。咖啡凉了，喝进肚子里。报告引用了前年的数据。手边小盆栽被甩下去，胡昊经过一把接住。

"你没事吧？"胡昊问。

王泳赶紧恢复了紧张忙碌的劲儿。

程慧珊出差，部门里缺个副经理，她让胡昊暂时处理一下。办公室其他人暗中冷言冷语。杜大鹏用手握着杯子："他这么爱表现，

这会儿副经理的位置该轮到……”

胡昊走进来，杜大鹏呷一口茶，无缝衔接下去：“……该轮到余思棠你中午请吃饭啦。”

胡昊瞥众人一眼，在桌前无声坐下，摊开本子在跟前，才抬头笑着：“中午我请吃饭。最近太倒霉了，程女王出差，居然把什么破事儿都堆我头上。听说还有个紧急任务要做。”他抱怨，表示他多么厌恶这工作。

王泳知道这不过一种姿态，跟沈光和老八的低调没什么不同。她更关心胡昊说的紧急任务是什么——

昨天夜晚，运控中心接到民航局运输司的紧急电话，要求印象航空在后天上午派出一架飞机执行国家包机任务，航线为厦门—金边—澳门—厦门。

王泳随口问，什么任务。

“不知道。空机包机过去，载客人数不确定，返程日期也是暂定的。”

这么神秘？王泳想，这到底是什么任务。但胡昊似乎不想跟她说太多。

其他人心思明显不在上面。余思棠开始不断打电话，一脸忙碌，来回往复。杜大鹏抱怨，自己手头还有十份材料要写（王泳想，这数编得真假）。魏叔坐在角落，默默喝着茶。其他人不是说自己手头有活儿，就是沉默闪躲。

胡昊早料到这一出，他并不想得罪这些人。他就此打住，众人欢喜散去。

王泳坐在电脑前翻公司文件，不一会儿，她见胡昊跟刚来的小江走出去，在走廊上聊天。过了好一会儿，两人又走回来，小江一脸如释重负感。

王泳收回目光，继续看电脑上的文件。

两分钟后，王泳收到胡昊消息：天台见。

天台风大,王泳缩头缩脑地找到胡昊,他正面向停机坪方向抽烟。听到她来了，他掐掉香烟。

他看她走过来，忽然凑上去："别动。"他伸出手，手指用力抚了抚她下巴旁。放下手，他说："刚有东西粘上面。"他鼻息轻，触到她脸颊，比手指的温暖触摸更能摇动心神，像突尼斯海边那一阵阵风。

一阵轻微的恍惚。王泳转移话题："找我什么事？"

"你手头有没有别的事？我想将刚才的紧急任务交给你。"

果然为了这件事。接到消息说要上天台时，她已有猜测。只是不解:为什么不在办公室谈？她说:"我手头有别的事，但可以放下。"

"那好。"

突然一阵沉默。王泳觉得奇怪，忍不住问："刚才你找小江，就是为了这事吗？"

胡昊没接这话，只是微笑，握着那杯子，里面有半截香烟残骸。他将杯子转过去，抬起脸："你也知道现在中心什么情况。这事由公安部下达，沈光还是挺重视的。小江他……处理不好。"他轻轻笑了笑，"当然，我也知道现在你的心不在这里——"

王泳瞬间睁大眼，略尴尬。

"公关部缺人，正是机会。你找了人没有？"

她摇摇头。找人？怎么找？她如果有关系的话，当初分岗时就可以直接去公关部了。她唯一认识有关系的人，就是张白。但是王

泳不想找她。

“沈光跟公关部老大挺熟。”见她没反应，他笑笑，“我大概知道你这种文艺青年想些什么。你不想找人,觉得要靠实力。但我把人脉、家世、颜值这些通通都叫作实力。”

王泳有点不好意思了。她不想在胡昊跟前显得太迂腐：“我没这意思。我会做好这个任务的，不光是为了自己。”

“你得首先为了自己。”胡昊掏出第二支香烟，“工作那么多，你得分清优先次序。对自己最重要的排在前面。”他看住王泳，“我在这儿抽烟，你不介意吧？”

王泳摇摇头：“没什么事的话，我下去忙了。”

胡昊看了她一会儿，慢慢地说：“你是在躲我吗？”

“什么？”王泳一怔。

胡昊想了想，摆回香烟，又微笑着：“没什么，我跟你回去吧。”

前期工作不过都是些常规——王泳拉了张工作表，安排分工。胡昊瞥了一眼，说差不多得了，“具体细节，会上再谈。”

他们在办公室沟通，用邮件，不面谈。

王泳有点明白胡昊的顾虑：他极力避免风头过劲。程慧珊不在的时候，他不愿以负责人面目出现。“就是个帮跑腿的。”他刻意强调。表面看来，他比过去更闲散不理事，跟女孩子净说些有的没的，但从不越界。

王泳申请会议室，找来各部门负责人，将任务分到各业务部门。步入会议室，胡昊进入工作状态，明显放松下来：性能室，你们负责飞行航路设计、测算航段时间，做机场分析。我当然知道你们没问题，你们这群工程师，是全中心最高智商的存在。调度部，要腾出一架 A330 运力，做好飞机备份。嗯，包机时刻是暂定的，你们先根据这个安排航班时刻。机组部，我知道我知道，现在航班旺季飞行员紧张，但还是要找出业务过硬的机组来飞。签派部，要分析沿途航路、机场、气象条件，都是常规工作了。我们作为牵头者，各位遇到特殊情况，请立即通知我或者王泳。谢谢。午饭时间到了，一起吃饭？公司附近有家藏菜不错。哈，当然我请，请美女是应该的。

胡昊叫上王泳一起，但她发现自己来大姨妈了。该死，一定是工作太紧张，都月经不调了。她没带卫生棉，公司在机场工作区，附近全是空管、机场、监管局、航空公司等机构的办公楼，得驱车前往候机楼才有便利店。

她夹上本子回办公室，发现一室人早出发吃午饭去，一个人也没有。

胡昊打来电话："我们到楼下了。等你一起。"

"我……不去了……"

"怎么了？"

"还有活儿没干完。"

"回来干。"

王泳只好说："我……不舒服……"

电话那头静一静，那个瞬间，王泳生怕他继续追问下去。但胡昊像极有默契似的，说："那好，你好好休息。要是有需要帮忙的，随时打给我。"

挂掉电话，她松了半口气，又含着半口气，跑到楼下去找人。

这会议开得太晚，大伙儿都吃饭去了。她在办公区绕了一圈，只看到一间办公室门开着。艾珊坐在里面，背对门口，正看着电脑。

"艾珊，救急救急——"从未如此刻般，觉得艾珊可爱。奔到她

身旁，却见艾珊装作不经意，掷下手中笔。笔滚落到办公桌底，艾珊弯身去捡。长发垂下来，始终看不清她脸。

王泳抢先：“我帮你捡。”

“不用。”是听错了吗？艾珊似乎带着哭腔？

她弯腰在桌底摸索良久，始终弓着身子，王泳似乎看到她藏在桌底下，偷偷举起手擦眼泪。

她才明白，艾珊正在哭。

她才明白，艾珊不想让人看到她哭。

她有点尴尬，这时艾珊在桌底问：“找我什么事？”

“嗯……借个卫生棉……”

“噢，我没有。”

王泳几乎如释重负：“那我再找人借。”她飞快退出，听到身后艾珊从桌底下爬出来。她走没几步，一直没回头，只听到艾珊在身后关上了办公室门。

不一会儿，王泳在走廊里见到子青跟泰哥。泰哥是九叔的助理，三十岁出头，人们传说他追求子青良久，只是子青似乎不喜欢他。但现在看这两人的亲昵样，也不知道什么时候好上了。王泳想起泰哥平日不苟言笑，背后人称老虎（TIGER），再看他现在这宠溺的样儿，直想笑。

子青正低头看泰哥手机，咯咯笑着。一抬眼见到王泳鬼鬼祟祟在走廊阴影处站着，吓得一把将手机塞回给泰哥，跟王泳扬手打招呼：“没去吃饭？”

王泳顾不上假装没看到，子青在她眼里就是溺水者的浮木。她勾勾手指，子青狐疑地走过去，耳朵附过去，才大声说：“噢，借卫生用品吗？我有！过来！我给你！”

泰哥一脸严肃地拿着手机，转身走开。王泳扶额，跟在子青身后。要是平时，她估计也会八卦一下两人恋情，但她今天实在没这心思。

借完这女性用品，办完正事后，她木木地回到办公室，一下趴在桌上休息。等其他人回来了，办公室闹哄哄，她才又爬起来，勉强开始工作。

胡昊提着一袋东西进来，扔她桌上。她一看，是一盒姜茶。

她正有点尴尬，胡昊说："给你解乏的，你中午没休息在干活吧。"

下午，王泳的状态恢复过来。

距离航班起飞还有不到三十小时，旅客人数还是未知数。王泳正以运控中心名义发通知，让地保、货运、机务、航食、客舱、飞行、保卫这些部门报名参加包机准备会议。耳朵竖起来，听到胡昊在打电话给民航局运输司。

"嗯，我明白，但是旅客人数一天不明朗，很多准备工作一天进行不了……"胡昊对电话那头说话时，仍脸带微笑。

王泳这边则不断接到各单位电话："王泳啊，开会通知我们接到了，报名信息发给你了。但是我想问一下，旅客人数是多少啊？""没有旅客人数？""明天就飞了，这人数还不确定吗？"

她捂着肚子，觉得身体里的小火山即将爆发，头发都竖起来。回头看向胡昊，眼神哀怨，满脸的"怎么办"。

胡昊做了个"等我"的手势，低声跟她说："民航局那边没法确定人数，时间紧迫，建议我们直接联系公安部。

这到底是个什么包机任务，这么神秘？

王泳没空细想，因为手边电话又响起来。估计这次是客舱部吧？就剩他们还没打电话来了。

电话那头却是罗真真，语气激动，语速超快。王泳吓了一跳，四面回头看了看其他人。大家都在对着电脑生无可恋状，胡昊正在打电话。她捂住话筒，低声问："你怎么打来这里？"

"谁叫你不回我消息？有大八卦！"

"你下次别打我办公室啊！"王泳义正词严，又舍不得到手的八卦，"什么事？"

"艾珊居然被老男人甩了！"

"哪个老男人？"王泳没印象，她只隐约记得艾珊跟公司安全部门一个四十来岁男人恋爱。

"就那个四十岁的离婚男人啊！"

四十岁的老男人——王泳忍不住开始心算，自己距离老女人的距离。

一穷二白的小姑娘，怀里捧着世间最珍贵的东西——青春。有了青春，就有了可能，就有了站在高地上俯视的权力。哪个歌姬说过，三十岁以后，女人的子宫就要发臭来着？

罗真真还在电话那头叨叨："那个男人也是狂，自己都四十岁了，居然嫌艾珊快奔三了，年纪太大。跟她恋爱这么久，据说上个月认识了刚大专毕业的女生，跟人闪婚了！现在艾珊还不得哭死，哈！"

王泳这才明白中午那一幕。

这时，她眼前电脑不断弹出新邮件，其他部门追问旅客人数。身后，胡昊放下电话。

她赶紧捂住话筒，又低声跟罗真真说："我在忙，见面再聊！"匆匆挂掉电话。

后来王泳才知道，在她跟罗真真八卦的时间里，胡昊已经打了两个电话。一个是公安部，一个是公安部提供的厦门刑警支队电话。他联系上刑警支队队长，表明身份和来意。对方非常审慎，让他等一下再打来。

胡昊知道，他需要时间来核实身份。

过了十分钟，胡昊的电话响了。是刑警支队队长打来的电话。

这一次，胡昊才明白这趟包机任务与某个抓捕行动有关。抓捕行动刚开始，旅客人数要依据被捕人数而定。

在胡昊跟公司各部门开会时，王泳正在办公室申请飞越。跟纽约开航相比，这次任务更为刁钻——这跟公司正常经营无关，不会引起公司领导足够重视。但这属于国家任务，一旦搞砸，会很麻烦。

再说，凡是押解犯人的航班，都有很多细节需要注意——比如说，空乘为这些嫌疑犯提供餐食时，不会提供热饮。这是为了防止嫌疑犯用热饮烫伤别人，或者自己。

从时间上讲，因为是临时包机，所以筹备时间比纽约开航短得多。王泳要在二十四小时内获得越南和老挝的航班领空飞越许可。按照惯例，这些国家要求至少提前五个工作日进行申请。

在杜大鹏跟余思棠的细声交谈背景音中，胡昊在办公室来来去去，打电话给各部门，处理突发状况。他经过王泳身边："给厦门刑警支队打电话，再确定人数，有变动的话，随时通知各部门。"

"好。"

王泳又开始打电话，话筒握在掌心，很烫。

电话接通，队长了解来电用意后说："金边那边的抓捕行动已经开始，我待会儿派人跟你专线联系。"

人数不断改变。下午两点还是一百六十八人，下午五点时，人

数已达到二百五十六……

如果有精灵在航务部办公室上空飞过，她会看到王泳身后仿佛铺开一张无形的屏幕——屏幕上，乔装成游客的国际刑警，穿着沙滩裤，骑着当地小自行车，在金边别墅区悠闲晃荡，竖起耳朵听别墅区走出来的中国人聊天。远远地，有警察用望远镜监视目标对象。

屏幕画面一转，中国警察跟当地警察包围了目标别墅，柬埔寨警察闯进去。有人还在打诈骗电话，吓得将话筒一扔……

下午五点半，王泳还在打电话给越南方面，旁边魏叔端着杯子经过，走向卫生间，开始准备洗茶杯下班。五点四十五分，余思棠在办公室掏出镜子，开始补妆。今天一大早她就说了，下班后她有约会。五点五十分，杜大鹏打电话给饭友，再次确定晚上饭局地点。五点五十五分，所有人都抓着包往外走去。

办公室变得很安静。走廊上，陆续传来其他办公室有人走出来的声音。推开的窗下，传来空港快线班车声响，下班的人一拥而上。不一会儿，车子开走，整个办公区都安静了。只有同样在加班的人，偶尔经过走廊。

胡昊说：“又剩下咱俩了。”

王泳正在看文件，随口“嗯”。

“你如果不舒服的话，先走吧。”

她这才抬起头：“啊，我没事。”顿了顿，“我只是担心完不成飞越申请。”

“这种情况下，必须寻求外交途径帮忙。”胡昊说，“我已经联系外交部了。你什么时候制作完飞越文件，我这边马上递交给外交部。”

真奇怪。外交部，这个在她还是新闻系实习生时，听上去如此遥远的名字，刚在撤侨时近身接触，回头又在这里神奇相遇了。

也不奇怪。撤侨这样的事，也不是每个媒体人都能够亲身报道。但她却作为亲历者、参与者，双脚站在这新闻洪流中。转身一看，这洪流变成了历史，昔日的自己，就在那里浮动着。

这样的经历，正是当年报考新闻系时她所幻想过的。

“在想什么？”胡昊问。

她赶紧回过神来，继续工作，直到肚子发出声响。抬头一看，窗外月亮已爬到枝丫上。

王泳到楼下拿了外卖，东西太多，她打给胡昊，想让他帮忙接一下。

座机没人接听。手机也是。

王泳只好一个人拿着一堆饭盒，慢慢等着电梯下行。电梯门打开，她见到泰哥跟胡昊走出来。

泰哥本正在说话，见到王泳，打住。胡昊很快反应过来：“外卖来了？怎么不告诉我？”他接过饭盒。

王泳随口问泰哥：“还没下班？要一起吃吗？”

“不了。”他匆匆离去。

今晚，胡昊特别沉默。王泳有点明白他的心情。现在，整个中心都人心浮动。九叔病倒，所有人都在站队，不知道继任者会是老八还是沈光。泰哥身为九叔秘书，身份更尴尬，更要找好退路。

程慧珊作为知名的沈光派，在她手下工作的胡昊也好、王泳也好，也都被视为沈光派。

王泳想起张白说，沈光跟老八都在拼命找关系。她忽然想，程慧珊突然外出出差，是否也跟此事有关。

不过这些都离她太远，跟她没关系，只是……她突然想起那天

胡昊说，沈光跟公关部老大挺熟。

无论谁继任九叔位置，王泳做好手头这件事，不要给沈光添乱，比什么都重要。

她边想边胡乱扒着饭。

胡昊笑她："你知道心急吃不成胖子吧？每次都吃这么快，这就是你多吃不胖的秘诀？"

这时，人数已经基本确定下来，胡昊终于回复平日姿态，又开起了玩笑。

王泳还没说话，电话已经再次响起。她回头看了眼电话，又跟胡昊对视一眼。

胡昊走过去，拿起电话。那边说了什么，他皱眉，抓过一张纸，在上面写下一个数字。

王泳有不祥预感。

果然，胡昊抬起头："那边说，由于被捕人数激增，我们要增派一架 A330 飞机执行相同航线任务。"

距离任务执行，只剩半天时间。

这意味着,工作量要翻……几倍？王泳偏科严重,数学学得不好。

如果说，一开始王泳的脑袋里还残留着艾珊的眼泪，现在她只顾得上自己在心里默默流泪。

好不容易将飞越文件制作完，胡昊认真给她检查了一遍，确认无误后发给外交部。王泳站在窗前呼吸新鲜空气。时间是晚上十点，业务人员交接班时刻。空港工作区的路上，小小路灯一盏盏闪着，映下来，照着这些不曾出现在影视中的小角色。

王泳想：涉案剧可以从侦查、司法、法医等不同角度去看。如果我是导演，要拍一出民航剧，我一定不光让飞行员跟空乘当主角。

她这是典型的记者思维：每一个人物，都是他所处时代的缩影。

胡昊走上前来："我将飞越文件发给外交部了。"

他将手放在她肩上："早点回去休息，明天航班起飞前，还有得忙。"不知道为什么，她觉得那只手有点烫。不，烫的，好像是自己的肩膀吧。

王泳知道胡昊还要加班，不想麻烦他，自己叫了车回家。步出办公室前，胡昊喊住她。

她回头："怎么了？还有事？"

他看了她好一会儿，才微笑摇头："不，你走吧。路上小心。"

王泳在车上，脑袋昏昏沉沉，车子驶上机场高速路时，她回想着胡昊搭在自己肩上的手，回忆着他最后那个眼神。

那真是一道难解的谜。

王泳在路口下车，到附近便利店买关东煮充饥。坐在便利店长凳上，透过玻璃窗往外看，她见到艾珊从行星树酒吧出来，晕晕乎乎倒在一个男人手臂上。两人一起上了出租车。

步出便利店，秦希迎面走进来，神色疲倦。两人对视一下，相互点点头，算是打过招呼。王泳走出几步，忍不住回头看看。隔着玻璃门，她见到秦希站在货架旁，恰好抬头向她看来。

第二天，她提前一小时上班，回来时见到泰哥从休息间端着咖啡出来。她知道泰哥身为九叔秘书，从来早出晚归。没想到九叔生病，泰哥还这么勤快。

回到办公室，未踏入门内，已扑来一股香烟气息。胡昊正站在窗前，低头打着电话。没说几句，他挂掉电话，用手拢了拢头发，又点燃一根香烟。

“怎么了？”王泳问。

“越南、老挝、金边的飞行许可还没下来。”胡昊转过脸，她见到他眼睛有血丝，显然没休息好。

“那怎么办？”

“没怎么办。”他看上去有点不耐烦，“只能打电话催。”

距离航班起飞，还剩八个小时。

“这事交给我，你打电话给各部门，跟进他们进度。”

一个上午，王泳像讨债般打着电话——

机务吗？你们办得怎么样了？嗯嗯。（低头，在“派出随机机务”一项打钩，在“备用航材报关交运”一项打钩）地保吗？哎，是我啦，王泳，怎么样？（低头，在“派出随机人员制作全程配载”一项打钩）航食你好，你好。我们马上把最新旅客人数发给你们……

魏叔握着杯子经过，看了看王泳，欲言又止，又走开了。

就在这会儿，艾珊突然现身门边，揣着小本本，佯装轻声咳嗽：“安全检查啦！”中心安全处偶尔会突袭式安全检查。但——现——在——？

艾珊走到王泳桌前。王泳正埋头打电话，只得跟她做了个求饶的手势。

胡昊趋前，递过一枚巧克力给艾珊。她抱着小本本笑：“我减肥呢。”

“我觉得你再多肉一点儿更美。”他自己先放一枚巧克力到嘴里，说着瞥向她手里的记录本，“今天安全检查吗？”

“是呀。老八说旺季快到了，今天要突袭检查。”

胡昊笑笑：“其他部门检查完了吗？要不最后再到我们这儿？”他指指王泳，又指指其他人，“你看我们手头有个紧急包机，都在忙。”

艾珊用手卷了卷耳边头发，浅浅一笑：“我听说你挺护着王泳的，看来不假呀。”她用记录本挡在嘴边，又是一笑，“但我已经走过其他部门了，你们这儿是最后一站啦。你以为我闲着没事哪，老八说，今天上午得检查完，下午就要出报告了。没法儿，公司那边催得急。”

王泳正在回复邮件，竖着耳朵听得一清二楚。听到她说胡昊护着自己时，她忍不住偷偷瞥了胡昊一眼，见他露出少见的严肃。

他抱着双臂，点点头，喊住杜大鹏。

从艾珊进来那刻起，杜大鹏一直显出电脑前紧张工作的状态。听胡昊喊他名字，他从电脑前探出头：“怎么了？我在赶一份材料呢。”

“什么材料？”

“外籍机组航路使用报告啊。程经理出差前交代我做的，说她回来后就要放在她桌面上。”

胡昊笑笑：“先放下吧。你看艾珊这边有什么问题，你帮她解决一下。”

杜大鹏摆出一脸诚恳：“不是我不想跟艾大美女交流，只是我这报告谁替我做啊？”

胡昊敛起脸上笑意，回头问艾珊：“你在每个部门检查多久？”

“不多，半小时内可以完成。”艾珊看了看胡昊，看了看杜大鹏，又看了看办公室内悄无声息都正竖着耳朵的众人。

胡昊点头：“好。大鹏，这半小时，我替你赶这份报告。你看看艾珊有什么问题，你协助她。”说着，他走到杜大鹏位置上坐下。

办公室变得很静。

艾珊也有点尴尬，她转过脸，拿起王泳桌上的台历假装研究。

杜大鹏觉得被迫吃了胡昊的下马威，他想发飙，但又自知理亏，无从发起。艾珊识相，笑着打圆场：“其实很快的，以大鹏哥你对部

门业务的了解，一会儿就梳理清楚了。”

胡昊坐在杜大鹏桌前，沉脸不说话。王泳这才知道，原来他也有这一面。她有些许走神，但弹出的邮件随即揪住她的心——

胡昊转给她消息：三个国家的飞行许可电报终于发来。

“啊！”她下意识喊出来。

坐在她前方沙发上，正边问杜大鹏边低头做记录的艾珊，抬头看她。杜大鹏也看她。其他人都看她。她窘极，将脑袋埋在手臂上，数了三下才抬起来。

又进来一封邮件。来自胡昊。标题是“稳重点”。正文无内容。

原来胡昊坐在杜大鹏位置上，还是在忙包机的事嘛。难怪。

她回过头，看坐在她斜后方的位子。胡昊从电脑前抬起头，冲她微笑。

下午三点十五分，紧急包机起飞。十五分钟后，另一架紧急包机起飞。

下午茶时分，胡昊给办公室众人叫来外卖。他招呼众人过来吃，唯有杜大鹏始终坐在位子上，一路在打字。胡昊取了两块鸡翅，拿过去给他。

杜大鹏笑着婉拒：“我这儿在赶报告呢。就不吃了，谢谢哈。”

大家都听出来他意思。杜大鹏跟程慧珊差不多大，当年也曾意气风发，但跟程慧珊争部门经理位置失败后，一度也向副经理位置发起冲击。但眼看同批进入的人都陆续提拔，自己却还只是个高级职员，副经理位置明显要留给年轻人。他像被放气的球，觉得哪儿也去不了，变得谁也踢不动。

魏叔施施然走过去，径自从胡昊手中拿走盛着鸡翅的盒子，一把塞到杜大鹏手里:“吃吧吃吧,吃完好干活。你看人家胡昊都没怎么吃呢。”

余思棠也趁机说:“是啊,胡昊这么瘦都没吃呢。你这胖子还跟瘦子抢食呀。”

空气咻地松下来。杜大鹏也是老油条,顺着这圆场下了台阶。

这天下午过得很轻松,大伙儿聊聊天就过去了。王泳正在偷偷刷手机,翻看章楠一的朋友圈,一阵电话铃将她吓得不轻。

抓起电话,那边传来泰哥的声音:“王泳,在忙吗?”他跟王泳说,紧急包机这件事是社会新闻热点,让她写个新闻通稿,发给公关部那边。

新闻通稿!好像有一道金色的门打开了,那边通向即将成立的宣传部,看不到面孔的宣传部老板站在那头,招着手笑:过来呀,过来呀。

王泳抓着笔记下泰哥的话,随口说了句:“公安部那边说这次保密,可以宣传吗?”

“航班都飞了。不存在保不保密。”泰哥再三强调,这事非常急,让她尽快发给公关部。

王泳好奇:“不用给老板审一下?”

泰哥语气有点不耐烦:“难道你不知道吗?公关部那边出口的通稿都统一把关。”

王泳跟章楠一接触过,知道这点不假。她点点头,又问了几个细节,才挂上电话。她一回头,见胡昊不在位置上。她先把这事搁下,开始写通稿。

她没怎么写过通稿,但没少见。她查了一下公司平时发的通稿内容,揣摩着,很快写完一篇。中间,她给泰哥发去消息,他迟迟没回。她打他电话，说给他发过去了，泰哥在电话那头说："我在外面，你直接发给公关部。别耽误了。"

王泳有点拿不定主意，又给胡昊打电话。胡昊很久才接，电话那头有点吵。他听完她的话，稍沉默："泰哥现在替沈光干活，既然是沈光的意思，你就看着办。"

王泳查了章楠一邮箱，给她发去邮件后，拨了她电话。

章楠一听完后问："这个航班保密吗？"

王泳照搬泰哥原话："航班已经飞了，不存在保不保密。"

章楠一又问："你们那边老板审过吗？"

王泳有点没底气，只好说，"我再问问。"

因为胡昊让她直接听泰哥意思，她又打电话给泰哥，这次他很快接了电话。听了王泳意思后，他爽快地说："沈总看过了，没问题。"

王泳乐呵呵地回复章楠一。章楠一说，好。十五分钟后，王泳收到她发来的消息：通稿发给领导啦，他很满意。

接着又一条消息：有空约出来喝下午茶？

王泳抱着手机，呵呵笑了半天，直到办公室门突然有清洁阿姨探头："小姑娘，我们要清理卫生间。你要上赶快上咧。不然就得跑去其他楼层咯。"

"不，我下班啦。"她轻快地提着包，锁好门出去。

清洁阿姨说："怎么你们办公室总是你最后一个走啊？哦，还有一个小帅哥。今天怎么不见他啦？"

王泳心情好，笑笑："阿姨再见。"

第二天一早，王泳又在走廊上见到这个清洁阿姨。她拖着大黑色塑料袋，从休息间出来，跟王泳迎面相遇。王泳跟她笑着道了早安，步入办公室。

刚一进去，魏叔就跟她说："沈副总找你。"

"找我？"王泳指着自己鼻子。这是从未有过的事。一瞬间，她想起了胡昊那句话——沈光跟宣传部老大挺熟。

余思棠正在桌前摆弄她的盆栽，抬起头来："对，刚他打你座机没人接，就打给胡昊。胡昊现在开会去了，让我们见到你，通知你直接去沈副总办公室。"

王泳用手抓了抓刘海和发根，就急匆匆奔去沈光办公室。站在沈光办公室门口，她敲了敲门。沈光正低头看手里一份文件，想象中，下一秒他就会抬起脸，冲自己微笑，喊她进来，甚至像汪副总那样，会给她递杯热咖啡。

沈光抬起脸，眼光像……一杯冰咖啡？

王泳的脑海小剧场唰地倒闭。她进门，沈光并没像往常那样让她坐下，却劈头扔给她一份东西。她接过来看，这是一份网站新闻的打印版。内容正是她昨晚赶出来的通稿，章楠一那边只做了删减，基本没有大改动。

"这是你写的？"

王泳右手在抖，左手按住右手，左手又抖："是的。"

"今天凌晨，公安部的电话打到公司领导那里去了，说为什么这件事他们还没发给媒体，网上已经出来了。我两点多接到公司领导电话，质问这件事。"

王泳用右手按住左手。

沈光语速不急，语气不重，但王泳觉得自己身在冰窖，面朝地狱判官，背承寒冰掌。

沈光说："我打给程慧珊，她说她不知道这件事。你没问过她吗？"

王泳努力给自己壮胆，但声音还是很低："是泰哥，马长泰说让我写的。他还说……"

"马长泰？"

王泳没来得及说出后半截，说出泰哥关于"沈副总已审稿"的那半截，就被沈光打住话头。像有东西在他脸上炸开，他又重复了一次这个名字："马长泰？他已经递交辞职报告了，部门已经开会通过。你不知道？"

这话没道理。部门领导们开会，王泳怎么可能知道。但沈光正在气头上，继续质问："无论是谁通知你，你怎么可以不通过直属上司就私自做这么大的决定呢？"

除了沈光说话，办公室很静。猛烈日光扑入落地长窗，晒得王泳额头渗了细密的汗。

沈光的手机在桌上响起，他抓起电话，声音软下去，声音里带上了笑。对方似乎是公司领导，因为沈光一只手撑在桌上，身子不自觉微躬。

王泳听着他跟电话那头道歉，说着公安部这件事是个意外，说着他以后会更加注意。这些话，是有重量还是有热度？她居然觉得身上又热又沉。她抬头看窗外，太阳真猛呀。汗水从脖子往下淌。

终于，沈光放下电话。王泳用手背擦了把汗。

她想，他的火山要喷发了，要喷发了。

沈光转过身来，看向她，声音却放软了些。她看他的脸，不过相隔五分钟，竟挂上深深倦意。是为这事，还是为人生？

他说："这次包机任务本身完成得非常好，原本这是件好事。但没想到居然发生这件事。公安部不高兴，公司领导更不高兴。"

他说话时没有表情，连生气的样子都没有，就是特严肃地讲一件事，但比刚才更令王泳不安。她流着汗，想起了泰哥的话。

这是个局。针对的自然不是她，而是沈光。

等沈光说完这一切后，她张了张嘴，用自己几乎听不见的声音说："对不起，这事是我错了。泰哥说这事紧急，还说稿子给您审过，我才……"

"他怎么会说出这种话！"沈光一直低声黑脸，此时手臂在虚空中一挥。像被魔法棒定住，王泳噤了声。

他背转身子，沉默半晌，挥挥手："你出去吧。"

不知怎么，王泳像日本人谢罪般鞠了躬，退了出去。她的心被什么沉沉压住，穿过走廊，走到电梯口。电梯门开了，艾珊站在里面，走出来，跟她打招呼："来开会吗？"

"不。"王泳想到什么，蓦然转身，快步回身走到走廊上。她走到助理办公室前，发现泰哥位子空着。

"他去哪里了？"王泳指着位子问。

其他人抬头："他今天没上班。"

"什么时候来？"

没人搭腔。

王泳又问："他还来吗？"

有个新入职的女生，低声说："他不来了。"

王泳转身就走，与艾珊迎面碰上。艾珊问："你怎么——"王泳与她擦身而过，往子青办公室走去。

子青位置也空着。

其他人说，她今天突然请了假，没说原因，也不知道什么时候会回来。

王泳转过身，见艾珊站在跟前，奇怪地看着她："你没事吧？"

“没事。”

“可是……你眼眶红了……”艾珊说着，沉默了一下，抬起头：“我们到外面去说。”

办公楼外面是一片小花园，王泳像行尸走肉一样跟着艾珊走。自从魏太后事件后，她始终对艾珊心存警惕。加上罗真真跟艾珊向来不合，罗真真每次的聊天内容都离不开艾珊动向——只有敌人，才会让你一直保持关注。

艾珊不知道王泳为什么找泰哥，但她似乎知道一些事。她低声问，非常神秘：“你是不是跟他……”

“什么？”王泳眼睛透亮，盯着她。

“跟他……”看王泳的表情，艾珊说：“没有就好。”

艾珊告诉王泳，泰哥是因为男女关系问题被劝退的。当年泰哥当九叔助理之前，在机组排班部工作。那个部门负责给飞行、空乘、空警编排任务。“你知道，他们的收入跟小时费、过夜费直接挂钩。有的差班，飞得又累又不算执勤期，没有钱。好班就不一样了。”泰哥在那里工作时，利用手中权力给相熟的空乘小姐姐排好班。“有涉及金钱的，也有涉及那方面的。你懂的。他长得还可以，不少小空乘付出了真心。”

王泳听得发怔，脑里都是子青跟泰哥甜溺的模样。

艾珊说，过去也有接到投诉，但是九叔在时，都把这事压下去了。泰哥是他一手提拔上来的。最近，中心这边又接到一个棘手的投诉，是泰哥牵涉到一个乘务的婚姻里了，对方还为他多次堕胎，还掏钱给他做生意。

这次，别说九叔不在，即使在，也保不了他。

艾珊掏出一支烟，慢慢点燃：“泰哥的事，中心也有不少人知道一二。就是子青这个傻妞，听说昨天才知道。估计这会儿在家哭吧。也不知道有没有被骗钱。”

“那泰哥辞职的事……”王泳问。

“里面涉及这些事，所以中心很多人连他辞职都不知道。他也演得好，一直还若无其事地上班。不过本来听说他工作到月底的，怎么，今天就没来了吗？”艾珊掸了掸烟灰。

王泳摇摇头。

“你是借钱给他了？”艾珊看她。

王泳摇摇头。

“不会是……”艾珊又狐疑，低头看她肚子。但这小身板，什么都看不出。

艾珊轻声叹了口气：“没什么不好意思的。有点学历有点钱又怎么样，我们还是婚姻市场最不受待见的那方。稍微有个平头正脸的男人，大家都去争抢。”她落寞，但身杆挺得直，若不是瞥见她流泪、买醉，谁也不肯相信，这个女孩仍在失恋期。

王泳玩味这里面的一切，感到疲倦。这倦怠感一直压在她身上，像条小尾巴，在她身后一翘一翘地回到办公室。

余思棠本正端着杯花茶，跟杜大鹏和魏叔说笑，其他人也在闲聊。王泳一进来，他们仍在说话，没有人看她。但细心人会发现，他们的语速明显放慢，目光有意无意飘过去。

王泳站在自己桌前，没坐下，只是回头看着胡昊。

胡昊正在自己位子前跟小江说话。他瞥见王泳，抬头微微一笑：“有事找我？”

王泳端详胡昊的表情，胡昊看她这模样，跟小江说：“你先做，

有什么问题找我。”小江拖着鞋走，慢慢回到自己位上。

她问胡昊：“你知道泰哥辞职的事吗？”

胡昊点点头，又看一眼周围众人，移回目光：“这件事暂时没有公布，他是因为生活作风问题被辞退的。”

王泳说：“嗯，所以你知道。”

胡昊迟疑片刻，点头。

是的。他知道。艾珊知道。杜大鹏应该也知道。所有消息灵通的人都知道。她不知道。所以，她是最合适的弃子。

王泳的心一揪，想装若无其事，但还是忍不住问出那个问题：“你不告诉我？”

这问题一出口，她就意识到自己造次了。

他们是什么关系？只是普通同事。别以为突尼斯的海风卷过他们身边，别以为窗外星空包围过他们，两人就是同伴，甚至……

胡昊看上去很严肃，他张口想要说什么，这时有人敲门，是艾珊过来，将上次安全检查结果送过来。胡昊低头签名时，王泳无声走开。

艾珊看了看王泳，又看了看胡昊。

胡昊微笑着，将签收表递回给她，夸她又漂亮了，问她最近有什么地方好玩。最后说起，周末晚上他约了几个飞行的朋友喝酒，如果艾珊有空，可以一起来。艾珊爽快答应，又抱起安全检查结果，走去其他部门。

王泳静静地走开。

小江正在电脑前写通报，有个地方弄不明白，他走到胡昊桌前要发问。胡昊摆手：“我有点事，待会再说。”便快步走出去。

他在天台找到王泳。她像孩子一样伏在围栏上，候机楼办公区空阔的风吹来，扑到她脸上，将她额前、两鬓头发掀起来。

胡昊走到她身后，走了两三步。她始终没回头，也许没听到脚步声，也许只是不想。

他说:“这事背后是沈光跟老八的角力。泰哥是老八找来的工具。我不能蹚这浑水。我知道这伤害了你，对不起。”

王泳转过身，用手拢了拢被吹乱的发：“嗯，两边都不得罪，这才像你。你不会站在沈光一边的，万一上位的是老八呢。”

胡昊没搭腔。

王泳像在自顾自说话：“会不会，你恰巧跟老八也有交情呢？”

胡昊深究似的看她一阵，才说：“这是个很合理的猜测，但毫无根据。”

王泳切齿地笑：“我知道了。谢谢你们给我上的这一课。”

她转身就走，胡昊突然从后面伸出手，拉住了她的。

上一次，他握住她的手，是在什么时候？她记得清楚，在突尼斯回来的飞机上。那一刻，星星很美。

此时此刻，春风正宜人，但她飞快甩开他的手。

她从楼梯间走回办公室，一步一步。胡昊跟在她身后，两人一前一后，都是无语。王泳想起突尼斯种种，此刻只觉得十分遥远。

这天下午，办公室非常安静。偶尔传来小江的声音，余思棠跟杜大鹏低声聊天，胡昊接了两个电话。此外无话。

王泳无心恋战，去休息间倒杯咖啡，碰到魏叔。魏叔见她神色落寞，放下茶杯，低声说了句：“防意如城。”

小时候，妈妈逼她背过《增广贤文》。她知道魏叔在劝慰自己，于是回以一个微笑，正要说什么，却觉得眼眶有点热。她赶紧背过脸去。

魏叔说："留得五湖明月在，不愁无处下金钩。"说着，他端着杯子往外走。

王泳在休息间喝完一杯咖啡，对着窗外发了会儿呆，听到走廊外传来关门、行走声，才回到办公室。

此时已是下班时间，经过一阵忙碌之后，她不知道接下来自己要干什么，有什么可干的。在余思棠他们的"再见""明天见"中，她默默收拾东西，往外走。

胡昊在后面喊住她，追上来："我送你回家？"

王泳摆摆手，说我可以自己走，便回头往外走。

这天，她不想回家，但又无处可去。她跟随下班人流走，走到班车等待处，看着班车一辆辆在面前驶过。有一段时间，胡昊的车停在对面，他从车里看出来，看了好一会儿，然后开走。

一辆穿梭巴停下，王泳没有意识地上了穿梭巴。在地保部当值机员时，她每天都坐这车，在候机楼跟宿舍之间来回。那时候，她跟罗真真、艾珊、袁均几个同批的大学生，聚在一起吃饭，总爱说："要是能换个朝九晚五、不用倒班的工作，该有多好。那一定是世界上最幸福的事了。"

她在候机楼下了车。进入候机楼，人间喧嚣扑面而来。她漫无目的地走，在一排排值机柜台前来回地走。奇怪，以前她很讨厌这个环境。拖着行李的旅客、穿着工作服的值机员、机场内穿梭的摆渡车，都让她不适。但此刻，她就像鱼儿回到大海般舒服。

她又看了看值机柜台，突然发现小文在那里。

她们还有在线上说话，但在现实中碰面却再没有过。王泳走上前去，排到旅客队伍里，一直等到自己时，朝小文摆摆手。

"啊，王泳姐！"小文开心极了，"你怎么在这里？出差吗？"

“不，下班过来走走。”

她们飞快讲了几句，身后旅客不耐烦起来。小文压低声音：“不好意思我在忙……”

“当然！我只是跟你打个招呼。”

“我们待会儿一起吃饭？我还有半小时下班。”

王泳心情明朗起来，她打算去附近买点喝的等她。她走开一会儿，手里拿着一瓶水回来，却远远看见小文柜台前被一群旅客包围起来。她走近，听到带头的男人粗声粗气，对小文说：“我就要一个说法！”

小文的脸憋得通红：“先生，现在流量控制，暂时还没有起飞时间。”

“流量控制！别以为我不知道啊，你们航空公司把啥都说成是流量控制，就欺负我们旅客没有知情权不是吗！我前阵子看新闻，你们把一架飞机 hold 住了，就为了等领导！这社会还公平吗！你们就是这样对消费者的吗！”

“先生，这个系统就是显示流量控制，其他我们也不清楚。”

“哈，不清楚？不清楚？你们这些空姐，一问三不知，整天只想搞男人！”那男人这么一说，人群中一些男的都起哄。小文吓得眼眶都红了，瘪着嘴，不敢说话。她低着脑袋，睁大眼睛，死死盯着眼前电脑。

王泳推开人群，大声说：“谁，谁是空姐？！”她挤到人群中，用力翻了个白眼：“切？还以为真有空姐看呢！她们不是空姐啊，就是个小值机，航班没走成，旅客没走成，他们就没法下班！”她凑近那男人，“大哥，跟这种小职员较劲，别丢了你身份呀！”

那男人一脸警惕地看着王泳：“我不跟她闹，跟谁闹去！她就代表这航空公司！这破公司，标志还乱七八糟的，搞得我找了半天才找到这柜台！后来又等了八个小时还不能登机！”

后面有人起哄："这些人就是犯贱！大好的天气说不能飞！臭婊子，你骗谁呀！”

小文仍低头假装看电脑，用力抿着嘴，眼泪还是流了出来。

王泳用手一指半空："这机场标志差不差，还真怪不到航空公司头上，更跟这小职员无关！是啊，她是犯贱，好好的小姑娘，在家里也是老爸老妈的心肝宝贝，巴巴地离开自己家，没做错任何事，受人欺负，被人骂婊子，她图什么？不是犯贱是什么？”

小文用手背擦着眼泪。

旅客群里，仍不住有人叫闹。但女乘客都觉得王泳在理，喊着："算了算了，别骂人家小姑娘。”王泳向来少话，此刻一腔热血涌上心头，越说越激动。她已经不记得是在帮小文，还是为自己宣泄情绪了。

"你以为就你们着急，她们不着急吗？航班延误越久，航空公司亏的钱就越多。飞机趴在停机坪上，每分每秒都算入成本。还有她！你们走不了，她也没法下班，拿的钱还是一样多！”

那旅客警惕地问："你谁啊？！是航空公司的人吧！”

王泳庆幸她们上班不用穿制服，她挺直腰板："我不是航空公司的，但我是她朋友！我本来等她下班吃饭，现在她走不了，我也吃不上饭了！她不是傻子，她跟你们大部分人一样，来到北上广，无车无房无根，天天加班身体不好，只是因为自己不想当一条咸鱼！”

跟电视上演的不一样，她这番话，只感动了自己，没感动到闹哄哄的群众。人们嘴里嚷着"什么时候飞”，又将她挤下去了。

这天晚上，她没能跟小文吃上饭。夜晚突然下起暴雨，航班纷纷延误，她下不了班。王泳离开候机楼前，小文找人帮她盯着柜台，自己奔出来，握着王泳的手："王泳姐，今天谢谢你。”

王泳想起刚才乱给自己加戏，阵阵脸红。一把年纪还演出热血少女，偏偏既没神功护体，又无奇遇加身。她自以为业精于勤，世界终将属于郭靖，但碰得浑身瘀青才想明白，现实里的天下，从来只钟情杨康的怀抱。有颜值有智商有心机的人，连电视剧都会给他洗白。

迷茫中，她脑中胡乱地闪过周铄、泰哥、胡昊他们的脸。这些脸最后混在一起。

小文看出王泳有心事，正要问，却见柜台那边朝她招手。她只得捏捏王泳的手，约她下次一起吃饭，急匆匆奔回去。

自从当上值机员后，小文觉得自己哭得太多。她给自己限定哭的限额，今天哭这一场，已经满了限额。她不是没想过辞职，但是工作难找，而其他女屌丝逆袭的故事，又不断激励着她。

好几次，她下班时见到罗真真男友前来接她。她听过不少值机员嫁给飞行员或者高端旅客后，改变了人生的故事。虽都是小概率事件，自己亦无实际行动，但她总觉得留在这值机柜台后，会比留在家乡小城当老师有更多可能性。每天晚上，她带着这可能性入睡，次日一早，又在这淡淡的希冀中醒来。

此刻，她捏紧胸前工作牌，快步朝值机柜台奔去。

王泳正在等空港快线车，手机接到程慧珊电话："我刚下机，听说了你的事。你在哪儿？"

"候机楼。"

"在千叶咖啡等我。"

程慧珊刚下机，看上去精神很好。四十岁的女人，看不出一点儿出差后的疲态。提着小行李箱，一眼看见王泳坐在角落里，直奔

过来。利落地点了一份松饼和一杯可布奇诺：等侍应一走，她立马开口："马长泰那事，我听说了。这明显是针对沈光的。你就是被人利用了。"

王泳问："这件事……后果很严重吗？我是不是泄密了？"

"你没泄密，只是时机错了。你等到航班执行后才发报送给公司公关，这是符合我们一贯做法的。问题在于，我们不该在公安部前头做这事，这样对他们太不厚道。"

"我连累了沈副总，也连累你了……"

"你没连累我。我在出差，并不知道这事。甚至你也没连累胡昊，因为他说他对这事不知情。而且，光就这包机本身来说，任务完成得极其漂亮。"

王泳脸色有点苍白。

程慧珊没注意到，只是问她："你事先不知道马长泰辞职的事？"

王泳摇摇头。

程慧珊忽然问了个奇怪的问题："你在部门里的朋友多吗？"

这时，侍应将卡布其诺和王泳要的柠檬水端上来。王泳捧着杯子，掌心有了握持的东西，就像双脚终于踏在大地上般，拥有了些安全感。

"这……子青应该算一个……还有……"她又想起了胡昊。两手掌心用力，将杯子握得更紧。

"我看平时你中午经常在办公室加班，吃盒饭，很少跟同事们一起去吃饭。下班后你做点什么，会跟他们出去吗？"

王泳摇摇头。她额头渗出了细密的汗。忽然，她有点明白程慧珊想说什么了。

程慧珊呷了一口卡布其诺："马长泰倒真了解你。他拿定你消息闭塞。"

王泳握着杯子的手，有点抖。她慢慢喝了一口，柠檬太酸，水太凉。

了解她的不是泰哥，是胡昊。

他不光了解自己消息闭塞，还知道自己想去宣传部，正心心念念想要表现。这两个条件，缺一不可。在这件事中，他毫发无伤，全身而退。

她原本笑自己天真，以为他视自己为朋友。但现在，一切连接起来，而这世界比她想象的还要颠三倒四。

程慧珊见她苍白着脸，料想她还在担心这事，只得安慰她："你工作很勤快，很拼命。不过有时候也该停下来想想。工作的第一要义，其实是要让老板开心，而不是把事情做好。"

王泳一时半会儿没明白这话，但她感恩程女王对自己关照。她揉了揉眼睛，低声说："谢谢。你对我太好了。"

程慧珊呷了一口咖啡，慢慢放下："不，我也只是为了自己。"松饼送了上来，程慧珊说，"一起吃吧。"

在候机楼吃了一点儿松饼，王泳回到云霄路后，又从高记买了牛腩粉带回去。推开门，张白不在。屋里空荡荡，她按下开关，发现灯没亮，一屋漆黑。

才想起在楼下见到物业，说半小时前A侧楼都停电，正在检查。

她掏出手机，发现只剩一点儿电了。阳台落地窗开着，张白走时没关，外面传来孩童欢闹的声音。她在这闹声中坐在客厅地板上，摸黑吃完茶几上一碗牛腩粉。扔下筷子，一摸脸颊，湿的。

外面很吵，她的心倒静下来，很静，静得她又仔细想清楚了前因后果。摸摸额头，也是湿的，她知道那是汗。

人心险恶，她终于明白了。

在极静极静当中，门铃突然刺耳地响起。王泳用手背擦干脸，走去应门："是谁？"

"我，张白的同事。"

门一打开，却见周铄站在外面。他穿着浅蓝色衬衣，并不因见到王泳而诧异，递过来一个U盘："张白要的资料。她今天很晚才下机，就不过来了，我替她送过来。"

王泳接过来。

是天气太热了吧，她还在流汗。

周铄还没走，语气踟蹰："你眼睛红了。"

"眼睛不舒服。"

"所以流泪？"

"滴眼药水了。"不知怎么，王泳一边说这话，一边又流下眼泪来。

一定是因为周铄在这里，亚麻衬衣够妥帖，肩膀宽阔，无名指上有戒指，去海滩度假晒过后的肤色，身上有极淡酒味。自己呢？红着眼，掉了几根头发在肩上，接过U盘的手指指甲过长，屋里飘出牛腩粉的气味。周铄过去笑她爱吃垃圾食品。她才不愿承认，在爱情中乏善可陈的自己，在事业上也毫无建树。

周铄说："如果有不开心的话，我可以陪你。"

王泳擦了擦汗："刚切完洋葱呢。"

"黑灯瞎火的？"

王泳不说话。

"我记得以前你说过一句话。你说，在这个要把自己当商品卖出去才能混得好的社会里，你要当货真价实的那个。我不知道你经历了什么，不过一开始，虚有其表的东西也许会卖得好一些，但最受欢迎的，一定是最好的那个。"周铄说，"有价值的人，在哪里都不会被遗弃。”

屋内的灯突然亮了。王泳流着汗，听到外面传来哪里的孩子拍手大喊“有电啦有电啦”。

分手两年后，她第一次对周铄笑了笑，说了谢谢。看着他离开的背影，她发现自己放下了某些东西。曾经她那么讨厌这个人，甚至讨厌那个曾喜欢这个人的自己。

但回想那些日子，她是真心喜欢他，他对自己也是真心。这已经足够。过去的日子，也不是毫无价值的。

花园里仍是传来小孩的欢笑声。王泳将U盘放在张白书桌上，走出来，打开冰箱，取出两罐果汁，乘电梯，转楼梯，上了天台。

顶楼天台有个小花园，里面摆有长桌与沙滩椅。王泳上来时，与一对正要离开的小情侣擦肩而过。她坐在沙滩椅上，开了一罐果汁，抬头看月亮。

手机还剩一点儿电，她忽然想妈妈了。拨通电话，电话那头传来电视声，一会儿，电视声调小，妈妈的声音传来。王泳正要问她身体怎么样，妈妈开口:“你这个时间打给我，是没有社交生活吗？”

她一下窒住。

妈妈开始问她：“是不是被周铄伤得太深，你开始逃避了呀？我最近看了篇朋友圈文章，说的就是你这样的人。”

王泳断断续续地解释：“不……我没有……我很好……不需要男人……不要相亲……我工作不错……升职的事不知道也不考虑……我不会回家的……家里没有大公司……”

后来她索性不说话，手机放耳边，手握果汁默默喝。抬头，今晚月色真好，只可惜心头掠过乌云。

她发现自己真是天真，跟那些轻易地被动漫燃起热血、被歌曲煽动热泪的少年并无二致。现实事件连接起一节节过山车，她坐在其上，将自己情绪调拨得起起落落。就连跟母亲的一番通话，都能平复她的情绪。

电话那头，母亲突然警觉，噤了声，片刻，轻声试探："你怎么了？是心情不好吗？"

"没有……"王泳沮丧否认。电话两边是持续的沉默。她抬头，头顶好几片灰黑色的云，掠过月亮。她低低地说："妈，我想你了……"

片刻沉默后，母亲在那头说："不高兴了，随时回来。妈在这里。不催你结婚，不催你找工作。"

手机终于没电。王泳喝了口果汁，凉沁沁，但心头奇怪地有点暖。她又抬头喝了一口，却听到身后有脚步声。一回头，看到秦希在后面。他显然站在这里一会儿了，见了她，举高双手："我不是有心听你讲电话的。"

王泳对他做了个龇牙的表情，又拍了拍旁边的沙滩椅。他走上前来坐下。

王泳说："很少见你这么放松的样子。"

"你也是。"

她努力一笑："我？我一直很放松。"

"是吗？我第一次见你，你在机舱里紧张地跑来跑去。我听得出来，你的顶头上司坐在头等舱里，你在努力完成她交代的事。第二次见面，你在候机楼值机。再无理取闹的旅客，你也努力伺候。再后来，我见到你从公司饭局归来，严重酒精过敏，手臂上都是小疙瘩。然后就是这次了。"

"这次怎么了？"她晃了晃手中果汁，"我放松地喝着饮品，赏着月。”

“我看到一个年轻的女孩子，忍着眼泪喝着酒，告诉她家人，她过得很好。”

王泳眼角又有什么液体流了下来。她不语，默默地呷了一口果汁。凉的，怎么这么苦？

“你一直忙忙碌碌，却都是在为别人卖命。你可以为自己活得更好的。”

王泳想了想，忍不住自嘲一番：“我不正是那种在稳定的社会秩序里，努力经营自己被分配角色的人嘛。忠于主流价值，毫无个人意志。”

秦希意识到她在影射上次自己那番话：“如果那番话伤害了你，我为此道歉。”

王泳一时不知道说什么好，她将另一罐果汁递给他：“你喝。”

“不，谢谢。”秦希说，“酒精过敏的体质，怎么练也没用。”

王泳知道他误以为这是酒了。“我看出来了。你是那种要时刻保持清醒人格的人。像你这么特立独行的人，要不出身于特开明的家庭，要不就是特保守。你是哪一种？”

秦希淡淡地应：“那我也猜猜你的家庭？一个强势的母亲，感觉自己生活并不如意，为此视女儿为自己附属品，拥有强大控制欲。女儿想要逃脱母亲打造的秩序，却又跳入另一个秩序。活得异常努力，却不知道自己正在扮演棋子角色……”他停住，因看到王泳红了眼眶。

“我随口乱说的。”他不知在解围自己，还是安慰她，“这跟所谓的星座准确度一样，只是概率式描述。”

见她没说话，他也静下来。夜风像花气一样袭来。天台上，谁人植的花蕾，被风拂得垂下头，以绿叶掩映腰身。天台下方，建筑

物灯火点点，依稀传来电视机声响，是最新鲜的人间声色。

半晌，秦希说：“你不介意的话，我可以把肩膀借给你。”

王泳没说话。

又过了一会儿，秦希说：“今晚月亮很美。”

在天台上吹了风，王泳请了半天病假。回到办公室时，在灯火通明的走廊上见到胡昊。他正跟人微笑着打电话。与他擦肩而过，她听到他在讲“你先发我，我帮你看看”。他抬手跟她打招呼，她假装没看到，低头走过。

办公室里气氛异常。她坐在电脑前打字，其他人闲谈也好，说正事也好，都奇怪地避开她的区域。

只有胡昊过来跟她说话。隔着一张桌子，问她问题，明显不痛不痒。她草草回答，说完马上低头做事。

这一个星期都如此，在平静中度过。程慧珊依旧给她安排工作，但不再有要务。

一周后传来消息：

因为王泳这次犯了严重差错，中心办公会决议，为她更换部门。

人们早已料到这个结果，因此并不惊讶。茶水间里、小花园中，大家低语着：正是两位副总争斗的时机，王泳搞出这事，沈光怎么可能放过她嘛。至于受益者老八，也得留几分薄面给沈光，在这种小事上同意。汪副总向来不管事。王泳被“流放”一事，是板上钉钉了。

真正惊诧众人的，是同一个会议上的另一消息。小道消息说，沈光跟老八罕有地达成一致意见：胡昊升职，成为航务部的副经理。是为公司最年轻的经理级别人员之一。

第七章

# 我的改变

CHAPTER 7

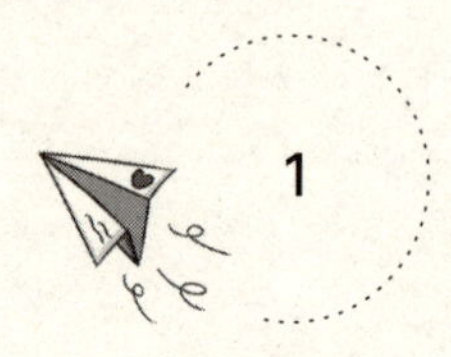


印象航空编制内员工，就是犯错，就是犯精神病，也不会被辞退。但是对付这些人，往往采取“流放”方式——将他们“流放”到钱少事多的部门。

被分派到调度部时，王泳也这么想。

还在当值机时，她已经知道这个部门。当时对他们的了解非常简单——跟空管塔台联系，然后调整航班。公司编排了航班计划，还得有人具体执行啊，就是调度部这群人了。

四十几个人，掌管印象航空在全球各地四百多架飞机起降。

王泳刚到这里，仿佛又回到了在地保部轮岗的日子——日夜颠倒，没有周末。每个人都面目模糊，做着一样的事，跟航务部个个分工明晰、人模人样大为不同。

“听说你是犯了错，才来到这里的？”她被安排了一个师傅，四十岁的女人，跟程慧珊同龄，连名字都相似——程惠怡，看上去却老得多。昼夜颠倒的倒班，与不施脂粉的粗糙，成为岁月的共犯，在这女人脸上留下犯罪证据。她个性豪爽热情，只是有时候好像过分热情，第一天就问了王泳很多问题——包括私人的。

王泳早知道，在这里工作，一切都瞒不过别人。她尴尬地笑笑，又假装看着眼前屏幕上的航班动态。

程惠怡一副洞明世事的表情："犯啥错呀，还不是因为老板不喜欢呗。如果你是老板的人，就算犯了错，也照样没事。"

王泳仍在假装看电脑，心里却有点惊讶。这些远离权力层的人，对一切都远远静观着。

程惠怡递给她一条巧克力："不过来我们这儿也不错。虽说很难出头，天气差航班乱时下班还晚，但人际关系简单些。这一辈子嘛，就图个乐和。"

她像跌落另一条轨道，这条轨道跟着航班运转，同事心眼少，说话耿直，忙起来还会吵架说脏话。每个人都是枚棋子，领导喊不上棋子的名字。

她对这样的轨道再熟悉不过了。

这简直就是另一个值机柜台。

调度部的办公区域在二楼，上班时间也非朝九晚五，王泳渐渐地很少见到航务部的人。张白说她："你现在早出晚归，晚出早归，难捉摸得很呀。"

她利落地回嘴："是，我把值班表发给你，你就可以带男孩子过来啦。"

张白笑着，伸出手去，假装要撕她的嘴。

因为上班时间都不固定，王泳倒是又跟罗真真多了联系。好几次，罗真真带上了蒋斌，更多时候只有她们两人。

"要不要让蒋斌介绍他的同事给你？"罗真真问。

王泳摆出一副花痴模样，转移话题："不，人家只爱你一个！"

两个女孩子正人手一杯奶茶，在夜晚的大街上溜达。下过雨，空气清新，整片地面都亮亮的。沿路一溜儿店铺玻璃窗挂上了红色

SALE，映出里面男男女女。一个混血小女孩儿怀里捧着牛奶盒，扬扬得意地走过，又折回来，看橱窗里一条蛋糕样的裙子。两个年轻男人在路边抽烟，看到罗真真她俩，其中一人转身低头说些什么，王泳赶紧将罗真真拉开。

罗真真又告诉王泳，说自己上次报考“地升空”计划，也不知道哪个环节出了岔子，居然没过。“只得等第二批机会啦！”她嘟嘴。

王泳咬着吸管问：“你是不是没跟领导那里走动呀？你认识人力资源的人吗？”

罗真真睁大眼睛，像在端详闯入都会的一头哥斯拉。好一会儿，她说：“王泳，你变了呀。以前的你，是不会问这种问题的。”

王泳吐出嘴里的吸管，笑着打哈哈。

可是偶尔，王泳仍然会悄悄刷章楠一的朋友圈，也会从罗真真或是张白那里打听宣传部筹建情况。

自从那件事以后，章楠一没有再跟她联系。原本她们就只是普通朋友，或是要好的同事，联系次数也不多。但王泳胡思乱想，总觉得章楠一没联系自己，是由于上次被自己连累了。

她不再在公司天台上看停机坪飞机起降，却在家里天台看书，或抱着 iPad 看电影，独自被感动哭，或者傻笑。偶尔也会见到秦希，他一如既往地不爱说话。唯一一次，他打量她，忽然说：“你看上去比以前‘松’多了，不再绷紧。”

王泳打趣：“上次借你的肩膀，啥时候有机会还给你。”

秦希皮不笑，肉也不笑：“不用。”

有天她到天台，见到秦希坐在那里看书。她凑近一看，发现他在看一本欧洲史的八卦书。

“咦，这本书不是我上次在看的吗？”她随意在他身旁坐下来。

椅子有点冰，她今天来大姨妈了，想起老妈的耳提面命，她又站起来。

秦希注意到她一坐下又站起，他漠漠地说："是吗？真巧。"

便不再理她。

王泳突然想，在那个像铁皮白金属般冷的面具下，他是不是有点过分敏感。跟过去相比，她现在心思细多了，想了想，又在他身旁坐下，开始跟他讨论。"我喜欢莎乐美那篇。得不到的恋人，多美！"

秦希的手指在透明封面上摩挲，抬起头："求而不得，这不是大部分人的人生吗？"

王泳本打算跟他往美学上继续探讨，但见他这样优雅地悲观，突然没了兴致。

再后来，她偶尔发现秦希在看一部电影，刚好也是她看过的。她兴冲冲要跟他讨论，最后还是被他冷漠地打发走。

尽管如此，她渐渐发现，秦希的阅读、观影甚至音乐口味都跟自己很像。只是他把她视为外部世界的一部分，跟自己的内心对立。她一接近，他总会后退。殊不知这正合她意。老妈对她的教育是"跟男人保持适当的距离"。

什么距离是适当的？她拿不准，索性在老妈的监督下直接保持距离。所以她向来很少异性朋友。罗真真说过她："你连男性朋友都没有，怎么会有男朋友嘛。你得了解男人是什么样的生物呀。"

中秋节到了。张白刚出差回来，一落地就拖着箱子回老爸老妈那儿过节。王泳那天得上班。她已经预感到了，今晚，自己将如独居老人般空窗对月。

下班后，她在空港快线上给老妈打电话，那边传来男人的声音："这电视调哪个频道呀？"

王泳一脸问号，电话那头也是静了静。王泳问："你跟谁一起……"

又静了静，老妈才不好意思地开口："邻居那位林叔叔记得不？他也一个人过中秋，过来给我送月饼。"

老妈居然有约会！

而她，穿着一件印有英文"我很享受现在生活"的外套，在公司喝口感很差的咖啡，吃味道太甜的月饼。从空港快线下来，看着男男女女来往于云霄路上，自己饿得几乎发狂，来不及去高记茶餐厅填饱肚皮了，一刻都不能等，直奔便利店。

交钱，一分钟后，关东煮握在手上，热腾腾。她坐在玻璃窗前，拧开一瓶花蜜茶，开始细嚼关东煮。

中秋节夜晚，连便利店也挂上了灯笼，贴了月亮跟玉兔的卡通招贴。人很少，只有那个小伙子靠在柜台前，趁客人还没来，偷偷跟女朋友发消息。

秦希在玻璃窗外一闪。

接着，玻璃门被推开，王泳见到他走进来。

谁记得是怎样开始的，也许是秦希撞见王泳中秋节独自在便利店吃关东煮，也许王泳逮着秦希在便利店买散装月饼，也许因为玻璃外面依稀可见远处高楼层叠耸立。香港人称之为石屎森林，上方拱着月亮一张圆脸。

一定是自己先开口的，很久以后，王泳回想起那个夜晚，心里这么想。

当然是自己。像秦希那样闷骚，甚至隐忍寡言如都市杀人犯的人格，怎可能主动邀请她一起过中秋嘛。

而且，在天台一起吃着月饼，喝着花蜜茶时，话最多的还是王泳。那能怎么办？对方出了月饼钱跟花茶钱，而她拿出了家里的珍藏椅

垫，还有小小纸灯笼。月亮很好，风很舒服，只缺愉快的聊天了。

“你以前到底是不是当过空管？怎么会跨行呢？两者毫无关系啊。”王泳用刀将月饼切开几份。

“计算精准、反应快、将资源最大化利用。两者有很大区别吗？”

王泳答不上来，默默咬了一口月饼，吐了出来：“五仁月饼！你怎么买这种口味！”

“随手拿的。”

楼下传来小孩叫嚷的声音，有一点点的光在草坪上欢快游移，是孩童拿着灯笼在草地上跑。王泳穿着肥大的裙裤，风钻进去，鼓起来。她羡慕地说：“真好呀，我小时候在家过中秋，也跟邻居小孩儿这么玩。”

风刮大一些，吹乱她的头发。她将头绳摘下，随手重新扎：“你小时候也这样吗？”

秦希沉默片刻，说：“我忘了。”

她将头发绾在脑后，扎成凌乱的辫子，微微翘起。重新坐下来时，他能够闻到头发上的洗头水香气。也许是她身上荡过来的？

他别过脸，掏出香烟。正要点火，又偏过头问：“介意吗？”

夜晚微光的天台上，这个男人手指夹着一支香烟，侧过身问她介不介意。王泳忽然想到了某个人。是，他有点像那个人。不，不是样子，但说不上来是哪里。她忽然有点失神。

这时秦希手机响起，王泳看到他低头看了一眼，将电话挂掉。

是有人在场所以他不方便听？会是谁？中秋之夜，应该是他家人的电话。她走开一点儿，身后又听到秦希电话响起，响了好一会儿。她再走远一点儿。

铃声停了，他接听了电话，声音压得很低。

王泳看着楼下小孩儿提着灯笼奔跑，忽然想：这个人，没有朋友，不知道他的家人会是什么样子？

她依稀听到秦希提高音量，说了句："东西我不要，你扔了吧。"

然后便是一片死寂。

她站了一会儿，回过头看时，发现他已经挂掉电话，坐在那儿，默默点燃一支烟。橘红色的光在他唇边，微弱得莹莹闪闪。

王泳慢慢踱回来。什么也不说，坐在他身旁。

等他抽完一支烟，她说："你看，今晚月亮很美。"

秦希不说话。

她想，他是不开心了。中秋节晚上，到底是什么事让他不开心呢？

秦希手机再次响起，王泳站起来，秦希说："你不用走开。"

他接起电话，王泳距离他一个肩头距离，依稀听到电话那头传来一个女人声音："阿希，不是我要离开你，但是……"

"我在忙，没什么事的话，先挂了。"

他摁掉电话，空气中又是一阵寂静。王泳觉得非常尴尬，只好在寂静中无声地掰下一块五仁月饼，默默塞到嘴里。

秦希问："你不是不吃吗？"

"啊？啊，是啊。不过……"

"不过太尴尬？"秦希问。

她干笑几声。

他又不说话了。她心想，虽然不知道他女朋友为什么要跟他分手，但是不分手的话，估计要被闷死吧。

过了好一会儿，他突然开口："你什么时候把肩膀还给我？"

王泳一直以为，只有男人的肩膀才是值得依靠的。老爸离开家后，

她试过靠在妈妈肩膀上睡觉，骨架子小，细细窄窄，一点儿不舒服。

但秦希闭着眼睛，在她肩上，居然睡了好一会儿。

真可惜之前夸下海口，现在没法反悔。因为，成年男子的脑袋搭在自己肩膀上，实在太沉了。她像妈妈，骨架细小，肩膀溜窄。秦希往她身上一靠，仿佛半边身子都要塌方下去，一点点往下滑落。她抓住桌面，用手撑起自己身子。

砰的一声，塑料桌板抖了抖，上面的纸灯笼掉下来。

王泳下意识扑过去接住，秦希睁开眼。

她提起小灯笼，在他眼前晃了晃："我是为了救这个。"

秦希坐直身子。

这时楼下突然有人哭喊起来，接着一阵喧闹，王泳侧耳听了一会儿，似乎是有小孩儿在玩的时候把对方的灯笼弄坏了，两个孩子撕扯起来。两边家长各站一边，开始争吵。

王泳津津有味地听着。两个妈妈已经扯到送给幼儿园老师的礼物上去了。好玩，实在好玩。

"你怎么喜欢听这些。"秦希的语气有点鄙夷。

"人生百态呀。"王泳放下纸灯笼，"以前在值机柜台时，没少接触这些人。什么都能吵起来。跟值机员吵，值机员不理会他，就自个儿在那儿闹。嘻，像你这么安静的人，不会懂这个的。"

"我不想懂。"

"但是你也想有朋友，对不对？不然你不会跟我一起过中秋。其实深入接触，你这人也并不太讨厌。虽然说的话不怎么好听，但心地倒不坏。对了，你的家人呢？也在老家吧。"

秦希伸手朝她摆了摆，示意她别说话。

"什么……"

他索性伸手捂住她嘴巴，低声“嘘”。

王泳竖起耳朵，只听其中一个妈妈开始大声嚷着：“谁不知道你老公每天晚上不回家，是外面有人哪！跟你说，上个月你跟你儿子出门旅游时，我就见过他带其他女人回来！”

王泳内心“啧啧啧”，正打算听另一个妈妈火力全开反驳，却没听到她说话了。然后她听到小孩大哭，接着奶声奶气地喊：“妈妈，妈妈，你怎么哭啦……”

她有点心软，转过脸跟秦希说：“不好玩。”

秦希的脸距离她很近，一只手刚刚在她嘴唇上松开，距离她的脸只有一个掌心。在她偷听别人吵架时，他正低头看她，目光是巡逻在少女脸上的月光。

王泳微怔。

秦希在她唇边停留的手，慢慢垂下来，手投下的阴影落在她唇上、脖子上。他突然低头，在她唇上飞快碰了一下。

王泳彻底怔住了。

楼下小孩儿吵架什么的，一下子离她很远很远。只有唇上那点触感是真实的。两人身旁结下了结界，周遭除了白月光，别无一物。她的嘴唇微微肿胀，像同时尝到了甜与辣。

楼下那小孩突然大声哭起来，是两个小孩儿的哭声。接着有一个女人骂骂咧咧，似乎将两个小孩扯开了。

两个人的结界瞬间消失。在这哭闹声中，王泳腾地站起来，使劲儿用手背擦唇角。

秦希站起来，低声说：“对不起。”

王泳一言不发，转身往外走。秦希在身后喊她，她甩开，转过身：

“我跟你一起过这个中秋，不等于我很孤独，不等于我就需要一个男人。你会不会太自大了？”

“我只是忠于内心的感觉。”

“你的内心告诉你，你刚跟女朋友分手，转头可以吻另一个女孩？因为她看上去一无所有，她看上去非常孤独，她看上去不会拒绝？”

“我没有跟女朋友分手。”

“哈？别跟我说中秋节晚上打电话来的，是炮友。”

“那是我妈。”

“你妈？你妈怎会说离开你……”王泳意识到失言，不说话，但仍是一脸气鼓鼓。

秦希侧过头，抬起眼看她：“我不认为你孤独，也不认为你需要一个男人。冒犯了你，是我对不起。我吻你的原因，也没那么复杂。”

王泳警觉地后退：“我不会跟你上床。”

“我没那样想。”

“哈？那是为什么？难道因为你喜欢我吗？”王泳气鼓鼓地问，以为秦希一定反唇相讥，但他却没说话。

王泳又怔住了，脸颊一点一点地红下去。她想说，那一定是你喝醉了，对，这果汁酒精度数太高。或者是，这五仁月饼也许有毒。又也许，有毒的是今晚的月光。她迟钝，但是不笨，也不太灵光就是了。

楼下的小孩儿哭哭啼啼地走了，两边分开。楼下又恢复了安静。静得能听到风在流动，流过树梢，拨开树叶，好露出月亮的脸，映出这尴尬的两人。

王泳傻站在那儿好一会儿，突然迸出一句：“我有喜欢的人。”

秦希抬头看她。

她说：“那个人，你也认识。”

连自己内心都不敢承认的事，居然对这位邻居先生说了出来。这话说出口，王泳听到内心一直绷紧的地方，突然松弛下来。

是，今晚月光一定有毒。否则她怎会在这里吃五仁月饼，跟秦希说着这种话。

秦希问："胡昊？"

王泳点点头。

"所有女孩儿都喜欢他。"

王泳又坐了下来，月光将她的影子投在地上，覆盖住秦希的。她低头看着自己的鞋："但是我跟他绝无可能性。"她摇摇头，"我连他是怎样一个人都不知道。"

"他很聪明，很喜欢热闹。我跟他一起长大，很久以后我才知道，原来我曾经羡慕过他，想过要成为他那样的人。"

真是个奇怪的夜晚。王泳在天台吃着五仁月饼，喝着味道太甜的蜜茶，听楼下小孩儿吵架，跟秦希接吻。然后，她安静地坐在那儿，听秦希说着过去胡昊的事。

胡昊跟秦希是邻居。小时候起，胡昊就是同龄人当中最闪亮的那颗星。老爸胡岚生在民航局，事业一路走高。家里经常有客人，跟老爸说话时，恭敬而客气。胡昊有时候坐在旁边听，对于社交、职场、官场的套套，逐渐开窍。

他看国外带回来的少年杂志，穿最新款的球鞋。篮球场上，一天天长高的少年，渐渐成为女孩子的暗恋对象，经常收到情书。也是有优越感的，且并不掩藏，只是情商高，大伙儿跟他相处得也舒服。

他是什么时候学会敛起锋芒的？

就在高二那年吧。

那一年，他家里出事了。

一条热门航线的价码，在千万级别以上，这价格像射出的箭矢，将胡岚生钉在了“民航贪腐”这场游戏的板上。这场游戏除了他，还有机场设施招标建设的、购置飞机审批的、截留公务机服务费的人。游乐场成了修罗场，一旦下场，就没法全身而退了。

那一年，人们口中高大英气、热情能干的传奇人物胡岚生，因为收受利益而入狱。

胡昊妈妈以前是空姐，嫁人后就辞职不干，当全职太太。家里出事，她一整日对着儿子哭哭啼啼，不知道做什么好。家里再也没有客人。原来那些对他笑脸相迎的叔叔阿姨，也假装不认识他。

在此之前的胡昊，只是个比同龄人都出色的人。但在那以后，他就有点不一样了。他还是笑着的，甚至笑得比以前还多，但没有人知道他在想什么。

“自此以后，胡昊他总能得到自己想要的，他所失去的，也是他愿意失去的。”秦希说。灯笼析出的微弱亮光映着他的瞳孔，那电池维系了一晚，突然闪了闪，就此灭掉。

王泳在黑暗中坐着。秦希站起来，提起灯笼:“要回去换电池吗？”

“不要。”

“为什么？”

“因为我想接着听故事的另一半。”

“什么另一半？”

“你。你是这个故事的另一半啊。你讲他的过往，但是这个过往里完全没有你自己。你跟他怎样认识？你俩是好朋友吗，还是只是普通同学？你们见面时态度生硬，中间发生过什么事吗？说故事的人，难免会加入自己的价值判断，但是我听完你说的话，我根本感觉不到你是怎样的一个人……"

"你不会想知道。"秦希打断。

"我想知道。"王泳掏出手机，点开里面的手电筒程序，将它垫在小纸灯笼下面，照亮了纸上的手绘月亮和兔子，"我不孤独，不等于我不希望有一个新朋友。"

王泳想听，但秦希始终没有讲。那天晚上的电话，是他妈打来的，然后呢？他什么都没说。那天晚上，他们将吃剩的月饼、喝剩的茶和果汁打好包提走，回到亮堂堂的建筑物里，他走在她身后，跟她保持一段距离。

月光赠予的魔法消失后，秦希又恢复一张扑克脸。还是王泳主动要了他的号码，加了他的微信。

像小孩子关心她新交的乖僻新朋友，王泳在小黑板上故意写上"今天天气好"一类的话。秦希那边久久没反应。但那天她下班，在楼下遇见他，跟他打招呼："吃饭了吗？"

他嘴角似乎有笑："还没。"

"为什么？"

"有人报错天气，说今天天气好，我约了人吃饭，结果没吃成。"

王泳笑一笑："原来你也会开玩笑，这样就没那么面目可憎了。"

秦希敛回微笑。

这几天天气都不太好，连日下着细雨，但王泳放在窗前的小黑板上那句"今天天气好"一直没擦。过没几天，秦希的小黑板上也画上了一个太阳的脸。

至于那个吻。啊，王泳相信，那是月光的恶作剧。现在已经没有人再提起了。

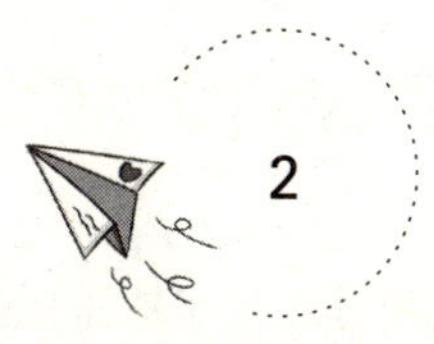

## 2

这天，王泳见云低料峭，天气不好，心想同事们一定忙得不可开交。她在家闲着没事，提前一小时回到公司。张白在路上给她发消息："客厅的灯坏啦。"

"我会修。"她飞快发回消息。

还在空港快线班车上，大雨已淋漓泼下。机场高速两旁的建筑，在风里雨里朝两边后退。一股股的雨水趴在车窗上，又不支地退下。车子停在公司附近时，雨更大了，她撑了伞往前走。一辆车在她身旁慢慢停下，胡昊从降低的车窗里朝她喊："上车吧。"

她招招手："不用了！"三步两步跑到大楼里面，只是凉鞋和裙子下摆都湿了。

上到二楼，居然见到他们在聊天。程惠怡见她到了，低头看表，又抬头看她，像在看一个智障："你家里的钟表坏了吗？"

王泳沮丧地将包包往桌面一扔："我以为你们会很忙啊。"

其他人笑了起来："你这话，可别让隔壁气象部门的同事给听到啊。他们这工资白领啦。"

王泳才知道，遇到这种极端恶劣天气，调度部会提前取消航班，提前通知旅客。"别最后一刻才取消，旅客都进机场来了，这时候，值机的同事要骂死我们啦。"

她一拍脑袋：自己干过值机，怎么就想不起来呢？

他们异常轻松，泡了奶茶，边喝边聊着中心内部的八卦："对了，程慧珊的离婚办得怎么样了，你知道吗？"他们知道王泳从航务部来，都问她。

看她摇头，大家都失望。

程惠怡知道得多：“说是她老公在外面有女人嘛，他们离婚办了一段时间了吧。”

一个小女生笑：“怎么会办一段时间呢？小孩不是确定了跟妈妈嘛，那也就签个字的事。是不是他们还有感情事没解决？”

“别傻了，他们处理的是钱。”

大家低低笑起来。

跟大部分人一样，他们的心并不坏，但其他人的痛苦，不知怎么总能激发他们的快乐。

王泳没笑，但是又不好走开不说话，显得不合群。她假装收拾抽屉，将新旧文件分开整理。在旧文件里，她发现了一份纪念册，上面写着“印象航空调度部与空管活动纪念”字样。

她翻开看，在里面找她认识的面孔。一眼认出程惠怡，跟现在差不多，但比现在白些瘦些。还有好几个男同事，啤酒肚还没成形，乌发仍在头顶。

程惠怡凑过来，指着第一排左三的人说：“这不就是杜大鹏嘛，以前也在我们部门的，后来到你们航务部去啦。”

王泳笑了：“航务部不是我的呀。”她目光移动，定在左二的男人脸上。那人神情峭然，但阳光照在他脸上，眉眼都是舒展的，穿着运动服，抱着篮球。

程惠怡注意到她目光：“这是空管一个小帅哥嘛，当时刚工作没多久，但听说很受领导重视。也是奇怪，后来就没再见到他了。”

“为什么？”

“谁知道呢，空管收入比我们高，但压力也大呀。也有可能，他犯了什么错，在民航业再也无法容身也说不定。”

程惠怡开始感怀身世，讲这行的辛酸。王泳却再也听不进去，只牢牢看着照片上那个人——她的邻居先生，秦希。

过了一会儿，程惠怡像是突然想到了什么：“哦，对了。我想起来了，好像还真是犯了什么差错。大概是四五年前吧，出了一件大事，这小伙还没等调查报告出来，就直接辞职了。听说也没跟其他同事有任何联系。”

王泳回到家，见张白正在客厅里临帖。听见她回来，头也不抬：“我爸妈今天到这边了，待会你跟我们一块去吃饭吧？”

“不，我买了三明治。”她换上拖鞋，急匆匆地奔回房间，打开电脑，查看当年那件事的新闻。她根据程惠怡的话，输入关键字，终于发现了这条新闻——

五年前，某管制员发布让一 A330 飞机向左三十六跑道起飞的指令。在 A330 飞机起飞滑跑过程中，这管制员不知为何，又向另一架 B737 飞机发布穿越同一跑道的指令，幸好 330 没停下，继续起飞，从 737 上面飞过。否则，两架飞机就要相撞。民航有关部门已经介入调查。

虽然是旧闻，但王泳握着鼠标的手莫名地有点抖。两架飞机差点相撞的场景，似在眼前。

张白在身后探出头：“在看什么？”

“没，看点新闻。”

“我要出去啦。你真不跟我们一起吃？”

王泳回头，摆摆手：“不用啦。”

张白往外走了几步，又回头：“对了，客厅的灯坏了。要不你等我回来再一起弄吧。”

“嗯，没事。”王泳摆摆手，想到了什么。张白出去后，她给秦希发去消息，试探地问他：“邻居先生，我家灯坏了，你会修吗？”

到时候边修灯，边不动声色地旁敲侧击。这样应该会显得更自然？

秦希一直没回复。

张白出去了，屋里剩下王泳一个。她根据关键字，继续搜索那一段新闻。她关心后续报道，想知道秦希后来怎样了。但报道只停留在“民航部门介入调查”阶段。

她给一位在媒体库上班的朋友发消息，请她根据关键词搜索内容。朋友回复：“好，晚点发给你。”

王泳洗了头发，出来看手机，发现还没发过来。洗完澡，看手机，还没发过来。衣服也洗好了，洗衣机发出闷响，她正在吹头发，手机突然弹出消息。她抓起来一看，朋友说：“我把报道打了包，一起发你邮箱了。”

王泳发去一个飞吻表情，头发随便吹干了，跑回房间里收邮件。

在一篇杂志深度报道里，王泳看到了这段新闻背后的故事——

两架飞机只是差点相撞，没有直接造成人员伤亡，但是却有人间接因此而死。

在当天的航班上，有一个患病的女孩子，搭乘这个航班做肺移植手术。肺源匹配时间紧迫，撞机事件造成航班大延误，女孩赶不上手术，等待了一年多的合适肺源，被白白浪费。

半年后，女孩离开人世。

记者居然还搞到了女孩的生活照。照片上，女孩儿穿着中学校服，站在图书馆前，嘴角跟刘海一样弯弯，皮肤很白，笑容很美。

王泳盯着照片，看了好一会儿。

秦希他，一定见过这照片吧。

就像一个凶手，入魔般关注受害人的一切信息。在两架飞机差点相撞前，他和她的人生没有交集。在此之后，她不在这个世界上，但他却午夜梦回，一身冷汗，暗夜中会浮起她的脸。

她抬头看向窗外，那间属于秦希的房。那里干净整洁，物品少，缺乏主人气息。只有那面黑板上贴满了各种纸条，还画了个大太阳。他是处女座吗，还是摩羯座？

神魂都停留在五年前，连门铃一直在响都没意识到。回过神时，不知道外面那人的手指是否已按到发麻。

王泳急匆匆扔下鼠标，奔过去开门："小白你怎么没带钥……"

门一开，外面却站着胡昊，一身白衬衣，还是那样露出好看的脖颈，还是那样好看的微笑："你换了新工作，过来看看你。"

这说法牵强，但人已到门口，王泳迎他进来。

自从秦哥那件事后，他俩很少说话。好几次，胡昊想跟她说话，她假装在看手机,在接电话,在打喷嚏,在看墙上的安全海报,头一侧，脚一滑，就过去了。偶尔碰上，彼此打招呼，都是陌生而客气。

胡昊成为航务部副经理，也忙起来。大家知道他能干，受上司重视，只是没想到升得这样快，都有点侧目。艾珊开始跟王泳打听他的事，王泳只说"不熟，不了解，不知道"。

胡昊走进来，发梢带点儿湿，微笑说："今天雨很大。"

王泳生怕他问自己为什么不上他车，开始叨叨："是啊雨很大，不过幸好我带了伞走得快，啊，航班取消得也快，真好呀，旅客不用在机场白等。"

一口气说完，回过头，见胡昊只是站在门边朝自己微笑。

她低头，用手将头发钩到耳朵后："你喝水吗？我去倒杯水给你。"

"好。"胡昊不客气。

王泳走到厨房，开始烧水。她用手指拈了些张白从家里带回来的茶叶，放到滤网里。等水烧开，泡了半壶，倒掉，又添开水。透明茶壶的茶液满了，又下降，再满。神智其实仍留在五年前那桩事故上，起起落落的仿佛不是茶水，而是飞机。

她倒了杯茶，端出去。

胡昊却不在客厅里。

王泳放下茶杯，好奇地看，试探地喊："胡昊？"

她听到自己房间那边有声响。

走过去，看到胡昊正在她房里，低头看她电脑。听到她脚步声，他转过头来："不好意思。"电脑屏幕还停留在那少女的笑脸上。

与之相对应的，胡昊的脸上没有微笑。

王泳看着他，他看着王泳。

好一会儿，他低声说："这个女孩子，我认识她。"顿了顿，"不光我，秦希也认识。"

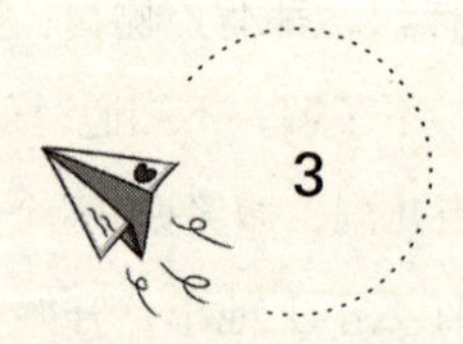


上次从秦希那儿听来的，原来不是故事的一半，只是三分之一。思婧、胡昊跟秦希，是从小一起长大的邻居。

老土吗？

人世间的故事，反反复复也就那些。

老机场还没搬迁，那一区的人走向菜市场、超市的路上，都能见到头顶飞机驶过，轰隆隆的。有妇人很是不耐，捏着老公耳朵："哎呀呀，快点搬离这个鬼地方呀。可吵死我了！"

小孩子们自小在这里长大，都习惯了，放学后跑到停机坪外，趴在铁网上看飞机起降。看到前面有人挥着棒子，不一会儿，飞机腾空起飞了，真有趣。还有大人说起某某年的那场劫机，配着香茗解说，过程更惊心动魄。

思婧、胡昊和秦希，就是这样的小小孩儿。

思婧跟胡昊都出身民航世家。思婧爸爸是飞行员，妈妈是空管，跟胡岚生是同事。两个小孩在这里成长，很小就认识。

秦希跟他们不一样。

思婧跟胡昊说："隔壁何阿婆那里，搬来一个小男孩啊。"

胡昊正在玩手里的飞机模型，头也不抬，随口应："捡垃圾那个何阿婆？"他其实不知道何阿婆是干嘛的，只知道她性情古怪，总是拖着一个大黑色塑料袋出入。（长大后，他才知道，何阿婆是空管宿舍的保洁阿姨。）

有邻居跟她打招呼，她就说着谁都听不懂的方言，大声回应。谁知道是在聊天，还是骂人。加上她身上有股怪味儿，久而久之，都没有人跟她打交道。

思婧说："你跟我一块去，跟他打个招呼吧。"

胡昊摇摇头："我不。我才不去何阿婆家。"

"她还没回来呀，只有那个小男孩在家里写作业。"

思婧硬拽着胡昊，跑到小男孩家里。一道锁上的铁闸门里，一个小男孩正在边抹眼泪，边写作业。思婧趴在铁闸门上，大声问："你为什么哭呀？"

小男孩吃惊，抬起头来。思婧跟胡昊注意到，他有一双非常好看的眼睛。

对于跟秦希的第一次见面，胡昊印象有点模糊，只记得他表情非常警戒。他只记得，思婧对于隔壁的小小少年，非常兴奋。隔着铁闸，她问他叫什么名字，怎么住在这里，为什么哭，他一概不回答。

胡昊心高气傲，在后面扯扯思婧的衣袖："别理他，我们走吧。"

思婧的手扒在铁闸上，不舍放开，一路追问："你爸妈呢？"

秦希猛地掷下手中的笔，上前将屋子木门砰地关上。

后来他们三人终于成为朋友后，思婧问胡昊是否记得那次见面的事，胡昊说不记得了。也是，他有很多很多朋友，秦希只是他众多朋友里的一个。如果不是因为有思婧，胡昊跟秦希是不可能走到一起的。

秦希从来没提过自己爸妈在哪里。思婧一直问，一直问，他从来不说。

但思婧有办法知道。

三人都上民航中学。思婧跟老师很熟，终于打听到秦希家的情况：他爸妈离了婚，各自有了新家庭，谁都不愿带上他。他跟奶奶何阿婆一起住。平时的玩伴，就是放学路上那些流浪狗。

"你不觉得秦希很可怜吗？"思婧摘下胡昊左耳的耳塞，在他耳边大声问。

"是吧。"胡昊随口应付，将耳塞塞回去。

胡昊对秦希不感兴趣。

虽然不乐意思婧的注意力被那个男孩夺去一部分。不过说到底，他也无暇关注思婧想什么。他很忙，思婧的小宇宙不是他的全部，只是他众多星系中的一颗。她样貌甜美，家境优越，对他近乎崇拜地喜爱着。她本身，又是许多少年憧憬的对象。对于高傲的少年胡昊来说，这样的思婧，拥有站在他身旁的资格。

这么说也许残酷，但是当年的胡昊，的确是将人群分作三六九等的。

秦希，就是跳起来也无法够得着他这一等的那种。

何阿婆生性古怪，心疼他，但是也爱打他骂他。秦希不知道过生日是什么感觉，从来没有玩具，在与思婧、胡昊成为朋友前，唯一的说话对象是路边的流浪狗。何阿婆发现他用剩饭来喂流浪狗，会大声骂他："造死啦！人都吃不饱咧，还喂狗咧！"

也只有思婧这种云端上的女孩子，生活无忧，心底多少有点救世主观，才会对一个贫穷而漂亮的少年弯下腰，伸出指尖与其轻触吧。

那些公主般的小心思，小女生的奇怪狂想，"我想当飞行员"，"我要驾驶飞机飞越太平洋"。附在胡昊耳边倾诉，只会引来他的淡淡嘲笑吧。但秦希是很好的听众。

因为从来没有人跟他说话。他过分敏感，只有最执着的好意才能敲进他的心。

胡昊正想告诉思婧，自己以后想去法国空客，她突然说："秦希告诉我，他想当空管。"

胡昊哼了一声，什么都没说。

原来思婧已经跟秦希走这样近了。思婧还说，何阿婆生病了，秦希去敲爸爸家的门，只有继母跟小弟弟在。他说要钱给奶奶治病，继母砰地将门关上。他独自在台阶坐到深夜，才等到当出租车司机的老爸下班。老爸跟他说，他会给钱，但让秦希别再上门了。

胡昊什么都没听进去。

因为，他家也出事了。

在老爸进入铁窗后，原来美丽端庄的母亲居然衰老了。过去她总是将大把的护肤品抹在胳膊和小腿上，而现在却只是用手指悄悄挖一点儿，轻轻抹在脸上。

他还见到母亲对着其他男人微笑。

小小少年在门后握拳。

他站在铁网外看着停机坪的日落，日光吞没了起降的飞机。转过身，见到秦希也站在附近，正抬头看飞机。

胡昊发现，自己原来已经降到了他一度无法接受的阶层。

也是从那时候开始，胡昊接纳秦希进入他们的世界，他们是三个人的小团体了。

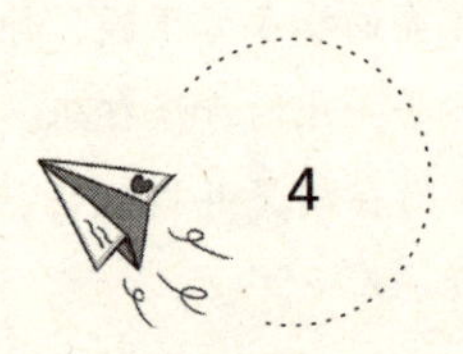

## 4

外面又下起了雨。雨声一阵急过一阵，轻轻敲着窗子。在雨声里，茶香在室内蔓延，室内光线连同外面世界，都黯淡下来。王泳站起身来去开灯。

橘色灯光柔柔披挂下来，笼在他们的脸上、身上。胡昊接着往下说："我跟秦希考上同一所大学，都念的空管专业。思婧成绩向来不好，家人本来想送她出国念书，但她执意留在本地，上了同一所大学的空乘专业。但是她总嚷着，说自己迟早要当飞行员，我们都当她开玩笑。"

"大学毕业后，我获得机会去法国航空航天继续念书，秦希留在本地当空管。他需要钱。中学开始，他就四处打工给何阿婆买补品。上大学后，何阿婆的儿子已经不理老妈了，她的医药费都是秦希打工赚的。钱对他来说，很重要。"

王泳想起秦希的冷漠，还有他跟自己说的那些话。觉得这番形容，

既像他，又不像他。

胡昊说："思婧毕业后就当了空乘，一年后在家休息，告诉我们说，她要考飞行员。我们都认为她是受不了工作辛苦，反正家里有钱，也就养着她。后来才知道，原来她当时查出了……身体有问题。"

"这件事发生的那段时间，何阿婆身体非常差，需要一大笔钱做手术。这事，我们也是在事发调查时才知道的……秦希当时打两份工……而思婧瞒着我们所有人等待肺源。我后来听她妈妈说，她打算做完手术后，再告诉我们。"

胡昊静默下来。王泳则想，他们三人这个关系，是以思婧为中心形成的。思婧一离开，他们也就散了。

她小心翼翼地问："那后来，秦希……"

"最后一次，我们三个'碰面'，是在思婧的追悼会上。秦希出现，思婧爸妈很激动，命人将他赶出去。后来我就没再见过他。"半晌，胡昊耸耸肩，"除了在这座楼里。"

王泳试探问："但是，秦希他应该也把你当朋友……"思婧的离去会让他难过，而胡昊将他视作陌生人，会将他推落更深的深渊。

胡昊静了静，含糊地一笑。

王泳忽然想起秦希说过："家人跟朋友都不会陪你一辈子，更何况动物。"

胡昊看她沉默，低声问："你对他很感兴趣？"

"啊不。只是奇怪你们为什么会认识。"

"所以你好奇的，是我和他，而非他？"胡昊这话拗口，但她到底还是听明白了。外面的雨更急了，风呼啸如海，他们中间隔着一片沉默的海。室内很暗，只有海水在涌动。

毫无先兆，灯突然灭了。

“怎么回事？我去看看。”王泳腾地站起来,煞有介事。真是好时机。

“灯坏了。”胡昊上前查看。

小姑娘那点心思，都在他眼皮底下。越是在意，越是躲避。

他拿过椅子，站在上面，吩咐她一手打电筒，一手扶好椅背。

这屋子暗黝黝,只有电筒那点光打在胡昊手上。他将灯罩拧下来，小心翼翼，递给王泳。手指轻微碰触。王泳接过，抱在怀里，手肘压住椅背。

胡昊问她：“你家有新的灯管吗？”

“有。”咚咚咚，跑去拿来，交到胡昊手中。

他惊讶：“你家真有这东西？”

她不太好意思：“上次台风后，习惯性屯货。”

胡昊接过灯管，握着螺丝刀，开始修理。

在黑暗的掩护下，一切都好说。

一开始还是“往上一点儿”“下面下面，我看不清”，后来，王泳只能听到螺丝刀接触灯具的声音，再后来，在没有光的阴暗中，胡昊忽然说：“上次的事，我知道你还在生我的气。”

“我没有。”

胡昊笑：“真不会撒谎。”

“不,我在气自己。”顿了顿,“我只一门心思想将手头的工作完成，但是缺乏要维系人脉的意识，很多部门内部消息也都不清楚。我想，如果我能够意识到这个问题，这件事也许不会发生。”

胡昊点头：“这个思维，真的很王泳。无论什么错，第一个反省自己。”又静了静，“那为什么你一直在避开我？”

王泳答不上来。

胡昊说：“你认为我利用了你，是吗？”

静默了很久，王泳说："除了你，别人不知道我想当记者，不会知道我想去宣传部。"

"不，并不是我。"胡昊说，"是泰哥提出的。他从子青那里知道，你以前想当记者。我一开始找的是小江……"

"但明显我是更好的棋子。"

胡昊不语。

王泳想了想："我不知道我是否该相信你。"

胡昊："相信我，我不会想蹚这浑水。但无论如何……对不起。"

王泳抬头看他："但下次有同样的事，你还是会袖手旁观？"

胡昊很轻地"嗯"了一声。

王泳点点头："那当然。你一直小心翼翼地在这战场上保持微妙的平衡，既要找到靠山，但也不会完全站队。你要确保，无论是谁失势，自己都不会受到影响。"

黑暗中，王泳瞧不见他的表情。只听他平静地说："将灯罩给我。"王泳将灯罩递给他，终于问了一直想问的问题："你这样不会累吗？"

胡昊用力一扣，将灯罩装上，慢慢用螺丝刀逐个拧紧。他跳下椅子，走到开关旁，手指按下，灯亮了。

他站在灯光投下的阴影中，侧过一张脸："像你这样在战场上找个地方躲起来，最后被人在背后捅刀，会比较不累吗？"

王泳想了想："我不累，只是会难过。"

胡昊看着她的眼睛，慢慢地点头："分清楚什么是公，什么是私，就不会难过了。"

什么是公，什么是私。王泳细心思索这话。突然啪的一响，灯又灭了。王泳抛开手电筒，走到胡昊身边，好奇地摸索着墙上开关，自言自语着："又坏了？"

“我把灯关了。”胡昊突然说。

“为什么？”王泳意外，抬起头。

“我对公私分得很清。我袖手旁观，任由此事发生，因为对我来说，你不是公，是私……”他突然将脸贴过去，吻住了她。

外面好像还有雨声，似乎很急。但王泳听不到，只听到呼吸声，他的呼吸，自己的呼吸。舌头吞吐，小心翼翼探进来，如同男女探戈，你进我退，勾勾手指的诱惑。她姿势僵硬，他用手轻轻抚摸她背脊，让她放松下来。

胡昊的手往下一点一点移时，手机响起来。

王泳别过脸，缩回身子，“手机……”

“别管它。”胡昊轻轻在她脸颊上一吻。他两手抱住她，她在怀中，明显开始一点点分神，片刻的意乱情迷像潮水般点点退下。

手机仍在响，一刻不停。

胡昊松开手。

王泳如蒙大赦，急匆匆奔向小桌，抓起手机，慌里慌张。电话那头是张白，她说今晚她不回家睡，让王泳锁好门。王泳嗯嗯应着。

张白那边挂了电话，王泳手里握住手机，轻轻放下。

她不敢回头，怕一回头，看到的是自己的软弱。

她要等这气氛自己如年老女巫的魔法般自行落败。

然而没有。胡昊走上前来，在她身后站定：“你室友今晚不回来？”

王泳不语，只捏紧拳头。不知道在抵御什么。是要将自己歼灭的情欲？是不请自来的寂寞？还是……她想开口，说时候不早，请回吧。

还没想明白，也还没开口，已经太迟。

胡昊从后面抱住她，下巴搁她肩膀上，嘴唇擦过她的脸颊，是

新一轮试探。重新开始，虽然麻烦，但他有足够耐心。

她身上的颤抖传递给他。又不是没跟周铄做过，但当时周铄毕竟是男友。胡昊，算什么呢？母亲如果知道，一定会痛骂她堕落。

手机又响起，王泳像找到救星，伸手接过。手机来电显示，秦希打来。

胡昊一把抢过电话，按下接听，平静地说："她现在没空。"

没给对方机会说话，已关掉手机，关掉外面整个世界。

王泳急了："不可以这样。"

"哪样？"

"秦希会误会。"

"误会什么？"

外面风急雨骤,室内却闷热得很。他用手抚过她额头,细细的汗,轻轻吻着她的头发。见她一动不动，他放心下来，扳过她身子，慢慢抱起，将她双腿搁在腰两旁，抱到沙发上。睡裙被撩起，一点又一点，露出圆润洁白的膝盖，直到大腿，露出白色内裤上的……粉红小猪妹。

"咦，我的小表侄也爱看这个卡通。"他轻声笑起来。

"等等——"她尴尬喊停，突然联想起罗真真让她要随时穿丁字裤，随时准备迎接艳遇。

他笑着，不给机会，一只手继续往上撩起一点儿睡裙，一只手轻轻放在粉红小猪妹上："你跟我想的差不多，穿卡通内衣，关键时刻喊停……"

"你有想过？"

"当然了，我是男人。"他说着，再次吻下来。

外面的雨，下得真大。那天晚上，王泳觉得窗外好像不断有海浪扑上来，扑上来。她又想，那到底是海浪，还是自己体内的潮水。胡昊深深潜入她这海底深处，头发湿了，身体湿了，连呼吸也是湿的。男人潮湿的呼吸，像混沌迷乱的月亮。此前她从来不知，原来自己的身体也受月亮牵引，也有潮涨潮落，并会随之微微震动。就像她不知道，原来这种事情可以既堕落，又快乐。

雨下了整整一夜，直到凌晨时分才稍停歇。今天航班很多，很乱。早上部门召集开重要会议，会议开了一半，胡昊才出现。发梢上是清新的薰衣草味，穿着昨日的衣服，偶尔犯困，走神。会议休息期间，汪副总开他玩笑，问他昨晚是否没回家睡。

他摊手一笑，不说什么。

二楼工作区里，王泳正在考勤系统录入迟到原因——身体不适。

程惠怡走上前，说昨晚给她打电话怎么一直没接，是不是很不舒服。王泳脸色苍白，微微翘起唇角："没什么，大姨妈快来了。"

"那今晚我们约了一起去唱 K，你也不来吧？"

王泳摇摇头："不了，你们玩得开心。"

这一整天，她都没怎么跟人说话，只握着鼠标，坐在电脑前调航班。别人喊她，连喊几声，才回过头来。程惠怡替她挡驾："她不舒服啦，你们别骚扰她！"

王泳朝她感激地微笑。

午饭时间，其他人都走了，她留在这里吃泡面，仍旧对着电脑。身后有人经过，有人喊："胡经理，下午的会议是不是改期了？"

她听到胡昊的声音传来："改到明天了。具体你问小江。"

"好嘞。"

她没回头。

过一会儿，手机弹出信息。她低头一看，将消息划掉。再过一会儿，程惠怡他们吃完午饭回来了，王泳借口上洗手间，独自上了天台。

雨后，天台空气清新，一个人都没有。她想，他应该已经走了吧。

王泳站在天台上，怔怔地远眺停机坪上的航班起降。头顶上，有飞机呼啸而过，声浪之大盖过了一切。

那声音过后，世界安静下来。有人走上前，在她耳边低声说："我还以为你不来了。"说着，胡昊站在她身旁。

没等她应声，他轻轻握过她的手。

王泳有点迟疑，慢慢收回手。

胡昊看牢她，等待她开口。

她说："我记得你昨晚说，你是个公私分明的人。"

"是。"他仍含笑。

"我以前的男朋友也说过类似的话。但最后，他将私生活中最重要的那张牌，用在了'公'字上——他娶了一个对他事业有帮助的女性。"

胡昊微微失笑，笑着摇摇头，但是没有接过话。

王泳继续说："让我猜一下你以后的妻子是什么样的——她跟你一样聪明得体，待人大方，懂得说场面话，陪你出现在每一场饭局上。如果有可能的话，也许她的家庭出身还会对你有助力。那个女人，无论如何不会是我。"

有一架飞机从头顶飞过，轰鸣声盖过一切，盖过胡昊说的话。又或许，他什么话都没说。

昨晚，他说过那样多话。他说，在突尼斯海边时，他们之间有一个没有实现的吻。他说，在归国的航班上，她靠在自己肩上睡着了。他说，在泰哥那件事上，他也曾犹豫，希望她能谅解。

而她知道，无论自己谅不谅解，如果有下一次，他还会做相同的选择。

此时此刻，天台上下着细雨，长久的静默。王泳面朝候机楼方向，站了好一会儿，回头再看时，已见不到胡昊。

雨停了。

有人悄悄问程惠怡，这两天王泳很奇怪呀，怎么那么安静。她以前不是这样子的呀。程惠怡在小花园点起一支烟，在半空中虚指一下："你们这么关心别人，怎么不关心一下自己的工资卡呀？"

工资卡是要关心的，但是同事八卦还是要聊的。比如说，他们注意到，王泳比平时都要拼。最近台风雷雨特别多，部门人手不够，她加了几次班。回到家里，随便洗个澡就摸黑上床。没空跑步，饮食不正常。

白天醒来，拉开窗帘看对面屋，那里的窗户一直闭着，拒绝任何交流。

她给秦希发消息，他一直没回。

张白问她，是谁把灯修好的，王泳撒了个谎，说是罗真真的男朋友。

"罗真真？我记得她男朋友是个小飞？"

"是呀，747 的。"

张白拧开一瓶巴黎水，喝了一口，才慢慢说："那小飞外面有人。"

"咦？"王泳惊讶。

"嗯。那天晚上我跟朋友去喝东西，见到他跟其他人一起。我朋友跟他打招呼，说是上次李明凯那个航班的副驾嘛。我认得他。他身边是另一个女人。"

“也许是普通朋友？”

张白笑了笑，想说什么，最后还是点了点头：“也许吧。我那天也没看清楚，应该是认错人了。”她低头闲闲翻杂志，半晌，又抬起头，“哦，对了，如果你要告诉罗真真这事，可别说是我看到的。”她向来不爱蹚浑水，尤其是这种事情。她想了想，“如果我是你的话，我也不会告诉罗真真。”

“为什么？”

张白没说什么，只是耸耸肩。

她稍微有点后悔将这事告诉了王泳。从小到大，爸妈跟她千叮万嘱：见事莫说，闲事休管。

年少时当然也热血过，跟闺蜜说这个渣男不行，跟朋友讲新的发型不好，跟同学说小心那个男老师。最后发现，老爸老妈的话是对的。

因为两人都在倒班，所以约了几次，王泳跟罗真真才吃上饭。

夜风很冷。但这家新开的越南餐馆却很热闹。她们在回纹如意雕木门后坐下，侍者着传统长衫，先递上两杯香茅冰茶。

罗真真新剪了一头短发，一落座就开始说最新动向，魏太后最近消瘦了，人们说她儿子成绩不好，地保部老总换了人比原来那个强干。说这些时，嘴角微微上翘，笑着。王泳抬头可以看到桌旁的镜子，映出罗真真的侧脸。

王泳用手握着杯子，心想，她跟以前相比，变化可真大呀。

见罗真真兴致高，她趁机问了在意的问题：“怎么没看见蒋斌？”

“飞乌鲁木齐呀，得半夜才回来。”她翘起嘴唇，又问王泳，有没有要带的东西，让蒋斌买。

王泳摇摇头。

罗真真凑近她：“那让蒋斌介绍朋友给你，怎么样？”见王泳没反应，她用手背敲桌子，“周铄都已经结婚了，你该不会还记挂着他吧？要我说，这种男人有什么好的，就是个淘金者！把女人当金矿！”

说完这个比喻，罗真真自己也有点得意。一下子忘了，自己也是别人口中的淘金者。

正好侍者上菜，王泳赶紧趁机大喊：“啊，我饿了。”

“才几点啊？这就饿了？你是缺乏性生活才这么饿吧。”

王泳察觉到侍者的目光倏地刺来，她赶紧用杯子挡住脸。

罗真真还在喋喋不休：“像你这样寄情工作也没意思。我早跟你说过了吧，老实干活在国企是没用的！你看公司里提拔起来的，不是有关系，就是会做人的。”

罗真真的名字叫真真，但平时对其他人说话倒是假假的——“你这鞋子好漂亮！哪里买的？”“看你在朋友圈晒的蛋糕啦，做得真棒！”诸如此类。唯有对王泳时，她说话才不留情面地真，更是怒其不争。

上次王泳告诉她，自己调部门的事。罗真真一听觉得不对劲，拼命问出个究竟。她跟张白不一样，即使明知道王泳不想说，也硬是套出话来。尽管王泳含糊其词，但罗真真咬住核心问题不放：“这事完了以后，有没有谁因此获益了？比如，有没有人升职了？”

王泳一脸天真状：“没有啊。”

然后开始抱怨芒果不新鲜，猪肉太柴，面包太硬，鱼不鲜美。

怎逃得过罗真真法眼。

最后，王泳只得问她有没有好男人介绍，才把这事含混过去。

吃完饭出门，夜风一阵阵刮来。两人出了门，罗真真还在给王泳看手机上蒋斌发的朋友圈："你看，这个是他好哥们儿，人品绝对没问题……"

见王泳一脸不感兴趣的样子，罗真真放下手机："你该不会不喜欢男人吧？所以周铄才跟你分手？你还摇头？哎，你上次提过你们办公室有个叫胡什么的男人，我在朋友聚会上见过他。那个还不错啊。有没有机会发展？"

她嗓门够大，经过的路人都纷纷回头，王泳提着手提包的手不自觉地往脸部移动。

手提包刚移到脸颊旁，被罗真真一手隔开："你别挡啊。"

王泳被她夺过手提包，被迫看向罗真真，却不期然见到她身后马路那头的人。在马路对面餐吧前，站着罗真真的男友蒋斌。依偎在他身旁的，是一个白净温和的女孩儿。他正轻轻用手拨弄她头发，女孩儿正跟他说着什么，两人都笑了起来。

罗真真见王泳在发怔，也狐疑地转头。王泳想阻止已来不及——马路对面，对方恰好抬头，与罗真真对视。彼此都愕然。

一刹那，整条马路的人都变得朦胧，只有蒋斌跟他身旁的女人在她焦点之内。

焦点内，蒋斌的脸色很快从微愕回复平常。他牵起身旁女孩儿的手，平静地步入了餐吧里面。那女孩根本不知道马路那头有一个人因她心碎，还亲昵地将脑袋靠在对方肩上。

罗真真曾经跟自己说，有朝一日面对这种场面，一定要表现得毫不留恋，扭头便走。谁知道，对方根本不给她耍酷的机会。

王泳半拉半拽地将罗真真带回家。哭得眼睛红肿的她，一听说张白也在，就死活不肯进去。王泳只得又把她拽到天台上。天台上不知道谁种的植物，夜风夹着小草气味袭来，王泳抱着罗真真，听她又哭又骂，一时间自己也有点恍惚。

过了一会儿，罗真真说要喝酒。王泳再三确认她没有自杀倾向，才敢丢下她一人，咚咚咚下楼，在便利店买了五罐啤酒。她只带了手机，在柜台前正要买单，掏出手机，发现电量不足。她点了几下，手机屏幕一黑，彻底没电。

她抬头看着收银员，收银员也看着她。

从她肩头上递过来一台手机："我来付。"

王泳抬头，见到秦希。

他手机一扫，发出滴的声音。收银员突然抓过一盒小东西，扔到桌上："啤酒搞活动，送试用装。"

王泳想也没想，随手将那东西扔到购物袋里，放进去后才看清：那是一小包安全套。

正尴尬着，秦希已伸手替她拿过袋子。

他没开车，两人一路并肩走。云霄路上很热闹，有机组车在他们身边停下，拖着行李箱的空乘步下车来。玻璃橱窗内，有男子为身旁女孩儿夹了一箸生鱼片。红肉,令人想起赤裸的情欲。广告牌上，李明凯露出洁白牙齿，引诱无数少女用钞票为这笑容背后的洁齿产品买单。

秦希一如既往不说话，紧紧守护他的牙齿。

一路上，王泳努力做思想斗争，终于在踏入小区门口后说："其实那天，跟你想的不一样……"

啊，真蹩脚。

"哪天？"秦希没有停下脚步。

“就是……我说我家灯坏了的那天……”

“嗯，修好了吗？”

“修好了。”

“那就好。”

“不，我是想说……”王泳用手背擦了擦汗。

两人正走到一片空地附近，那里有小孩子在跑跳玩闹。有一个女人在旁边打电话，低声哭泣：“我知道你外面有人的，你别以为我不知道……”

听声音，居然是中秋节那个妈妈。

秦希站定：“谢谢你关心我。但你真的没必要跟我解释什么。我们只是普通邻居。一直以来，我没有朋友也能够过得很好。我跟你只是一场邻居，下次再见到你一个女孩子提重物，我还是会帮忙的，但你不需要把私事告诉我。”

王泳定定地站在那里，看着他。

秦希静静催促：“还不走吗？你的朋友等着吧。”

王泳问：“你所说的‘没有朋友也能够过得很好’，也包括思婧跟胡昊吗？”

他们俩站在树荫下，王泳看不清秦希脸上的表情。小孩子在旁边突然尖叫，然后拍手大笑起来。这声音尖锐刺耳，她却觉得静得出奇。

半晌，他说：“不要以为他告诉你一切，你就足够了解我。”

“我不了解你，但是我跟你一样，也是人。人类是长着人心的群体动物。”

“既然是人心，就会变。”秦希自然地接过她的话，“靠得住的，只有契约和金钱。”

王泳没想到会从他嘴里听到这样的话，但是又觉得再自然不过。她上前一步，凑近他。现在，她能够在月光下看清他那张脸。那张没有表情的脸，那张像冰一样的脸。

那天晚上，她曾经见过这张脸上的冰块稍微融动，他像流水自高向低般自然而然地轻吻她。但现在，那股水流消失了，他又再度是一块冰了。

她说："我不了解你，但是我想去了解你。你说过，家人跟朋友都不会陪你一辈子，更何况动物。但你为什么不给自己个机会？"

身旁小孩从他们身后跑着跳着，向有亮光的地方奔去。那女人打完电话，啜泣着跟在小孩身后，也渐渐远去。

树下，只剩下他们二人。月光拨开树梢，将他们投在地上的影子拉得老长。

秦希一言不发，将她的购物袋轻轻放在地上，转身离开。转过身后，她听到他留下一句话："胡昊不喝这种酒。"

王泳抱着袋子上天台时，罗真真正躺在长椅上打电话，声音发抖："我能够承受打击，我比她坚强，不等于我就要面对这种伤痛！"

王泳从塑料袋里掏出一罐罐啤酒，放在桌上。

电话那头不知道说了些什么，罗真真咬住嘴唇，死死不说话。王泳放好啤酒，上前伸手抱住好友的肩膀，另一只手握住罗真真的手。罗真真紧紧回握，再次对电话那头开口时，语气已经平静下来，只是显得赌气："我不要，都扔了吧。"

说着，她用力将手机砸到桌上。

王泳两只手抱住她，什么都不说，罗真真伏在她肩头，咬着牙说："我不哭，我才不会哭……"王泳感觉到她的身体在不住颤抖，想起

好友晚饭时还意气风发。她用手抱着罗真真的脑袋，低声说："没事的，哭出来就好了。"

"我不哭！"明明声音都带着哭腔，"没钱赚的事，我才不会干呢！所以我不会哭！"

"那你脸上这个是什么？!"

"眼药水！"

"神经病！"王泳大笑起来，声音居然也带上了哭腔。真可笑啊王泳你，居然在罗真真的戏里流着自己的眼泪。

是哭往昔的努力，将自己一手推向事业的深渊？还是哭自己丝毫没有看男人的眼光？或者表面在哭，其实在笑太将自个儿当回事，居然妄想当别人的救世主？

说到底，秦希还有事业，自己又有什么？

两个人坐在椅子上，又哭又笑。王泳不能喝酒，为了陪罗真真，她象征性地啜了几小口。夜晚风大，两个神经病在那里回忆着刚入职的情形，说起那些已经离职的老朋友，那些已经升职的旧同事。

"你还记得袁均吗？"罗真真问。

"怎么不记得？我回家时还见过他来着。"夜风吹来，王泳打了个喷嚏，用手擦擦鼻子。

"听说他自己做点事情，但一直混不出头来。"罗真真的声音有点惆怅，"我以前不好意思告诉你，我还是有点喜欢他的。"

"你是后悔了？现在还来得及呀。"

罗真真手里握着那罐啤酒，在眼前转过来，转过去："不，我不想靠男人了。"

这不像从罗真真嘴里说出来的话。一瞬间，王泳几乎想找个神婆来看看，身旁的好友是不是被附体了。

罗真真说："蒋斌也好，袁均也好，又有什么区别。亲戚朋友老是以男人替女人的幸福打分——有丈夫儿女的、有丈夫的、有男朋友的、没有男朋友的，分数逐层递减。配偶有钱，又比配偶没钱的分数要高。在他们的评分系统里，丈夫是中层领导、儿子在国外念书的魏太后,应该是级别最高的吧。但是看着她,再想想未来的自己，我就害怕。"

王泳努力回想魏太后，真是奇怪，以前那么在意的一个人，连做梦都会看到她那张阴恻恻的脸。现在，她却不太能够想起魏太后长什么样了。唯一记起的，是某次她跟罗真真做错事，魏太后斥骂她们说："不要整天跟我说你在努力，我要的是结果！结果！"

如果说，王泳身上有个什么标签，那就是努力。

"我知道了。"她用啤酒罐贴在自己脑门上，冰凉冰凉的，像有什么东西打开了。

"什么？"罗真真扭头看她。

"我知道答案了。"王泳冲罗真真笑笑，"曾经有人问我是否喜欢民航业。如果不喜欢，又是为了什么留在这里。当时我答不上来。现在我终于知道了。"

"是什么？"

"我没明白自己工作的意义，纯粹是因为别人都在往上爬，我也要往上爬。因为找不到自己的目标，所以才害怕被丢下，所以才紧紧抓住被分配好的社会角色不放吧。这样的我，一碰到现实的墙，就会吓得哇哇大哭。"

罗真真没太听懂，但是她很认真地在听。就像今天晚上，以及过去许许多多晚上，王泳也曾认真听她说话。有朋友在身边，就是这样一种感觉吧。

王泳捏着手中的啤酒：“我一直很努力，只是为了躲避自己连目标都没有这样一个事实。没能当上记者，不是因为媒体环境不好，而是因为我没有努力去找一份喜欢的媒体工作。”

罗真真“咦”了一声：“你要……辞职？”

王泳仰头，猛地喝了一口啤酒，又砰地放在桌面。“不，正相反。”

那天晚上，罗真真跟王泳一起睡。罗真真跟王泳借了一张面膜，边敷边叨叨，每隔二十分钟，就以一句“年纪不小了，要早点睡觉了”作结。王泳正滑入熟睡边缘，罗真真又想起来蒋斌的一些破事，抓着她袖子，继续讲。

王泳似睡非睡地听着，直到罗真真问她，那你呢，周铄之后就没有男人吗。

王泳没吱声。

罗真真絮絮叨叨着：“那时候你离开了地保部，说实话我是有点妒忌的，妒忌你有更广阔的世界。直到我认识了蒋斌，那时候我沾沾自喜，觉得我的世界终究还是比你大。没想到……唉，你说我是不是傻……”

王泳随口“嗯”了几声，罗真真又晃了晃她手臂：“幸好有你在……”

“嗯……当时我跟那谁分手时，不是借过你肩膀哭吗……是时候还给你了……”王泳不太清晰地吐出这句话，罗真真一下激动，又抱住她肩膀，说了一堆什么。她的声音越来越低，王泳的神志也越来越迷糊，就这样慢慢睡着了。

毕竟不是大学女生了，就算是失恋，也没法让她们彻夜不睡。

王泳第二天下午才值班，但她中午时间就回到办公室。按下电梯，在四楼停下。

沿着熟悉的走廊，走向航务部办公室。四楼除了运控中心，还有客舱部办理护照的部门，经常见到拖着箱子的空乘，挨家挨户看着门牌号，逢人就问“签证在哪里办”。有些汉语说得不灵光的，说完话鞠个躬的，是日本籍；样子跟韩国女团很像的，是韩国籍。

王泳跟这些空乘擦肩而过，一切都那么熟悉。

回到航务部办公室，杜大鹏正边打电话边往外走，见到王泳回来，眼中掩不住诧异，但马上冲她一笑，又转过身子，边跟电话那头说话边走出去。

王泳走进来，一眼见到程慧珊那间熟悉的透明办公隔间，没人。在她旁边那间用来放档案的透明隔间，现已清理出来，成为办公间。

胡昊在办公间里，跟艾珊说着话。门没关，王泳听到艾珊熟悉的低笑，还说了句“别笑我”。

胡昊拨了拨头发，笑着抬头，恰好见到王泳。他的笑意敛在嘴角，艾珊还在说什么，他敷衍地点点头，抬头看向王泳这边。

王泳知道他误会了，赶紧转移视线，摆出一副“我找其他人”的姿态。一转身，看见魏叔端着杯子，哼着小曲走进来。

魏叔早已收到王泳发来的消息，注视她，片刻，朝她扬起下巴：“来吧来吧。”

王泳跟在他后面，还以为他要带自己去茶水间，没想到他却走到电梯，按二楼，在运行大厅刷门禁，穿过两边办公区，来到小花园。

魏叔走到鱼池边，从口袋里掏出一把鱼食，往池里撒去。四面八方的锦鲤，晃动着缎带般的尾巴，飞快朝鱼食扑来，搅得水面如同碎银。

“你看，一有吃的，这些动物就争个你死我活。”他饶有兴味地低头看。

王泳觉得他话里有话，正静候他继续说，他却始终在认真看着这些鱼。半晌，才像突然记起她存在：“啊对了，你给我发消息说……”

“我想请教您。”

“请教什么？”像所有故弄玄虚的中老年人，魏叔背着手，脑袋一晃一晃。

“关于这个部门的一切。”

胡昊下班有点晚，将车子驶上机场高速时，道路两旁早已亮起灯。一盏盏路灯，是一团团晕黄的光，不断飘浮着后退。

车窗外，新旧楼盘不住往后退，他的目光掠过这些过去半年里他都看过的楼盘，心里装着别的事。

前阵子，集团公司那边机构合并，有很多中高层丢了位子，仅保留待遇。据他在饭桌上听来的消息，公司高层有想法，下一步计划要将几个要害部门进行机构重组，运控中心是重组目标之一。

如何重组？目前什么都不知道。唯一可以肯定的，是上面会来不少空降兵。

前方车流渐慢，行速缓下来，终于堵住了。他开了电台当背景音，又降下车窗，点上一支烟。

电台里，正在点评过去一段时间的大新闻，其中一件便是撤侨。

胡昊伸手调高音量——

“……其中一名叫钱乐闻的外交人士，在撤侨过程中遇上弹药，受到重伤……”

他心头一紧，伸出手，将音量调到最高——

“……早前痊愈出院……”

他深吸一口烟，朝车窗外缓缓吐出。

尽管从未表现出来，但撤侨一事对他触动极大。生命就这样短，没有时间可以浪费，没有错误可以犯。

车流正在缓缓移动。他忽然注意到，身旁那架空港快线上，与他相隔一定距离，坐着王泳。她正专注地看手中的小册子，边看边啃指甲。

她还是改变不了坏习惯。

胡昊凝视她片刻，没意识到车流已缓缓在动。后面车子超上来，旁边司机冲他吼了句脏话。他冲那人微笑，竖了个中指，便收回目光，驱车向前。

路上堵车，王泳正好掏出小册子，在上面写写画画。她要趁自己还记得，记下魏叔所讲的一切——

她没找错人。

这个不蹚浑水、袖手旁观的人，经历过运控中心历朝人事，见证过谁和谁分合，听说过谁跟谁最小的传闻，知道谁是公司哪位高层的亲友。

掌握这些情报，比熬夜加班还重要。

车子不知道什么时候开始，又慢慢顺着车流开动。在摇晃的车厢中，王泳盯着上面几个人的名字，那些名字像有触角般跟周边几个名字接通起来，细细地，织成一张网。

在这些名字背后，是一个个故事。

魏叔说："你有看宫斗剧或朝堂剧吗？"

王泳不明所以："什么？"又点点头，"看过一些。"

"妃嫔也好，臣子也好，闲着没事就在交流信息。皇帝在御前多看了谁一眼，谁跟谁是同窗好友，皇上近日看了谁的折子心烦了，这些信息比什么都重要。"

望着王泳"你言过其实了吧"的神情，魏叔说了件事。

当年，九叔刚升上中心老总职位时，意气风发，某次会议上大声训斥一个业务经理。那天晚上，九叔就接到某公司高层电话，劈头便说："你们那个谁啊，是个人才，相当不错。他当年可是上清华的人才，但心系民航事业，才去了民航院校……"次日，九叔才打听到，这个业务经理跟这位高层是大学同学。

至于其他人的各种传闻和绯闻，更是多得不胜枚举。王泳第一次发现，那些穿着同样制服、面目模糊的同事，原来各有各的路数，亦各有各的命数。

王泳低头看水中锦鲤，看似自由地在人类设下的池中游动："我一直以为，有一技之长就够了。"

魏叔又撒下一把鱼食："你这话说得，倒是比那些职场高手境界高多了。很多人以为职场争斗就是比人脉比关系。不过，你这一技之长是否不可替代？是不是没了你不行？"

王泳沮丧地摇头。

魏叔低头看看表："走吧，到点吃午饭了。"

他走在前方，推开小花园通向工作区的玻璃门。王泳看着日光映在他衬衣背后，透出一些汗渍，忍不住张口："魏叔，那您有什么故事？"

魏叔站在门边，一回头，微笑：“只是个失意人罢了。”

此时此刻，车子摇摇晃晃地开动，王泳回想着魏叔跟她分别时说的那番话：“也许你现在正热血沸腾，想做一番事业。但千万别让这腔热血影响自己的判断。先认真做好眼前的事，机会降临时，再一把抓住它。”

“如果一直没有机会呢？”

“呵呵。有价值的人，到哪里都不会没人要。”

这话，好像听谁说过来着？是周铄吗？她有点想不起他的脸了。车窗外，路灯一盏盏往后退去。车上的其他人都睡去，只有她在默默想着心事。

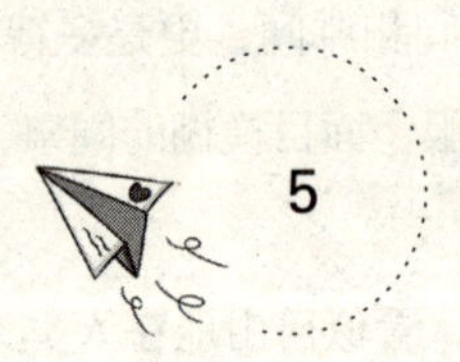


这两个月，时间过得飞快。子青休了一场病假，回来上班，但像丢了过去明朗活泼的魂，只是个木头架子。王泳约她吃饭，吃得极闷，两人有一句没一句地交流菜式。这时，王泳已从魏叔那里听说，马长泰回到老家找了家航空公司的工作，位置跟待遇都不错，“这事明显不简单，有人帮他铺好路吧。”后来又听说，他在老家相亲，已经迅速谈婚论嫁。

王泳知道，前者怪老八，后者只能怪泰哥的人品了。但这话无论如何不能跟子青说。她们只能聊些别的话题。

罗真真消沉了一个星期,很快振作起来。朋友圈里每天打卡跑步、做健康早餐、学英语。

王泳笑她:“要不是亲眼见证过你的失态,都要疑心你有没有爱过那人了。”

罗真真一哂:“继续沉湎在失恋里,只会增加上一段感情的沉没成本,还不如迅速提升自我。”

尽管表面洒脱,但显然在这非常时期,罗真真特别依赖朋友。每天睡觉前都要跟王泳打电话,有的没的说一通。

除此之外,便是上班、下班、上班、下班。除了值班时间,他们还有大量时间用于业务培训,其他同事都在偷偷玩手机,只有罗真真她认真听课,记录笔记。她并非专业出身,基础远逊于其他人,因此特别拼命。

讲课的都是中心的资深签派员,有一位四十岁出头的任姓女签派,外号叫圣姑,特别喜欢她。那天休息时,王泳在茶水间倒咖啡,转身见到圣姑在身后,两人谈起话来。休息结束时,圣姑跟她说,有什么问题可以随时找她。

王泳微笑着说谢谢。

圣姑,她没记错的话,他们运调部门经理黎乐天年轻时追求过她。虽然这事没成,但圣姑豪爽,业务能力强,两人关系依旧很好。王泳以前就见过他们一起吃饭,现在才知道,原来中间还有这一段。

两天后,台风登陆日本九州岛沿海,主要影响大阪、名古屋、东京等机场,北美航班禁止飞越日本。但受影响的只是岛国,本地天气晴好。

王泳正在电脑屏幕前接电话,程惠怡走过来,说:“黎经理找你。”

她说的是黎乐天。

王泳迟疑，问程惠怡知不知道怎么回事，程惠怡摇摇头："谁知道呢。"见她茫然，又笑着拍她肩膀："没事。黎经理不骂人。"

王泳倒不是怕他骂人，只是在一线部门里，经理找一个不曾接触的普通员工谈话，多半不是好事。然而她想不起自己最近干过些什么。

黎乐天年纪不到四十岁，正跟二十岁出头的女友同居，一脸痞样，说话没个正经。但人们说他业务能力很强，汪副总退休后，他也许是副总的热门人选。

他的办公室就在四楼，跟航务部相隔几步。以前王泳在航务部时，也经常见到他，但也只是打个招呼而已，基本没说过话。这次，她坐电梯到四楼，走到运调部经理室，却一眼看见圣姑在里面。

黎乐天斜靠在沙发椅上，见她过来，朝她招招手。

圣姑站起来："我先走，你们聊。"跟王泳擦身而过时，她点点头。

黎乐天指了指跟前椅子，示意王泳坐下："你是王泳，嗯，我听说过你的事。"

王泳有点尴尬，不知道所谓的"事"是指哪件。但是因为刚才圣姑在场，她心里稍微有点安定——从现在这场面看来，应该不会是坏事。

果然，在简单几句场面话后，黎乐天告诉她，现在部门的行政助理刚好休产假，他们需要有人帮忙处理一下行政事务，要求懂业务、逻辑清楚、文笔好。圣姑向他推荐王泳，他提出要见见她。

黎乐天这人没什么废话，也不摆架子，非常务实。他说："我知道你在航务部做过，这些事情对你来说应该很简单。"

第二天，王泳值早班，程惠怡接了个电话，冲她喊："黎经理叫

你到他办公室。”

王泳赶到黎乐天办公室，见到他正在吃葡萄。见王泳进来，他朝她扬扬手，招呼她：“吃水果吗？很新鲜。”

王泳客气地微笑，说刚吃过东西。

他又吃了两粒才停：“新疆分公司也太客气了，每次过来开会，都要带点好吃的。”他抽出纸巾，擦了擦手，才走到王泳跟前，顺手拿起一份报告，在她面前抖了抖，挑起眉毛：“写得不错嘛。逻辑清楚，案例生动，数据充分。”

啪地将报告放桌上，他一笑：“最重要的是，别人挑不出攻击点。”

她回去值班，程惠怡悄悄问她，是不是要调去黎乐天身边当助理了。“大家都说你适合，去过的岗位多，会写东西，外语好。”

王泳边看电脑屏幕，边敷衍地笑笑：“会写东西的人多着呢。”

“那不是。我们部门就没几个人能写的。”

像有个什么地方被打开了。此前，王泳一直思考，自己的一技之长在哪里。她，业务并非最好，社交更是菜鸟，家世背景就不用提了。但是在这个部门里，只有她一人在值机干过两年，而且她写材料又快又好。

黎乐天没有让她正式当行政助理，但是好几次开会都带上她。有次跟地保部开会，双方正在拉锯，对方提了个问题，黎乐天正要接茬儿，王泳在耳边提醒他，这是个陷阱。黎乐天了然，又笑笑，不动声色地将这个球踢回去。

会后，他说：“我们中心，就只有你当过值机，听说还在其他部门轮过岗？”

王泳苦笑：“是啊，什么也学不到。”

“啊不，虽然没法跟我们比，但是你比其他同龄人有优势得多。”

黎乐天用手扯了扯领带，“怎么，你自己没发现吗？”

王泳不是没发现，是终于学会了装傻。

一个星期后，黎乐天通知她收拾东西，到四楼办公室上班，暂时当部门行政助理。

运调部办公室，离航务部很近。王泳一个人留在办公室加班，到茶水间倒咖啡时，会碰见胡昊。他坐在桌前，平静地问她：“加班？”

“是。”

“我送你回去？”

咖啡机轰轰作响，王泳假装没听到他说话。

胡昊走上前，站在她身旁：“要我送你吗？”

“啊，不用了。”她转过身，用杯子挡在两人之间。

这天晚上，王泳走时，发现隔壁航务部已经没有人了。她一坐上空港快线就睡得沉，几乎错过站点。下车后走回家，张白还没回来。她洗澡洗衣服，站在阳台上晾衣服，看到楼下有辆英菲尼迪停在那里。

她认出那是胡昊刚换的车。

王泳手里捏着一只湿袜子，探头张望。只见胡昊从车上下来，绕到车门另一边，开了门。张白从车上下来。两人站在车旁说了一会儿话，彼此都很开心。张白向他扬了扬手，两人微笑着，接着，她看到胡昊凑上前去，亲了亲张白的脸颊。

手里的湿袜子掉到地上。

王泳弯下腰，将它拾起来。那只袜子已经沾上尘土，只得再洗一遍了。

那天以后，张白腼腆地告诉王泳，自己有男朋友了。“你也认识。”又问她，介不介意自己带男朋友回家。

王泳有片刻不可察觉的静默，然后轻轻笑着推她：“这里可是你家呀，包租婆。”

王泳开始经常留在办公室加班。有时候她还没走，一抬头，见到胡昊站在门前：“你回去吗？我送你。”他补充，“顺路。”

是的，顺路。她有时候会在家里客厅见到他，他跟张白分享同一包薯片，窝在沙发上看电视。

王泳笑着摇头：“不用了。”

“那我先走了。”

她比任何时候都努力，在子青的帮助下，连公司跟部门档案室的旧文件也翻出来细看。魏叔说，那都是宝藏。是，没有这些旧文件，她怎知道哪些人是在哪朝老总手下获提拔，哪些人的直系亲属曾是公司高层，谁与谁曾是培训班同学。她也常跟部门的人聚餐，餐桌上的友情虽浅，但消息多呀。

中心各部门的规章手册，整整齐齐码在工作区玻璃柜里。除了安全检查外，从来没人翻看。但等待开会的时间，等待交接班的时候，王泳会捧上一叠手册，拉张椅子，安静地翻看。

程惠怡将眼睛从手机上抬起，慢悠悠问她：“你看这些干吗？”

她笑眯眯：“反正闲着没事。”

好几次，部门与部门的会议上，几个部门间针锋相对。王泳在纸上默默写下什么，递给黎乐天。

黎乐天一看纸条，乐了。慢悠悠地抱着手臂，昂起下巴：“这事不是我不想办，而是不符合规章呀。”

努力的不光只有王泳，还有罗真真。公司推出第二次“地升空”机会，即航空公司从内部地勤人员中选拔部分成为空勤人员。虽然宣传口径是为地勤人员“提供更多职业通道”，让他们有“更多元化的选择”，更强调公司不同岗位之间都是平等的。

然而谁不知道，空中跟地面比起来，那就是凤凰与麻雀的差距。

罗真真花了钱参加形体训练，找老外帮忙纠正英语发音，将那几句机上广播词写在小纸条上，贴在床头，一睁眼就背。品茶跟品酒也是要学的，谁知道面试时会不会问。在镜子前，咬着筷子练习微笑。

最重要的，是她开始讨魏太后的欢心。

一点儿也不迟。罗真真知道魏太后最讨厌她浓妆艳抹，跟金卡旅客抛媚眼。于是她开始素面朝天，衣服穿大一码。魏太后一出现，她马上露出对旅客亲切又不过分热情的态度。魏太后换了新发型，她马上眼前一亮，面露欣喜。魏太后一开口“今天不想动”，她马上问：“我去帮您买饭？”

魏太后职位不高，但她老公刚刚调去客舱部人力资源部当主管。简直是罗真真眼中的救命稻草。

那天罗真真跟王泳抱怨：“如果我像张白那样，有个好爸爸，哪里至于像条狗一样讨好人？”

王泳随便点头，仍在专心刷手机。

罗真真探头张望：“在看什么？咦？你要找房子？跟张白不是住得好好的嘛！”王泳还没说话，她就嘻嘻地笑起来，“肯定是人家有男朋友了。”

抬头看到王泳的表情，罗真真知道自己猜对了。“人家有男朋友，那你自然不方便咯。说起来，我要是顺利地升空的话，也不能继续住在地保宿舍了，也得搬出来了。哎，你说我们一起住怎么样？”

王泳有点心动。毕竟再过两个月，公司就要公布顺利通过“地

升空”人员名单。她说："那我先看房子吧。"

胡昊基本不上来，张白不在家的次数也渐多。屋子空荡荡，只有王泳一个人，有时候吃着冰激凌，赤脚在木地板上走来走去，脚板与木头接触，会有少年在夏日河边的冰凉感，非常惬意。只是一扭头，看着在天际线下层叠的楼宇，她又想起：这到底不是自己的房子。

她通过中介看出租房，后来又开始心动，转而去看二手房。算上老妈跟自己攒的钱，没法在云霄路附近买电梯房。破旧的楼梯房，她又不太想买——老妈年纪越来越大，以后她过来住，怎么好爬逼仄阴暗的楼梯？

一问老妈，她指令明确：别考虑我。你先找个老公，两个人一起供楼。

王泳不想再跟老妈提这事了。但烦人的是，偶尔张白约王泳一起吃饭，王泳到了才发现胡昊也在。胡昊看见王泳，表情也闪过一丝尴尬。三人在落地窗旁低头看餐单，张白跟胡昊坐一边，王泳坐另一边。张白拿不定主意，在迷迭香炸鸡块跟黑猪五花肉酥皮卷之间犹豫，抬眼看胡昊。

胡昊说："炸鸡块。"

张白点头，侍者来了，她笑着点了个黑猪五花肉酥皮卷。偏要作对，以示骄纵。

王泳正从杯里喝水，她本来想好了也要炸鸡块，但临时改变了主意。她合上餐单，要了个大牛肉汉堡。

张白吃到一半，突然问胡昊："你有没有好男生介绍给王泳？"

胡昊抬头看了王泳一眼，又看回张白，笑她："你以为王泳会没有人喜欢吗？要你操心？”

张白也笑：“你知道她很迟钝的。”

王泳低头，用勺子挑着碗里的沙拉。半晌，听到胡昊应：“是，我知道。”

王泳转头看窗外，越过载着绿色植株的小院子，能够看到马路对面。穿着校服的中学生情侣，站在车站广告牌前接吻。广告牌上，李明凯迷人地笑，捧着一盒巧克力，背后一行粉红色的字——

爱情的味道，我忘不了

她在心里骂：谁想的广告词？真土。

张白跟胡昊开始聊公司的一些事。张白的老爸在民航局，听来很多小道消息，乐于在他们面前分享。她问胡昊，下周他去她家见老爸老妈，要买点什么好。

那天晚上，她在便利店买了李明凯代言的那盒巧克力，坐在天台上独自吃了半盒。那味道又甜又苦。夜风拂在她身上，她想起曾经在天台上发生过的一个吻。

回到房间，拉开窗帘。对面，回应她的仍是一扇紧闭的窗户。

# 第八章

# 政变

CHAPTER 8

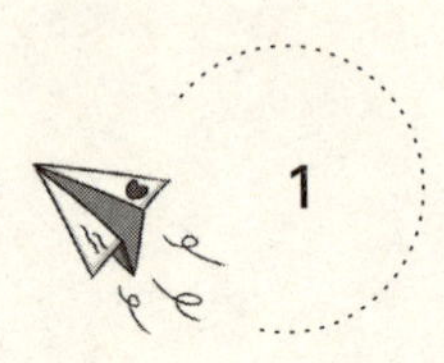


第二天早上，王泳接到黎乐天通知，让她两周后去伊斯坦布尔出差：“要考察那边的航务代理，除了航务部以外，还要派一个其他部门的人去。”

民用航空市场被视为经济状况的晴雨表。国际金融危机爆发那年，国际航线上的旅客运输量断崖式下跌，全球航空业亏损二十几亿美元。但近年来经济恢复发展，在国际航空市场上，中东航空公司不断崛起，将羽翼伸向远处，直至覆盖全球。中欧市场，尤其是像迪拜、伊斯坦布尔这样的大航空枢纽，成为“兵家必争之地”。

阿联酋航空是最著名的例子。这个航空公司以迪拜为核心，航线网络已经覆盖全球主要航空市场区域。品牌形象更是深入人心，大型国际赛事广告牌上，总能见到它的身影。

另一个例子是土耳其航空。伊斯坦布尔作为TUR航空全力打造的枢纽基地，航线网络除了密集覆盖欧罗巴，还延伸到北美、南美、亚洲和非洲。

自从高铁冲击国内航空市场，国内主要航空公司都转身向外，将业务重心放在开辟国际航线上。印象航空也不例外，它的战略更加侧重欧洲市场，因此伊斯坦布尔作为地跨亚欧的大城市，重要性不言而喻。

她问清楚日期、住宿、财务联系人、航务代理联系人等情况后，又问："除了我，还有谁去？"

"我看看。"黎乐天从手机上抬头，又低头刷了刷消息，再次抬头，"哦，是胡昊。"

出发前这段时间非常忙。调度部跟公司IT中心合作补排计划表，获得首都机场、浦东机场等肯定，想要推广到国内业界。黎乐天让王泳出发前将报告写好。

王泳不太想把报告拿回家写。罗真真每天请人吃饭打听各路消息，争取地升空名额。张白在家边敷面膜边跟胡昊打电话。回到房间，对面是一扇紧闭的窗户，和下得严严实实的窗帘。

她宁愿在办公室吃外卖，听着楼下有车子经过，有机组拖着飞行箱下车，边走路边打电话。或是交接班时间，同事们三五成群，欢叫着"去哪里吃夜宵"。

走廊上的灯很亮，但窗外很暗。她在报告上敲下一行字，想了想，又删掉一段话。

有人站在门外："还没下班？"

一抬头，是程慧珊。薄荷色便西装，手上握着一杯咖啡，斜靠在门边。

王泳从电脑上抬头："还有点事要做。你呢？"

"约了人吃饭，还没到点。"她走过来，"什么时候出发去伊斯坦布尔？"

"这个周末。"

程慧珊点点头："不妨碍你了。"她往门边走去，走到门外时，又回头说了句，"等你回来，我们一起吃个饭。"

王泳有片刻在想，到底程慧珊找自己什么事。但下一秒，手机就接到黎乐天电话，让她替自己报名后天的会议，并且将会议议程发给他。她转头做这事，将程慧珊忘到脑后。

再得空闲时，已经是肚子在叫了。她拿出在办公室储备好的海鲜味杯面，拿到茶水间。还没走进去，一阵咖啡味扑面而来。她踏进去：“程经理，还没走？”

坐在桌前抬起头的，是胡昊。他端起杯子，向她遥遥一递，点点头，像在说：“是我。你也没走吗？”

但是他什么都没说，只是低下头。

王泳走到水槽前，打开杯面盖子，用剪刀细细剪开调味包，逐一放入面料中。她将泡面放到饮水机热水出口下，注水，用筷子压在上面，转身要走。

胡昊喊住她。

“嗯？”她转过身，手上还端着杯面。

他说：“我要走了。你坐吧。”见她怔在那儿，他补充，“别在办公室吃，会一股味道。”

这话倒说得王泳不好意思起来，好像她是为了躲开他才离开似的。她端着杯面，又绕回去，在他跟前坐下。

他没有走，只是坐在她对面。

等待杯面熟的三分钟里，她没话找话：“去伊斯坦布尔的事，弄得差不多了。”

“好。”

“你今天也加班留在这儿？”

“有点事。”

“最近航务部应该比较忙吧？差不多航班换季了。”

“是。”

在胡昊异样的沉默中，王泳再想不到更多话题，她低下脑袋，揭开杯盖，蒸汽腾上来，扑到她脸上。小时候晚饭做好了，她会抢在爸妈前头去开锅盖，只为感受这股热气。掰开一次性筷子，她搅了搅面条。

“水放多了。”胡昊忽然说。

王泳边吃边说：“刚刚好。可能是我太着急，时间还没够呢。”

胡昊的手指轻轻摩挲白色大马克杯：“是因为有人在，所以不自在？”

在胡昊说出这话之前，王泳并没有觉得太过不自在。但是现在，他像发射子弹一样说出了这句话。那层薄薄的冰被击碎，王泳隔着杯面的蒸汽看胡昊，发现他也在看她。

她擦擦嘴角：“你还没吃饭？”

“我不饿。”

“真的？我办公室有杯面。”

“嗯。”

胡昊不说话，只隔着一张桌子看王泳吃。她被看得不好意思，又继续没话找话：“你周末不是去张白家见家长吗？怎么样？都没听你们提起过。”

筷子夹起一箸面，汤汁溅到她脸上。胡昊抽出一张纸巾，递给她，轻描淡写：“没什么好提的。”

王泳用纸巾轻轻擦了擦脸颊。胡昊用手指虚指了指她下巴：“这里。”

王泳又擦了擦他指的地方。

“可以了。”他握着马克杯，转身走出去。

王泳盯着桌面，将一次性叉子转过来，在桌面上画了一个圆圈，一个句号。

临行前两天，王泳没见到胡昊上班。黎乐天告诉她，他家里有点事。“他不跟你一起出发，会比你晚一天。”

王泳保持镇静，心里却暗自猜测他家里会有什么事。

张白在家一切如常，将头发梳成一条辫子盘在头顶，盘腿坐在沙发上，捧着热可可喝，或者翻一本时尚杂志。这几天，王泳没听她提过胡昊，也不见他们通电话，连一起吃饭都没有。

她收拾行李，张白握着一杯酸奶，在门边探头：“我把要买的东西发你手机了，拜托咯。”

王泳正蹲在行李箱前，头也不抬：“胡昊也去，你怎么不让他带？”

是反驳，也是试探。

张白慢慢吞下嘴里的酸奶，那时间足够让她编造一个合理理由：“让直男买不方便嘛。”

如果王泳没猜错，他们上周末见家长似乎不太顺利。不过这也不算什么，张白不是那种会过分听从家里意见的人。她想问胡昊家里有什么事，但心念一转：还是跟朋友的男朋友保持一定距离好。

出发这天，中东部和南方大部降水频繁，持续多日的高温天气缓解。京广、京沪航路都有流控。王泳拖着行李箱来到候机楼，见到有不少旅客坐在冰冷的候机椅上低头刷着手机。

她提前办理登机，在值机柜台见到小文。一段时间没见，她皮肤白皙了些，玻璃棚投下的日光映在她发梢上，染成绯红。她脸上没有了笑意，语速很快，面对递过来的证件与行李，露出一副公事公办的脸。

有旅客发难，她反应极快，再也不是当日那个怯生生的小姑娘。

轮到王泳，小文见到她，一怔，随即露出她所熟悉的笑容。她们在柜台前飞快聊了几句，王泳知道，小文刚转来国际值机科没多久，因为工作勤快，处理了好几件棘手的事，收到不少客人的表扬信。

“成熟啦。”王泳笑笑。

小文只是一笑，那笑容里再也没有了当初的怯意。这时后面有人上前插队，她理直气壮地叫他“麻烦请到后面排队”。

王泳过关的时候还在想着小文。如果自己留在值机，是否也像她那样，会进化为成熟的值机人员呢？

她上机放好行李后，手头只留一本介绍土耳其航空的书。她刚翻了几页，有人走过来，停在她身旁放行李。她抬眼一瞥，见到一双大长腿。

她垂头看书，那人跟她说：“麻烦借过。”

声音很耳熟。

再抬头，居然是秦希。

自从上次之后，王泳偶尔在小区里见到他。但是他像是会绕路走一样，一眨眼就消失了。偶尔王泳看到他在前头走，快步赶上去，跟他一起进电梯。他按下其他楼层，走了出去。

王泳按住电梯门，冲着他背影说：“你真的不需要朋友吗？”

秦希什么话都没说，径直往楼梯间走去。

谁想到，他们又在航班上狭路相逢了。

秦希抬头，再次确认位置，又低头看王泳。

王泳抬头瞪着他。

秦希环顾四周，王泳开口："别想换位了，我想升舱都升不了。"

一路上，秦希不是在看书，就是塞着耳朵看电影，或者睡觉。王泳耐心地等到用餐时间，没想到他在跟空乘讲完话，接过餐食后，继续塞上耳朵。

王泳伸手，摘下他的耳塞。他隔着点距离，看她。

她问："你还要继续躲我吗？一路躲到伊斯坦布尔？"

坐在旁边大学生模样的女孩儿，原本正在翻一本悬疑小说。听到王泳的话，悄悄抬起头来，隔着书页打量他们。这女的，穿得一身休闲裤装，绿色鞋子，看不出是公干还是旅游。倒是这男人一本正经，脸色紧绷，似乎是出差路上被前女友撞见，短兵相接了。

他们因为什么分手？看样子，是这男的躲着这女的。是他做了亏心事？不，不像。只是整个人有点拧巴。倒是那女的，坦坦荡荡，她说："你身上是装了开关吗？按一下，就把情感需求都关闭掉了？没有人是……"

"一座孤岛吗？"那男的接口，"任何人的死亡都是我的损失。但是我的死亡不会造成任何人的损失。"[1]

偷听的女孩儿听了这话，乐了：这两人说话还真有意思，就是自己听得云里雾里的。旁边两人不再说话。她也就抓着悬疑小说继续往下看。

王泳也不喜欢热脸贴冷屁股，更不想当救世主。电视剧里"冷

1　此处典故为英国诗人约翰·邓恩（John Donne）的诗《没有人是一座孤岛》，里面有一句"如同你的朋友或者你自己的领地失掉一块 / 任何人的死亡都是我的损失 / 因为我是人类的一员"。这诗最有名的除了"没有人是一座孤岛"，还有"不要问丧钟为谁而鸣 / 它就为你敲响"。

漠孤僻的男主角，被热情如火的女主角拯救”这种伟大戏码，还轮不到她王泳来做。也许思婧适合，但绝不是破事一堆堆，发愁老妈、事业、爱情和房子的王泳。除了朋友比他多，她没有一样比得上秦希。她来拯救秦希，谁来拯救她自己?

就这么睡过去若干次，用了两次餐食，看了几遍书，又看了一场电影。她看了看时间，旅途差不多到终点了。一旁那人，每次她醒来时偷瞄，发现秦希看完电影，开始看书。

机上广播响起，通知目的地就在前方，洗手间将会关闭，机舱服务将停止，又提醒旅客调整座椅靠背。

王泳抱着自己的外套入睡，迷迷糊糊地，梦见英俊的君王在土耳其后宫检阅他的妃嫔。她莫名其妙地走在这群人当中，赤足踩在土耳其地毯上，感觉温暖厚实。

飞机触地时的强烈震感，将她震醒。

机上广播没有如预计般响起，没有空乘用充满口音的英语播报“飞机已经抵达伊斯坦布尔机场，外面地面温度是……”。王泳看向窗外，发现停机坪上没有人走动，飞机静静趴在地面上，有种异样的萧条感。

旅客已经纷纷站起，打开头顶行李架取行李。坐在旁边那个小姑娘够不着，身后西亚长相的男子替她拿下行李。她声音微细地说谢谢，又苍白着脸将手中那本悬疑小说塞回行李袋中。

王泳想看看那书的封面，到底是什么书那么吓人，但看不到。

机舱内人们开始热闹地说话，好几个人打开手机要联系当地朋友，却发现始终联系不上。

“奇怪了……”好几个人用不同语言，异口同声。

机舱门迟迟没有打开。没有人走出去。

王泳想，地面服务人员去哪里了？为什么没有人来开舱门？

“怎么回事啊？”旅客们喊起来。

没有人应声。

王泳看到乘务长向安保组长招手，两人一起向前头走去，显然是要一起进驾驶舱。

发生什么了？

王泳掏出手机，找到存在手机里的印象航空在伊斯坦布尔办事处电话，拨打过去。

只有单调如锻铁般反复敲打的嘟嘟声，没有人接听。

旅客又嚷嚷起来了。王泳身后的西亚人声音很大，他急躁地说着什么。

王泳转头看了秦希一眼，他正坐在位置上，看着舷窗外。

又过了一会儿，机上广播响起，里面传出的却是机长的声音。

机长声音紧绷：“各位旅客，由于土耳其当地军队和警察发生了冲突，形势不明，请大家暂时先在原位上坐好。希望你们理解和配合我们，谢谢大家。”

人群中开始发出不安的嗡嗡声，像有无数只即将死去的蜜蜂飞快掠过开到腐败的花丛。

一旁的秦希低声说：“政变啊。”

也不知道过了多久，慢慢地驶来一辆摆渡车。舱门慢悠悠地开了，乘务长在广播里说：“请大家有序下机。”然而她声音止不住地颤抖。

王泳有点犹豫。她在这里人生地不熟，现在此地发生了政变，她第一个念头是小命要紧，赶紧回头。

见秦希要走出来，她赶紧给他让路。他取出行李，见她呆立不动，打量一眼她的个头，问道：“要帮忙吗？”

她摇摇头，又点点头。

他替她将背包取出，交到她手上。不一会儿，乘务长忽然在舱门入口喊：“大家先别下机，先回座位上。”此时机上广播响起，另一位乘务员用不同语言，反复呼唤大家回去。

王泳跟秦希对视了一眼。

他问：“你经历过吗？”

她摇摇头。

世界各国的飞行员也难以有这种经历，更何况小小的她。

王泳拉住一个小乘，问她：“能联系上办事处吗？”

小乘见她这么问，知道也是印象航空的人。她声音都不稳了：“对方说现在他们自己都进不了候机楼，让旅客先别下飞机。怕旅客在候机楼里发生什么事。但再打电话，就打不通了。”

“我们要在机上待多久？”

“不知道。”小乘拼命摇着头，强忍着紧张。

这时乘务长走出来，喊小乘的名字，让她进去，又向王泳说：“不好意思。”

她明白，此时机组人员紧张得很，但他们不能让旅客看出来，乘务长必定是怪小乘对客人说太多了。

旅客们陆陆续续回到各自座位上。有小小婴儿哭了起来，妈妈抱着他不住地哄。机上广播再度响起：“各位旅客，现在形势不明朗，出于安全考虑，请各位在座位上坐好。机上物资不足，除了老人和婴儿外，未来三小时内我们不会供水。请各位放心，怎么将你们送来的，我们怎么将你们送回去。”

跟航延时不同，这次没有任何人提出异议，所有人都做足了最坏打算。

那个小婴儿还在哭，乘务员端着一小杯温水走过去，过了好一会儿，婴儿似乎在妈妈怀里睡着了，机舱内又恢复了宁静。

坐在王泳旁边那个女孩儿，脸色更白了。她又掏出那本悬疑小说，翻开第一页重新再看，试图转移自己的注意力。

等。无止境地等。

王泳记得，伊斯坦布尔机场共三条跑道，两条起飞，一条落地。这是个繁忙的空港，这个时间段会不停有飞机起起落落。但此时，停机坪上没有一架飞机起降，宛如死城。看来，机场已经被全面控制了。

她张望塔台方向，发现塔台的灯光已经熄灭。可以想见，飞行机组在无线电那边已经听不到任何人讲话了。

整架飞机就像被抛弃到一座孤岛上。不，她可以想象，这停机坪上还有无数无法起降的飞机，每一架都是一座孤岛，上面的人都被不安所笼罩。

这时，不远处的候机楼内突然传来自动步枪“哒哒哒”的声音。秦希说：“候机楼有人。”她顺着他讲的方向看去，依稀可以见到候机楼内有很多身着粉白色、深色衣服的人跑动，手上拿着武器。

飞机上的灯光全部熄灭，像试图在危险丛林中隐藏自己的动物。全舱人坐在一片漆黑中。

王泳往舷窗外看去，秦希刚好回头看机舱内，两人目光相触。

这一次，他没有躲开眼光。

他们都清楚，飞行员这个做法意味着什么。

这意味着，机组人员表态要切断与当地的联系。根据《民航法》，航空器属于中国领土的一部分。舱门一天不开，他们一天就在祖国领土上。机组将灯光熄灭，也多少出于将此伪装成一架空飞机的心态。

但是假如……

王泳低声说："你说，会不会有人强制开门冲进来，以我们为人质……"

这话是对秦希说的，声音压得低。但旁边那女孩儿听到了，握着小说的手抖了抖，脸色更白了。

秦希说："不会的。"

王泳第一次感受到了深深的恐惧。

在这恐惧中，她突然想到了奇奇怪怪林林总总的事。家里海边的风吹到后脖子上凉凉的。放学路上穿着雨鞋故意踏在水洼里。妈妈年轻时，会在小圆桌前，手中握着长柄的柔软花茎。这些通通涌上来。

她有点懊悔，懊悔自己跟老妈关系处得不好，懊悔自己回家次数太少。

魏叔说，年轻人总认为事业是最重要的，只有发生了什么事，他们才会发现，花在身体和家人上的时间太少。

就在她乱纷纷想着的时候，一百六十多吨的飞机机身猛地震了一下。他们头顶传来巨大的轰鸣声。

机上有人"哇"地喊了出来。王泳紧紧扶住椅子把手,脸色发白。

有人看到了战斗机的身影。有一架 F16 战斗机面对候机楼所有的飞机垂直飞来，低空俯冲后，迅速拉升。旅客们开始躁动不安。有人哽咽。恐惧的情绪传染了整个机舱。乘务长带着一群小乘来回走动，安抚人群。人们纷纷掏出手机，打电话回家给家人，说着说着就哭出来了。

旁边那个女孩儿，终于放下了手中的悬疑小说。她抬头看着走过身边的空乘，鼓起勇气问："我的手机无法打国际长途，你可以借给我吗？”

空乘掏出自己手机给她。但她太紧张，手机掉在地上。

坐在王泳斜前排的一个女士，正用手机发信息，边发边用手背揩眼角。又掏出本子，在上面一笔一画写着什么。王泳依稀看到，她正写着“无论发生什么，妈妈爱你”。

王泳掏出手机，打电话回家。

要说什么好呢？这一生的话，都浓缩在这几句里面了，说什么都不够分量。

电话接通，老妈的声音传来：“小泳？”

电话那头是广场舞的音乐。

也许因为时代变化，老妈最近似乎变得比过去开明一些。当年那个对女儿严防死守，翻看她日记，不允许她卧室关门，听她跟男同学打电话的母亲，看多了朋友圈的文章，渐渐也改变了心态。虽然也催王泳结婚，但是不再把“女孩子终归要嫁人的”这种话挂嘴边。

老妈说：“我在跳舞呢，怎么啦？对了，你不是说要出差吗，去哪里来着？去伊朗是吧？”

“伊斯坦布尔。”王泳纠正。

“哦哦，伊斯坦布尔。”老妈笑得开心，似乎将国内的阳光也一并带入这机舱内，“你瞧我这记性。”

后面有人在喊她名字，老妈应了一声，说：“就来就来，我女儿给我电话呢。”又问：“没什么事吧？你最近身体怎样？”

“挺好的。”王泳换了一只手拿电话，听到身旁有人打电话，对着那头说“我爱你”。她犹豫，说不出口。这话，不符合中国人习惯。

“那我先挂了啊。晚上再打给我……”

“妈——”王泳急急喊住。

“怎么了？”老妈非常敏锐，“发生什么事了？”

王泳听到身旁的女孩儿在低泣，她赶紧捂紧电话，转过脸对老妈说：“没什么，看完一部电影挺感触的，跟你说，我爱你。”

“这么肉麻，干嘛呢。”老妈在电话那头笑了起来。

挂掉电话，王泳靠在椅背上，还没来得及感慨，突然外面传来阵阵枪声。机舱内小孩子放声大哭，那情绪感染了密闭空间内的其他人，哭声成了背景音。

转过头看秦希，他始终在看舷窗外，一言不发。王泳忍不住问他在看什么。

“你看，我们旁边停靠着这么多大型客机，上面载着航油。万一被流弹击中起火，这所有飞机都会一起烧着。这场景……简直是人间地狱。”

他语气平静，王泳的脸白了白。过了好一会儿，她又问：“你……不给家人打电话吗？”

他转过脸，朝向她：“不需要。”

王泳想起胡昊说过关于秦希家那些事，说他爸妈都各自有家庭，说将他视为累赘。又想起他说：“我的死亡不会造成任何人的损失。”

她说：“其实，如果你没有……”

“我没有人需要联系。她跟我继父、同母异父的弟弟都去委内瑞拉开餐馆了，我也没有她的联系方式。”

“其实……”

“我也没有那个男人的联系方式。”顿了顿，他说，“那个人们通常叫作父亲的男人。”

“其实……”

“你还想知道什么？”

好一会儿，王泳才开口："其实，我刚才只想说，你如果在伊斯坦布尔这里联系不上人的话，可以来找我。办事处就在这里办公，我待会儿应该能找到他们。"

秦希看了她一眼，什么都没说。

机舱里，主任乘务长已经在统计愿意搭乘回程航班的旅客名单了。秦希一直在看窗外，王泳问他看什么。

"如果我没猜错的话，一发生政变，反叛军势必会首先控制住机场塔台。估计现在机长跟空管联系的频道里，已经静悄悄了。你看，后面已经没有航班起降了。"

"管制员被控制住了？"

"很可能。"

王泳觉得有点可怕："那落地的飞机不就没有人指挥了？要返航备降吗？万一油量不足怎么办？"

秦希点头："机长一定评估过各种可能性，所以刚才我们已经可以下机了，乘务还将我们叫回来。"

主任乘务长已经走到他们跟前，他俩几乎异口同声："我们跟机回去。"

乘务长登记了他们的名字。他们俩下了机，跟其他一批无处可去的旅客一起，拎着小箱子，摇摇摆摆地乘摆渡车进入候机楼。头顶不时传来枪声。

摆渡车左摇右晃，她脑袋顶在身后秦希的胸前。前方突然又传出阵阵枪声，一个刹车，全车人同时往右边跌去。他扶住了她的手臂，她发现自己掌心都是汗。

车门开了，她夹在一脸惨白的人当中，被带进了候机楼。这里闹哄哄的，他们发现显示屏上所有航班都"延误"。很多旅客或提着

行李，或推着手推车，茫然地在里面走动。这情势，让王泳想起当日她在杰尔巴岛见过的滞留旅客。

那一次，她是“救世主”。这一次，她是难民。

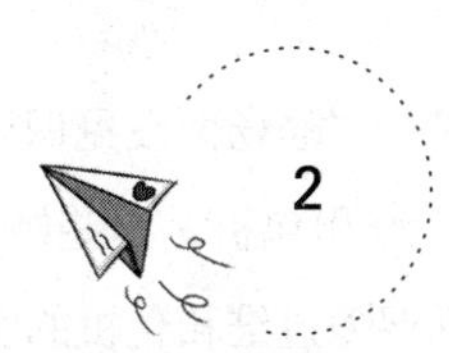


程惠怡今天值班。已经是凌晨时分，她在大楼电梯口附近的自动售货机前掏出十块钱塞进投币口，一罐果汁咕咚咕咚滚出来。她弯腰取回落下的硬币，放到口袋里，面朝落地窗外不远处的停机坪，以及覆盖在上面的漆黑星空。

熬夜虽然辛苦，但夜晚航班少，她也可以趁机喘口气。

她喝了一半，正慢慢走回去，手机突然在口袋里响起。一看，是值班员。她一哂：值得这么急吗？她就在三十米开外喝东西嘛。

程惠怡将电话按掉，慢悠悠走回去。刷卡进入运作区，发现气氛不对。所有人都从座位上站起来，很多人正围在大屏幕前交头接耳。

她走过去，拨开人群：“发生什么事了？”

黎乐天今天值班，运控中心发生任何情况都要向他汇报。当他无法定夺时，再向公司高层汇报。但这种情况不常见。

此刻，他正坐在大屏幕前，紧紧抱住双臂。脸色像锡灰的云。大屏幕被调到新闻频道，但现在正放广告。只有最底部的文字滚动播放，程惠怡只捕捉到“机场封锁”的关键字眼，不知道发生了什么。

她拉一个眼镜小伙问，对方一脸拘谨地看着她：“土耳其发生政变，军方已经接管机场，封锁交通，所有飞机都不允许起飞，就连公司在当地的站长也被封锁在去机场的路上。”

程惠怡的嘴巴张了张，然后她听到自己声音发抖：“那公司的飞机呢？”

“还没落地。”

平日里，程惠怡自诩是个“啥场面没见识过的老阿姨”，这话不假。奥运航班、救灾包机、维和包机，这些她都通通保障过。她还是整个中心唯一一个赴非洲保障过维和包机的女调度。但……政变？那不是国际新闻上才有的吗？

黎乐天吩咐值班人员马上通知在空中的飞行机组，只要能够通知到机组，就有机会避免降落，就有机会备降去别的国家，就有机会脱离危险。

但卫星电话一直没接通。

计划到达时间，正一步步接近。

被安排盯着跟踪系统的那个眼镜小伙，突然跳了起来：“黎经理，程姐，飞机已经开始进近，差不多要落地了！”

程惠怡紧张地看着黎乐天：“经理，怎么办？”

黎乐天已经没有了平时的淡定状。他捏住手中的笔，好像那是个救生圈：“报告公司高层。”

五分钟后，公司高层指示：启动紧急反应预案。

根据预案，运控中心代表印象航空向民航局汇报情况，并且向外交部、省安监部等部门通报，请求协助。

黎乐天抓起一根香烟，还没点燃就塞到嘴里，就像焦虑的婴儿寻找他的奶嘴。他回头向程惠怡说：“赶紧通知飞行部、安监部这些

部门，马上过来开紧急会议。”

程惠怡应声，转身离开。

黎乐天将香烟咬在嘴里，突然想起来王泳也在航班上。他又想起来，消息发布出去以后，公司高层一定会半夜赶来这里。汪副总虽然暂时主管中心事务，但是……他想了想，掏出手机。

他滑动手指，指尖落在老八的私人号码上，第一次在那串数字上按下去。

此时，正是凌晨三点半。

电话响了好一会儿才被接通。电话那头，传来一个女人的娇嗔声音：“大半夜的，谁呀？”

老八语气沉稳，但听上去不太高兴：“怎么了？”

“陈总，出大事了。”黎乐天走到一个角落，压低声音。他的部门属沈光管理，表面上看他是沈光派。很少有人知道，他其实是老八的人。

不知道为什么，这天晚上，胡昊一直胃痛。他怀疑最近饭局太多，喝酒过多伤了胃。临睡前，他吃了胃药，断断续续地睡着，但睡不沉稳。梦中不时出现一道铁窗，老爸就坐在铁窗对面木木地看着自己。

凌晨三点半，他醒了过来。窗外的天空，像还没结束的灰白色的梦境。

按照计划，他后天还要出差伊斯坦布尔。他心想自己这个样子，到时候怎么办。他慢吞吞用手撑起身体，胃痛，睡眠不足，头痛。他赤脚走在木地板上，要到厨房倒杯温水，经过黑暗笼罩的客厅时，见到一个阴影默默坐在一角。

他下意识一惊，直到听对方说：“昊昊，是我。”

是父亲。

胡昊开了灯，柔和的亮光像雨水般落下，映出一个过多白发的男人。他缩着身子，坐在沙发上，一双手规规矩矩地搁在膝盖上。谁能想到，当年那个做起事来毫不拖沓、骂起人来毫不留情的胡副局，会成为今天这样子。

对，胡岚生自己想不到，那个在他入狱三年后改嫁他人的妻子想不到，他儿子胡昊想不到。

也许，当日曾经在胡岚生手下工作的人，也不曾想过。

比如说，张白的父亲。

那天胡昊到张白家，第一眼见到她父亲时，便觉得有点眼熟。对方也在打量他。在问到胡昊家庭背景时，他问得特别仔细，胡昊向他敬烟，他问："你父亲叫什么名字？"

胡昊明白了。这个人，就是老爸当年的副手。

是，他曾经在家里漫不经心地接待过这个人。逢年过节，他的脸会出现在门外，那么恭敬，朝胡昊耐心地笑。正如此刻，胡昊在他跟前耐心地微笑，而对方显得漫不经心。

这时，胡岚生又喊了一声"昊昊"。他的手覆在沙发上，轻轻摩挲，示意儿子坐下。他的声音像在试探："我们好久没聊天了。"

聊天？胡昊不无怨恨地想，有什么好聊的？聊自己为了去法国念书，向继父借的钱终于还清？还是聊自己戴得太久的微笑面具，已经忘记怎样摘下？

但他依然走过去，坐在这个看上去比实际年龄老十几年的男人身旁。

胡岚生正要开口，胡昊搁在桌面上的手机突然响了起来。他走过去一看，是老八打来的。

他马上接听。

老八在那头说："现在马上赶回公司，马上！"

胡昊驱车赶往公司的路上，已经大致了解清楚情况：公司一架航班降落在伊斯坦布尔，机上有十八名机组人员和一百三十六名旅客（中国籍一百二十三人，外国籍十三人）。

据了解，目前机场已被封锁，当地站长冒着炮火赶往机场时，却被武装人员驱离候机楼。

胡昊急匆匆将车子随便停在公司外面空地上，就往大楼里跑。刚出来，就看到其他部门的人也往这个方向跑。

他明白老八为什么让他回去：公司高层此时应该已经到了，没有比这个更好的表现时机。尽管身为航务部副经理，他实质上帮不上什么忙。但谁会怪你跑回来？

飞行部的人跟他一起进电梯，对方知道的情况更多些："听说，还没办值机手续的旅客被驱离候机楼，已办理值机手续的旅客被赶进候机楼内部。"

"能跟飞行机组联系上吗？"

"联系上了，说是暂时机组跟旅客们都安全，现在正在飞机上等。军方既不允许下客，也不允许飞机出港。"

两人都不再说话，只静静看着电梯内的数字变化。电梯门打开，胡昊突然问："今天几号？"

"七号。"

胡昊默默迈出电梯。

七号。他记得自己原本应该搭乘七号这趟航班赴伊斯坦布尔，但最终还是决定接父亲出狱，才推迟两天。

这趟航班上，有王泳。

他掏出工作卡，在运行工作区的门禁上晃了晃。但手中工作卡却一抖，掉到地上来。旁边那同事替他捡起，递给他："这事太大了，我们都紧张。"

胡昊勉强地笑笑，再次刷了卡，让对方先进去。

一进入工作区，就见到人们踢踢踏踏走动，像踏着忙碌的舞步。工作区特有的金属感，跟遥远异国的炮火无声结合，直扑向他们。胡昊进去后，见到沈光跟老八都在。胡昊先跟沈光打了招呼，又跟老八打了招呼，然后站在二人身后一点儿距离。大屏幕前，新闻频道的女主播正襟危坐，其他几个分屏上分别显示机场航班进近情况、航班延误数据。

这里闹哄哄的。他听到有人说，公司大老板的车马上就要到了。有人说，外交部打电话来询问情况了。沈光跟老八一人站在一头，只顾跟身边人交谈。两人偶尔同时抬头看墙上的大屏幕触碰到对方的视线，仿佛发出无形的光刃交错。

胡昊站在那里，觉得汗水一直往下淌。他也假装忙碌，盯着两位副总需要什么东西，跑前跑后。需要的数据，他们刚一张嘴，胡昊马上就能说出来。

又是一阵闹哄哄。他站在打印机前，正打印着航班情况，方便待会儿呈给大老板看。这时有人喊："军方已经允许旅客下机并离开机场。"

他又听到沈光的声音："快跟使领馆取得联系，请他们出面，跟当地军方协调。"

老八说："对，一定要保障我们人员安全。"

不知道谁大声说了一句："是啊，还有我们中心自己的员工在上面呢。”

打印机突突往外冒着纸，热腾腾的。胡昊用手将纸拿出来，掌心也滚烫。

半小时后，印象航空运控中心收到通报，得知当地武装力量采取措施，强迫旅客进入隔离区内，出发厅已被清场。所有人都知道，伊斯坦布尔机场已不在正常状态。

胡昊打给王泳，电话没人接听。

此时，王泳正拖着小小行李箱，在伊斯坦布尔候机楼内走着。机场里，已经见不到工作人员，他们早已摘下工作胸牌，混入旅客群中四处奔逃。

“你去哪里？”秦希走在她身旁。

“我不知道。”她前额渗出细密的汗，“洗手间会不会安全一点儿？”

“我们俩不要分开比较好。”

王泳苦笑：“这种时候，已经不分男女洗手间了吧。”顿了顿，“你去哪里，我跟着你。”

他们抬头看指示牌，朝最近的洗手间一路疾行。秦希伸出手，拿过王泳手中行李箱。

经过一个又一个洗手间，全都塞满了人，再没法挤进去，连大门都没法关上。有人在里面高声喊着什么，听不懂的异国语言，又有女人捂着脸，似乎在擦眼泪。

秦希说：“我们找个安全地方。”

哪里才安全？王泳只觉得茫然。

不知道从哪里来的当地人，披着土耳其国旗，像红色的潮水般涌入候机楼。他们往不同的登机口走去。不少人手里拿着棍棒，挥舞着国旗，与王泳、秦希迎面走过。他们尽量低着头，不跟他们对视。

耳边有人用英语喊了声："坦克！"，扭头看去，只见落地玻璃外，一辆辆全副武装的军用坦克停在那里。这时，另外一头突然传出重物被敲碎的声音，人们开始乱跑。

秦希一把抓起王泳的手，快步往大楼地下一层奔去。

有人在耳边喊："机场被坦克堵住了！机场被坦克堵住了！"

整个机场变得像天气预报，但无论怎么变化，都是狂暴天气。暴热的人，暴雨般的局势，暴风似的武装力量，暴雪似的拳头。

一路上，他们见到有妈妈抱着孩子在跑。店员走出来，怯生生地准备关门，不知道什么国籍的人冲过去，在店员尖叫声中打砸，抱走货架上的东西。旅客模样的人东躲西奔。很多人躲到柜台下，抱着脑袋。行李散落一地。箱子被拉开，没有被人抢走的东西像肚皮一样敞开。

示威人群经过，高喊着什么。声音震得地板都在动。秦希一把拉住王泳，将她塞到柜台下面，自己也躲好。一转身，旁边也已挤满人，有小孩紧紧抓住妈妈的手。

秦希尝试拨打大使馆电话，打了好几遍，电话接通了。"请您留在机场……现在市中心非常危险……"

这时机场内传来土耳其语的广播，似乎是被示威者占据，喊着阵阵激动口号。枪声又传来，王泳在角落里，用颤抖的手再次拨打办事处站长的电话。

一阵嘟嘟声后，电话接通了。

站长说："机场现在被封锁，我们被驱逐出去了……你在里面找个安全的地方，先躲着……"

那边突然没有了声音，王泳有点急，连声喂喂喂，几秒后，才又听到声音:“……我们已经向公司总部通报……正联系领事馆……”

王泳急急问：“机场哪里安全一点儿……”

“你试试礼拜……”

电话断掉了。

秦希问：“他说什么？”

王泳想了想：“我们去礼拜室，那里应该会安全些。我们可以在那里待到今晚。”

秦希来过伊斯坦布尔好几次，知道大概路线。他们逆着示威人群而行，边观察现场找指路牌，边一路疾行。依据指示，终于走到了礼拜室前。推开门，本该肃穆幽静的空间里已塞满了避难者。在他们前面，还有好多人要挤进去。

秦希抬起手，用手臂为王泳挡出一条通道，她在前方往前挤，终于挤到一个角落里。

秦希脱下身上外套，垫在地上，让王泳坐下。他靠她身旁坐下。旁边一个白人女生看了他们一眼，秦希问她在这里待多久了。

“差不多一个小时了，但这里还是比较安全，我打算等情况稳定再出去。”那女生说话后鼻音很重，发音紧，王泳猜测她是荷兰人。

秦希用手机刷土耳其政变的最新消息，了解外界情况。新闻上说，土耳其发生政变，多架战机从首都安卡拉市中心低空飞过，坦克开上街头。宪兵关闭了伊斯坦布尔的两座大桥，桥上出现坦克。

没刷多久，手机信号便中断了。

王泳自告奋勇：“我再联系一下我们站长。”

“省点电。他们现在也来不了。”秦希环视一圈，“这里还比较安全。如果我没猜错的话，这种政变的军队一般会控制住塔台。”

外面人声持续，现在已经从楼上传到室外了。室内气氛紧张起来，人们都怕示威者冲进来。刚才跟他们说话的荷兰女生，原本一直靠在墙上打盹，现在警觉地睁开眼睛。原本处于松懈状态的人，现在都屏住呼吸，盯着门口。

声浪越来越近，就在门外了。礼拜室内，几乎连呼吸声都听不到。

有穆斯林打扮的人开始祈祷，也有西方人在胸前画十字，口中喃喃着什么。

王泳想起历史上那些动荡岁月里，曾经有过多少人在教堂寺庙避过难。

没有食水，空气混浊。他们俩躲在这里，一动不动，直到外面渐渐听不到大的声响。

王泳看了秦希一眼："是不是安全了？"

她话音未落，门外突然爆发出阵阵枪声。室内所有人猛地趴在地上，用手护住脑袋。王泳紧紧抱住头，呼吸紧张，秦希靠得很近，呼吸粗重。

枪声刚停，门外又传来叫喊声。

"他们会不会冲进来……"这话还没从王泳嘴里落地，就被门外再度传来的人声盖过。

王泳脸色苍白。她抬头看身边的秦希，他的脸像窗玻璃一样没有颜色。

门外的声音却越来越响。身旁那个荷兰女生问秦希："你听到没有？似乎有两派人在争执。"

秦希点头："估计是两方的支持者。"

那女生低头抓住手机，一直在刷消息。秦希转过头看王泳，跟她说："我们躲在这里，没事的。"

她知道他在安慰自己。这种情况下，谁都无法预测会发生什么事。

有个西亚人站起身，想要走出去。他的同伴将他拉住，两人快速低声说着什么。最后那人似乎被劝服了，气鼓鼓地重新走回来。

王泳将脑袋搁在膝盖上，突然问："我会不会死在这里？"

秦希语气笃定："不会。"

"我还没赚很多钱，还没将老妈接过来，还没有男友，还没有结婚。"

"你会赚很多钱，你会将老妈接过来，你会有男友，你会结婚的。"

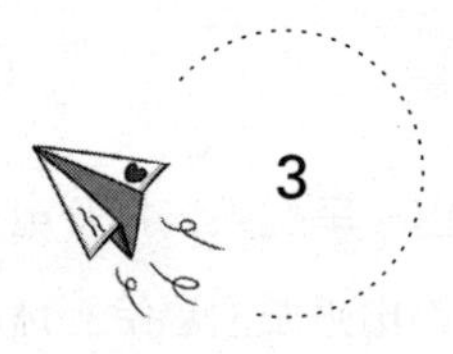


程慧珊收到消息赶回公司时，大老板刚进入运控中心的紧急会议室没多久。她没来得及化妆，素着一张脸，一身黑裙坐在办公室角落里，空调开得太足，她用本子挡在自己身前。环视一圈，她发现，所有在工作上还想有进境的人，全都在这个会议室里了。

包括她那个在货运部当副总经理的前夫。

她嘴角浮出一抹不屑的笑。这件事跟货运有什么关系？都巴巴地跑回来了，以示重视。她前夫正抬头，凝神听着大老板讲话，满脸专注。

"办事处要跟领事馆、机场当局保持联系，及时掌握有关情况……

及时通报最近进展情况……要跟机组家人和旅客亲属取得联系，告知人员处于安全状态……调整后续伊斯坦布尔航班计划，尽快开始旅客分流工作，对旅客退票要求不设附加条件……”

胡昊正在低头做记录。IT 部门的小哥在调试视频设备，信号不时中断，胡昊放下本子走上前去帮忙。

视频连接上了。

民航局的人坐在镜头那边，传达着国务院副总理针对政变一事造成印象航空航班滞留事件的重要批示——“通过外交部、使馆等多种渠道与土耳其交涉和采取措施，确保我人机安全。”

人们低头交谈着，又低头在纸上记着什么。

视频上继续传来音像——“外交部已将副总理的批示传达至土耳其相关机构……”

国内已经是白天，张白一早醒来，打开电视，边听新闻边刷牙。刷到一半，她放下牙刷，跑出来发消息给王泳：“你那边政变了？没事吧？”

王泳没回复。

罗真真昨晚收到追求者送的花，她在花香中醒来，心情很好。打开手机，弹出一条信息，她躺在床上，一个字一个字念出这条信息。还没念完，她就从床上跳起来。

考上空乘了！她跳起来，拉开衣柜门，从里面拿出淘宝上买的空乘制服穿在身上，化了个妆，将自拍发给王泳，等待她回复。

王泳没回复。

罗真真吃完早餐，还没等到她回复，耐不住激动，给她打了过去。发现她手机关了机。

王泳手机没电了。

发现电量不足前，王泳将办事处联系方式给了秦希。“等了几个小时了，也不知道外面怎么样了。”

已经有人陆陆续续离开礼拜室，没有回头。

秦希拨打印象航空在当地的电话，电话一直忙音。他拨打王泳给的办事处电话，也一直忙音。

“我们一直躲在这里也不是办法，总要去办理值机的，不然没法登机返程。”

他站起来：“我出去看看，你留在这里。”

王泳巴巴地拉住他：“别——”她动作幅度太大，胸衣带子顺着脖子与肩膀连接处露出来，仍浑然不觉。

秦希伸出手，将她的外套往上拉了拉，盖住她肩头。他说：“好，我不走。”

两人坐在地上，在外面的跑步声、枪炮声、高音广播声中有一句没一句地说着话。

王泳努力故作幽默：“假如死了，我们就算是死在一起。真不想跟你死在一起呀。”

“彼此彼此。”

时间慢慢到了下午六点半。胆子最大的俄罗斯人最先离开，接着是德国人。礼拜室里的人渐少。刚才那个荷兰女生，打了个电话后就离开了。背起背包前，她说，有些航空公司已经恢复运行了，“不过很少很少”。

王泳问：“知道有哪些吗？”

对方摇头，又做了个打电话的姿势。出去之前，抱了抱王泳。

秦希跟一旁的德国人交谈了一下，对方说他的朋友在楼上，说是示威者已经撤出机场了。

“我们的航班今晚九点走。我们最好现在去办值机。”

王泳的牙齿在打战。她的胆子真的很小。

秦希安慰她：“不会有事的。新闻说土耳其航空还有开放值机柜台，我去看看我们那儿开放值机没有。”

王泳静了半晌，才说：“那你小心。”顿了顿，又加重语气，“我等你。我一直在这里等你。”

这礼拜室挤满人，有人进入，有人离开。秦希离开后，她独自一人靠在墙壁，用手臂抱住膝盖。她突然意识到，他的外套还垫在自己身下。她小心翼翼地将他的外套拿起来，轻轻披在身上，像为自己画下一个安全的结界。

礼拜室的门突然被撞开。猜不出国籍的男子冲进来，睁大眼睛四处张望。他手里握着手机，高举着，问每个迎面遇上的人“你见过我女儿吗”。不是所有人都听得懂那蹩脚英语，但他的焦虑强烈感染了对方。

手机里，小女孩深色头发，笑容甜美。

人们面带遗憾，摇摇头，他脸上的神色惨黯下去。

当男人来到王泳跟前时，她决定用肯定句式来传达否定的意思。她说：“你试试在其他地方找她。”

男人涨红脸，握拳点点头，像醉酒般离开，背影令人心碎。

这时，一直坐在王泳身旁那两个法国男生，开始交头接耳商量什么。其中一人穿黑色宽松毛衣，鼻子旁很多雀斑，扭头问她：“你男朋友回来了吗？我们打算出去看看情况，你要不要一起？”

他们跟王泳一起到这里避难，也注意到她身边人走开已久，对这努力掩饰惶恐的女孩心存善意。

她甚至忘了回应，那不是她男朋友。在她犹豫的片刻，轰炸声夺门而入。两个法国男生下意识用手抱住头，其中一个嘴里骂了句什么，又靠着墙坐下，神态颓废。他们不打算离开，也不再跟王泳说话。

她指尖发凉，环顾四周，只见有人开始祈祷，或身体匍匐在地，双臂往前摊开，脑袋贴地；或双手合十，摆嘴唇正下方。

王泳忽然想到了那句话——防空洞里没有无神论者。

她小心翼翼，两手掌心贴合，将脑袋朝天空方向仰起，默默念着：“如果可以的话，请让他安全回来。”

楼上忽然传来一阵爆炸声。

原本安静的礼拜室有人喊了起来。王泳的心直往下沉。

秦希，秦希……她不敢想象。

外面再度传来轰炸声，夹杂着玻璃碎裂声与人们的尖叫哭喊声。

王泳觉得指尖发凉。她抬头四顾，看到周围的人，不同肤色，不同人种，都不约而同开始祈祷。

她心下茫然，开始念着观音菩萨、如来佛祖。

不知道念了多久，她听到有人喊她名字。

一道阴影落在她眼前的地面上，她抬起头，看见一双鞋。秦希靠近她，蹲下：“走，暂时只有土航跟印象航空开放值机柜台……”他看她眼角湿润：“你怎么了？”

“没什么。”她用手背擦着眼泪鼻涕，突然笑起来。

已经是北京时间下午，运控中心的人从凌晨到现在没有停下来过。他们收到伊斯坦布尔办事处报告，说机场开始逐渐恢复运行。

但工作人员短缺，各项地面保障工作进展缓慢。

签派员坐在电脑前，重新制作飞行计划。航务部开始忙碌，因为受政变影响，航班严重延误，他们要尽早完成沿途飞越的信息通报和申请。

余思棠低声问程慧珊：“听说王泳就在这个航班上，是不是真的？”

程慧珊放在键盘上的手指停了下来，片刻才说：“是。”

“那她没事吧？”余思棠的担心不是假的，毕竟是同事。

“她不会有事的。”程慧珊说。

这个消息在运控中心传开了。人们低声议论，说那个倒霉的小姑娘王泳，好不容易出一趟差，居然遇上了这种事。还有人说，胡昊也是幸运，他本来也该在这个航班上呢。

胡昊昨天晚上没有睡，胃痛像火一样炙烤着他。他坐在电脑前，麻木地发送着信息。

他想，像王泳这么胆小的人，一个人在伊斯坦布尔机场，可能会吓哭吧。他记得在突尼斯时，他说要离开一会儿，她一副“我一个人能行吗”的表情。

如果他跟她在一个航班上，情况会不会好一点儿？

电脑上突然弹出一条信息——

回程旅客开始办理值机手续。

候机楼内已经没有多少示威者，更多的是一脸茫然的旅客。王泳走得慢，秦希拉住她的手，两人几乎一路小跑到值机柜台，唯恐生变。由于开放柜台不多，人们挤在一起排队，不时有人大喊大叫，似乎在指责对方插队。

他们办完值机手续后，开始过安检。

安检口的人依然很多，旁边居然站了几个持枪的军人，枪口朝向旅客。所有人都脸色苍白，手忙脚乱地拿起东西就直奔登机口。

王泳放下身上背包时，能感觉到身后有一柄枪正指向自己。那黑色的洞口，就像地狱入口一样深邃。她手指冰冷，动作哆哆嗦嗦。回头看了秦希一眼，他正看着自己，用嘴型无声告诉她，别表现出惊慌。

远处依然不断传来玻璃碎裂声跟人们的尖叫声。好像有女人号啕大哭，不知道发生了什么事。

她手脚无力，不知道怎么就过了安检。一回头，秦希已经走在她身旁。

机场所有商店全部关闭。没有食水。洗手间里躲难的人似乎比刚才少了一些。地上有碎玻璃，以及被抢走时掉落的货物。王泳满心凄惶，一心只想快点跑到登机口。

候机楼内到处都是滞留的旅客，寸步难行。秦希用身子护在王泳身后，伸手为她挡住左右的人。

王泳当过两年值机，每年春运时国内候机楼人数都会激增。但即便是那时候，也完全没法跟眼前的盛况相比。

像步行到欧洲去的难民，他们仿佛经过了漫长的跋涉，终于抵达了登机口。登机口广播正用中文、英语和土耳其语交叉播放，不断登机寻人。附近的每一个登机口都挤满了人。那场景，跟杰尔巴岛撤侨多么相像。

在他们一生中，从未如此期盼过登机。即使是度假前夕，也不曾有过这样的心情。

工作人员撕登机牌时，手指颤抖："欢迎登机。"但她仍努力露出微笑。王泳想起，自己也曾在登机口做过一样的工作。当时带她的师傅跟别的人一样，都是一脸麻木，毫无笑意。

如果以后她有机会见到小文，见到其他旧同事，她会告诉他们今天发生的事。告诉他们，即使是职业笑容，对每个被这笑容点亮的人来说都很重要。

踏上摆渡车，王泳从车窗往外看去，见到开始陆续有飞机起降。头顶有直升机飞过，她想象那上面是荷枪实弹的军人，一阵心悸。旁边有人低声交谈："欧亚大桥被关闭了吧？听说车辆没法通行了。"

"桥上有坦克，军机在上面低空飞过。"

没多久，头顶又传来尖锐的声音，像黑色的潮水盖过了交谈声。

秦希忽然说："我落了个小箱子在礼拜室。"

"里面的东西重要吗？"

"公司的重要文件……"他顿了顿，露出苦涩的微笑，"但也已经不重要了。"

停机坪上仍停着坦克，提醒他们，这不是一趟普通的旅程。摆渡车上挤满了人，既紧张，又激动。都一心祈祷，快点，再快点，登上离开这里的航班。

摆渡车开了很远，当车窗外终于出现有印象航空 LOGO 的飞机时，车内的人都欢呼起来。车门一开，搂着孩子的，拎着行李箱的，拖着另一半的，全都撒腿跑起来。

秦希转过头，让王泳走在他身前一点儿，不让她离开自己的视线。两人一前一后踏上飞机，见到那几位熟悉的空乘。周围位置有不少熟悉的去程旅客，他们聊着一整天在机场东躲西藏的经历，带着劫后余生的兴奋。

乘务员逐一登记他们的名字，核对名单。

当王泳报上名字时，她抬头问："你就是王泳？总部那边有好几个人打电话来，让我们看到你登机就马上通知他们。"

王泳微微一笑："是，我上机了。"

那个乘务笑了笑："尤其是胡昊，他打了好多电话。你可能要亲自回复一下他了。"

王泳仍只是微笑，什么都没说。

一旁的小男孩走过来，跟王泳说："刚才妈妈带着我使劲跑，妈妈被推倒了，我也摔倒了。"

王泳摸摸他的脑袋："那你有没有哭啊？"

"没有！"男孩有几分骄傲地仰起脸。

王泳认得几个乘客，来时跟他们同一班机。他们说，在被困航班上那几小时里，印象航空逐一联系了他们的家人，给他们报平安。

王泳听完，回头问秦希："借你电话用用？"她拨给老妈，电话一下子就接通了。她还没说话，老妈就问："是小泳吗？"

"妈，是我。"

"哟，你们公司打给我，可吓死我了。你怎么不告诉我呀！我跳完舞，看手机弹出新闻才知道，再打你电话又关了机。"

"我手机没电了。没事，我已经登机准备回国了。"

老妈那头没说话，不知道是信号不好，还是在哽咽。王泳赶紧喂喂了几声，好一会儿，老妈才应道："没事就好。如果你有事……我也不活了……"

机舱内很热闹，让王泳想起当日突尼斯撤侨时，她上了飞机，见到难民们都带着劫后余生的狂喜，窄小空间里气氛欢腾，几乎同嘉年华乐园一般。没有人催促什么时候起飞，没有人嫌弃空乘服务得慢。

好几个人，见到来回奔走的空乘，都向她们说："辛苦了。"

那些平时总皮笑肉不笑的美人，此刻低着眉眼，深深微笑："你们辛苦了，刚才在机场挺吓人的吧。"

最晚上机的是一个女生，慌里慌张地找到位置，在王泳跟秦希过道那头坐下。王泳认得她，她是来程时一直看悬疑小说那位。

见王泳对她微笑，那女生也看向她。她看王泳身上披着秦希的外套，大声说："你跟男朋友和好了，真好，真好。"她连说几个真好，王泳倒也不好意思解释什么。

有空乘走过来，手里拿着相机："我给大家拍照，纪念一下。"大家都冲到镜头前。王泳恍惚回忆起，当日在突尼斯撤侨归来的航班上，她也跟同机人合过影。此刻心情跟当时重叠，却又有什么不一样了。

秦希突然掏出手机，递给旁边那个女生："可以帮我们合影吗？"

那女生使劲点头，接过手机。

王泳正觉得奇怪，秦希伸出手来，轻轻揽住王泳肩膀。他低声问："你不介意吧？"

"不介意。"她听到自己低声说。

女生将手机递回给他，王泳低头看这合影，秦希嘴角似乎是往上翘的。她从没见过他笑，他像关上窗子一样，将外面世界关在眼睛和心灵以外。但这照片里，他的双眸像敞开的窗户，里面析出光来。

舱门终于关上了。机长广播里再次传来机长的声音："大家好，欢迎登机，大家辛苦了，现在我来带你们踏上回家的旅途，将你们带回家人身边……"

机上的中国人都鼓起掌来。连几个外籍人士，没听明白机长的中文，也跟着鼓起掌。

王泳看到熟悉的人。那个来时在本子上写下“妈妈爱你”的女士，怀里抱着一个小女孩的照片，一脸微笑，笑着笑着，泪水就滑下来了。

秦希突然伸出手来，握住了王泳的。她有点意外，但又觉似乎在意料之内。

他说：“说起来，我们还没有自我正式介绍过。”

王泳不知怎的，有点不好意思。她垂下脑袋，听他说下去。“我叫秦希。曾经因为失职而间接害死一个朋友，失去待我如亲人的那些人。从此以后，我唯一的朋友，只有一条已经死去的狗。我唯一的信仰，只有专业精神。我平时很忙，不可能做到随时在你身边，也不可能马上接你电话，回复你消息。但是我会把你当成最重要的人。”他低下头看进她眼睛，似乎在期待她说话。

王泳想了想，说：“我叫王泳，很高兴认识你。很高兴成为你的朋友。”

“朋友？”

“好朋友。”

片刻沉默后，他问：“女朋友，可以吗？”

王泳轻轻回握他的手，他的手指很冰冷，但她想，她会让他暖和起来的。

她问：“你知道你离开礼拜室时，我在想什么吗？”

“想什么？”

“我还欠你的外套没还。”

秦希笑了起来。王泳发现，这好像是她第一次见他笑。舷窗外，天空的颜色看起来像一片深海。她轻轻靠在他肩上，郑重地说：“很高兴成为你的女朋友。”

第九章

# 劫后余生

CHAPTER 8

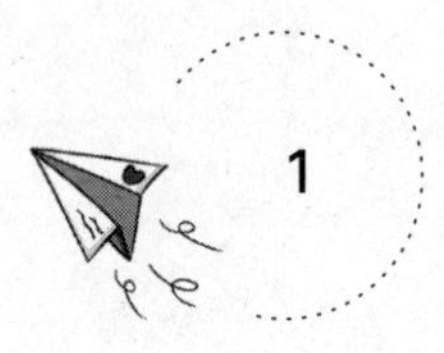

# 1

王泳上班第一天，很多人跑到办公室来找她。她不得不一遍又一遍复述自己的经历。程慧珊在茶水间见到她，问她有没有劫后综合征。她微笑着摇头，说自己挺好的。

程慧珊上下打量她："看来还遇上了好事？"

王泳还没说话，胡昊走了进来，程慧珊端着杯子走出去。

胡昊拉过一张椅子，慢慢坐下："听说今天你很忙，我来找了你几次，你都不在。"

王泳背对着他，正在水槽里洗马克杯。那咖啡渍没褪，像旧时的记忆一样，她用手使劲搓，笑嘻嘻回应："今天来找我的人太多，不得不到这里来躲躲。"她举起杯子，在灯光下看，杯身被洗得白晃晃，从边沿往下淌着水。

王泳抽出纸巾擦拭杯子时，听到他说："你回来就好。"

子青刚好走进来，一眼看到他们俩，将手上的杯子放下，扑上去抱着王泳的手臂问她情况。王泳忙着再次重复回答问题，胡昊接了个电话，转身走出去。

罗真真要请王泳吃饭，庆祝她"劫后余生"。王泳在电话里笑她浮夸，不过彼此都同意饭是要吃的，为了庆祝罗真真顺利地升空，

华丽转身。但因为罗真真不是忙着培训，就是在找房子，两人约了好几次都没约上。

经过这么久的职场历练，她不再天真地以为顺利通过初试、复试跟体检，就能够冲上云霄。还有三个月漫长的培训期要度过。

要经过漫长的初始培训，通过所有测试，拿到民航局颁发的证书，才有资格当空乘，才有资格上飞机当人们口中的“服务员”。有人在这个阶段太松懈，反倒被淘汰了。

她对着小窗外雾霾中几乎看不到的星星许愿，又在本子上写：“你一定不会被最后一关打败！”

还没写完最后一个感叹号，有人敲门，是隔壁的妹子跟她借电吹风，说刚巧坏了。笑着聊了几句，开始恭喜她考上空乘，又向她请教经验。

这是今天的第三个了。

罗真真早有准备，一脸认真，细心指点：“站姿要挺直，平时就要对着镜子练习了。”“英语发音很重要，最好别带地方口音，至于能不能说倒不重要。”

妹子手指绕着电吹风的白色电线，笑着听下去。说完再见转身离开时，步姿居然比来时挺拔优雅了许多。

罗真真关上门。

她才不会告诉她们，要去找人，要讨好评委，要花钱请一对一外教。

空乘培训的内容有很多，包括应急设备使用、宗教知识、释压处置、扑火灭火、医疗急救，但罗真真最感兴趣的是礼仪、化妆、茶道和品酒。

其他女孩子叽叽喳喳，在课上玩着手机打着瞌睡时，罗真真听得投入。教员们都是公司的资深乘务长，阅历丰富，经常跟她们讲航班上遇到的人，飞行时发生的事。

“有一次我飞纽约……”是她们的常用句式。只是纽约，可以置换成随便一个令罗真真向往的地方。伦敦、东京、巴黎、米兰……

真令人神往。

“站丁字步，收腹挺胸，右手放左手背上，留意露出左手骨节，双手放在肚脐下两寸处，微笑时露出八颗牙，要发自内心地笑……”

教员说时，有人在下面低声说：“这么笑也太假了。”罗真真却立马按照她的要求去做，在镜子前一看，感觉真不错。

当然，乘务员基本上都是女人，女人一多是非也多。罗真真当值机时，只觉得她们都高不可攀，但是当她进入乘务培训楼时，发现那里的女洗手间门上的字可以出一本书了。

一扇门上写着“余薇这个傻子”。

下面有另一个人写着“都是虚伪小人”。

另一扇门上，有人写了些脏话。有些字太小，罗真真要将脸贴上去才能看清楚，看着看着，隔壁突然飘来一股呛人的二手烟。

对，公司对这些小女生管得严。穿上这套制服，就代表印象航空的形象，生怕她们在外面做出点什么来。所以采取家长式管理，说脏话是要被批评的，抽烟也是要管的。文身？你说什么？！这会影响公司形象！

这些小女生一见面就抱怨公司变态，不人性，像老妈子，但罗真真倒是觉得有道理。

教员还说，在客舱服务中，跟客人提出要求时，尽量不要用祈使句，应采取引导方式。“可以把安全带系好吗”就比“请系好安全

带”听上去更好。罗真真将这些内容告诉王泳时，王泳想了好一会儿，“我从来没听过哪个空乘会用前者啊？”而且她抱怨，说她们老是一肚子气的表情。

罗真真说：“我以后一定不会这样。”

王泳笑她：“你刚做值机时，也说一定会对旅客微笑呢。”

罗真真已经忘了自己曾经说过这种话。

今天的课程是水上撤离培训。

罗真真出门太晚，生怕迟到。她叫了网约车，一脸不耐烦地站在路边等。

一辆奥迪停在她面前，一个女人从副驾驶座上下车，一手拢着长发，一手攀着车窗，低头跟驾驶席上的人说：“你还真他妈会疼女人！”

男人的声音从车内传来，带点笑：“你还真把自己当女人。”

罗真真忘了自己赶时间，抱着手臂，饶有兴味地看着这两人说话。那女人发起狠来，用包包摔向车身。那男人从车上下来，罗真真看到一个平头正脸的男子，一脸养尊处优的精英范儿。他半搂半按着女人，在耳边轻轻“嘘”，又用手抚摸她长发，像哄一只小猫。女人伏在他肩上，哭了起来。

男人说：“上车，上车。”

他搂着女人上车前，抬头看了四周一眼，恰好见到罗真真多管闲事的脸，正看着他俩。他朝罗真真莞尔一笑，拉开车门，将女人塞进车厢里。

这时，罗真真电话响起，网约车司机问她：“是在光明大厦的哪个口呀？哎哟，我看到你了……穿着制服的是不是？”

罗真真有点自豪，将头发拨到耳后。她上了车，经过那辆奥迪时，见到女人将脸伏在男人怀里，男人用手揉着她的长发，却将脸转向窗外。

罗真真冲他做了个鬼脸。

罗真真赶到位于公司培训部的水陆大厅时，其他新乘已经围聚在大厅的游泳池旁了。这次培训的内容是模拟飞机在正常巡航时，突然发生紧急情况，进行水上迫降及应急撤离的全过程。

她急匆匆换好训练服，奔到泳池旁。池水荡着无声的柔波，回响着教员的声音。“将带子扣好系紧……”

她绕过池边，那里立着一个 B777 舱门模拟器，1∶1 比例。新乘们排成一列，听教员回顾水上撤离要点。

教员将手一指：“现在我们要从模拟舱跳入水中，再游往救生筏。”其他姑娘们开始低声交头接耳起来。

罗真真抬头看了看那个舱门，畏惧感涌上心头。

教员继续说：“……从舱门水平旋转一百八十度跳入水里……”

那一刻，罗真真希望自己是郭晶晶。当然，如果是退役后嫁入霍家的郭晶晶，就更完美了。

王泳来到秦希公司附近，找了一家餐吧坐下。店主在二楼的木质阳台摆了四五张桌子，她翻完饮品单，点了杯薄荷茶，往外看着相隔几栋楼远的时代大厦。她用手指一点点往上数着：八、九、十、十一……在十五楼停下。

她想象秦希在那里，黑西服下，衬衣领子扣到最上，头发剪短了些，对着电脑端坐。办公桌上放一个木相框，里面是他从街上带回来的那条流浪狗。电脑旁还放着午餐吃剩的三明治。女同事经过

他身边，总是公事公办，早已习惯了跟他调情后不会获得任何反应。走廊里,清洁阿姨发现了一只小强,抱着扫把追着打。小强消失不见，阿姨怅然地看着窗外。窗下那条街上，一溜儿排着便利店、咖啡馆、花店、精油体验店和瑜伽健身馆。有个女孩儿，正坐在咖啡馆的二楼阳台上，向阿姨的方向张望。

王泳给他发去消息：我在蓝兔等你。

秦希没回。

薄荷茶端上来，她喝了几口，又给他发消息：不急。放下手机，继续喝。喝了几口，又拿起手机来看。

秦希还是没回。

夜色降临，含加班在内的下班时间也已来临。从这里往下看，公交站的广告牌早已亮着白光，李明凯抱着某个国产手机，一副“爱我你怕了吗”的表情。有女孩子路过广告牌，掏出手机跟他合影。

王泳看着年轻人从附近几座写字楼走出来，像成群结队游入海里的鱼，大部分游向地铁站，部分游向排列整齐的共享单车，部分游向公交站台。下班的人越来越多，越来越多人步下地铁，蹬上单车，或游向公交站台，广告牌上李明凯那邪魅狂狷的笑脸被人挡住。这些年轻人往站台上一站，都不约而同掏出手机低头看。

蓝兔的人越来越多了。隔壁那桌年轻人，在谈论一个创业项目，几千万的数字。另外一个方向上，两个美女在点评当下的创业环境。空气中都是资本涌动的味道，王泳觉得自己格格不入。她又点了份德国香肠蘸芥末酱，香肠切成两段，又粗又厚。吃了一小口，她心不在焉地听着隔壁桌的人讲商业模式，讲怎么堵投资人。

她用手机给香肠拍了张照片，发过去给秦希。

过了一会儿，秦希回了她一条信息：还在开会，你先吃。

过了一会儿，她又要了一份蛋糕，让小心翼翼地包起来。独自吃着蘸芥末酱的香肠时，她接了三个电话。电话一：罗真真问她云霄路的房子什么情况。电话二：罗真真说她看中了一个两室的房子很喜欢，已经订了。电话三：罗真真问她要不要一起住。真是服了她了。

抛出最后那个问题时，罗真真还没等到王泳回答，又开始自言自语："不过你家那位不是住在你对面吗，会不会……"

这时候，秦希来了，拉开她对面椅子落座。小圆桌上的蜡台还剩一点儿火，明明灭灭映着他一张疲倦的脸。王泳急匆匆跟罗真真说："我这边有事，晚点再跟你聊。"

那边罗真真还在说什么，王泳已经挂掉电话。

秦希等她把电话挂掉，才郑重道歉："不好意思，开完会以后还有一些事，拖到现在。你吃过了吗？"这么说着，目光却已掠过桌面那盘只剩肉渣的香肠。

王泳正要扬手叫服务生，秦希按住她，略带歉意地说："我刚才吃过了。"

"咦？"马上领悟过来，"三明治？还是泡面？"

"三明治。"

"跟我想的一样。"王泳说完，隔壁桌又来了几个人，说说笑笑间，向他们这边挤过来。通往里面的玻璃门开开合合，门一开，里面的喧闹就像携着尘土的风一样翻滚出来，洒了他们满身满脸。

王泳突然想到什么，看了看表，猛然站起来，秦希抬头看着她。她朝他招招手："跟我来。"

他迟疑地站起，她一把拉过他的手："我们走。"

"去哪里？"

“给你过生日！”她再次低头看表，“还有半小时就到十二点了，快！”

在这片写字楼区附近就是金融中心，大剧院和博物馆都在附近。以金融中心为轴心，周围的路上遍布着热闹的酒吧。这里有一片广场，被视为这座城市的客厅，但王泳跟秦希都觉得那里太吵，又过分明亮。

“哪里还有安静点的地方？”王泳边看表边问。还剩二十五分钟了。

秦希静了静：“一定要室外吗？”

王泳狐疑地看着他：“这个点还营业的场所，室内不是更吵？”

秦希用手指了指上方。王泳抬头一看，他们俩正站在时代大厦前面。整栋建筑物，还有三分之一办公室亮着灯，其余区域则漆黑一片。

秦希带王泳进了办公楼。一楼大堂空旷明亮，搭乘玻璃电梯疾速上升，长廊上只有幽暗的光。他解释说：“明天周末，很多人都回家加班。”

秦希的位置对着窗外，王泳凑上前，发现玻璃窗外就是金融中心的广场，两旁的大剧院亮着幽幽的灯，博物馆则变成一块巨大的沉默石头，蹲踞在黑暗里。橘色的路灯像一颗颗跳动的心脏，行人在灯下穿行。

窗上映着王泳的身影，过了一会儿，秦希的身影覆上来，两人合在了一块儿。他在身后说：“那家的炒面非常好吃，下次带你去。”

他声音低低的，像醇酒。王泳贴着他站，只要一回头，就能触到他肩头。但现在她不舍得回头，因为自从伊斯坦布尔那次以后，她发现，原来有人站在自己身后的感觉这样好。

两人都很安静地在看外面。

过了一会儿，秦希问："你在想什么？"

"我在想……你还没吃东西。"

王泳将蛋糕拿出来，摆放在秦希办公桌上，突然一拍手："哎呀，忘记买蜡烛了。"

"蜡烛？"

"你下周生日时，不是刚好出差吗？我也是今天突然想起来这事，随便买个蛋糕给你。没想到闲着没事一查，发现居然是你农历生日，哈。好巧！"说着，她掏出手机，开了手电筒功能。但这灯刺得人眼睛不舒服，她又给关了。

秦希拉开抽屉，拿出一个小小灯笼。拧亮开关，上面的月兔像一团趴在月球上的棉花。王泳将它提起来："咦？跟中秋那次的灯笼一模一样？"

"就是那个。"

王泳没想到这个灯笼还在这儿。在她印象中，那个小东西已经被扔到垃圾桶里了。他们坐在一起分吃蛋糕，王泳说起自己十八岁生日时，第一次离开家在大学度过；又说到印象最深的一次生日，是在候机楼里。

"那天航班延误，我凌晨下班走出柜台，正打算到便利店买个蛋糕犒劳自己，没想到接到罗真真电话，说有急事让我去休息室，没想到他们在那里给我准备了意外惊喜。"

"罗真真是你同事？"

"嗯，她现在已经转为空乘了，也是个不达目的不甘休的人。"她吃下一小块蛋糕，又问，"你呢？你上次生日怎么过的？"

秦希脸上闪过一丝犹豫，很快说："我忘了。"

原本热烈的气氛，一下子冷掉。王泳知道自己触到了他的痛处，但是又不甘心，想要将他拉出来。只是时机未成熟。她看着秦希，笑了笑。

秦希说："最后一口了。"

王泳推给他："你吃你吃。这算是给你过生日的。"

他脸上似乎又有点笑意："这么小的蛋糕？"

"今年先将就一下啦，明年给你买个大的，后年再大点。哈，等你老的时候，那个蛋糕要整整一个房间才放得下吧。咦，你怎么了，呆呆的？"

秦希只是微笑，摇摇头。

王泳看着手表："十二点快到了，生日要过了。快许愿快许愿！"她咚咚咚跑去将办公室灯关掉，将灯笼递到秦希眼皮底下，让他对着这"蜡烛"许愿。秦希觉得她挺好笑的，但见她一脸期待，又不忍心，于是闭上眼睛，凝神对着灯笼站了一会儿，又睁开眼。

"怎么样？许了什么愿？"

秦希说："你们不是说，说出来就不灵了吗？"

"切，没说出来的也不见得……"王泳觉得这话不太好，赶紧住了嘴。她低头看表，发现秒针再走半圈，就要抵达十二点。她赶紧抬起头来，对秦希说生日快乐。

秦希微笑，说谢谢。

过了十二点，在这幽暗的办公楼内，两人间的气氛轻松，有一搭没一搭地说着话。窗户推开，夜风吹进来，像在天台上聊天般惬意。王泳说起自己以前没想过会在航空公司上班，还参与过撤侨。

秦希非常耐心地听，又问她以前想做什么。

“当记者。我念中学那会儿，传统媒体环境挺好的，邻居家一个姐姐在一线城市当记者，跑过很多地方，见过很多人，我特别羡慕。”她握着一次性叉子，在空气中一点一点，“现在想起来，好像有点虚荣吧。”

“还想当记者吗？”秦希问。

王泳低头看着手中那柄小叉子，上面沾着点蛋糕碎末：“不了。以前的我，与其说想当记者，不如说想感受时代吧。但现在我觉得，即使不在新闻行业里，我也能够置身时代洪流。”她嘻嘻一笑，“当个小人物也没什么不好。”

“你可以将发生在自己身上的事写下来，比如做自媒体。民航业接触到很多人和事，你不会缺素材。”

王泳忽然想起当初自己被周铄告发的事。她说：“啊，不，我不敢泄密，这样会违反职业操守。”

“当然不要泄密，从普通人角度，写写你经历过的土耳其政变，不也挺好吗。或者用虚构的方式写。”

王泳想了想，觉得有道理。又扭过头看秦希：“要不要把你也写进去？”

他双手插在口袋里，微微笑：“非常期待。”

王泳小心翼翼地说：“但是，我对你并不了解呢。你有怎样的过去，你有怎样的经历，你对事情有什么看法。所有东西，都被你保护起来。”

静了好一会儿，秦希说：“可能是我自己的问题吧，我不习惯跟人谈自己。”

“害怕自己的弱点被知道？”

“胡昊应该跟你说过我的事吧。”他看向窗外远处高高低低的建筑，“我偶尔会接到家人的电话，有些来自我妈，有些来自我爸，或者我的继父、我的继母。我妈跟我爸，后来都结过几次婚，我小时候搬过好多次家，有时候也搞不清楚自己有几个继父几个继母。”

王泳静静地听着。

“我小时候最怕过年，要去继父的老家，他们一家人热热闹闹地拍照，我是拿相机那个，永远不会出现在相片里。后来我妈又离婚，再结婚，不能再带我，我去奶奶家住。”

王泳一直静静地听着。秦希的自述里，没有苦情，只有经历过的一件件事。王泳也并不以拯救者身份自居。她跟秦希是平等的。他有他的理想与忧愁，她也有自己的烦恼与梦想。王泳问他喜不喜欢现在的工作，在得到不置可否的回答后，又问他：“有没有想过回航空业？”

秦希神情郑重：“有。只是我怕又会想起不开心的回忆。”

“那就给自己制造开心的回忆！”王泳握着他的手，“你不能继续当空管，但是没有规定说你不能继续在这一行工作啊。”

秦希微微笑了笑：“我考虑一下。”

王泳又提起自己犹豫搬家的事。因为张白经常出差不在家，她象征性交的那点房租，对于这套公寓来说，简直是奢侈。她既不想占便宜，更不想以后自己搬回小破屋时不适应。

她本以为秦希会问她要不要搬过来一起住。他却只点点头，对她的想法表示赞同。

“咦？你不会希望我跟你住得近点吗？这样我们即使再忙，也能见得上。”她奇道。

“想见的话，约出来就可以。”他说，“别因为我影响你的决定。你应该是自由的。”

王泳跟秦希坐在长沙发上，两人坐得很近，膝盖几乎碰到对方的。她想起当年跟周铄恋爱时，完全迷失了自我。周铄比她年长几岁，有种白手起家的气质，喜欢论人论事。有时会点评她的衣着，让她学会留长发，让她穿裙子，让她成熟稳重点。小女孩儿，就喜欢成熟男性这种感觉，觉得他说什么都是对的。

但秦希，似乎是不一样的。

她话很多，秦希会静静地听，偶尔也会笑话她，就像昔日那个讨厌的邻居先生。但王泳现在觉得他可爱得很，她靠在他肩上说话，说累了，索性闭上眼睛继续讲。童年刚刚结束，她跳过了父母亲离婚那段，开始讲大学时候的事。

秦希还是那样，偶尔问一两句话。

过了好一会儿，两人都不再说话了。夜深了，高楼外面是城市稀薄的光，偶尔有几辆车驶过宽阔的马路。除了酒吧餐饮区域方向，其余路段几乎看不到什么行人。办公室内非常安静，静得让人觉得不发生点什么也不好。

王泳的手放在沙发上，秦希的手也放在沙发上。

她下意识地往他那边靠，他也慢慢转过身来，一只手覆住她的，另一只手慢慢搂住她的肩头，然后轻轻在她前额上一吻。

接着是脸颊。

接着是……

“你们在干什么？”办公室灯突然大亮，他俩吓了一跳，像触电般松开手，回头一看，见到穿着制服的物业大叔正狐疑地盯着他们。

秦希站起来，手插在口袋里，神情坦然：“我们在加班。”

“加班就开灯嘛！看到黑暗中有人影，还以为有贼呢……”大叔撇撇嘴，一眼看到秦希身后沙发上坐着一个女孩子。他突然意识到了什么，嘴里说着“我去其他地方看看”，脚底一滑，溜了。

秦希看着大叔离开，回过头看王泳。王泳也看着他。两人对视一会儿，扑哧笑了。他伸手牵住她的："我们回去吧。"

冬天过去以后，王泳从张白家里搬了出来，跟罗真真住到了一起。

搬出去前，王泳约了张白吃墨西哥菜。在侍者端上一份塔可后，张白隔着一张桌子告诉她，自己跟胡昊已经分手。但具体发生了什么事，她不愿意说。王泳也不好问，两人只说起身边的人和事，王泳又提到自己报名考日语 N1 了，但感觉没什么把握。

张白问她："你还真是整天忙忙碌碌的。其实这么努力有用吗？我觉得很多东西都是命中注定的。"

"唔……多学点技能还是有用的吧。"王泳没好意思说，因为自己懂一点儿日语，所以每次日本航空、气象供应商等过来交流，黎乐天都会带上她。虽然公司有翻译，虽然王泳的语法颠三倒四、词汇量少，但怎么说也是个机会。

张白将手上的塔可蘸了点酱："读书、减肥、打扮这种事，付出就能获得回报。但事业跟爱情可不一样。你说，你能确定自己什么时候遇上真命天子吗？"

王泳想了想："不能。但是我可以在遇上他之前，让自己变得更好。"

张白笑了起来："小泳啊，你太可爱了，太正能量了。但你觉得，努力就是一切人生问题的解决方案吗？"

王泳听明白了她的意思。她用吸管戳着杯子里的碎冰，像自言自语："再怎么努力，人生还是辛苦的。但是，我也只能如此了。"

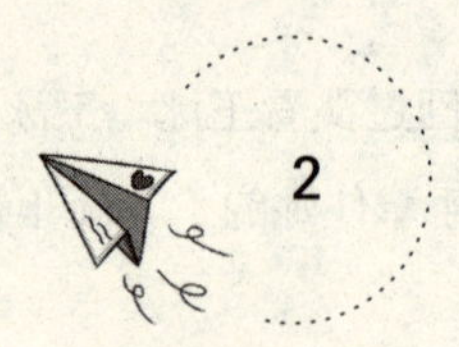

真是奇怪，对于正式成为空乘的细节，罗真真记得非常清楚。连跟教员吃的那顿饭上一共喝了几杯酒，点了哪些菜，餐馆的光太亮，坐垫太软，都历历在目。她唯独不太记得自己的首飞是怎么过来的。

一定是因为太紧张了。

罗真真提前到航前准备室时，站在镜前整理仪容，镜中身后出现一个脸圆、眉毛修得很细、看上去有点凶的女人。罗真真认出是自己师傅，赶紧回头朝她挤出笑容。

“耳后有碎发，工作牌戴得太上了，袖口有皱褶。”师傅淡淡扫了一眼，扬长而去。罗真真不敢吱声，赶紧从包里掏出发夹，重新细细将耳后的那一小撮碎发别起来。

身后传来师傅的声音，还是不紧不慢：“发夹太多了。”

罗真真差点吐血。

难怪她们背地里叫自己这位师傅做“师太”——又是一个不好伺候的主儿。

紧接着是飞行准备会、过安检、上机迎客。因为兴奋，罗真真昨晚没睡好，但在客舱里还是像打了鸡血一样兴奋。

在起飞前安全检查时，她见到一个长得像模特儿的长腿女生，怀里抱了个收音机款的包包，正跟旁边的男人说笑着。

罗真真走上前，毕恭毕敬：“您好，请把您的包放在行李架上。”

那女生慢慢回过头来，用手捋着耳边的头发，反过来问她：“为

什么？”

罗真真像背稿子一样，流利应答：“您的位置在紧急出口上，包包的体积会阻碍您顺利撤离飞行器。”

那女生又用手将头发捋了捋，慢慢拢到另一边，才缓缓说：“可是，我的包包是限量版，很贵的，怎么能随便放？”

罗真真脱口而出：“比您的命还贵？”

女生的脸绿了绿，她旁边的男人却笑了起来。罗真真觉得那男人有点眼熟，似乎之前见过。

师太走过来，问了一下怎么回事，转头对那女生说：“小姐，请把包包放在行李架上，我们要对您的生命负责任。”她态度不卑不亢，那女生不情不愿：“真麻烦。”又转头看那男人：“要不我跟你换个位？”

男人举起手，放声笑起来：“我也不坐这里。就是跟你说说话。”说着，他松开安全带，起身往前面头等舱走去。

首飞航线虽短，但罗真真感觉耳边都是师太的细细碎碎声。“42排A遮光板没完全打开。”“34B的毛毯还没收。”但这一切，都抵不住首飞的兴奋。送餐时，她是笑得最灿烂的一个。呼唤铃响起，她脚步轻快，软声细语疾步过去，“请问有什么需要的吗？”下降前安全检查，她将“请收起小桌板、调直座椅靠背、关闭电子设备、系好安全带”念得声情并茂。

航班平稳落地武汉。她跟在师太身旁，微笑致意：“请慢走。”

所有人都只是默默点头经过，但一个男人在踏出舱门前，看了她一眼，笑了笑，才步出去。

是刚才那个男人。

他走了好一会儿，刚才那个女人才提着包包走出来，经过罗真真跟前，还瞪了她一眼。罗真真向她微笑："请慢走。"

机组协议酒店订在机场附近，罗真真第一次出差，睡陌生大床。站在落地窗前看外面的夜景，兴奋得睡不着。同组的另一个女生跟她比较熟，但对方有表妹在当地念书，她约了表妹出去玩，罗真真只好独自一人到酒店大堂点了杯热可可。

旁边有男人，低声打电话，声音是低低笑着的。

罗真真抬起头来，刚好遇上那男人也抬起头看向她，原本轻飘飘的目光，此刻都黏在对方脸上。随后，那男人将手上的杯子向她的方向举起来。

是机上那个男人。罗真真忽然想起来，这是她那天培训迟到时碰见的男人。

后来，罗真真跟王泳叙述这段经历时，她已经经历了很多次飞行。在别人眼中，她还是实习新乘，但跟其他乘务相比，她的优势在于当过值机，什么奇葩的客人都见过，什么怪异的事情也都经历过。

一开始，她还充满新鲜劲儿地跟王泳讲自己遇到过的事。渐渐地，自己的劲儿也过了，开始抱怨，抱怨师太多么严厉，抱怨现阶段薪水太低，抱怨培训任务太多。

王泳提醒她："别忘了，之前你可说过，如果能当空乘，你怎样都愿意。"

罗真真立马蔫了。

虽然不服气，但她觉得王泳还是说得有道理。两人从厨房里端出一大锅面条，搁客厅大长桌上，边看综艺边吃。面条拌着肉末和酱油，热气腾腾，让人觉得好幸福。

在幸福当中，罗真真手机响起，她看了一眼，放下碗，走到房间里听电话。过了整整一个小时，她慢吞吞走出来，长桌上只剩一碗面条，大锅不见了，厨房里传出哗哗水声。她推开门，笑嘻嘻探头进去："真不好意思。"

王泳头也不回地刷着锅："第五次了。"

"嘿，这么小气，还计数哪。"

王泳关了水龙头，水声停了。她回头看向罗真真，双手还往下淌着水："我说跟你打电话那个人。今天周三，这是本周内第五次你吃着饭、看着电视，躲到房里接电话了。"她凑近一点儿看她，"该不会是有妇之夫吧？"

罗真真笑着推开她，叫她一边去。然而晚上回到房里，她心里也在思考这个问题：她跟那家伙，到底算什么呢？

对方手上没有婚戒，半年在国内，半年在美国。在国内时一人独居，罗真真没见过他的家人，他说都在美国。

"有老婆吗？"她装作开玩笑地提起。

对方一笑，亲昵地吻她："你不就是？"

她偷偷看他手机，发现里面没有女人的照片，连她的都没有。但有次他接了个电话，到阳台去接听，罗真真听到他声音亲昵，是跟小孩子说话的语气。那天晚上，他要抱她时，她轻轻捉住他的手指，在灯光下端详。指节有力，干净修长，细看无名指，似乎有淡淡的痕，再细看，又没有。

他翻过掌心，盖住她的手："不用找了，没有。"

她感觉得逞，正小得意，他淡淡地说："我不是会结婚的人。"

对于罗真真最近的情绪变化，师太都看在眼里。这天航班一落地就下起了雨，师太让她坐自己车一起走。罗真真一路懒洋洋，只看着窗外夜色流动，雨水扑到车窗上，不怎么说话。

“很累？”师太问。

罗真真意识到自己不说话不太好，赶紧冲她笑了笑：“是啊，还没适应过来呢。”

师太点点头：“总有个过程，慢慢就习惯了。听说你以前是值机，怎么想到当空乘？”

又来了。

自从“地升空”以来，罗真真反复被人问同样的问题。这不明摆着的事吗？但就像女明星被反复追问豪门恋情，都说是真爱，谁会说为了钱。罗真真习惯性地敷衍，说了些类似“一直向往飞行”的话。

师太看了她一眼，也不再继续这个话题。这时前方堵起车来，四条车道都被塞满，罗真真说：“唉，又堵车了。”

师太凝神看了一会儿前方，突然解开安全带：“有车祸。”

罗真真吓了一跳，她还没回过神来，师太已经推门下车往前奔去。她只得穿着高跟鞋，跟在师太后面一路小跑。

附近前方路口围满了人，师太推开围观的人挤进去，罗真真在她身后探出脑袋，发现地上躺着个浑身是血的小伙儿。围观群众有人在打急救电话，有人掏出手机在拍照。

师太挤上前去，跪在伤者跟前查看伤势。发现对方还有呼吸，她回过头，冲着人群大喊：“打 120！”

几个人喊“打了打了”。纷纷乱乱中，有人说“是印象航空的空姐啊”。

师太用手抹了抹脸上雨水，蹲在地上察看：这名伤者伤势较重，已经失去意识，手脚冰凉，脸色苍白，身体下面一大摊鲜血，被雨

水洗刷成一片淡红色的水，在地面上流动着。她跪下来，又回头喊罗真真。

罗真真从没这么近地接触过生死，眼前这一大摊血，将她吓坏了。她怔在原地，师太再喊了两次她名字，她才回过神来，走上前去。

师太问她："还记得培训时的抢救课程吗？"

罗真真点点头。

在师太指导下，罗真真用她的右手手掌边缘压着伤员前额，另一只手的两只手指托着下颌，将受伤小伙儿的头部慢慢后仰。师太轻轻解开小伙儿的上衣和腰带，在定位后，开始对他进行心脏按压。

围观人群中，不知道谁递过来一把伞，在他们头顶撑开。雨水从伞檐流下，落在师太身上、脸上，她跪在地上的裙子下摆全部湿透。

罗真真边看着师太的动作，边在心里默念着培训课上的内容——心脏按压三十次，人工呼吸两次，每五次一个循环，观察一次生命体征……

在一遍遍心肺复苏后，伤者仍未苏醒。不一会儿，救护车驶来，医护人员下车，师太跟罗真真退到一旁，默默旁观。旁观医护人员蹲下，观察体征，紧急抢救。旁观他们慢慢停下动作，摇摇头，宣布伤者已成逝者。

人群开始四散。雨还在下。师太紧紧抿着嘴唇，一言不发，罗真真忍不住流下了眼泪。

重新上了车，车流依旧堵塞。师太开了车窗，夜风带着雨水味道扑进来。车厢里，像是一片沉默的海，无声的情绪在涌动。罗真真盯着前方的红灯，突然问："师傅您当时为什么想当空乘？"

"为了钱啊。"师太说得直接，倒是让罗真真一愣。

“我姐姐以前也是做空乘的。”师太说。

罗真真问：“那现在呢？”

“在一次空难中没了。”

罗真真内心一紧，赶紧酝酿安慰人的话。师太拢了拢头发：“很久以前的事了。那时候我刚开始飞。我姐的事发生后，家人都劝我不要当空乘了。但我坚持了下来。”

罗真真小心翼翼地问：“因为您喜欢飞行吧？”

“还不是因为钱。我总得有一份工作吧。”师太直截了当，“公司内部开会，经常会提到我们姐妹，说来说去都是那一套，什么‘为了蓝天的梦想’，把我视作榜样。”她将手搭在方向盘上，看着前方，“实话说，要不是我找不到更好的工作，我也未必会做这份工。不过现在我不缺钱了，可以不飞，但想来想去，我还能做什么呢？这份工作让我有成就感。就像刚才那种情况，我们懂急救知识，能够简单救治伤患。”

罗真真看着前方，那小小的红灯闪了闪，变成绿色，前方的车流开始一点点松动，像她的某些想法。

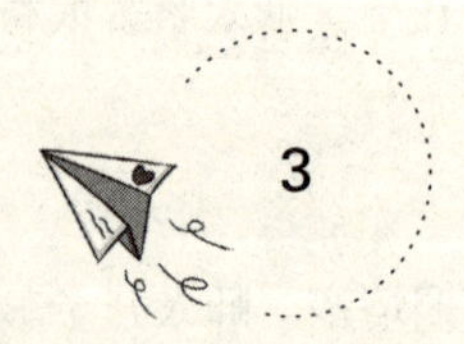


罗真真给王泳发消息，提到今天发生的事时，王泳正跟同事们在京都旅游。樱花季已过，枫叶季远未到来，就是这样一个时候。

运控中心分十几批人出行，王泳跟艾珊同一批，飞机上相邻。王泳在飞机上用小本本写下一些想法时，艾珊问她关于胡昊的事。

当然是压低声音的，因为胡昊就在她们前面一排。

艾珊问："他跟女朋友是不是分手了？很久没见他俩在一起了。"

王泳摇摇头，表示不清楚。

飞机抵达关西机场，印象航空大阪办事处经理派人来接他们，让他们大感受宠若惊。胡昊不知道去哪儿了，他们在车上等，经理派来的当地雇员中文说得很好，逗得一群女孩子非常开心。

窗外下起了细雨，王泳迷迷糊糊地睡着，又醒过来，见到胡昊跟办事处经理一起走过来。车上的人才明白，原来是因为胡昊，他们才有这样的待遇。

酒店在京都御所附近。王泳跟艾珊住一个房间。刚放下行李，艾珊就开始跑到洗手间补妆。她边对镜子涂眼睫毛，边跟在外面的王泳说："可真巧。你看我跟你一起当值机，一起分到运控中心，出来玩又刚好一个房间。他们说今晚一起出去喝酒……咦，你怎么了？"

王泳抱着枕头，一脸苍白："我用一下洗手间。"

艾珊秒懂，用同情的眼光看着她："来姨妈了？今晚还能出去吗？"

王泳无力地挥挥手："你们玩得开心。"

但艾珊怎么可能轻易放过王泳。她硬是拽上王泳，跟同事们一起到居酒屋。大伙儿围坐一块，情绪都恢复到刚入职的懵懂新人期：吐槽老板，说不在场者的不是，抱怨工作太忙而薪水太低。

王泳跟胡昊坐得近，膝盖经常碰到对方。两人都没怎么说话。王泳时不时掏出手机，看看秦希有没有回复她。

小动作哪里逃得过艾珊法眼，一把抢过手机，逐字逐句念出王泳发送的内容："我到日本了。你还有胃痛吗？记得吃饭。"转身笑话起王泳来，"怎么，你不在身边，人家连饭都不记得吃啦？"

大家都笑。王泳尴尬地将手机夺回来。

艾珊还是不放过她，还在问："秦希？是你男朋友的名字？看你坐立不安的，明显在等人家回消息嘛。"

于是大伙纷纷追问王泳怎样跟秦希相识，王泳只好随意敷衍。

胡昊一直在低头喝酒。艾珊笑着用手肘碰了碰他，将脸凑过去："王泳这家伙，完全不把大家当回事嘛，这么敷衍我们。她以前在航务部时，就是这德行吗？"

胡昊笑了笑："我不记得了。"

从居酒屋出来后，王泳想回酒店休息，但其他人都说要去酒吧再喝。她问了半天，没有一个人跟她同路回去，只得又跟着去。

酒吧里暗，男男女女像水族馆里的生物，只有同类能嗅出同类的味道。王泳坐在角落，专注地看手机，发现秦希一口气给她回了三条消息——

"不好意思，现在才回你消息。"

"吃过了。没有胃痛。"

"你到了吗？要注意安全。"

她飞快回了他信息，又将手机放回去。周围同事的喧哗声，像涨潮一样盖过了她的存在。音乐湿漉漉的，她从高脚凳上滑下来，像条鱼般溜向出口，寻找洗手间。

长廊墙壁上，有大大的汉字书法。极乐世界，笔迹若游走的蛇，或唇上流出的蜜。她流连于笔迹之间，一眼瞥见汉字下有人坐在深

色软沙发上，是艾珊和胡昊。

她经过他们跟前，见艾珊正贴近胡昊，笑着问他："我们再去其他地方喝酒，好不好？"

胡昊微醺的模样，没说好，也没说不好。他抬起头，恰好跟王泳目光相触。王泳尴尬地笑笑。

艾珊注意到胡昊的目光，也转过脸，见到王泳，便也一笑，神情非常坦然。那天晚上回去后，她们聊着天，只是一直没提到胡昊。

后面两天是观光行程。购物时段里，王泳拿着代购清单，替老妈、罗真真、张白跟小文买齐东西，便回到车上看书。胡昊也留在车上。两人隔着一段距离而坐，彼此都没有交谈。

秦希回复消息虽不及时，但仍不时给她发来简讯。他问："好玩吗？"

王泳回复："你在的话更好。"

这次，秦希整整八个小时没回复。王泳不禁胡思乱想，他是太忙了？还是仍未熟悉这亲密关系？除了有份正当工作以外，他浑然不像个能够跟人正常来往的，更别提置身恋爱关系了。他们在一起，除了牵手外，就没有别的了。

王泳胡思乱想了大半天后，秦希突然给她发了张寺院照片。王泳吓了一跳：他要出家？正瑟瑟发抖，他发来文字："我在日本时曾经试过坐禅，你也可以一试。"

这种在西方非常流行的生活方式，现在又回到东方年轻人身上了。王泳脑中出现了几个选项：秦希出海游玩、秦希打篮球、秦希去喝闷酒……好了好了，还是钓鱼跑步坐禅更适合他。

王泳查了一下，有家寺院每逢第二和第四个星期天凌晨六点在寺内举行禅修，完全免费。

后面两天自由行程里，王泳收拾好行装，坐上洛巴士，抵达那家禅寺。跟人山人海的清水寺、金阁寺比起来，这里几近冷清。

这座寺庙当年曾经是某天皇的离宫。天皇出家后，改建为佛教寺院，是日本最早的、皇室建造的禅宗寺院。王泳背着背包，穿过有四百多年历史，属于“重要文化遗产”的勅使门；穿过由藤堂高虎所建，门楼上供奉着释迦牟尼、善财童子和十六罗汉的三大山门。经过庭院时，她拍了照片发给秦希，配文是“听说刚开始修建庭院时，这里的樱、苇和枫分别来自三个不同地方呢”。

王泳提前一天晚上抵达，申请了宿泊。入住的是禅寺分院，主要用来办茶会，提供茶室跟客房。她入住的是全木造的和式房间，榻榻米上有木头味。跟她同一房间的还有一个台湾女孩，以及一个六十几岁身体轻盈苗条的法国女人。

她进来时，法国女人正在面朝庭院盘起双腿，一直闭着眼睛没说话。

台湾女孩问她是不是佛教徒，王泳摇头，说自己只是好奇。台湾女孩说她也不是，但是每到一个地方旅游，都会尝试坐禅。除了日本各地外，她还在大陆、韩国、泰国和尼泊尔都试过。

“你知道吗，韩国的那个很好玩。完全就是个旅游项目啊。”她笑着说，“在参观寺庙的环节，配上一个爱讲美式英语、动作夸张的当地导游。”她还模仿导游的样子。她对韩国的印象是——这是个过度包装的国家，对东方人推销商业活力，对西方人贩卖东方传统。

王泳没去过韩国，但听起来，觉得这种做法似乎也无可厚非。

正说着话，又有人走进来。她们用英文向她打招呼，对方一怔，

向她们鞠了一躬，嘴里低声说了句日语。

晚上王泳在外面闲逛，见到同样宿泊在寺里的人。他们坐在檐下发呆或看书，庭院里有水流的声音，月亮爬上来，让她不由得想到，这样的生活，一直过下去也是幸福的。

她在庭院里走，树影下有一道人影。天色太暗，乌云飘过去，她看不到那人了，却觉得身影有点熟悉。

第二天凌晨五点四十分，他们提前来到坐禅的房间。住持和尚身披一件褐色僧衣，坐在屏风前面。负责打扫的僧人指引他们坐下，围成一圈，与住持和尚遥遥对望。

陆续有人进来，在门口鞠躬，然后轻轻步入。

有人经过王泳身边，走到对面，盘腿坐下。王泳抬头与他目光相触，彼此都是一怔。

她没想到会在这里见到胡昊。胡昊也没想到会在此处见到她。

住持和尚始终低垂双目，嘴里诵经，手里敲着木鱼，一下一下。王泳只听得懂“南无”这个发音。

六点整，住持和尚停下手中动作，睁开眼睛，环视众人一眼，开始用日语简单解释坐禅。王泳大概听得出来，无非在说明呼吸的重要性。以前刚开始当值机时，王泳每天面对不同的旅客，压力非常大，睡觉时常常躲在被子里哭。有个女同事告诉她，可以试着练习冥想，释放压力。当时王泳翻了一些冥想的书。最后，冥想是没练成，但是她起码知道了，专注呼吸可以让人心绪平静，提升专注度。

“将注意力集中在一呼一吸上……”住持和尚说。

昨天晚上，台湾女孩告诉过她，刚开始坐禅时，会发现自己有很多乱纷纷的念头。“平时不会发现，静下来，心底深处的念头就会冒出来了。我也是那时候才发现了自己的内心，然后就对这种形式一发不可收拾啦。”

坐禅开始后，王泳发现台湾女孩的话是对的。

她轻轻地呼吸，将呼和吸这两个动作无限延长。鼻息虽轻而长，思绪却快得跳脱，一个念头接一个念头往外冒。

首先是父亲的脸。在闭目的黑暗中突然冒了出来。电话那头，他的脸，伴着那个小女孩喊他爸爸的声音，硬生生地在王泳眼前耳边绕着。直到周铄出现，父亲的身影才慢慢淡下去。

周铄跟她说过的那些话，她明明已经忘记了，但此时却又想起来了。她有点难为情，赶紧将思绪抽离，再次专注在呼吸上——

呼……

吸……

呼……

吸……

然后是罗真真、魏太后、张白、小文……都跳了出来。还有很久以前在值机柜台那儿骂过王泳的旅客，她以为自己早忘了，又都跳了出来。

呼……

吸……

呼……

吸……

庭院里遥遥传来狗吠声，哪里有狗？她不确定这里有狗。也许是远处的吧。清晨时分，寺院异常安静，似乎能听到唧唧虫鸣。青草的气息。有流水。庭院里有不同植物，但是她说不上名字，只想着如果秦希也在这里，看到这景色该有多好。

呼……

吸……

呼……

吸……

那个雨夜的回忆，就是在这时突然袭来的。那个她本来以为已经忘记的夜晚，胡昊抱住她，将她的头发拢上去，轻轻吻她的脸，吻她的脖子。外面是庭院的流水声，不，似乎是那天晚上的雨声。她心思散乱，呼吸也在刹那间凌乱，像当夜的心跳。他手指的温度，唇舌的温度，还有他进入她时她久未经性事的紧张。而他轻轻抚摸她的背脊，让她放松。

他问：你知道我什么时候开始注意上你？

她：什么时候？

他:维和包机时。你在大屏幕前看到新闻里灾民状况,你在流泪。

她觉得丢人,用手捂住眼睛,问:在工作场合流泪,我太不敬业了,是不是？

他笑：是。

王泳再也控制不住呼吸，一切都乱。她猛然睁开双眼。那个人就坐在她对面，此时恰好也睁开双眼。不知道他内心涌上了什么，她看到他眼神黯淡如锡色的天空，紧抿着嘴唇，目光恰好与她相触。

两人默然相视片刻，王泳重新闭上眼睛。过了一会儿再睁眼，胡昊也已重新闭上双眼。

日本之旅结束后，他们一群人在关西机场办理登机手续时，王泳收到秦希发来的消息。他说,你那篇《土耳其政变机场历险》的文,已经全网疯传。

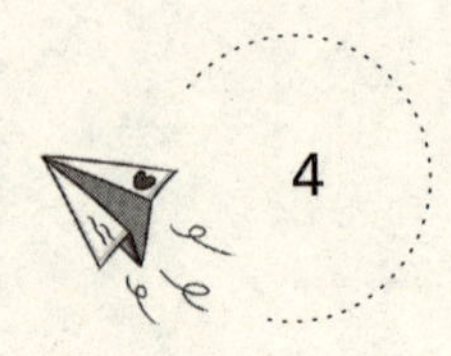

4

云霄路上这家火锅店很受欢迎，门外总是排长队。因为这附近住了很多航空公司、机场和空管的人，有段时间一进来，就能听到隔壁桌不是在讨论航线申请，就是在评价机务故障，不是在吐槽旅客投诉，就是在了解客座情况。

只是人们喜新厌旧。后来，云霄路上又陆续开了几家火锅店，这家店就冷清多了。

程慧珊约了王泳在这里见。一进门，她便脱下瘦长的外套，满脸神清气爽："人少，不错。最讨厌人挤人了。"

她问王泳喜欢吃什么，王泳说随便，她开始自己点。

王泳正低头给程慧珊倒茶，隔壁桌一个女生将手机递给对面的男友，激动地说："快看快看！这就是我上次跟你说的那篇文，是一个女孩子讲自己在伊斯坦布尔机场经历政变的经过。"

男友一哂："这有什么好看的？"

"她在这个过程中跟一个叫秦先生的男人东躲西藏。最后的结尾是，秦先生在机上握住她的手，两人相视一笑，开始自我介绍。"

男友笑了起来："这不是小女生的幻想吗?！一看就是瞎编啊！哪有什么秦先生这种人。"

王泳放下茶壶，在旁边竖起耳朵听。程慧珊点完菜，用手指敲敲桌面："怎么？别人说你的秦先生不存在，你不高兴了？"

"啊，我……啊？"王泳一惊，口吃起来，"哪里……不是啊……"

程慧珊笑了笑："上次跟人吃饭，宣传部部长 CY 也来了，饭桌

上聊起这文。说是因为里面提了不少印象航空的好话，大家都在打听这是不是印航的人自己搞出来的。CY说，写这东西的是个人才，而且估计有新闻业背景,要知道是谁写的,他一定给挖过来。我一看，这主人公的背景、经历、时间点,一看就是你。怎么,秦先生没陪你？”

王泳有点不好意思，赶紧转移话题，问起程慧珊最近怎么样。

程慧珊约王泳出来，的确是有原因的。她说，沈光已经发现胡昊是老八的人。他觉得自己被人当棋子使，非常不高兴。程慧珊也认为，在航务部里，如果有人压制一下胡昊会更好。她单刀直入:“你想不想回航务部？”

王泳的心动了动。

新闻梦想离她越来越远。跟师兄师姐聚会时,听到更多的是抱怨。调度部的工作虽繁重，但也越发顺遂。但她偶尔晚上加班时，抱着文件经过隔壁航务部办公室，听到里面传出跟国外民航局交流的声音，心里还是有点微妙情绪。

对曾经拥有“誓要站在时代洪流”梦想的她来说，跟调配航班比起来,跟国内外热点事件拥有更多触点的航务部,才是她心系之处。偶尔想起刚去航务部报到那天，自己用新闻主播口吻介绍航务部性质，她都忍不住会笑。

然而她已经不是过去的自己、一味听从内心的幼稚少女，已经学会了权衡利弊。

她说：“可是航务部人才那么多……”

她说的是实话。

在航务部，论业务能力，她不是最强的，外语不是最好的，文笔不是最佳的，为人处世更是提升空间巨大。至于那些值机经验，在航务部并不能帮上什么忙。

程慧珊说："我们考虑过其他人。像余思棠跟杜大鹏这样的，当然是聪明人，但他们缺乏一技之长，擅长的就是斗争、推活儿和邀功。老板需要的始终是能干活的人。"

王泳不禁想起了魏叔的话。他说，就像后宫争斗一样，皇帝需要的女人，要不就是有美貌或家世，要不就是能生育子嗣。不能满足皇上所需的话，再长袖善舞也没用。

王泳说："黎经理那方面……"

"沈副总会跟他说。"

王泳有点迟疑："毕竟是黎经理将我从一线带上来，我觉得这样对他不好。换了是你，我也不会这样对你。"

程慧珊将头发在脑后撩起，微笑着说："还有呢？"

"还有，我觉得自己微薄的能力，似乎在运调部更容易出头。"说这话时，王泳始终有些不安。这么明显地拒绝程慧珊递来的橄榄枝，她也怕得罪对方。但还有一个原因，她埋在心底没讲：她决意不要蹚沈光跟老八这浑水。

即便她对在航务部的日子无比怀念。

"好。"程慧珊往椅子上靠了靠，"说起来，我发现你有点不一样了。"

程慧珊一直在关注着王泳。即使在王泳因为押解犯人包机一事得罪沈光，被"扫地出门"，她仍在关注小姑娘的成长。她想知道，这个姑娘是会从此一蹶不振，还是爬起来继续跑。

有一件事，程慧珊没有跟王泳提过。当日在芸芸新员工中，程慧珊隔着玻璃门看着一群新人，谁都不想要王泳跟艾珊两个女生——有过工作经历的，不如新人好捏拿。但她在王泳眼里，看到了光。那不是被成功学鸡汤点燃的光，是竹子般与生俱来的、向上的力量。

她跟沈光说，她想要这个人。

沈光提醒过她，不要找过于理想主义的人。鼓足了鸡血的气球，被现实戳一戳，马上就会破。

程慧珊很欣慰地发现，王泳身上挂着的气球还没破，她的双脚还在跑，而且越跑越有自己的节奏，不再会因为别人缭乱的鼓点乱了阵脚。

这时，程慧珊电话响起，她将身体往后轻靠，接听起电话。语气变得温和，但依然带着坚定。说到一半，她放下电话问王泳："我有朋友过来，你不介意吧？"

王泳说不介意。过了一会儿，她见到了程慧珊口中的朋友，一个瘦高个的年轻男子，穿着飞行员夹克，看上去跟王泳同龄。他坐在程慧珊身旁，有点拘谨地跟王泳打招呼。坐了好一会儿，他拿过程慧珊跟前的可乐，看了她一眼，见她没反应，仰头就喝。

王泳瞬间明白了他们的关系。

不一会儿，程慧珊又接了个电话。这次，她的语气像在跟小孩子说话。挂掉电话，她对小男朋友说："小朋友的聚会结束了，你去接一下我女儿吧。"

小男朋友抱着手笑："你怎么这么放心将女儿交给我？"

程慧珊哼哼两声："我不是放心你，是放心我女儿。她不会单独跟你走的，外婆在身边呢。"

小男友做举手投降的动作，在她脸上轻轻一贴，转身走开。

回头看王泳盯着他的背影看，程慧珊问："怎么样？"

"啊？"王泳赶紧收回目光，"什么怎么样？"

"我男朋友啊。"她扬手喊店员加点热汤，交代好后，才慢慢说，"我知道他们在背后说我什么，等着看我笑话呢。一个离了婚的女人，带着小孩，要孤独终老吧。我偏不。”

王泳有点怀疑她是不是在跟大众舆论赌气，程慧珊却像看透她想法似的，微笑着:“我不为他人而活。下半辈子，我要为自己而活。”

这语气，人们口中的程女王又回来了。有那么一瞬间，王泳真的觉得程慧珊是在赌气，但是她看她的眼睛，那里面的自信与坦然，是没法装出来的。

王泳有点感慨，又有点钦佩："人们都说你很强势，但我觉得其实你跟很多人想的不一样呢。”

程慧珊拨了拨脑后长发："到了我这个年龄，你会发现，一个皱纹初长、华发初生的女人，也有她的美态。在事业上、感情上拼搏了这么多年，现在是我丰收的季节，是一个女人最美好的季节。千万不要被这个社会所左右。真的，我现在过得很好。”

这似乎是自己第一次跟程慧珊聊到工作以外的人生话题。程慧珊的价值观，跟罗真真那种“女人一老就贬值”的危机感，全然不同。比较而言，王泳更向往能够到达程慧珊那个境界。

“如果哪天有什么问题，尽管找我吧。虽然未必能帮你，但是我在公司这么多年，人脉还是有一些的。”两人站在门口分别时，程慧珊这么跟王泳说。

王泳站在夜风中，看她披上瘦长外套，跳上出租车扬长而去，心里升起某种朦胧的向往。

三年后，王泳收到了程慧珊的结婚请帖。婚纱照上那个男人不是当日帅气的小男友，而是个微微发福、笑容可掬的中年男人。她、丈夫和女儿三个人赤脚站在海边，海风吹起了程慧珊的面纱，她手里捧着一束花，笑得很幸福。程慧珊结婚时，王泳正好出差没能参加，回来后听人说，沈光在她婚礼上喝醉了。

那都是很久以后的，关于别人的事情了。

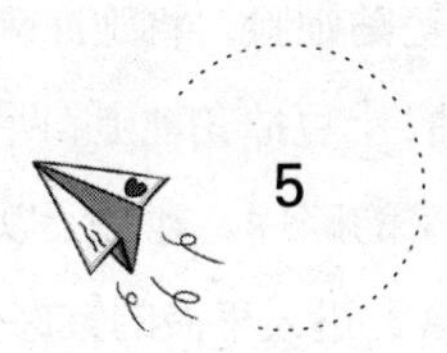


“对不起，今晚约会可能要取消了。”王泳给秦希发去这条消息时，黎乐天正在办公桌前大声问：“材料赶出来了吗？”

“差不多了，差不多了。”王泳赶紧将手机扔到一边。她的目光飘向桌面上的台历，上面画的所有圈圈，是她跟秦希约会的日子。月底将至，两人本月约会只有2.5次。那0.5次，是约会到一半，秦希接到老板电话要回去加班。

然而王泳这个月也非常忙。所以他们一般只能到某个人家里，看着对方加班。

王泳在心里哀号：网上那些追着喊着问“王小姐跟秦先生后来怎样了”，要看结局的人，一定不会想到，他们的后续会如此平淡。

不过，平淡似乎正是秦希的所求。

王泳发现，这个工作狂非常渴望家庭生活。王泳每次到他家，他都会下厨做不同的菜。橘黄色的灯光映下来，她倚在门边看他手持长柄深平底锅，往里面放一勺橄榄油和一勺黄油；看他将土豆洗净去皮，用盐水烫煮；看他将整只鸡里外用盐和胡椒粉擦一遍，翅膀跟鸡腿塞进肚子，抹上黄油，塞入烤箱；看他将鱼头、鱼骨放入大锅，再放月桂叶、西芹、葱头、盐和胡椒粉……家的味道，似乎就是心爱的人在厨房里捣腾出来的味道。

有时候他将她“请”出去，她在他房间里加班赶文件，香味像引小猫似的将她引诱出来。有时候她替他整理客厅，整理完了在沙发上睡着了，他用冻果汁轻贴她脸，将她冻醒。有时候她坚持要进去帮忙，然后打翻了橄榄油，土豆掉在地上，两人赶紧手忙脚乱收拾。

所有这些，都是一个家的碎片。她想：以轰轰烈烈的土耳其政变开始的恋情，翻开下一章，进入平淡的家庭生活，似乎也很不错。

有次她问起秦希，说他想象中的家是怎么样的。他明显一怔，然后说，喜欢的人在哪里，哪里就有家。

事后罗真真大呼小叫：说：“你这不是明显在暗示要结婚吗？”

王泳说：“我没有呀。”

“但是男人会这样想啊。”

王泳却想，自己倒是没打算这么快结婚。她似乎爱上了工作，她将未来的日子拆分成五年、三年、一年计划，再用月计划、周计划和日计划来填满。每天晚上，看着手账上打满了钩，她充满了满足。秦希自己也非常忙，他似乎真的在考虑回到民航业工作，王泳有时候听到他在阳台上打电话，对方似乎是猎头，或是民航圈内的熟人。

她喜欢这种共同进步的感觉。老妈总告诉她，女人的名字叫“牺牲”，说是结婚后就要为了家庭牺牲事业，牺牲时间。王泳好奇：那她跟秦希呢？她很难想象，假如她跟秦希结婚后，秦希会要求她将所有时间都放在家里。

不过，罗真真的看法是——那是因为现在大家都年轻。做饭做家务显得轻松愉快，又没有熊孩子干扰。

今晚有漫威电影上映，王泳提前买好了电影票，没想到下班前

黎乐天告诉她，明天上午安监局过来检查，他要向他们汇报。王泳今晚就要将报告赶出来。

王泳心潮起伏，边暗想自己是不是要放弃职业女性追求，旁敲侧击秦希有没有结婚养老婆的打算，边飞快地将报告写完。这种一个晚上赶出来的报告，往往是东拼西凑的成果。最重要的是，拼凑出来的东西千万不能相互矛盾，逻辑不通。

检查完后，她扭过头告诉黎乐天："黎经理，材料我发到你邮箱了。"

"没事，我过来看。"黎乐天走到她身旁，让她打开材料。王泳正要站起来给他让座，他一把按住她肩头："没事没事。"她被压下，只有僵硬地坐下去。他的脸凑近了看屏幕，就在她附近。

"这里有点问题，你改改。"他指着一句话。

王泳正要移动鼠标，黎乐天突然按住了她鼠标上的手："这里也有问题，你觉得这样改行不行？"他说了一句话，但说了什么，王泳没心思听下去了。

因为他贴得非常近。

王泳腾地站了起来，动作过于迅速，桌上的小盆栽都抖了抖。

黎乐天看着她："怎么了？"

"啊……我突然想起有点事……"

黎乐天说："先把材料改完再走吧。"

"好的。"王泳拉过另一把椅子，与他拉开一点儿距离坐下。他又凑近一点儿，但这次没再说什么。王泳疑心，刚才是不是自己太敏感了。

王泳按照黎乐天指出的问题，飞快修改了一遍，又发给他。

这次，他坐在自己办公桌前，让王泳走过来："你过来，我说，你来改。”他站起来，拉过一张椅子，让王泳坐在上面。

王泳刚坐下，他的身子就靠了上来。那椅子的靠背很低，她的后背能够感受到他前胸透过来的温度。他声音很低，像在诱导似的说：“嗯，这个地方的表述似乎有点问题。你觉得呢？嗯？”他“嗯”得很轻，像在询问，询问的不是眼前这份报告，而是这个人。

王泳觉得自己前额直冒汗。她在想，用什么借口飞快离开这里。

黎乐天贴得更近了，声音如在梦境：“你觉得怎么样？嗯？”

王泳浑身冒冷汗，她捏住拳头，马上就要站起来。

这时突然有人敲了敲门，王泳像遇到救星一样抬起头，见胡昊站在那儿：“你们也在加班吗？”

黎乐天直起身来，笑着应道：“是啊，明天临时有检查，要留到现在。”

胡昊微微一笑：“我也在这里加班。对了，王泳，我跟你顺路，待会儿捎上你吧。”说着，他施施然离开。办公区很静，但黎乐天跟王泳都能清楚听到航务部办公室传出的咳嗽声、打印机声、碎纸机声、电话声。

黎乐天匆匆看完材料，提了几个意见，看了看表：“我有点事，先回去了。你改完发给我吧。路上注意安全。”

看着他离开，王泳松了一口气。

这份报告本来就没有什么问题，是黎乐天硬要挑刺。他一走，王泳胡乱将它改完发过去，就准备离开。

隔壁航务部办公室还亮着灯。她走过去，敲了敲门，胡昊从电脑屏幕前抬起头。

“我要下班了。”她微笑着。

胡昊站起来：“我送你。”

“你的事做完了？”两人走到地下车库时，王泳这么问。车库空荡荡，夜晚的风在这空间里飘来飘去，像所有惊悚片的场景。

“本来就没有事，我在等你。”他找到自己的车，打开车门。

“等我？”王泳的手扶住另一边车门。

“黎乐天业务能力很强，但是他在男女关系上的风评不是太好。”他冲她说，“上车吧。”

车子驶上机场高速。夜色中的机场高速，车流极少，他们像坐在白色河流上的一叶扁舟，乘着黑色长风行驶。不知为什么，车速并不快。似乎驾驶者想让这舟行得再慢些，他与同行人共赏的夜晚，也就更长些。

在又一辆车超过他们时，胡昊问：“你们还好吗？”

“我们？”

“你和那位秦先生。或者我该直接叫他名字，秦希？”胡昊说，“我看过你写的那篇东西，也许有些细节虚构，但有些事，的确像你跟他的行事风格。”见王泳没搭话，他又看了她一眼，“你们挺好吧？”

“挺好的。”

“那就好。当日我知道伊斯坦布尔出事了，我想，不知道你会多么惊慌失措。”

王泳嘻嘻一笑：“是挺丢人的。”

胡昊点点头：“后来我才知道，原来你不是一个人。”

“嗯。”

“我一直在想，如果那天我按计划出发，那么跟你一起到伊斯坦布尔的人就是我，不知道我会不会也有秦先生一样的结局？”

王泳想了想：“不，你的结局在更早的地方。”

胡昊看了她一眼。

王泳说："在天台上时，我跟你说，你未来的妻子会是哪种人，当时你没有否认。你和我的结局，就在那里。"

胡昊将王泳送到家楼下。洒水车刚刚经过，地面白白亮亮，树的影子在灯光下摇曳，在亮亮的地面涨起黑色潮水。王泳坐在车上，谢谢胡昊一路送她回家，眼睛跟嘴巴都是笑着的。

"再见。"她说，要推开车门。

他突然伸出手来，按住她的手，吻住了她。这个吻跟雨夜那次不同，那个雨夜的一切肌肤接触，带有无限的可能性，能够通向两个年轻人的未来。但路灯下的这个吻，是告别之吻。从此以后，他只是王泳生命中的普通同事，一个路人。他们之间，原本有更多微细的可能性，不至于需要一场政变去推动，是他亲手葬送了这些可能。

胡昊用手揽住王泳的肩膀，将她的头发揉在自己掌心里。

过了很久，他松开手，对王泳说："再见。"

王泳有些恍惚，慢慢地推开门，下了车，抬头看见大楼的铁门外，秦希站在那里等她。

在长夜的街头，风疾刮，将王泳的墨绿大衣吹得啪啪抖动。风一急，她更急，匆匆奔上前去，拉住秦希的手，急切地解释，却话都说不清楚了。

秦希伸出手，将她的大衣裹紧："慢慢说，不要老这么着急。"

这动作太过熟悉。她突然掉下眼泪来。小时候她兴冲冲跟老爸说话，老爸也会笑着替她整理衣服，叫她慢慢说，别老急急忙忙的。

秦希见她说不出话来，伸手揉了揉她头发："我来是想告诉你，我找到新工作了，在国宇航空运控部门。我们也算是同行了。"

若是平时，王泳一定会笑着拉住他的手，说要出去庆祝。但现

在秦希这般冷静，这般轻描淡写，倒是让她不安起来。

她说,真好呀,恭喜你。又开始急急忙忙解释,她跟胡昊没有什么。她说了一大通，包括她对胡昊的感情变化，那个雨夜发生了什么，后来又发生了什么。但真是没用，在采访中伶牙俐齿的她，居然结结巴巴，颠三倒四。

“我跟他没有正式的开始，但刚才算是半正式的结束了。这一切太突然，我来不及反应……”

她说话时，夜风吹到眼睛里，她一直在擦眼泪。她对自己这种反应也是惊讶。为了男人掉眼泪？她跟罗真真都嗤笑这样的行为。再说，她跟秦希真的情深至此吗？在她那篇以虚构口吻、带点小说笔法，命名为《空港》的文章里，她为土耳其政变逃上飞机的主人公安排了牵手的情节。有好几个读者在下面评论——这是吊桥效应[1]吧？

这些评论，不仅她看到，秦希也看到了。只是两人始终没谈过这个问题。

秦希用手轻轻帮她擦眼泪，等她絮絮叨叨、翻来覆去地说完，才说：“这是我们两个人的问题，跟其他人没关系。”

“真的？那你是不生我的气了？”

“我没生你的气。”他又用手擦她的眼泪，“我生自己的气。我让你流泪了。”

王泳还噙着眼泪，噗地笑了，又小心翼翼地试探：“但你看上去并不高兴。”她那么努力地让他打开内心，他开始一点点将紧闭的壳

---

1　吊桥效应是指当人在过吊桥的时候，心跳因为紧张而加速。若此时碰巧遇见一位异性，就有可能将此时的心跳加速理解为“因爱情产生的心动”，故而对对方滋生出情愫。

敞开，眼看又要关上了。

秦希说:“我没有。”他握住王泳的手,脸上仍没有笑。他的手冰冷，他送她上楼。她在门口问他要不要进来坐，他说不了。

胡昊没有走，他隔着车窗在看。他看到王泳拉住秦希的手，他看到秦希裹紧她的大衣。这两人身边像有结界，外人进不去。

是，他是个外人了。

他正要驶车离开，突然见到王泳抬起手来擦眼泪。这个哭包……他犹豫片刻，推开车门，夜风灌进车内，他清醒了些，又将车门关上。

他看着秦希送王泳上楼。他抬头看楼上她的房间，灯亮了。

胡昊点燃一支烟，将手搭在降下的车窗上。一支烟还没抽几口，秦希下了楼。胡昊推门下车，将香烟掷在地上，将它踩熄。

深夜长街有点冷。他快步走上前，手心却是热的，一把搭在秦希手腕上：“我跟王泳——”

秦希一把摔开。他抬头见到胡昊，眼神带着距离感：“这是我和王泳两个人的问题，跟其他人没关系。”

“OK, fine.”胡昊举起双手，“我只是看不得她哭。”

“你是以什么样的立场说这话？”

胡昊笑了笑，但眼睛里没有笑意：“你想说什么？”

“王泳喜欢过你，这是以前的事。我没有意见。但我在意的，是现在。”

胡昊抱着手看他：“你在意的到底是现在，还是过去？也许是因为思婧的事，所以你对我充满了敌意？——让我想想看，一个热情开朗的女孩子，打破了男人紧闭的心。呵，这件事，怎么听上去这么熟悉？你到底喜欢的是王泳，还是一个思婧的替身？”

“这跟你没关系，也跟思婧没关系。”

又是一阵夜风卷来，两人在夜色中对峙。然而下一秒，他们同时都注意到了，隔着一道铁门，王泳站在门口，呆呆地听着这一切。

秦希说：“王泳——”

王泳怔怔地低头，看着手中握着的那个U盘，递出去给秦希：“你刚掉在这儿的，拿回去吧。”

秦希没接过，她啪地松开手，U盘掉在地上。她转身就走，秦希喊她名字，她不语，咚咚咚沿着楼梯往上跑。

第二天，王泳罕有地迟到了，神情疲倦，像是一夜未睡。上电梯时见到程惠怡，对方好奇地问：“眼睛不舒服？”

“没有。”

“眼睛很红呀。”

王泳笑了笑：“要滴眼药水了。”

一个上午都在忙碌。黎乐天开会去了，没有带上她。她乐得不用去凑人数，专心计算部门月度绩效。十一点多时，子青打电话给她，语气神秘：“那个出国培训名单出来了，你看到了吗？”

“还没呢。”王泳随口说。她提前知道名单上有自己，子青也从其他渠道听说过这事。这个时候打电话来说这个，是什么情况？

“你的名字被换掉了！”子青有点紧张，“下午就要正式确定。你快点找黎乐天问一下。”

挂掉电话，王泳给黎乐天发了消息，黎乐天一直没回复。她知道他在开会，直接到会议室门口堵他。会议间隙，黎乐天从里面出来，王泳迎上前去，低声跟黎乐天说了这事。

他点点头，说知道了。王泳识趣，不再多说。

每个部门派人去美国 FAA 参加培训并考取执照，这事是黎乐天跟王泳提前说好了的。他说过，自己推荐了她，还开玩笑让她准备收拾行李，准备在美国过圣诞。

FAA 即美国联邦航空局。就跟驾照一样，在中国当签派员，需要考 CAAC(中国民用航空局)执照,在美国则需要考取 FAA 签派执照。后者在全球范围内更获认可。

王泳回到办公室继续干活。黎乐天开完会回来，始终没提这事。下午，王泳正在埋头算数，手机弹出一条信息。子青问：你没跟黎乐天说这事？还是他搞不定？老板们刚散会，让我把名单打印一下，我看名单上还是没有你。

王泳放下手机，抬头看了看黎乐天的方向。他正斜斜地靠在椅背上,手里在转动一管笔。她扫视一眼办公桌,抓起一份文件在手上，拿到黎乐天跟前，恭恭敬敬地请他签字。他签完字后，王泳站在桌前不走，轻声问他："黎经理，出国培训那件事……"

黎乐天看了她一眼，"哦"了一下，放下手中的笔："那件事，"他顿了顿，像在斟酌字眼，"老板说你太年轻了，今年先把机会让给其他人。以后机会有的是。"

王泳犹豫了一会儿，决定据理力争，但嘴上仍是笑着的："但替换我的那人，跟我同年呀。"

黎乐天隔开一张桌子，抬眼看她，似乎在笑，又似乎不是。好一会儿，他只若无其事地说："哦，是吗？"

那一瞬间，王泳忽然明白了，她再说什么都没有用。

她抓起文件，坐回自己的办公桌前。手机上又弹出子青的消息，在替她着急："怎么了？黎乐天怎么说？"

王泳想了想，只回了她一个无奈的笑脸。

子青发了一串问号。

王泳抓起手机,在上面敲了一行字。想了想,又将它删掉,退出来,手指快速移动,找到程慧珊的头像,给她发过去一句话:上次你说,宣传部部长想知道土耳其政变的文是谁写的?

二十分钟后,程慧珊发来一条回复:我替你问一下。

不需要更多语言,她知道王泳想问什么,想做什么。

# 第十章

# 宣传部

C H A P T E R 10

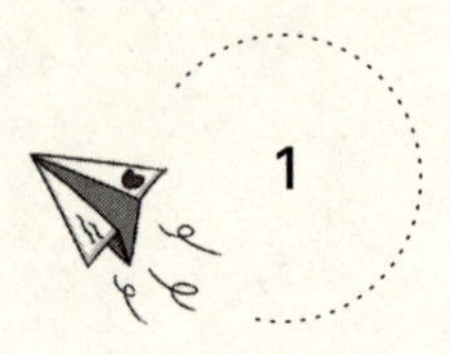

根据流程，王泳得先去公司宣传部实习三个月，才能确定是否调整部门。但大家都知道，这不过是走个形式。消息传出后，黎乐天对她非常客气，说知道她能干，有前途。她也客套地虚应着，同时提出能否早点下班。

“没什么就先走吧。”他态度亲切。

王泳收拾好东西，抱着纸皮箱走进电梯时，见到胡昊在里面。胡昊微笑着看她：“恭喜。”

“谢谢。”王泳说，“也恭喜你。”她说的是人们传闻程慧珊有意去伦敦办事处，胡昊有可能升为经理一事。

“你说那事？传闻，传闻。”他伸出手，顺手接过她的箱子。

在职场梯子上摇摇晃晃，越往上爬越是高寒，他越发谨慎，还没尘埃落定的事，绝口不提。王泳忽然想，跟他共事的日子里，她从他身上学到了那么多。他们走出电梯，胡昊问王泳是不是把东西送去集团大楼，说自己要去那边开会，可以送她一起。

王泳脸上闪过些犹豫，胡昊笑了起来：“只是一起去集团大楼。秦希该不会在那里等着吧。”

王泳也笑，但笑得很勉强。

两人一起走向车库时，胡昊问：“我知道这是你们俩之间的事，

我不该插嘴。不过，作为朋友的关心，我想知道，你们这几天还有再见面吗？”

“我这几天很忙。”王泳言简意赅。她说的是实话，这几天她太忙,没有联系秦希,秦希也没有联系她。她跟程慧珊说起黎乐天那事，程慧珊很快帮她搭线，但同时也告诉她，欢迎随时回航务部来。

王泳当然明白程慧珊的考虑：有胡昊在，她做事会诸多掣肘。从私人角度考虑，她迫切需要一个自己人。王泳是最佳人选。

不过她也说了：“一切尊重你的个人选择。我知道你一直喜欢新闻业，对宣传部有执念。不过那里未必像你想象的那样。如果你做得不开心，随时告诉我。”

“我会的。”王泳这样告诉程慧珊。

此时，胡昊抱着王泳的箱子往大楼外走。他说：“我那天说的话，不过是因为看到他让你哭，忍不住说了番气话。你不要放在心上。”

王泳又开始装傻，装听不懂：“什么话？”

胡昊微笑：“别装了。第二天早上，你眼睛又红又肿，别人都在背后议论你是不是失恋了。”顿了顿，“我和秦希跟思婧三人，既不是普通的朋友，也不是男女朋友。她这样的公主不会是我喜欢的，也不会是秦希所喜欢的。话说回来，像我跟秦希这样的工作狂，其实也满足不了思婧那颗公主心吧。”

“那是你们三个人的事，与我无关。”

“在你听到那番话之前，与你无关。在你听到那番话之后，你不可能停止去想它，去怀疑它。而我对秦希有足够了解，他这样自尊的一个人，是不可能向你解释什么的。他只会一如既往地对你好。但是他不懂女人，他不知道，有些事情是要跟对方解释的。”

王泳开始了在宣传部实习的日子。现在她不再坐空港快线上班，每天早晨八点整，被人群挤在飞速向城市中心行驶的地铁上，一只手高举手机浏览新闻。早高峰的地铁上，到处都是像她这样到外地拼搏的年轻人。车厢门开了，一批年轻人下了车，又涌上来一批新面孔。

她走出地铁站出口，升上地面，银白色外墙的集团大楼就在眼前。她在电梯口见到章楠一，笑着说“早上好”。昨晚公司一个多伦多航班在空中起落架故障，被一个航空微博转载。章楠一盯了一晚上，今早黑着眼圈，边打呵欠边跟王泳打招呼。

如果说，当记者是要以挖掘真相为己任的话，那么大企业宣传部的工作，无非是以下几点：与网民和媒体斗智斗勇，掩盖或是文饰真相。

这跟自己的新闻理想相距甚远。程慧珊早已提醒过她。不过这样的工作性质，王泳早有预期。她不指望能够伸张正义，但她思考：是否能够在公司形象与公众知情权之间寻找某种平衡？

思考尚未有结果，她顺着时间河流而下，一天天地跟媒体搞关系、做媒体接待活动、写通稿、打理官方媒体、应对记者电话。她渐渐觉得，现在的自己，倒是有点像过去秦希说的那种按部就班的人了。

偶尔也出席机场策划的活动，有不同航空公司的人。王泳居然在国宇航空派出的代表中见到秦希。他作为专业代表，向传媒人士介绍航班运行是怎么回事，航班延误是怎么产生的。他一开口，女记者们都静了下来，只将话筒、摄像机跟手机递到他跟前，离他很近很近。

王泳抱着手，在人群外远远地看。看他接受完采访，跟国宇的公关低声交谈。他们的高层走过来，拍拍他肩膀。他回以商务式的

微笑。

她以前没发现，原来秦希是这样耀眼。

张白约王泳去看舞剧。开场前，观众席上一片嗡嗡嗡，有人在她们跟前走过去找位置，拿着票看了一会儿，又走出去。“错了错了，后面那排。”手臂一指，音量可观，盖过了方圆数十人的交谈声。王泳不得不凑近了问张白：“你刚说什么？”

张白说：“我是问你，新工作还习惯吗？”

王泳想了想：“我也在想这个问题。如果是以前那个过于理想主义的我，也许不会习惯。”

“为什么？”室内有点闷热，张白脱下她那件大地色风衣。

王泳说：“跟我以前的职业理想，相差有点远。”

张白笑话她：“谁这么幸运，能够做自己喜欢的工作呢？”

“是啊，小时候看蔡志忠漫画，他在前言里写，自己当上漫画家，以自己的喜好为职业，真的是非常幸福。我应该是中了这句话的毒吧。不过我很珍惜现在的工作，还记得没法当记者时，我就希望在企业做公关宣传。现在也算满足心愿了。”她没告诉张白，她比过去更怀念航务部的工作。

张白用手肘碰了碰她：“那感情呢？”

王泳装傻：“什么？”

“你那位秦先生呀。他现在不还住在我对面吗？我盯了他好久了，没带过任何女人回家，整天行色匆匆。看来是个工作狂好男人呀。”

灯光暗下来一些，有小孩兴奋地叫起来，声音瞬间闷哑，显然被家长捂住嘴巴。王泳趁机压低声音：“开始了开始了。”

剧场内再次响起广播，提醒各位注意文明观赏。张白抓紧时间问：

“但最近我怎么没见到你去他家呀？”

广播停止，舞台一片安静，笼着微弱的光。观众都沉住气，等待舞剧开始。王泳赶紧忽略掉张白的问题。

这是根据王尔德版本《莎乐美》改编的现代舞剧。在黑暗中，看着女主演裹在层层薄纱之中,对月倾诉求爱而不得的痛楚。舞台上，在最简洁的布景中，殉教者约翰从荒原中走来，旷野的风就这么一直刮到观众席上。

坐在王泳身旁的女孩儿，一直在用手拨弄她的头发，从这边拨到那边，那边拨到这边。手腕上的镯子铮铮作响。王泳一开始没法投入，后来那女孩儿接了个电话出去了，一直没回来。

王泳安心观看，直看到莎乐美以身体动作向约翰切切表达，你看我呀，你看我呀。约翰，这个接近神的男人，扭头不去看她。

你这个下贱的女人！

他的背影这么说。

王泳心神浮动，开始想起秦希。爱情真是个迷宫，里面漆黑一片，同时有花香与剧毒。就像胡昊所说，秦希完全没有向她解释。他们一切如常，偶尔秦希要加班，王泳到他办公室陪他。经过走廊时，却刚好听到有人在议论——

“就是当年出事那个空管啊。”

“不是被处分了吗？终身不得当管制啊。怎么又到航司来上班了呢？”

“谁知道。有人介绍进来的呗。”

王泳一肚子气，瞪了说话那两人一眼。对方跟她擦肩而过，莫名其妙地走了。她进去办公室，见到秦希一个人埋头在电脑前。

有一次，秦希正常下班，邀请王泳到他家吃饭。王泳送完记者离开后，匆匆赶到他家，发现厨房里青菜只切了一半，他正焦虑地在阳台抽烟，打电话，沟通工作。王泳上前，从身后抱住他，脑袋靠在他肩头上，听见他说："这个代理协议……"

挂掉电话，他一只手轻轻地抚她头发，低声说："你头发长长些了。"

她抬起头来看他："工作不顺心？"

秦希摁掉香烟，轻声"嗯"，良久才说："以前做咨询，因为不是自己喜欢的，一直隔着一层去看它。倒不觉得烦心。现在重新进入自己喜欢的行业，却发现原来要做 10% 自己喜欢的事，你要花大量心力去应付 90% 不喜欢的东西。"

王泳想起了自己在宣传部，又何尝不是这样。她说："也许我们都要走一些弯路，才知道自己喜欢什么呢。"

秦希说："不，我一直很清楚自己喜欢什么。这不会变。"

这不会变——

这话落在王泳耳边，突然像一枚小小的针，刺破心头那层记忆。长街夜冷，那次胡昊说什么了？他说——"一个热情开朗的女孩子，打破了男人紧闭的心。呵，这件事，怎么听上去这么熟悉？你到底喜欢的是王泳，还是一个思婧的替身？"

她不作声，突然站起来，往厨房走去。

秦希跟上来，伸手从身后圈住了她，低声问："怎么了？"

她把土豆放到砧板上，开始一刀一刀地切。在金属碰撞砧板的声音中，她问："所以，其实你是喜欢我，还是喜欢像我这样活泼的人？"

秦希懂了。他用手按住她的，刀一歪，掉在砧板上。他说："你还是在意胡昊那番话，是吗？”

“我在意。我在意我跟你之间到底是真感情，还是吊桥效应。我在意我到底是不可或缺的王泳，还是另一个女人个性的投射。”

秦希的手覆在她的手上，好一会儿，慢慢放开：“那你呢，王泳？你到底是喜欢秦希，还是喜欢一个出色的男人？”

罗真真说过类似的话。她说，周铄也好，胡昊也好，王泳你喜欢的都是同一类型呀。秦希，更寡言高傲，似乎还没被成功学浸泡得发霉，但是在世俗眼中，也不过是另一个孜孜于事业的年轻人，一个未婚女性眼中的猎物。

那是他们第一次吵架。或者说，冷战。同样一番话，从罗真真嘴里出来是关心，从秦希嘴里出来却让王泳感到了羞辱。

秦希按住她肩头，平静地说：“王泳，公平点。我有我的历史，你有你的过去。我的家庭背景让我很难进入一段亲密关系，但是为了你，我会尝试。”

王泳不记得那次冷战怎样结束，她只记得秦希说：“成为一个坏男友的两个因素，一是动荡的童年，二是良好的记忆。很不幸，我拥有两者。假如你发现，我并不像你认为的那样出色，甚至你发现我内心不可见人的阴暗面，你会怎么样？”

是啊，我会怎么样呢？

人最爱的只有自己，所以才会爱上能够吸引自己的东西。对小心守护着自己阴暗面的秦希来说，吸引他的是王泳满满的元气。对于从小到大认定自己是平凡人的王泳，那些在人群中耀眼的人，总会像光吸引暗一样，将她吸过去。跟性别无关，这个人可以是胡昊、秦希，也可以是程慧珊、章楠一。

然而秦希所说的阴暗面，到底是指什么呢？

王泳只记得冷战那天，外面下着细雨。他要送她回家，她独自一人冲进雨里，头也不回。第一次，他没有追上来。

以后呢？

他们也会这样吗？

回忆的灰雾，渐渐在眼前散去了。此时，舞台上，莎乐美抱着约翰被砍下的头颅，哀恋亲吻。

希律王的士兵向她步步进逼。

莎乐美倒下。

灯亮了。

张白唏嘘："那本书我始终看不进去，没想到改成舞剧还挺好看。"一转头，见到王泳眼眶红了："有那么感人吗？"

王泳用手擦了擦前额："太闷热了，眼睛不舒服。"

她们俩从剧院出来时，夜风拂过。王泳抬起头，见到附近林立的高楼，"时代大厦"的字眼在蓝黑半空中闪烁。她想起他们曾在办公室里看夜色，亲吻，跟物业保安说话。

张白伸了个懒腰，笑笑说："一个人在感情中单方面付出太多，就是头脑不清醒了。"

王泳以为张白意有所指，但张白说："你看莎乐美……"她接下来说的话，王泳一个字也没听进去。最后张白摇了摇她肩膀："去喝点东西吧。"

一阵风吹来，王泳打了个喷嚏。抬起头来，她用手指擦擦鼻子："不了，有点不舒服，我回家了。"

张白抱着手臂笑："嘻，只要别为情而伤就行。"她们一路走向马路边，一路聊着天。张白说，她实在受不了那些被感情冲昏头脑的女孩子。她开始讲自己认识的人，尤其是那些小空乘的故事。都市男女，来来往往，反反复复述说的，总是大同小异的事情：背叛啦，欺骗啦，眼泪啦。

王泳突然问："你觉得真爱应该是怎么样的？"

张白一怔，然后没心没肺地笑起来。"什么嘛……这么沉重的话题……"她笑得擦眼泪，"怎么样我不知道，但我知道不该怎么样。起码不是折腾人、折腾自己的那种。"

张白今晚没开车，她打了车走，临行前从车窗上朝王泳挥手，隔着玻璃向她飞吻。王泳真羡慕她，永远当个旁观者，游离于痛苦之外。她跟胡昊分开，心情似乎没受任何影响。罗真真说张白的追求者依然很多。至于胡昊，他现在笑得比以前少了。王泳觉得跟张白有关，但是刚才去剧院前，她试探地问张白，她笑说，自己才没那么大影响力。"也许因为他要往上走，形象要更成熟稳重吧。"

这么一说，王泳发现张白还挺了解胡昊。

看车子载着张白离开，马路宽阔笔直，两边高楼像不真实的剪影，贴在辽阔的蓝黑色天空背景上。王泳在宽阔无人的路上走了几步，夜风吹来，她裹紧衣服又走了几步，开始不停打喷嚏。她找到地铁站入口，乘坐扶手梯下去。

尽管早有准备，但航空公司宣传部的工作还是比想象中更忙。印象航空在国内各地都有分公司，在国外主要城市有办事处，航线网络遍布全球各地。航班量大，旅客人数多，遇上各种事情的概率也高。

"飞纽约的航班上有旅客吐血，航班刚刚备降了。有记者在问。跟一下这事。"

“那个小飞在国外跟人打架的视频被放上油管（YouTube）了。净给我们找事啊！”

“有看到那条微博吗？有个歌手的吉他丢了，还写了首歌骂印象航空。话说还挺好听的，哈哈哈。”

除了灭火，正儿八经的事也不少。毕竟写在官方文件上，宣传部门的主要工作内容是利用各类媒体提高企业知名度及美誉度，做好品牌推广，争取为公司以最少投入做出最大利益。因此，跟媒体搞好关系，在开辟新航线时邀请记者跟机出行，安排各类活动请媒体出席，才是明面上的主要工作。

同事们大多都是名校新闻系背景，也有些跟她一样，在业务部门做了几年，调到集团宣传部。跟他们相比，王泳优势依旧明显：她有两个部门的工作经验。她跟罗真真同住，了解空勤的生活跟心态。她能够用中文英文很快完成新闻稿，跟各国媒体沟通。

考过了日语N1后，她报了个西班牙语线上课程，在地铁上被人挤到最里面时，她还不忘高举手机看屏幕，口中念念有词：“La vida ticne momentos buenos y malos.（生活中总有好时刻和坏时刻。）”

印象航空计划明年开通南美航线。她希望到时候能派上用场。

有时候她在家里加班，写完一篇稿件，抬头看窗外，才意识到自己早已搬出张白那套房子，对面已没有秦先生，只有对面马路的另一个楼盘。前方，家家灯火通明，她不禁想，有多少人在为了更好的日子，如她一般奋斗。

今晚，罗真真飞阿姆斯特丹。屋内只有她一人。外面刮起了风，天似乎要下雨。她急匆匆奔出阳台，将衣服收进来。阳台上电灯闪了闪，突然灭了。她在手机备忘录上记下一笔：明天换灯泡。

自从那次冷战后，她跟秦希都闭口不谈那个话题。罗真真说，谁没有个黑历史呀，“像他这种童年背景的人，特别需要关爱呗。”但王泳觉得，秦希说的并不只是这样。两人窝在沙发上看电视，她看得打盹，在他膝盖上睡着。醒来时他的手正在轻轻抚她头发，她伸出手来，慢慢握住他的，鼓起勇气问他：“你说你内心有阴暗面，那到底是什么？”

他的手停下，然后说：“我有说过这种话？我忘了。”

那次争吵过去后，一切又恢复正常。他们的关系，像最普通的情侣。但王泳觉得，他们分明不是普通的情侣呀。

他们是曾经在伊斯坦布尔生死相托的人。

此刻，两人生活快乐平稳，王泳却依然在秦希眼底看到阴霾。

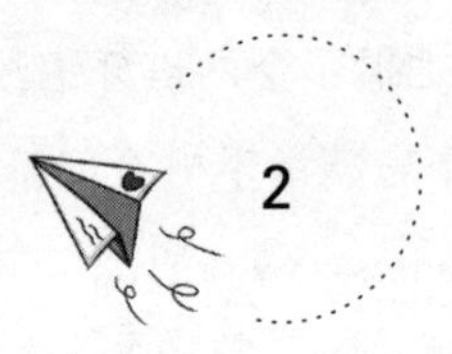

下了机，同组几人到酒店放下行李，商量着直奔市区购物点。罗真真正在攒钱买房，怕自己忍不住血拼。而且在别人买买买的时候，自己一直不出手，总感觉会被人看低了去。她找了个借口，说有事不去了。

阿姆斯特丹，这座以红灯区与大麻闻名的城市，像个女人一样摊开身子躺在大地上，白色丝线捆绑着全身，那是城中的运河。十七世纪的山形墙建筑，略有高低地在运河两侧排开。她从中心火车站出发，随意地边往前走边拍照，很快就见到这些运河。

夜色中，有女人裹紧了围巾，低头匆匆走过。金发的小女孩儿欢快地跑过来，又跑过去，嘴上有一点点口红般的颜色，但其实是糖果染了唇色。阴郁的青年站在那儿刷手机，不时抬起头看看自己等的人到了没有。

罗真真没有目的地行走，一直走到一间小小的中国庙前。艳俗浮夸的颜色，跟世界各地的华人街异常相似。她掏出手机，拍了张照，又沿着运河胡乱走，前面开始热闹起来。很多男人成群成群经过，也有女人好奇地走着。

中国面孔明显多起来。有些店前，当地人怪腔怪调地喊着什么，罗真真经过他跟前，他冲她挤眼，夸张地笑。她忽然意识到，他说的是“发票”。再一抬头，她发现这是那种表演的地方，赶紧转头就走，猛地撞上了人。她正要说“对不起”，突然发现站在她跟前的人喊她名字。

一看，居然是一起过来的副驾驶谭家名。

“你怎么在这？”

“你怎么在这？”

罗真真说：“这里是旅游景点啊。”

谭家名笑着打量她：“原来你对这种景点感兴趣。”

谭家名长得平头正脸，为人低调不爱说话，但现在看起来非常放松。罗真真突然想起那个理论：人在自己熟悉的环境下就会放松戒备。她环视一周，看到各国男人三两结伴，说着笑着来到这里，在橱窗前对着里面的“展示品”指指点点。

她转过头看了谭家名一眼，露出假笑：“彼此彼此。”

罗真真继续往前走，谭家名跟在她附近：“第一次来？”

“这种地方还能来多少次？”

谭家名失笑:“你好像对这种地方很有敌意。那为什么还要来?”

罗真真不好意思说自己迷路了,信口说:“好奇啊。”

“你跟我来。”谭家名一把捉住她的手往前奔去。那是一间屋子,门口只现出狭窄的过道。一个长脸男子在灯光幽暗的入口处,展露如面具人般的笑意,大喊欢迎。罗真真被谭家名拉进去,像掉进兔子洞的爱丽丝,跟着他在里面女子的柔声笑语中绕过道道迷宫。里面暖光线压得极暗,像古旧港产片里的色调。她只觉得眼花,不知道自己看到了什么,眼前只有谭家名的背影,一只手被他拉着往前奔。两旁有女人身影绰绰,当地语言与英语交织,一并笼在粉红色暖光中。

仿佛过了很久很久,眼前出现了夜空,他们俩已经站在了屋子外面。

“怎么样?”谭家名笑着问她。

罗真真不好意思说,这里好像并没有她想象得那么“邪恶”。那种浮夸的气味,与其说跟欲望有关,不如说多少带点好奇,透着声色喧嚣的人间热闹。

他俩在由游客与嫖客组成的人群中并肩同行,点评着橱窗里只盖住三点,隔着一层玻璃,摆出撩人姿态的女郎。“这个不错。”“东欧妹子都好漂亮。”她也开始指指点点。好几次,她见到男人在门口位置砍价,谈好后直接进去。

“拉上帘子的是没人的?”她问。

谭家名愣了愣,然后说:“在办事。”

她尴尬,不再问。但过了一会儿,又忍不住问:“橱窗里只有女的,没有男的吗?”

“有呀。我带你去。”

他们绕了几圈,却始终找不到。谭家名有点沮丧:“我上次来时

还见到呢。”

罗真真侧目：“你每次飞阿姆都要来吗？”

“不一定。但是晚上没事，会过来走走。不然要跟他们一起去购物吗？我还是喜欢这种地方，在这儿 window shopping。”

罗真真见他那么坦然地用“喜欢”来介绍，不知道心底涌起的感觉是佩服，还是恶心。但听他接着说下去：“日常生活中，假模假式的人实在太多。这种地方不挺好的吗？真实放松。有欲望，就承认它呗。谁没有？”他突然一拍手，“对了，带你看一个东西。”

他又拉起罗真真的手要快步往前走，手指刚一触上，突然觉得不妥，马上放下。他回头笑笑：“跟紧点儿。”

逆着人群而行，他们站在一小尊女人雕像前。他介绍说：“这雕像的原型就是个橱窗女郎。她一直做到死。政府为她立了这样一个雕像。”他转头看罗真真，“很敬业，对不对？”

罗真真不好说是，也不好说不是。她只盯着谭家名身上那件外套，上面有橘黄色图案，像罂粟花。他们一路并行，看到有的士停在跟前，三个年轻的白人男子从后座上推门，跌跌撞撞下车，手里拿着啤酒瓶，脸上红红的，目光掠过罗真真，一直在笑。

“走吧。”谭家名一把牵住罗真真的手，径直往前走。

罗真真抬起脸，阿姆斯特丹的空气好像有点甜。

这天，印象航空搞了一个活动，邀请媒体记者来参观飞机维修库。送完记者离开时，天色已晚，王泳跟章楠一到云霄路那边新开的购物中心去吃饭。她们挑了室外的位置，在一大片植株掩映中，看着身着飞行员主题的侍者行走其间。

章楠一结婚没多久，坐下一会儿就接到几个电话，全是老公打来的。她捂着嘴微笑，像有说不尽的话。又突然想起王泳还在，急匆匆挂掉老公电话，连声说对不起。

王泳笑道："你们感情真好呀。"

章楠一咯咯笑着："是呀。以前人们爱说什么婚姻是爱情的坟墓。还有中学时看亦舒，中毒太深了，深信那套什么'人爱的是一些人，一起过生活的又是另一些人'。其实根本不是这样。原生家庭是没法选择的，但是另一半不一样。我喜欢选择权在自己手上的事。"

王泳怀疑章楠一原生家庭不幸福，但她说就是个普通的工薪家庭。老爸老妈谈不上深爱，但就是这样过日子。她一路成绩好，老妈一路在亲戚间吹嘘。后来进入印象航空，老妈又在亲戚间吹女儿在大公司待遇高，前途好。"刚工作那年，每天加班，半夜还接到记者电话。而且说错一句话，就会影响整个公司，当时压力大到崩溃。我跟我妈说想辞职，我妈极力阻挠。有天我回到家，发现我妈给我买了好多衣服，她觉得我工作不开心，想用这种方式补偿。"

说着，她笑笑。"当时跟我一起入职宣传部的另一个男生，后来辞职了。"

王泳不禁好奇："现在怎样？"

"前阵子还跟他吃过饭。他做了个汽车类的公众号，现在公司有不少人了，广告量惊人。我开玩笑问他，现在辞职做公众号还可以吗，他说现在才进去已经太晚。"

章楠一笑着问王泳，打算什么时候跟男朋友结婚。王泳脸上一红，章楠一说："以前看《当哈利遇到莎莉》，觉得那句话真是矫情。结婚后再看，觉得真实无比，编剧自己应该过得很幸福吧。"

王泳问是什么话。章楠一流利地背出来："When you realize you want to spend the rest of your life with somebody,

you want the rest of your life to start as soon as possible. ”(当你意识到自己想跟某人度过余生时，你希望这个余生尽快开始。)

王泳忽然想起自己在秦希家，跟他一起下厨，一起洗碗，一起看电视的情景。这就是自己想要的余生吗?

正走神，章楠一突然扬手跟人打招呼，王泳抬头一看，发现是胡昊跟一个飞行员走了进来。胡昊走过来，笑着跟章楠一和王泳打招呼。

王泳还是才知道,胡昊跟章楠一认识。但转念想,又有什么奇怪,胡昊似乎什么人都认识。

正想着，她跟章楠一的手机同时响起。章楠一笑着说："周五晚上啊，大哥。千万别在这时候来个什么紧急情况啊——"

电话那头，是部长 CY。

王泳电话那头，是部长助理。

两人同时接听电话，听到相似的话——"好像有飞行员猝死。有记者在问。"王泳跟章楠一对视一眼。

事情是这样的：印象航空一架航班在飞行途中，机长突然死亡，幸亏副驾驶冷静应对,航班平稳降落。航班降落后,记者知道了这事,在联系印象航空后，得到"我们正在进一步了解事件真相"的答复。

现在网上已经开始有各种记者采访机上乘客的内容出来。

"我们一直不知道发生什么事。哦对了，机上响过广播，问有没有医生。"

"当时空姐经过身边，我问她发生什么事了。她只说有人生病，就匆匆走开。现在才知道啥事，吓死了。"

“我们现在才知道发生什么事，真可怕呀。”

她们进入公司电梯，电梯一路爬升，王泳问章楠一：“记者怎么知道这事的？”

“我也不清楚。”电梯门开了，她顾不得礼让，大步迈出去，“如果没猜错的话，他们不是在机上找过医生吗？如果真的找到了，很可能就是从这个人泄露出去的。”

王泳跟在她身后，一路小跑回办公室。灯亮着，人称CY的宣传部长、部长助理跟其他人基本都回来了，有几个还堵在路上。CY五十多岁，但跟平时走在街上这年纪的中年男人不同，他总是拾掇整齐，发际线后移的头发梳得一丝不苟。今天还是王泳第一次见到他头发没打理好，就跑了回来。

等不及人到齐，CY将事情简单讲了一遍，果然跟章楠一猜测得一致：当时机组在机上广播寻找医生，一名医生因此进入驾驶舱，发现机长已经昏迷。经过抢救，机长还是不治身亡。下机后，医生发了条朋友圈：“在机上遇上机长发病，虽尽人事，但天命难违。祝一路走好。”

朋友圈发出几分钟后被删除。二十分钟后，有记者联系上这位医生。

听到这里，王泳觉得奇怪：“朋友圈被删除？”

章楠一看她一眼：“是医生自己删的。”她举起手机，用手刷了一下上面的新闻，“网上信息全是机上乘客透露的，没有这位医生接受采访的情况。这说明他并没有接受访问。”

王泳明白了：“所以他自己因为一时感慨发出朋友圈，随后意识到这违反了医生的职业道德，所以将它删掉。”

整个过程中，部长助理没有加入。他不是拿着手机在发消息，就是走到外面接电话。CY 刚说“我们必须比记者更快”时，助理走回来：“我已经查到这个医生是哪家医院的了。”

CY 接过助理递过来的手机，看了一眼上面的信息。他什么都没说，点点头，走了出去。

王泳不明所以，助理说：“CY 认识这家医院的领导。估计要给他们打电话了。”说着，他已经坐下来，向其余几人招手：“我们现在一起研究几个应对方案。等 CY 回来，马上可以报给他。”

在他们商量通稿内容时，CY 走回来，神情有点微妙，边走边用手往上推那不多的头发。

大伙儿停下讨论，都站起来看着他。

他说：“他们院长说，这个人刚辞职，准备在外面开私人诊所。”

大家露出“大事不妙”的表情。

有个入职两年的男生提出：“既然打算创业，那他现在一定需要大笔资金。”

CY 抬起头来：“你想让他说谎，还是堵住他的嘴？然后让媒体给他一笔更大的钱，将真相说出来？”

那男生不再说话。

这天晚上过去，白日降临。事件不但没有消停，还发酵得越来越厉害。有一家影响力巨大的传统媒体联系上了机场工作人员，说他看到“那横着抬出来的，绝对是个机长！那身衣服还穿在身上呢！”。

媒体跟民众掀起轩然大波。业内人士开始在电视上露面，在自媒体上发话：“……我们不禁要问，印象航空的机组体检到底存在什么问题？为什么会出现机长空中猝死的情况？”

“假如副驾驶不够镇定，可以想象事件有多严重……”

“拷问印象航空安全……”

这几天，宣传部众人电话全被记者打爆了。所有人统一口径“正在了解具体情况”。王泳见章楠一还能跟老公聊天，有点诧异。章楠一解释说：“哦，做这工作，你得记得多备一个手机，只用于跟亲友联络。”

但是这几天，除了跟老妈通过电话，跟张白发过消息，罗真真说她没带钥匙别锁门，以及小学班长发来结婚邀请的信息外，就没有别人找过她了。

没有秦希。

王泳坐在集团办公楼里，对着窗外的周末夜景和眼前那一小片屏幕，正在整理飞行部发过来的资料。手边放着一份吃剩一点儿的沙拉。按照 CY 的要求，暂时先把舆论导向引到“猝死机长始终保持飞行安全记录”方面。王泳列举数据，写出一份初稿。章楠一那边，则在修改一份“猝死机长家人含泪送其出殡”的新闻，以浓重的悲情来转移公众注意力。

王泳放了一小块口香糖到嘴里，边嚼边问：“这样做有用吗？外界的攻击点，难道不是公司对飞行员的体检是否过关吗？”

章楠一坐在办公长桌的另一头，正在把刚写的一句话删掉。她抬起头来：“我们这里不是主战场。”

王泳没听明白：“什么意思？”

章楠一耸耸肩，没说话。

王泳当时并不明白这番话。但她没有细想。等她明白过来，已经是晚上的事了。

那天晚上，她洗完澡出来，发现手机有两个未接来电，显示来自胡昊。她用大毛巾盖住湿漉漉的头发，回拨过去。

胡昊很快接听电话。他不像往常般客套，却劈头就问："关于机长私生活混乱的信息，是你们放出去的吗？"

"什么？"大毛巾从王泳头上被一把扯下，她以为自己听错了，换了另一边耳朵，"什么混乱？"

明白过来王泳不知情，胡昊的声音软了下来。他说："你上网搜一下网民的最新讨论。"

挂掉电话后，王泳坐在床沿上搜微博。她发现好几条这新闻下，都有一条这样的热门评论："这机长平时就很乱，这次在当地执行任务时出去召妓了，上机后就不行了呗。"

她点开这人头像，发现这人除了转发一些业内信息和美食信息，就没有什么内容。没有日常生活，只有点赞过几次某流量小花的微博。除此之外，看不出任何倾向，更看不出身份。

她立马打给胡昊。他对业内的事情知道得也多，她想听听他的意见。

胡昊很快接了电话："这事是有人在背后操作的。"

"会是谁？"王泳脱口而出，刚问完，她就后悔了。

沉默片刻，胡昊说："你难道真的想不到？"

王泳跟胡昊约好，在云霄路上的行星树酒吧见。周一晚上八点半，人不多，王泳进去便见到胡昊。他点了杯干马天尼，正跟熟人讲话。见到王泳进来，笑着跟人说声"再约"，便拉着王泳往里面坐。

"她要姜汁汽水。"他替她点。

胡昊说，那名机长跟他关系不错，口碑很好。"他跟老婆感情很好，不是那种人。公司将脏水泼到他身上，无非想替自己开脱。"

王泳不自觉地捏紧拳头："但这样做，对公司形象也没好处啊。"

“抓住主要矛盾，忽略次要矛盾。”胡昊呷了一口酒，“对航司来说，是一个飞行员私生活混乱更严重，还是存在安全隐患更可怕？”

王泳明白，但她没法认同这种做法。她变得非常沉默。胡昊跟她说话，她不是在想心事，就是抬头“嗯？”。

胡昊说：“走吧。我送你回去。”

两人走到行星树外面，夜风吹来，王泳裹紧了衣服。胡昊问她在宣传部是否适应，她苦笑，还行。

“如果我没猜错的话，你应该对他们这种行为很反感吧？明面上提供的通稿里，将猝死机长说得伟光正；暗地里，找来水军引导大众舆论。”

王泳说：“我并没有你想的那么理想主义。不对，你管这个叫迂腐吧。”

胡昊笑了笑：“我也没有你想的那么道德沦丧。我也有良知的好吧。换作是我，也没法做出这种事。”

王泳点点头：“我知道。”

胡昊突然停下脚步：“真的？”

“真的。”

“我以为我在你心目中形象很差。”

一阵夜风吹来，王泳打了个喷嚏，抬起头来，见胡昊还在看她。她说：“形象一般般啦，不过人品不坏。”

胡昊笑了笑。他正要说什么，王泳突然发现他们站在高记茶餐厅前面。茶餐厅下着铁闸门，招牌上的字已经没亮灯。铁闸门上贴了一张纸，写着“旺铺招租”。

她急了：“高记停业了？”

胡昊抬头看了一眼这寻常茶餐厅，奇怪王泳竟这样紧张。他说：

“附近新开了家茶餐厅，更……”他噤了声，因为看到王泳满脸沮丧。

哦，他想起来了，秦希喜欢吃云吞面。

王泳站在那里，抬头看着招牌上“高记茶餐厅”五个字。没亮灯，那几个字看起来更脏了，但透着热闹的俗气。从伊斯坦布尔回来后，秦希跟她还没放好行李，就直奔这里吃面。她问他为什么喜欢吃这些东西。

“这里东西好吃，而且人多，够吵闹。我一个人太久，有时候……”他没再说下去。

王泳笑嘻嘻地看着他：“那以后我会陪着你。”

连老字号都说没就没，哪有什么长久的东西。她抬起头，数着高记招牌上的那一笔一画。好像把这些笔画数清楚了，自己就能多走进秦希的心里几分。

公众对热点事件的记忆，只有三分钟。娱乐圈中爆出大新闻：在某男艺人横店拍摄期间，李明凯被人拍到深夜出入该男艺人妻子家里，掀起轩然大波。飞行员猝死这事，一下子没人提起。公司那边接受了民航局检查，没查出有问题。这事就算过去了。

王泳私底下问章楠一，有没有想过，这样的工作到底有什么意义。“我们不处理，也还是会过去啊。”

章楠一只是无奈地笑笑。

王泳觉得气结，约会时跟秦希说起这事。秦希默默听完，放下杯子：“有些奋斗不是为了结果，而是在乎过程。有些事不是做给民众看的，而是做给公司高层看的。”

说这话时，外面开始下雨。他走到窗前，伸手将窗户拉上。王泳自告奋勇，逐一跑到他房间里替他关窗。

进到他睡房时，她一眼看到窗户那头，是原来自己住的那个房间。现在被张白用来当杂物房，一直下着窗帘。她呆呆地看着，回想着当日跟秦希那些你来我往的日子。

秦希悄无声息地走进来，双手搭在她肩上："在想什么？"

"唔，想那些时候。"她回过头来，冲他一笑，"那时候觉得你很讨厌，非要揪住我的业务错误不放，还整天说些不能犯任何一个小错之类的话。当时觉得你是死脑筋，后来才知道……"

这笑容凝在她嘴角，她突然意识到自己说错话了。

后来才知道什么？才知道是秦希一度失职，还间接造成了思婧的死。所以他像偏执狂一样，揪住航空业中的小错误不放。

王泳绞尽脑汁，要将这话圆过去，但秦希已点点头："嗯，你知道了。"

王泳转过身，用手拍拍他肩膀，像在宽慰考试没发挥好的小孩："但是都过去了，已经没事了。"

她以为，秦希会顺着她的话往下接。但她没想到，他没有接话，外面雨声越来越大。在这雨声中，秦希低声说："过不去的。"

王泳用掌心在秦希眼前晃了晃，笑着说："人呢，为什么在脸上长眼睛，而不是在屁股上？就是为了向前看。"

她刻意想逗秦希笑，但他只是看向窗外："但有些事情，即使你闭上眼也能看得见。"顿了顿，他说，"搭上了一条人命的过往，每天都在提醒自己，我是一个怎样的人。"

窗外是南方初冬灰黑色的天空，远处建筑物亮着醒目的灯。但这灯在雨雾中也渐渐朦胧，慢慢淡下去。

多年后，秦希渐渐明白，思婧当时是用自己去引起胡昊的注意。

高傲的少年，对一直跟在自己身旁的少女有点不耐烦。少女亦高傲，才不愿意去求他，只是渐渐跟秦希走得更近。少年秦希偶尔会想，思婧跟他说的话，做的事，有多少是出于喜欢，多少出于好奇，多少出于同情，多少出于要引起另外一个人的注意。

又或者，只是一个美貌少女出于某种年龄段的虚荣，享受被两个出众少年包围的感觉。当胡昊离她远点，她欲擒故纵，只将手向秦希伸出去。

她靠近一点儿，秦希后退一点儿。

“你怕我？”思婧冲他笑笑。

他故意冷淡：“胡昊很快就会回来。”

“So?”思婧无所谓地耸肩，又飞快在他脸上一吻。

这很快成了两个人之间的小游戏。三人同行时，她会趁着胡昊不在或是走开时，主动跟秦希接触。有时候轻轻吻他的脸，有时候碰碰他的手，有时候摸他的头发。一开始，他总是像被怪物咬到一样，皱着眉往后退。但是思婧对他说，她喜欢他，也许还爱他。

没有家庭的少年，对有人说爱他，完全没有抵抗力。

许多年后，他想明白了一点：与其说他被思婧吸引，不如说他被她身后的世界所吸引。

他在思婧家楼下躲雨，听到楼上传来若有若无的钢琴声，思婧从窗户探出头来，扬手叫他上去。他上楼，发现一个白净清秀的中年女子在弹琴，旁边安静地围坐一圈女中学生。思婧用手指在唇上做了个“嘘”的动作，将他领到房里，告诉她，她妈妈正在教其他人弹琴。

窗外下着雨，厨房传来烤鱼的香气。思婧房间有高大的书架，上面放着一家人的合影，她坐在爸妈中间，笑得非常快乐，像他在杂志里看过的画。

女学生们走了，思婧妈妈让他们出来。她在屋子里点燃一支茉莉花味道的熏香。思婧爸爸坐在长椅上，边听巴赫边看一本讲飞机性能的原版书。思婧妈妈从厨房端出来牛肉羹，盛给秦希喝。

“小心烫。”她笑眯眯地看着他，像天底下所有母亲看着儿子般。

从此以后，他不再抗拒思婧。他向往她那个家，他喜欢那个总是笑着给他端上食物的母亲，那个会跟他讨论飞机性能设计的父亲。

在思婧跟胡昊发脾气时，她总会来找秦希。秦希警觉地辨认出里面的危机,但是他舍不得,舍不得离开她背后那个家。尽管他清楚得很，他跟思婧是指向不同方向的两根线，偶尔有过交集，但最终必会错开。当时，思婧太任性，而他太缺乏爱。思婧不是跟胡昊吵架，就是跟秦希吵架。

这一切，直到思婧查出自己患病为止。

秦希说：“思婧并非病死，她死于自杀。”

家庭跟童年的阴影，因为思婧跟胡昊的出现而被驱散，却因为思婧的死变得更可怕。

王泳上前抱住秦希，将脑袋贴在他身上：“既然是自杀，你为什么要过分自责？当日飞机相撞那件事，只是意外……”

“不是意外。”他说。说完这几个字，他伸手去摸烟，那只手却一直在抖，“这是一个人内心阴险不可测的愿望，被恶魔之手点过，成真了。”

事情发生那天，秦希在位于九十九米高的塔台上。棕色地板上，十二扇落地窗外可见停机坪，控制平台上的仪器发出微暗的光。雷达显示屏上，一个个带箭头的白色方框指向每架飞机的方向。旁边数据上显示这飞机型号、航班编号、高度及速度。当天起降方向,从南至北。

他知道思婧最近要飞。也许是昨天，也许是今天，也许是明天。他在想，这些航班上是否有她。

作为塔台管制员，他需要根据屏幕显示和现场情况，对飞机发布起飞或降落指令。波道里，他听到飞行员在里面骂着脏话，笑着问刚结束的球赛比分。

早高峰时段过去，大家明显没那么紧张。身边小罗站起身来，冲大家喊：“还有谁要咖啡的？”

有几个人举手：“我要！”

小罗骂了句脏话：“这个时候倒挺积极呀你们！”摇头晃脑地走开了。

突然有人拍了拍秦希肩膀，他回过头，对方看到一张嘴唇紧抿的苍白的脸。那人狐疑地指地面。他摘下耳机，听到对方说：“你的记录本掉了。”

秦希弯腰捡起：“谢谢。”

对方打量他：“你怎么了？有状况记得报告领导啊，别硬撑。”

“我没事。”

又有人拍拍秦希肩膀，他手里的笔掉在桌面上。同事替他捡起，跟他说：“我上个洗手间，帮我盯一会儿。”

是的，一切就发生在那“一会儿”间。

那同事在洗手间打了个盹，只是“一会儿”。又想着这个周末带女儿去哪里玩，也只花了“一会儿”。当他从洗手间走出来时，看到大家围在一起，人们紧张地喊着什么。他走过去，这才惊骇地听说，秦希指挥失误，出现了跑道入侵，两架飞机差点相撞。其中一架飞机上有病人，已经紧急下机处理。

听到这里，王泳又问：“是思婧？”

秦希点头：“是她。”

王泳隐约猜到了后面的结局。

秦希说：“但她最终还是赶不上手术，肺源被浪费了。”

这部分情节，王泳早已经从胡昊嘴里听过。她安慰秦希：“你不需要内疚。这是一个工作差错，但如果不是这件事……没准那航班也会延误，她也不一定能赶得上……”

“不，这不是内疚。”他坐在床沿，脑袋埋在双手间，良久，他低声说，“这是害怕。我……害怕自己。”

“害怕什么？”王泳不懂。她蹲下来，将双手放在他膝盖上，抬头看他。

秦希抬起头，王泳发现他的眼眶红得吓人。他说：“我笃信数据与契约，不相信自己会受到情绪跟情感控制。但是那段时间，我发现自己居然对思婧跟胡昊产生了……怨恨……”

谁知道是少年人的怨恨，还是人性对得不到生活的妒忌。

思婧点燃一根火柴，让他看到一个温暖的家是怎样的，最后又将火柴丢到地上，狠狠踩熄。

而秦希，他到底是个局外人，不应该有任何怨念。他像最安静的那座秘密花园，将自己内心仔细藏好，连自己都看不到。

思婧生病了，对胡昊跟秦希都避而不见。秦希上门去探望她。在她家里，她父母一如既往地温柔热情，为他奉上热茶。思婧坐在椅子上，披着雪白的毯子，像在赌气，又像报复似的，对眼前这个健康的年轻人说，她找到合适的肺源了，她很快会好起来。

“那很好。”秦希真心替她开心。

她的目光越过他的肩头，看向窗外，淡淡地说：“是啊，我只要康复了，就要去法国找胡昊。”她笑了笑，“他去哪儿，我去哪儿。”她又笑着问秦希：“阿希，你会祝福我的吧？他们说，爱一个人，就是要希望他幸福啊。”

秦希沉默片刻，说：“是，我祝福你们。”

他其实不太明白思婧。他想，思婧是不可能当空管的，因为她指令不明，态度暧昧。最忙的时候，一个空管要同时指挥十几架飞机。发出的每个指令，都必须利落明晰。但思婧不一样，她身边只围绕着两个男人，偏偏发出的每个指令，都令人迷糊。

不久前，她还对自己说，她爱他。她说她讨厌胡昊。她说，秦希你真可怜，你奶奶去世了，你没有其他人了，让我来温暖你吧。

那一刻，他依稀地想，自己也许找到一个家了。但现在她说，我不需要你了。病魔让我看清了一切，我爱的那个人，始终是胡昊。

他探望完思婧，走出她家门口。她的妈妈还是那样温柔和善，将他送出门。但他突然意识到，自己是没有妈妈的。那是别人的妈妈，那是思婧的妈妈。

那段时间，何阿婆刚刚离世。离世前，她脾气差到极点，秦希照顾她时，她用脏话骂他。但即使是这样，她依然是唯一会关心秦希的亲人。这样一个人，离开了。

那么，其他人也不需要继续存在了。

自己内心似乎有这样一条毒蛇，蹲踞在他心头上，发出恶毒的诅咒。它吐着信子，一路向思婧游去，一路向胡昊游去，一路向每一个比他幸福的人游去，将他们的未来咬得血肉模糊。

谁知道这条蛇在秦希心头盘踞了多久，最后竟然成了心魔，并让他在心神不宁的情况下，犯下了严重工作差错。

出事后，他不敢去见思婧。思婧也没有见过他。

在重新等待合适肺源的日子里，她受不了病魔折磨，最终割脉自杀。

“过度化疗让她变得非常憔悴，她拒绝见父母以外的人，包括我和胡昊。听说她不再买新衣服，整天躲在家里，也不再化妆。她向来是个胆小的人，但却以最暴烈的方式离开人世。她将自己身上动脉割断。她爸妈发现她时，她整个人浸泡在血里，身体因为失血过多而缩小，像只猴子。她在恨。有整整五年，我闭上眼都能够见到她，她说她恨命运，她说她恨我。”

秦希接受民航局调查。后来调查报告的原因分析里，有一条是空管人员工作压力过大。

他无法原谅自己，阴暗缺爱的童年居然没能替他摆布出一个坚强的灵魂。他更无法原谅自己，潜意识里居然公私不分，在自己情绪不佳时，没有及时向上级报告自己状态，酿成失职。

他无法原谅自己心头阴暗处那条毒蛇。

他觉得自己不配拥有朋友，不配拥有幸福。

王泳听得手脚冰冷。

胡昊曾经说过，他跟思婧既不是普通的朋友，也不是男女朋友。“她这样的公主不会是我喜欢的，也未必是秦希所喜欢的。但是像我跟秦希这样，过分注重事业的人，其实也满足不了她。当时我们都太年轻。如果，我是说，如果，如果思婧她有机会变得再年长些，也许就会遇到自己真正爱的人。那既不是我，也不会是秦希。”

在胡昊版本里，这不过是停留在青春期里的一个事件，有人死了，她便永远活在他们的记忆中，永远年轻着，仅此而已。就算拍成电影，也只会是又一部青春片。

但是在秦希的版本里，这故事无关青春期，无关爱恨，而是他与心魔的恒久之战。是关于一个人仰望另一个人的故事，一种生活仰望另一种生活，一座孤岛仰望大陆的故事———当一座孤岛看到其他岛屿都连成大陆时，这是怎样一种心情？

这三个人的故事，终于形成一个闭环了。

王泳站在这圆圈外朝里面张望，看到那是个迷宫，里面弥漫着海雾般的毒。秦希在里面脚步蹒跚，一脚深一脚浅地走着，怎样都

找不到出口。

所以他才永远离开了航空业。当他跟胡昊切断了往来，跟过去断绝了联系，当他将自己的生命全部奉献给 CBD 每个加班的夜晚，那困住他的毒雾一点点散开。他想，也许自己也是能够过上平常人生活的。

秦希原本就冷静自持、判决果断，在空管塔台上的历练更强化了他身上这些特质。失职一事，更令他对任何工作差错都无法容忍。这些由残酷过往交织成的毛衣，罩在他身上，在他走到现实世界中时，反倒成了某种保护，让他一路以来虽独自一人，也能过得还好。

他原本就此打算这样过一辈子。

在葬礼上，曾经待他如亲儿子的思婧母亲，冲着他怒吼："你就不该出现在思婧生命里！"

他不该出现在任何人生命里。

"一直以来，我已经重新习惯了一个人，我觉得这样已经足够。我不想有任何改变。但是……"

王泳伸出手来，将他的头发慢慢往后拢："但是，我们搭上了赴伊斯坦布尔的飞机。你再也不是一个人了。"

"我是个罪人。"他苦笑。

"耶稣说，谁不是？"她的手捧起秦希的脸，带点安慰似的，"你还记得那次在高记茶餐厅，你为老婆婆打抱不平吗？你还记得在台风天，你收留了一个饥寒交迫的邻居吃饭吗？这样的人要是罪人，让我跟他一起当共犯好了。"

她边说，边轻轻亲吻他鬓角，像母亲宽恕犯错的孩子。

他伸手环抱住她，贴面吻上去。她的唇比印象中更柔软，女孩子沐浴过后的气息，像青草，软软的痒痒的。室内开了暖气，非常热。

又也许,热的不是房间,而是人。不知道是谁的舌头滑进了谁的唇里。两人开始乱了呼吸。他将她推倒在床上,像动物求生般吻下去。

当他伸手抱住她,她觉得世界一片寂静,仿佛自己跟他都消失了一样。房间内的所有事物,柜子、书桌、开到一半的百合,秦希从所有这一切中浮现,充满了王泳的身体和灵魂。

一切都如此自然。他整个人如同一滴黑色的水落在罂粟上,在花瓣上颤抖着,滚动着,最后流入花心。被花心吞没,从里面飞出无数白色的蝴蝶。

他在流汗,他进入她时,她觉得他听上去像在叹息,声音从阴暗的过去中传出。

窗外雨水扑打在玻璃上,一股股如黑色河流,映在两人裹在大地色床单的白色身体上,从高处流入低处。

一切结束后,房间里只有微弱的喘息声。秦希轻轻抱着王泳的脸,在她额上轻吻。

她用手拨开他前额的头发,低声说:“没有人是一座孤岛。”

秦希沉默片刻,沉沉地说:“我是个无可救药的人。我内心的阴暗,连自己都害怕。”

王泳伸手抱住他,将脑袋靠在他肩上:“嗯,再阴暗的地方,也会透光。”

飞行员猝死事件过去后,王泳试用期满,准备开始正式调岗。这天上午,CY 办公室门关上,他跟王泳谈了一段时间。大家认为都只是走走流程,因为 CY 似乎对王泳的工作表现相当满意。

没想到,下午就传出消息,说 CY 可能不同意王泳转正。她也许将要重返运控中心。

“你是故意的吧？”张白隔着一张桌子，边喝汤边问。

尽管不再是室友，但王泳跟张白基本保持每月一约的频率。这次张白说不想出去吃了，让她到家里一起吃火锅。

王泳低下头，不太好意思。

张白手拿筷子，煞有介事地分析：“我听人说，CY 对你很满意。要不是你故意提什么自己马上要结婚，还有大谈什么公众知情权，他不会一肚子火，找了个借口让你回去。”

王泳笑了笑:“又被你看透了。”她用筷子敲着碗边，问张白，“还吃不吃？不吃给我。”

这个决定，不光让了解她记者梦的所有人惊讶，连她自己都反复问内心：我真的确定要这样做吗？

王泳本来大可以开门见山跟 CY 谈，说自己不适合这里，想回去运控中心。但她不想让程慧珊难做——当初毕竟是她暗中牵的线。不如索性借面谈的机会，有意无意将这搞砸，最后还露出遗憾无法留在宣传部的悲痛表情，让 CY 面子上过得去，也不让程慧珊难堪。最重要的是，她既不想对不起自己良心，又不想违反职业道德。

张白看她一眼，微笑说：“对我们的正义小泳来说，可真是个两难境地。”

“才不是。”王泳也笑。

人生就是这样有趣。兜兜转转，最后发现自己孜孜追求的，未必是真正所要的。自己想要的，也许就在身边。

这时楼下传来小孩的打闹声，王泳侧耳倾听，想起当日住在这里时，伴着吵架的声音，跟秦希在天台上有过一个吻。只是当时，她没想过那个傲娇的邻居先生内心有这么深的伤口。

第十一章

# 玩火的人

CHAPTER 11

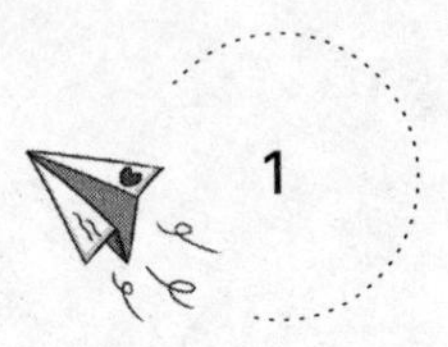


罗真真跟谭家名的恋情，上周已经在空勤圈子里传开了。有人觉得他俩不是同一种人：谭家名是个怪咖，去哪儿都是独来独往，别人说客套话时，他会笑着戳破。罗真真嘴巴极甜，说每个字都要察言观色。王泳跟谭家名吃过一次饭，对他感觉挺好："你们俩挺般配的。"

罗真真正在卸妆，从镜子里打量王泳："真的吗？很多人说我们不合适。"

"别的我不懂，我只知道，你跟他在一起后，整个人都变了。你看书看电影不再为了获取谈资，只是因为自己喜欢。从前你对身边人评价都挺刻薄的，现在不一样了。"

罗真真放下卸妆棉，转过头去："这是夸呢，还是贬呢？"

"你变好了。"王泳微笑，"也变开心了。"

罗真真耸耸肩，得逞地笑着："那你呢？"

王泳还是微笑，但不说话了。感情有很多种，她跟秦希的，绝对不是简单那种。

这次飞青岛时，罗真真一直在想王泳这番话。直到师太拍拍她肩膀："看看那个客人怎么回事。"

廊桥口那儿，有个身着鸽子灰大衣的年轻女子，戴着太阳镜，

一直站在那里。她身旁的年长男子拉着她的手，红着眼圈跟她说话。那女子咬着嘴唇，隔着太阳镜也能看出，她也在哭。

客人快登完机了。目测这是最后两人。

罗真真走上前去："您好，请问有什么可以帮到您？"

那男人是年轻女子的父亲。他告诉罗真真，女儿患有幽闭恐惧症，平时连电梯、动车都不敢坐，尽量以上下楼梯、自驾车等出行方式替代。但这次路途太远，形势太急，她必须坐飞机赶回青岛。

"有次她坐动车出去遇上了暴雨，动车没法进站。她在车上困了两小时，在车上来回不停走动，眼泪一直流，整个人快崩溃了。坐飞机更是……"父亲用手背擦了擦眼睛。

罗真真以前也听人说过，偶尔会遇到各种各样的客人——幽闭恐惧症的、自闭症的，但亲眼见到还是第一次。师太说过，要对这些旅客给予额外的特殊照顾。

罗真真跟女子父亲一起，慢慢将她劝了进去。女孩儿一边哭一边走进客舱。师太已经听到他们的对话，知道是怎么回事，让乘务员给她送了条热毛巾。师太让罗真真关注一下这女孩儿，她在客舱内走动，不时留意这女孩儿，发现她一直坐在位置上流泪，她父亲一直在小声劝慰。

上客完毕。舱门关闭。有客人跟罗真真说："给我一张毯子和一杯温水。"

"好的，请稍等。"她一转身，突然看到那女孩不知怎么冲了出来，直奔舱门方向，边跑边喊："我要下飞机，我要下飞机！"她爸爸快步跟上去，从后面抱住她："茜茜，别闹了。"

"我受不了了！"茜茜哭着说。

师太赶紧走上前，轻轻握住茜茜的手，发现那上面竟都是冰冷的汗。她让乘务员给她倒杯温水，然后跟茜茜爸爸一起，慢慢将她扶到座位上，边走边说：“别紧张，别紧张，我们在你身边陪着。来，深呼吸，慢慢，深呼吸。待会儿喝杯温水。”她将茜茜扶到头等舱座位，将通风口打开。

罗真真给客人送去毯子跟温水后，也急忙赶到茜茜跟前，给她额头敷了条热毛巾。师太蹲在茜茜跟前，对她说：“深呼吸，放松……这位是您父亲吗？他就在您身边，一直陪着您。我们也在。”

茜茜平静下来，只是不停地擦眼泪，但再也不闹着下飞机了。

平飞后，罗真真走过来给茜茜倒了杯温水，还拿出自己带的巧克力给她。“吃一点点，不会发胖的。”她开玩笑。

茜茜没有笑，她接过巧克力，过了一会儿，低声说：“谢谢。”

罗真真跟她聊天，茜茜说，她以前连公交车都怕，后来慢慢克服了。但电梯还是她的噩梦，她从来只能走楼梯。

“那动车能坐吗？”

“只能在人少的时候坐。人太多了，空气不流通，我会疯的。”她抿了一口水，有点不好意思，“有次动车满员，我实在受不了，只得中途下车，打电话给朋友让他们来接我。”

罗真真问：“如果睡过去了，是不是就不会害怕了？”

“是啊，但是我现在睡不着。”

罗真真点点头，在茜茜前方的机上娱乐设施屏幕上按了几下，调出来音乐频道：“你喜欢听纯音乐，还是抒情流行？我是听爵士就会睡觉，但我男朋友非常喜欢听。”她笑着问茜茜。

茜茜看着屏幕：“纯音乐吧。”又好奇地问她，“你有男朋友了？”

“嗯。”罗真真点头，“他现在正在这架飞机的驾驶舱里。你要信得过他，他会很安全地将你送到青岛。”

罗真真不在头等舱服务，但是她好几次上前查看女孩的情况，发现她戴着耳塞，已经睡着了。她爸爸见到罗真真，向她竖起拇指，又合掌连说几个谢谢。

这天晚上，罗真真跟谭家名在青岛户外音乐节上，边喝果汁边聊起这事："不知道那女孩现在怎么样了。"

谭家名笑着看她。

"怎么了？我脸上有东西？"

"不，我在看，我的真真长大了。第一次见你时，你满脸装腔作势，不想让人看穿你的底气。第二次见你时，你独自一个人走在红灯区里。现在，你已经开始关心其他人了……"

罗真真用力一捏果汁罐："等等！阿姆斯特丹那次，不是我跟你第一次见面？"她恍然大悟，"哦，你说的是之前机组准备会的碰面？那算第一次吗？"

谭家名笑笑："不，我第一次见你，是在外面吃饭碰见你跟蒋斌。你已经忘记我了，但我却还记得那个值机的姑娘，一身名牌，在跟蒋斌谈论女权问题。"

罗真真笑了起来。

谭家名问："对了，你还有见过蒋斌吗？还想知道他现状吗？"

罗真真一笑："谁关心他呀。我上个月跟他飞过一次，他还想约我，我说你去问问谭家名吧。"

"女人真狠心。"

"对，不要得罪我。"

谭家名只是笑笑，跟她说，回去以后就叫上两边家长出来，一起吃个饭。罗真真有点忐忑：她跟谭家名彼此已经见过家长。但是这样正式，两边家庭出来见面，这是要走向婚姻的前奏。她准备好了吗？

这几天各地大雾，航班延误很严重。袁均的小生意慢慢上了轨道，这天要去外地见客人，他选择坐动车。

上了车，他掏出手机给客人发了条消息。消息发完，他发现以前的旧同事群里有人说："恭喜罗真真！"

那个群里，很多人已经不再当值机了，甚至像他这样已经离开印象航空。群里基本没有人说话。这次，久未露面的艾珊也突然在里面说了句："刚在朋友圈看到了，恭喜罗真真！"

罗真真没回。其他人说：估计正在飞吧？

然后就没有人说话了。

袁均开始刷朋友圈。罗真真的上一条朋友圈还是三天前发的，内容是："家名先生，以后不要再拉我去看伊藤润二作品展啦！晚上睡不好！"，然后是几个生气的表情。他知道，这位家名先生就是罗真真的男朋友，是个飞行员。他想起当年她立志要嫁个飞行员，现在她自己已经是乘务员了，之前也在朋友圈里发过类似"不要找飞行员当老公……双飞家庭太辛苦……"这样的内容。

再往下翻，他开始看到有旧同事转发机上视频求婚的消息。女主角正是罗真真。他看了好几篇，大概知道是怎么回事了。

罗真真跟谭家名约好了双方家长见面吃饭。原本计划是罗真真下机后，回家洗个澡换套衣服就过去，没想到因为大雾，飞机困在太原，起不来了。餐厅那边，只有谭家名跟两家亲友坐着等。

罗真真一直跟谭家名发消息联系："气死我了，还没能飞。能不能找空管呀。”

谭家名回复：“天气问题，找空管也没用。放松放松。”

罗真真发了几把菜刀过去，在一连串感叹号后面，又发了句：“第一次这么正式的场合见面，就缺席不到。你爸妈一定恨死我了！”

“别污蔑我爸妈。他们没那么小气。”

罗真真又回复了几个哭泣的表情给谭家名。但谭家名一直没回复。她比谁都急，乘客问什么时候可以起飞，正要发作，她几乎就掉下眼泪来：“我也想知道呀，一大家人都在等我呢。”

乘客愣了一下。师太赶紧过来拉开她，向乘客道歉。

起飞时刻一直在变。每变一次，就往后推迟二十分钟。

过了一会儿，谭家名突然发来微信：“打开 iPad，我们视频连线。”

罗真真奇怪，但还是按照谭家名说的，将 iPad 打开，连线后，谭家名跟他身后的亲友团出现在视频中。户外草地上，这家伙搬来一把椅子坐在中间，开始弹唱了几句他的原创。其他空乘听到，也围过来看。

这时，谭家名突然单膝跪下，手里拿着小木头盒子，慢慢打开，露出了里面的戒指。隔着屏幕也能依稀看到这戒指非常粗糙，他以前说过，求婚戒指他要自己做。

“Marry me，嫁给我好吗。其实我刚开始觉得你还挺俗气的一个人，慢慢地觉得你也还算可爱，起码活得够真实够坦然，既然我们一起才几个月，不过……”谭家名正低头想词，一抬头吓了一跳，“妈呀怎么这么多人围过来看……我们要不还是下次再说……真真你怎么了……”

“白痴！”罗真真哭了出来，将无名指伸向了屏幕。

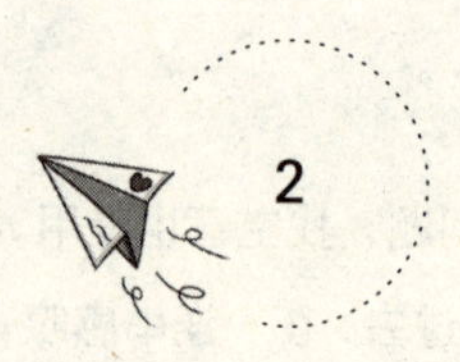

王泳留在宣传部的时间，只有一个星期了。经过程慧珊争取，她即将回到运控中心航务部，回到原点。

这个消息传到运控中心时，人们并没有太大震动。毕竟更重要的事犹在眼前：据说公司高层开过内部会议，运控中心老总名单已经确定下来，只是仍未公布。

人们试图在老八跟沈光脸上仔细寻找线索，但什么都看不到。沈光仍轻快地与人打招呼，下班带上网球拍。老八坐在办公室里跟人打电话，笑容像深潭一样不见底。人们又听说，程慧珊原定要去伦敦办事处，但名单上没有了她。有人猜测，是老八当老总，因此程慧珊这种沈光派失利。又有人说，沈光当上老总，因此还需要程慧珊。

艾珊发消息给王泳，想向她打听消息。“你还在集团总部，应该听到什么吧？”

王泳过了很久才回复：“高层的事，我们这些地下层怎么会知道嘛。”回完消息，她将手机塞回大衣口袋，大步往候机楼方向走去。

今天机场联合各大航空公司一起搞公众开放日。根据流程安排，在网上申请通过批复、最终获得邀请函的市民，以及部分获邀媒体，在工作人员带领下，将先后参观即将开放的 T4 航站楼、机场控制中心的开放区域、印象航空的展示台，最后到国宇航空的枢纽中心。

因为王泳即将离开宣传部，在人前介绍的工作是不会落到她头上了。她负责当“保姆”，参观民众和媒体有任何搞不定的事，第一时间找她。

“哎呀小姐姐，你们说用手机扫描这个二维码，就可以启动手机程序。我扫描了，怎么半天没反应？”

“展示台这个游戏怎么玩？”

“手机上这个游戏怎么玩？”

“我想当空姐，该怎么报名呀？”

“我想让女儿以后当空姐，要怎么做啊？”

“机票能打折吗？”

王泳脑袋冒烟，面带微笑，一刻不停地给他们讲解。

作为印象航空的公关代表，章楠一正跟机场代表一起应对记者问题。大部分记者问的，都是他们早有准备的。“T4耗资多少啊？”“到时候会有哪些航空公司迁入？”“预计每年接待旅客人数多少？”

王泳正在帮一个小朋友选择导游程序里的游戏，冷不防一个记者靠过来问：“你是机场的人，还是航空公司的人？”

“我是印象航空的。”王泳抬起头来，飞快地微笑一下，手上仍在替小朋友点选游戏。

“外面传闻说，印象航空可能在协调航线、编排航班跟客货销售中存在权钱交易和利益输送问题。你怎么看？”

王泳愣了愣，手中停下给小朋友的游戏，直起身来看着记者，脸上仍挂着笑：“这些只是传闻。”

“这么说吧，我们报社收到你们公司维修厂员工的举报信，说发现存在大量集中组织伪造飞机维修记录、私自制定维修文件、隐瞒安全隐患的问题。请问你知道这件事吗？”

王泳回头看了看章楠一，她站在远处，被记者们包围着，看不到王泳。王泳知道，眼前这个人在套话，她不该继续吐露一个字了。

任何一个字，都有可能成为把柄。

那记者看她这样子，笑了笑："怎么了？我只是问你知不知道，这也得请示你们领导？"

身旁传来了秦希的声音："她就一个印象航空请回来逗小孩玩的，你们的采访不会这么不专业吧？"他走上前，挡在王泳跟那记者之间。

记者上下打量突然出现的这人：穿着深色西装，衬衣领子松开，看上去很冷漠，但是显然在为这个女孩打抱不平，看不出是哪个公司的。但没猜错的话……记者笑了笑："你也是印象航空的吗？"

"不是。"

"机场的？"

秦希微微低下头，俯视这个比他矮大半个头的记者："我是她男朋友。"

借着秦希跟对方交涉的机会，王泳趁机奔向人群，从里面拉出章楠一，跟她说了刚才的事。

章楠一看了一眼那记者，撇撇嘴："他呀。我们没请他，估计是他提出要来的，然后哪个实习生筛选名单时把他也弄进来了。行，我知道了。"章楠一走回去，跟机场的人说，请他们适当安排部分记者跟民众临时去参观其他区域，这其中就包括刚才那个记者。

机场公关向那记者走去，微笑着邀请他时，他也只是摇头笑了笑，收起了自己的录音笔。

秦希站在王泳身旁，压低声音："这种人，你会觉得很讨厌吗？"

王泳想了想："不会。正相反，我很佩服他的敬业。"她环视一圈，"你看这里的大部分记者，过来拿个车马费，回去将我们给的通稿一字不改照发出去，就完成一天工作。传统媒体怪自媒体抢了他们饭碗，为什么不想想，自媒体从业者的工作态度，不是这些传统媒体跑线

记者可以比拟的。世道公平，付出多少，就拿回来多少。”

秦希微笑：“看来有人很感慨。”

王泳倒是奇怪地看他：“你怎么会在这里？”

这时，机场那边的公关代表向秦希走过来，让他走到众人跟前那块空位上。王泳在外围听着，才发现原来今天国宇航空没有派公关人员，而是直接让秦希负责介绍国宇航空的枢纽中心。

秦希正在向民众介绍，王泳听到身旁有工作人员低声说：“他结婚了没？”

“没有吧。好几次看到他在机场，加班加到很晚。我要是他老婆，一定受不了。”

“没准他老婆也是个工作狂呢。”

“一般工作狂都不会结婚的。”

接着是窃窃的低笑声。

然后一群人跟着秦希，往前方国宇航空的枢纽中心方向走。王泳也跟在人群中，刚才那个小朋友跟了上来，扯了扯她衣服下摆：“小姐姐，刚才那个游戏我还是进不去，外公上洗手间去了，没人帮我弄。你还能帮帮我吗？”

“好呀。”王泳接过小朋友的手机。

她正低头摆弄，突然听到小朋友喊：“外公，这里！”

王泳刚点击“进入游戏”，手机屏幕弹出小飞机的卡通，她笑着抬起头将手机递给小朋友，一眼见到小孩的外公站在她跟前，笑着要说谢谢。

两人打了个照面，彼此都是一怔。

小朋友扯着外公的衣袖：“外公外公，这个姐姐帮我弄好了！”

那外公笑得有点尴尬。

王泳低头再看看那小朋友，又抬头看看眼前他的外公，微笑说：“小朋友很可爱，长得很像他妈妈。”

都在同一个小城里，她除了那次电话里听过当时还是小女孩的小朋友妈妈喊过“爸爸”外，也曾经远远地见过她。她牵着爸爸的手，就像那个是她亲生爸爸一样，得意扬扬地走着，多么幸福。

那女孩儿也像其他小城里的孩子一样，长到一定年纪，就跑去外面工厂里打工。后来大着肚子回来，跟她扯了证的男人还在当地打工，一年回来个两三次看他们母子。小孩子长大了，会喊外公了。他当然不知道，外公其实不是他的外公，是外婆从别人家里“抢”回来的。

其实也是一种幸福。只是跟王泳无关。

王泳看着生父那张略显苍老的脸，想起如果他还是自己的爸爸，现在会过着怎么样的生活呢？跟老妈一起去菜市场，逛公园，闲时跟人诉苦，说女儿一点儿不着急结婚，有时候又扬扬得意，说我女儿在一线城市大公司上班呢。

现在，这张苍老的脸上，马上就要现出愧疚的神情了。在这神情还没彻底浮现之前，王泳赶紧笑了笑：“过来玩吗？”

“是啊……洋洋一直喜欢飞机。这次他妈听说有这个活动，早早在网上报了名。但今天没空，只好我带他过来了。我们很少来这里。”

“嗯，待会还有抽奖呢。”王泳笑着。

“你……现在在这儿工作定居吗？你跟你妈，过得好吗？”他终于还是问了。

王泳其实想说，你不用这么愧疚的样子，我们并没有过得不如你快活。但她只是敷衍一笑：“我大学就到这儿了。一切都挺好的。”又低下头，摸摸小朋友的脑袋：“洋洋，喜欢飞机吗？”

“喜欢！”洋洋神态天真。

“那长大后做个飞行员，怎么样？”

“好！”小孩子天性，一只手激动得在半空中晃来晃去。

洋洋外公看了看王泳，小心翼翼地问：“小泳，你现在在机场上班？”

“航空公司。”她想赶紧结束这个话题，转身离开。

秦希走了过来，看看王泳，又看看她对面的男人。他听到他喊她小泳，他打量他的五官，又看看两人神色，心里猜到了。他走上前，伸手握住王泳的手，平静地说：“走吧，搞完这个活动，今晚还要陪你妈吃饭呢。”

在洋洋外公注视中，他牵着王泳的手转身离开。走开好几步远，王泳才低声说：“秦希，原来你也挺俗的，还会来这套。”

“上次陪你看电视学的。”

“你打算什么时候陪我妈吃饭？”

“随时可以。”

王泳怔了怔，突然想到了罗真真平时教她“打铁要趁热”。她脱口而出：“要不，这个周末？”

“要加班。”

“下周末？”

秦希看着她，非常严肃：“下个周末我要离开这儿，去一趟加德满都。有一件很重要的事，私事。”

还没说清楚，机场那边的人突然拉走秦希，让他面向传媒记者回答一些专业问题。王泳站到一旁，热气腾腾地想，到底他会有什么重要的私事，没让自己知道。有人围上来，让她帮忙搞手机上的程序，她才将这事放下。

活动结束后，秦希一直被人包围，问东问西。王泳正在帮章楠一收拾东西，身后有人喊“小泳”。她转过头，看到生父拖着洋洋的手，站在她跟前。

王泳生怕他在章楠一他们跟前说出点什么，转头就走。章楠一在她身后喊：“你去哪儿？”

“洗手间！”

她加快脚步，洋洋突然在后面追：“小姐姐，等等我，等等我——”小短腿迈得太快，扑通跌倒。

王泳回过头，生父急忙奔上前要抱起洋洋，秦希突然不知道从哪儿冒出来，将洋洋抱起来。他蹲下身子，跟小孩面对面：“小朋友，以后要当飞行员，就不要这么急急忙忙，要小心，注意安全，知道吗？”

洋洋非常认真地点头，又说：“我在执行外公的指令呢。”小孩学话学得快，刚才听到“执行指令”这样的词，立马就用上。

洋洋外公走上前，看了看王泳，又看了看秦希。秦希站起来，牵过洋洋的手，交还到他手中。

洋洋外公问：“这位是……”

“我是王泳的男朋友。”秦希将身体转向对方。

洋洋外公嘴唇颤抖了半天，没说出话来，良久良久，他突然说：“我对不起她们母女俩……你……替我好好照顾她们。”

秦希点点头：“我会照顾她们，但不是替你。你应尽的责任没尽，别人是不可能替你赎罪的。我能做的，只是做好我那一份。”

活动结束后已经是晚上。秦希说让王泳到他家去吃饭。王泳觉得非常累，他下厨时，她在客厅沙发上睡着了。秦希轻轻拍她的脸，叫醒她吃饭。

王泳正端盘子出来，秦希走到阳台上接了个电话，回来时说了句“留点饭给我”，就钻进书房干活。

“你要吃什么？”王泳独自吃到一半，探头进来问。

“随便。”秦希对着电脑，头也不抬。王泳数了数烟灰缸，里面横七竖八躺着香烟的尸体。

国宇航空基地不在此，运控人数比印象航空要少，分工也没那么明确。像秦希这种有过几年工作经验，业务能力强的，进去就是中层管理人员，晋升快，但是责任也大。

像往常一样，他静静坐在那里抽烟，想事情。

王泳无声靠过去，像小动物一样贴着他。他伸手揉揉她脑袋，她仰起头，张口说：“先吃饭吧。”

“我不饿。还有一点儿就做完。”

平时这种时候，王泳会识相地走出去。但今天王泳只是点点头，还是像小动物一样贴着他。

秦希任由她倚着自己，他敲了几个字，忽然意识到，王泳不是以小动物靠向主人的方式倚靠他。这是女儿依赖父亲的方式。

他转过身，用手揉着她的头发。

王泳昂起头：“今天的事，谢谢你……”

她话没说完，他已突然低头吻下来。他唇上有香烟的味道，他说：“我说那番话，其实造次了。不过我说的话，也不代表你的立场，不过是我的个人意思。不管你要不要原谅他，我始终看不惯对家庭不负责任的人。”

王泳想起了秦希的家人。跟秦希接触越久，她越发意识到，这是个有许多面的男人。他喜欢做饭，对饮食本身倒不乐在其中。他喜欢独自一人，不喜欢群居。他有种冷漠的聪明，容不下愚蠢的人，也多少有点睚眦必报。他在工作上跟人大量接触，内心却依旧与周遭的一切保持距离，唯独对自己的天真言论给予足够耐心。

秦希问：“在想什么？”

王泳偏着脑袋：“我在想你下个周末要瞒着我做什么？”

秦希轻描淡写地说：“你这周就要结束工作，回运控中心之前有一个星期假期。我订了两张机票去加德满都。”顿了顿，他补充，“下周六，距离我上次飞加德满都刚好满两年。”

哦，加德满都航班上，那个讨厌的邻居先生。

王泳突然笑了。

出发前一天，王泳才知道原来罗真真要执行的是加德满都航班，机组成员里还有谭家名。“没想到我坐的是夫妻档的航班呀。”王泳打趣。

罗真真正在一点点收拾东西，结婚后她就要搬出去住了。谭家名的房子不在云霄路，而在老城区，民国洋房跟老式民居一样多且密。他带着相机在老城区走，四处拍散步的老人、拆迁的破房、狭窄的巷子，有时候忘了罗真真在他身后。罗真真跟着他走，觉得非常踏实。

谭家名没什么野心，爱将钱花在罗真真觉得莫名其妙的地方，却不给自己买辆好车。吃饭爱吃路边摊。罗真真突然想起，很久以前袁均跟她一起吃沙县小吃，她边吃边说：“我发誓，以后要当米其林常客！”袁均当时愣了一下，然后微微一笑，后来再没约过她。

现在，罗真真正收拾着衣柜，一件一件挑出不要的衣服，扔在地上。手机弹出一条信息，点开一看，居然是袁均发来的。只有两个字：“恭喜。”

罗真真慢慢敲下："谢谢。你现在在做什么？有空回来的话，一起吃个饭吧。"正要按下发送，想了想，又将后面那段话删掉，只将"谢谢"二字发出去。

过了一会儿，罗真真正在找一条墨绿色长裙，手机突然又弹出消息——"听说你要结婚了？祝福你。"

谁这么矫情？她再看，是个陌生号码，但是非常熟悉。她对着那串数字想了一会儿，才忽然想起是蒋斌。她什么都没回，将手机扔回床上，继续收拾。

新航季里，本地出发前往加德满都的航线已经取消。他们要坐车到庆州出发。罗真真他们作为执行航班的异地机组，已经提前一天住在当地酒店了。

这天风很大。天空阴冷得像海底，庆州这个支线机场规模比较小，原本作为军用机场使用，现在则是军民合用机场。整个候机楼出发厅仅有十二个值机柜台，两个安检口。加德满都是这个机场唯一一条国际航线。出发区内灯火通明，拉杆箱在地上伴着脚步声滚动作响。也许因为天气阴沉，安检人员看上去也都闷蔫蔫的，提不起神来。

王泳穿着宽松外套，将头发随便扎起在脑后。她前几天才完成在宣传部的工作交接，大家都说着些言不由衷的客套话，只有章楠一跟她说，下次要到自己家做客。

飞机缓缓起飞。

王泳靠在秦希肩头，慢慢睡着。罗真真为客人取来毯子和报纸时，发现王泳睡得很沉，秦希一直在看窗外，但一直牵着王泳的手。

整个航程非常平稳。天气晴好，起飞，穿云，抬头爬升，一切正常。机长打了个哈欠，开始跟谭家名聊天。罗真真进到驾驶舱，给他们端咖啡。“危地马拉咖啡，你们的挚爱。”她笑着。

机长笑了：“我的挚爱是普洱，你家那位才挚爱这个。”

罗真真嘻嘻一笑：“都一样。黑咖啡其实跟茶酒很像的地方在于，个中复杂都要细品才能体会。”

谭家名眨眨眼睛：“这话听上去很熟悉啊。啊对，是我说的。”

罗真真作势要捏他耳朵，谭家名赶紧说：“Captain，有人意图袭击机组。”

几人正在笑，这时一条告警信息突然弹出——“左发过热”。

机长跟谭家名都静下来。告警信息触发 6 秒后，机长接通自动驾驶。“向机场管制员报告故障信息。”机长下口令，执行发动机过热检查单。还没做两步，系统再次弹出“左发火警”告警信息，火警灯闪，火警铃响起来。

对谭家名来说，他只在模拟机上见过发动机火警灯闪铃响。现实中的，还是第一次。他的脑子里浮现出发动机被烧的场景。

飞机零部件冒火——对空中飞行来说，这是最紧急的情况。生与死，就在这火光之间。

谭家名对罗真真说：“你先出去。”

她点点头，白着一张脸往外走。飞机突然一阵颠簸，她用手扶住两边，好一会儿才继续走。

师太走上前，仔细看她：“你怎么了？不舒服？”

罗真真摇摇头，但什么都说不出来。

师太抬头看了一眼驾驶舱，就要往前走。罗真真拦住了她：“别进去。他们在忙。”见师太仍在盯着自己，她压低声音，“发动机火警。”

客舱内的乘客仍戴着耳机在看电影，有人呼呼大睡。秦希通过

来往空乘急匆匆的脚步和苍白的脸色，敏锐地察觉出现什么问题了。他的手在王泳腰间摸了摸，她醒转过来，脸红了红：“怎么？”

他的手划过她腰间扣子：“检查你安全带。”

罗真真经过他们时，看了他们一眼，很快走开，什么都没说。

王泳揉揉眼睛：“发生什么了吗？”

秦希说：“没有。”又用手拍了拍她翘起来的头发，“你继续睡。”

王泳伸了个懒腰：“早餐喝了一大杯牛奶，要上厕所了。”她要往外走，秦希拉住她的手，看她一脸茫然，他松开手，“注意安全。”

王泳嘻嘻一笑：“上个洗手间有什么好注意的？”

驾驶舱内，机长跟谭家名正在执行发动机火警检查单。两人配合，关闭左发自动油门预位电门，左发油门杆慢车，切断左发燃油切断手柄，拔出左发灭火手柄，然后检查火警信息是否消失。

“左发火警”警告消息消失了，谭家名这才发现，自己背上凉沁沁，湿了一大片。

现在，飞机正单发运行。

谭家名看了一眼机长，眼神在问：“接下来怎么办？”

“申请返航吧。”

机长负责操作飞机准备降落，谭家名向机场管制说明情况，申请返场落地，随后跟客舱通话，大概讲了一下他们计划返航。

师太说：“知道了。”

机上开始响起降落前广播，提醒机上乘客“系好安全带，调直座椅靠背，收起小桌板”。有乘客一脸茫然，更多人已经反应过来航班要返航，客舱里一片哗然。“回去？我那边还有急事呢！”“怎么了？怎么突然不飞了？”

这时，客舱里，一个理平头的四十几岁男子突然站起来，快步从经济舱向头等舱方向走，途中伸手拿了份报纸。师太正在提醒旅客系好安全带，罗真真撩开头等舱跟经济舱间的布帘，突然跟男子打了个照面。

她被这男人吓了一跳，但职业微笑瞬间回到她脸上："先生，请回到……"突然，她被对方眼神中的凶光所骇，目光下移，注意到他将手放在口袋里。

她意识到大事不妙，正回过头要喊空警时，那男人晃了晃手里的报纸，已经掏出了口袋里的东西。

离那人最近的乘客觉得这人有异常，他解开安全带正想凑上前看，突然发现那人手里的东西。他急得站起来大喊："捉住他！他有打火机！"然后下意识地扑上去要制止，却被对方一拳挥倒在地。

坐在经济舱第一排的女人，拿起手上的 iPad 就往暴徒头上砸去，却被体格强壮的男人反手推倒在座椅上。那男人暴怒，一手掏出一把二十厘米长的刀，要向女人砍去。女人骇叫一声，抓起枕头向他砸去，飞快跑开。

"有暴徒！有暴徒！"恐慌的情绪像瘟疫般迅速蔓延。附近乘客都开始尖叫。空警赶过来时，暴徒已经将布帘点着。帘子散发出汽油味，火苗像贪婪的红色的蛇，不住往上游走。他站在燃起的布帘前，掏出打火机将报纸点燃。

头等舱前排的乘客一回头，发现后面起火。顺手拧开矿泉水瓶，直接往燃烧的帘子上浇。

这时，洗手间门咔嚓一声响，王泳从里面推门走出来。她一眼见到外面冒着黑烟，黑烟中露出罗真真苍白的侧脸，她意识到什么，想要马上回身躲进洗手间，但已经太晚。

罗真真没来得及叫她小心，那男人已一把拽过王泳。他一只手将燃烧的报纸扔在地上，另一只手用刀抵住王泳脖子，眼睛露出困兽般的凶光："别过来！"

两名空警赶了过来，其中一人大喊："前排旅客往后退！"正说着，那人突然将刀一把刺向空警，空警的手臂瞬间鲜血直流。凶犯再度挥刀，阻止他们靠近。两名空警用身体挡在乘客前面，保护头等舱跟经济舱前排乘客安全撤离到后面。

那男人跟空警搏斗时，王泳正要趁机挣脱，那男人又将刀指向她。一阵白光间，王泳手臂被划出一道血痕。

机舱空间狭小，空气里都是汽油跟什么东西的味道，黑烟马上弥漫了整个空间，人们被呛得无法呼吸。火苗和烟雾蹿起来，乘客们尖叫着站起来，过道上挤满了人。有人大喊："别挤别挤！我老婆怀孕了！"有小孩的哭声，然后是女人大喊："宝宝不哭！妈妈在！"后舱乘务员拿着灭火器赶来，师太指挥罗真真她们灭火，将头等舱旅客疏散到经济舱区域，同时迅速通知机长。

慌乱中，有乘客大声喊："大家不要怕，我们是多数人！他只有一个人！我们可以制服他！"

人群稍微平静下来一些。师太正要感谢这乘客，没想这话听在暴徒耳朵里，却将他激怒。他放声说："你们是不把我放在眼里了？"他将长刀又是一划，王泳肩上被划了一道更深的伤口，不住往外淌血，鲜血滴到地板上。前排一个女乘客吓得哭出来，差点晕倒。旁边的女乘客赶紧扶住她，将她拖到后面。

"放开她，她受伤了！"秦希拨开前舱过道上的人，微微弯下身子，朝那男人展开双臂，示意自己身上没有任何道具，"大哥，听您口音，也是庆州人吧？庆州人最忌讳女人的血了，别弄脏了大哥您。"

说这话的时候，他拿起旁边座椅上的飞机毯子，在手上举了举，往前方半空中探出，“来，给她捂住，不然弄脏大哥您。”

那男人迟疑了一会儿，伸出手来，一把抓过那毯子，却将它扔到地上。

秦希仍在不紧不慢地跟那男人说话，他的嘴上带着些微笑，想让对方放松警惕。但目光却忍不住瞥向王泳。他看到她肩上刀伤很深，鲜血不住往外涌，肉都翻出来了。他的脑袋有瞬间的空白，片刻过后，他清醒过来，发现自己正捏着拳头。如果不控制住自己，他生怕自己下一秒就会忍不住砸向那个男人。

但他深呼吸，嘴上仍带着假笑，慢慢地，一步步靠近男人跟王泳的范围。男人不知不觉，往后退到头等舱区域。

秦希又说：“我妈老说，庆州人觉得女人流血晦气。您不介意的话，我来跟她交换，怎么样？”

在男人低头思考的片刻，其中一名空警悄悄移动了位置，混入到后面人群中。他通过座椅走向另一条过道，悄然绕到那男人身后。秦希跟一前一后两名空警相互对视，几乎不被察觉地点点头。三人移动身体，隔开一点儿距离，将那男人前后围堵住。

只是那男人异常警觉，身体贴墙而立，长刀死死抵住王泳脖子。“请各位回到座位上，不要惊慌。”师太跟其他乘务员一直不停地喊，“有没有军人武警？有没有军人武警？”几个姑娘努力抑制声音中的颤动，冲着乘客大喊，“相信我们，相信我们！我们有能力处置！请大家回到座位！”她们不光是担心乘客慌乱导致场面混乱，也担心乘客乱走动导致飞机不平衡，影响飞行安全。

刚才王泳被那男人擒住时，罗真真骇在原地，空警眼疾手快将她一把拉到身后，避免她成为下一个人质。

此时，她跟其他乘务员一起呼吁大家冷静。她颤着声音说：“机

舱里有老人家、小孩子跟女性的，请大家有秩序地退到机舱后面。其他男乘客请帮我们一个忙，好吗？请大家一起把行李架上的行李都拿下来，一起堆在地上，一起将那个男的堵住。”

有部分男乘客你看看我，我看看你，开始打开头顶的行李架。也有人混在老人、女人、小孩中，往舱尾方向走。有些人只是站在那儿观望，不动手，不动脚。

罗真真一咬牙：“现在，前面那个被暴徒拿着刀指着脖子的女孩子，是我最好的朋友。正在驾驶舱里驾驶这飞机的，是我的未婚夫，我们下个星期就要结婚了。此时此刻，我很想待在他们身边，但是我不能。因为我要守护大家的安全。”

那些往后退的男人，都开始转过头来，侧着身子听她说话。

“中国人喜欢说，大家都是一条船上的。现在，我们都是一个航班上的。我们受过专业训练，请大家相信我们，一定有能力将大家安全送下飞机。也请大家配合我们，一起渡过这个难关。”

在一片安静中，往后退的男人纷纷转过身来，自发自觉地伸手取出行李架上的行李，一件件往地上搬。随后，他们都往前舱靠，想协助空警制止暴徒。机上广播传来师太的声音：“请大家相信我们！请大家配合我们！”

“谢谢大家！”罗真真用手背擦了擦眼角。

头等舱那边，原本一直沉默着的男人，突然意识到眼前这三个人已经将自己慢慢包围。他回头看了看，身后站了一名空警，再扭过头，眼前站着一个空警和一个穿便西装的男子。他突然感觉自己受到了愚弄，仿佛那三人是驯兽师，而自己不过是斗兽场上的困兽。

他知道，下一秒，他们就会扑向他，将他关回笼子里。

就像他的那些债主一样。所有人都想吃他，都要将他生吞活剥，吃得连骨头都不留。

怒气一下涌上心头，他将长刀往空中挥了挥，厉声叫着："别过来！谁过来我就把这小妞剁了——"

"别——"秦希高声说，左脚跟上半身往后退，将安全范围交还给对方。但右脚仍停留在原地。他轻声软语，"大家都是庆州老乡，给我一个面子，好吗？来，我跟这小姑娘交换……"

那男人大吼："你也别过来！都是骗子！你们都是骗子！嘴上说是老乡，背后还不是骗了我的钱！"他将长刀往王泳脖颈上再紧了紧，王泳咬着牙，但眼睛示意秦希不要担心，让他不要过来。那男人大吼："我才不会放了她呢！放了她，你们马上就将我杀了！哈哈哈，看看你们，现在多么害怕！怎么？现在才知道我李超厉害？现在才怕我了？！"

秦希说："大哥，您不用放了她，但是给我个面子，让我跟她说会儿话好吗？"

男人瞪着眼睛："你小子要说什么？"他见秦希眨了眨眼睛，心想这小子开始害怕了。他又环视这机舱内人们惶恐的神情。他突然觉得很满意。

死！反正他要死了，他要这些人都一起死！但是现在他不急，临死前，他要好好享受一下这种将人们玩弄在掌心上的感觉。

像皇帝通过赐予某项准许来展现威权一样，他没有阻止秦希说话。

秦希又眨了眨眼睛，目光越过男人的肩头，跟他身后的空警对视了一眼。但是在男人看来，他只是因为紧张而不停眨眼睛。秦希又看向王泳，他说："王泳，我不知道现在说会不会太晚。

“人是很奇怪的动物。小时候，我喜欢看飞机在天上飞，因为我的世界那么小，没有人对我好。那时候我想，只要我飞出去，就会认识很多人，我的世界会变大，他们会对我好。

“后来我长大了，见到了很多飞来飞去的人，自己也经常飞来飞去。我才知道，认识的人多，不等于对你好的人多。你的世界变大，也不等于你的心就变大。

“再后来发生了那件事。我的世界里，原本对我好的那几个人，全都变成了陌生人，甚至仇人。他们恨我，我也恨自己，恨到连自己都麻木。

“我以前要赚很多钱，因为这样才有安全感。因为奶奶的事让我明白，没有金钱是最大的不孝，也是最大的不幸。在这个伪善的世界，你起码能用钱换来几个酒肉朋友，不至于倒在出租屋里最后被狗吃掉。

“我就是这样一个躲在阴暗角落的人，直到你出现。你说过，再阴暗的角落，也会有光能透进去。

“人们说婚姻只是一纸契约，但我希望用这道契约留住你这道光。

“王泳，嫁给我——”

王泳不停地流血，摇摇晃晃地站着，周围一切都开始变得模糊。但秦希这句话，像有一只隐形的手，将她一把揪回现实中来。她脑中嗡地一片白。

秦希单膝跪地，突然，秦希猛地伸出手，一把捉住暴徒脚踝使劲儿一拽。暴徒身后的空警往前一扑，从后面勒住他脖子。

王泳趁机要挣脱，矮身往前扑，凶徒却突然发起狠，将刀往前一挥，整个儿砍向王泳背部。

秦希整个儿跃起，一手接住倒下的王泳，一掌向暴徒劈去。暴徒被他挡了挡，身子不稳，这时空警趁机将他手中刀踢翻在地。

暴徒飞快俯身要捡刀，空警比他更快地扑上前去。这时，其他男乘客都围上去，一起将其制服。

王泳像被连根拔起的小树，直直往前倒，秦希一把上前抱住她："没事了，没事了。"他脱下衣服，盖在她身上。她像落水的小狗，一直伏在他肩头上，他用毯子盖在她伤口上，大声喊："有医生吗？！她受伤了！有医生吗！"

罗真真提着医疗箱，急匆匆跑过来。她红着眼眶，几乎要哭出来。她呜咽着，声音断断续续："小泳她，她不会有事吧……"

"她不会有事的。"秦希咬着牙。他替罗真真打开箱子，那只手却抖得握不住扣子。他颤抖着，再次重复，"她不会有事的……"

王泳流了很多血，罗真真拿出医疗工具，给她简单缝针处理伤口。王泳的脑袋靠在秦希身上，他用手抱着她的脑袋，看她身子微微颤抖，看她前额都是细密的汗，看她意识不断游走，他轻轻吻她额头，连声说："没事的没事的。"

她没有了反应，他紧紧握住她冰凉的手，声音颤抖着："你会没事的，你还要赚很多钱，你还要接你妈过来，你还要……还要跟我结婚，跟我生两个小孩……"

头等舱那边很吵，仍传来打斗声，似乎还有烟雾，机上广播一直在响——

"各位旅客，我们的飞机将返回目的地机场紧急迫降。飞机没有大的危险，全体机组成员受过严格的专业训练，请大家听从乘务员指挥。"

"为保证您在撤离时的安全，请您取下身上的锋利物品，比如手表、钢笔……”

“现在我们将飞机上的紧急出口向您介绍一下……”

“各位旅客，飞机紧急着陆时，一般会带有冲击，为了您的安全，现在我们向您介绍防冲击安全姿势……”

罗真真为王泳处理了伤口，进行止血处理。王泳已经昏迷过去。“她要尽快送去医院……”罗真真忍不住哭了出来。

紧急迫降在即，秦希紧紧搂着王泳回到座位上。

事后听说，当时暴徒被踢掉匕首后，又抓住一张报纸，飞快用打火机点燃，第二次点起了火。机舱内再次冒起黑烟，烟雾弥漫了头等舱跟经济舱前排位置。火很快被扑灭。暴徒被制服，用皮带捆着，被空警摁在已经清空了的头等舱那儿，周围围坐着几名男乘客，一起盯着他。

王泳被挟持那会儿，机长已经在驾驶舱里向塔台呼叫 MAYDAY（遇难求救信号），申请优先着陆。

飞机下降前，乘务员高声喊：“抱紧，防撞！”所有乘客都按照指示，交叉双臂，紧抓前方座椅靠背，头俯下，两脚用力蹬地。

伴随着沉重的落地感，飞机平稳降落。乘客们从舷窗往外看，见到停机坪上早已有警车、消防车在等待，身着制服的医护人员、消防人员各就各位。

乘客们见成功落地，都为自己逃过一劫而雀跃，纷纷鼓起掌。

飞机滑行到停机位，驾驶舱关闭安全带指示灯，师太发出指令：“舱门解除预位。”机上乘客站起来，纷纷开始取行李，谈论着刚才的险情。

有人开玩笑：“我还没看清楚那个纵火犯长什么样呢。”

又有人说：“今晚新闻应该能看到吧？”

这时，机长广播响起："机组各就各位。"

其他乘务员还没反应过来，师太已经意识到问题，她马上下达"舱门预位"指令。

这时，机上所有人听到机上广播说："旅客撤离！"

师太决定打开所有撤离门。

罗真真站在其中一个撤离门前，眼睛往外看，心里却想起当初培训时师傅跟她们这些新人说过——

你们现在一心只想飞上蓝天，赶紧应付这个考试。但如果哪一天你们需要用到这些知识，我希望你们能记得我今天的话——时刻将乘客安全放在第一。

能否顺利放下滑梯，关系到乘客们能不能及时逃生，是保护机上生命的最后一道屏障。

她闭上眼睛，深呼吸，再次睁开双眼。

放下滑梯的应急信号灯闪烁，罗真真在乘客协助下，转动机舱的紧急逃生门，滑梯被释放出来，很快充满了气。

罗真真走到舱门前，往外面看了看。下方停机坪上，站满了消防员、警察、救护人员，以及机场的地面工作人员，还有她熟悉的印象航空制服。所有人都在抬头看着他们。地面非常喧闹，闹得让她想起童年时在乡下过年的盛况。有人喊着"各就位"，有人喊着"撤离到安全区"，有人喊着别的什么，她听不清楚了。

砰的一声响，飞机左侧前、中、后舱门几乎同时被打开，三个滑梯同时释放。

罗真真跟其他乘务员首先滑下滑梯。

接着是秦希跟王泳。

秦希将衣服披在她身上，又用毯子裹住她，他紧紧抱着她下了滑梯。她在他怀里，非常安静，就像她热闹的天性正跟鲜血一同流走。

从滑梯往下滑落时，他想起王泳说的话。她说，再阴暗的角落，也会透光。

他感到自己的身体在不断下坠，下坠，下坠。他用手抱紧了她，就像蛰伏在黑暗中的人，希冀挽住掌心中一点点流散的光。

对于后面发生的事，秦希没有什么印象。一切都是混乱的。乘务组织旅客撤离，一个接一个先后跳出舱门，顺着滑梯落到地面。有人慌里慌张，抱着大行李要滑下去，被乘务长阻止。有人要站着跳下去，被人按下去。

这些乘客落地后，快速跑到厅机坪一侧的安置区。

身穿飞行员制服的机组，最后离机。

十几辆警车、救急车、消防车集结现场，警灯闪烁，笛声长鸣，震动耳膜。赤红色消防车呼啸着，往空中喷射出高高的水柱，乘客边往前跑，边回过头看这盛大场面。救护车跟警车都开过来，将这片停机坪包围成半座围城。

水雾弥漫，水珠溅到秦希脸上。他前额头发湿掉，怀里抱着王泳，跌跌撞撞地朝医护人员跑。医护人员抬来担架，将王泳送到救护车上。

他亦步亦趋，一只手紧紧握住王泳的手。

他太忙，忙着用整个生命去感受她正在流失的生命，就连飞机上传来砰的巨响都没听到。围观人群发出尖叫声："纵火犯跳下来了！"警察冲上前去。黑压压的人群将摔在地上的暴徒包围起来。

秦希没回头看。周围一切模糊成一团，仿佛迷幻森林中的幻觉，只有眼前那张苍白的小脸，是真实的。那张脸在他眼前晃动。他跟她一起坐上救护车，伸手握住她冰冷的手。医护人员在车上给她处理伤口，她迷迷糊糊醒过来，看着秦希，眼睛里一点点光飘离，想要跟他说什么。她微弱地张开嘴，他凑上前去：“你说什么，你说什么？”他急。他听不懂她在说什么了。

这个整天唠唠叨叨的姑娘，现在她说了什么？他再听不到了，他怕，怕再也听不到她扬扬得意地说话。他握住她的手，焦急地说：“你说什么？王泳，你说话，你跟我说清楚一点儿！”

王泳失血过多，且伤到肺部。她被送入 ICU 时，秦希坐在冰冷的长凳上，忽然意识到，王泳说的是：“Yes, I do.”

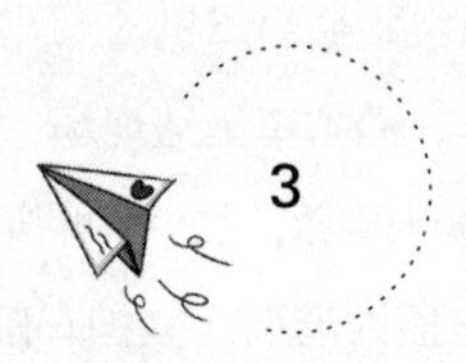

## 3

程慧珊驱车赶去医院的路上，罗真真跟谭家名作为机组，正跟其他人一起留在机场公安那儿做记录，重述事发经过。魏叔、余思棠会开到一半，接到消息，都急匆匆奔出来。小文还有一小时交班，急忙打电话给男朋友：“你能早点来接我班吗？我朋友出事了。”

最早到的是胡昊。

他披着黑色长风衣，扣子敞开，在散发消毒药水气味的医院长廊里疾步奔来。他走到长椅上，停下脚步，一把揪住秦希的衣领：“你跟她一起出去，你为什么没有保护好她？你为什么让她受伤？”

秦希任由他捉住自己衣领，不发一言。

胡昊咬着牙："你为什么没保护好她！如果她有什么事……她有什么事……"他说不下去，"我们都会失去她……"

秦希缓缓抬起眼睛，似乎在看他，又似乎在看着什么地方。他沉迟开口："你们失去的是王泳。我失去的是唯一的亲人。"

程慧珊带着余思棠他们赶到，看到这场面，都明白发生了什么。程慧珊走上前，一只手搭在胡昊的手背上，将它从秦希衣领上拽下来。

"王泳不会有事的。"程慧珊看着胡昊，"你作为她同事兼上级，不会希望给她惹麻烦。"

她这样婉转地提醒他，他像被理性扇了一把，缓缓松开了手。

程慧珊又转向秦希："你就是秦先生吧？王泳很幸福，有这么多关心她的人。身为她的同事，我们都相信她会没事的。"

这时，手术室的门开了，医生从里面走出来。身旁几个医护人员推着病床出来。医生问："谁是王泳的家属？"

胡昊下意识走上前，然而秦希已经来到医生跟前，说："我是她未婚夫。"

医生点点头："她渡过危险期了。"

王泳像做了个很长的梦，梦里吵吵闹闹的，似乎很多人来看过她，又走了。她觉得自己像潜入水底，听着杜大鹏、余思棠他们说话。又似乎梦到小文带着男朋友来看她，羞涩地介绍说，对方是国宇航空的值机。最吵的是罗真真，她带着谭家名，在她床头哭，说"小泳你吓死我了"。还有张白，独自一人在她床头插花，边插花边问："你什么时候有未婚夫了？"

王泳睁开眼，身旁有阵阵花香。她转过脸，见到张白目瞪口呆看着自己。

居然不是梦。

居然张白真的在。

张白眨了眨眼睛，忍不住喊了起来："医生，她醒了！"第一次见她这样不矜持。

王泳住院这几天，不断有人过来探望。最神奇的是宣传部长CY亲自带着助理跟过来。论关系，王泳已经不是他的下属。论交情，他们实在谈不上什么交情。

章楠一以私人身份来看望王泳时，边摆弄敞口瓶里的花，边笑着："你没听出他的目的？"

"什么目的？"

"当然是为了工作。这件事现在闹得沸沸扬扬的，暴徒已经死了，你作为当时机上人质，很多记者想找你。现在是被医院挡回去了，但是等你出院以后，恐怕还有人要来找你。"

王泳听明白了："CY想让我别乱说话？"

章楠一做了个"对"的嘴型。

王泳倒是不明白了。这事虽然现在正调查，但责任在庆州机场安检那块，跟印象航空没有关系。而且听罗真真说，机上空警、乘务因为处置及时，都受到了公司跟民航局嘉奖。

章楠一说："这你就不懂了。"为什么不懂，她没说，但后来王泳从胡昊那儿听到了，说是庆州机场找过印象航空，说现在事件正在调查，希望印象航空低调宣传此事。

他说："本来CY是想趁机大做文章，将两个空警炒成网红的。但公司高层想卖个人情给庆州机场集团，所以这事就低调处理了。他上次是来探病，等你要出院时，估计他再来探望你一次，就要提

出让你别接受采访了。”

王泳本来就没打算接受采访。但没等到她出院，庆州机场负责人已经被撤职。当地民航局也有人受到了影响。直到王泳出院，CY都没有再来过一次，也没给她打过一次电话，发过一次消息。她跟宣传部，算是彻底断绝了关系。

运控中心的同事给王泳办了个庆祝出院的小派对。在蓝兔二楼那个大阳台上，长沙发前摆了蛋糕，大伙让王泳切好蛋糕，但又纷纷劝她不要吃。“你身体还在康复，得吃点清淡的。”艾珊说着，给她递过来一杯牛奶。

余思棠问：“你男朋友，不，未婚夫没来，又在加班？”

王泳笑着点点头：“他说想早点攒奶粉钱。”

胡昊坐在她身旁，穿着那件黑色长风衣。那天他接到王泳入院的消息，就是穿着这件衣服，匆匆赶到医院，又一把将坐在长凳上的秦希拉起来，一遍一遍质问，为什么没有保护好王泳。

现在，她坐在他身边。医院里那些对话，一下子又显得那么遥远。胡昊问她：“真的打算跟他结婚？”

王泳正用小勺子低头挖着一小片蛋糕，头也不抬：“是的。”

“恭喜。”

“谢谢。”她抬起头来，看到胡昊的脸藏在灯光的阴影中。

他身子靠在长沙发上，仰起脑袋，似乎在看远处建筑物的灯，又像在寻找星星：“有时候我在想，命运真是很奇妙的一样东西。”

“嗯？”王泳将那片蛋糕吃完，将碟子放下。

“原本跟你一起飞伊斯坦布尔的人，应该是我。我真想问一下，喂，怎么回事，是不是搞错人了啊？”

胡昊最后那句话说得孩子气，王泳笑了起来。笑了一会儿，她摆摆手说："不，这个跟命运没关系。有些事情，还是要靠自己。"

"比如？"

"比如说，我醒过来后，秦希跟我再次、正式地求婚。他说，飞机上那次不算，这次才是真的。看着他掏出准备好的戒指，我想了一下，拒绝了。"

"拒绝了？"

"嗯，我说，秦希啊，你记得当初我写伊斯坦布尔那篇文，很多人在下面评论说这是吊桥效应吗？我当时一一怼回去。但是后来，我跟你渐渐疏远，我想，也许那真的只是吊桥效应。现在，我们刚过完第二道吊桥，你就跟我求婚。"

"然后呢？他说什么？"胡昊看着她。

"他看了我好一会儿，然后说……"王泳用手捂住脸，似乎对后面要说的话有点不好意思。

胡昊看着她，她沉默了好久，才一字一顿地，模仿着秦希的语气，重复当日他那番话："有的人需要一场战争才明白和平的好处，有的人需要一场疾病才知道健康的宝贵。但我不是他们。我不需要任何外界人或者事来提醒我，你对我来说多么重要。如果之前我对你太过疏远，让你难过，对不起。那是因为，我过着独自一人的生活太久太久。一个习惯黑暗的人遇上了光，第一反应往往是闭上眼睛。但那不是躲避，只是在适应。我很庆幸，当我这个黑暗者睁开双眼时，你还在。"

胡昊将手插在外衣口袋里，什么话都没说。远处，几个年轻人在以城市夜色为背景自拍，斜着脑袋对镜头笑着。有人远远地喊胡昊名字，让他过来，他深陷在沙发上，似乎没听到，迟迟不说话。

余思棠端着杯子走过来，坐到两人身旁："说什么悄悄话？一起拍照呀。"所有人又都慢慢拢过来，坐在王泳身边。程慧珊站在一旁抽烟，托着下巴说不拍照，说光线不好，拍出来不好看。魏叔喝了一点儿小酒，早已在沙发上睡倒。人们在他脸上写"魏"字，一人写一笔，轮到杜大鹏时，魏叔睁开了眼睛。杜大鹏只好将桌面的酒干掉，最后一群人又坐在一起，胡乱拍了些照。照片上，胡昊似乎是笑着的，但是仔细看，就会发现他似乎并不快乐。

明天是周六，这些人会睡个大半天吧。两天后，同样的这些人又都会出现在办公室里，像水滴汇入大海。他们会隔着电脑说话，在打印机的声音之间争吵，或是在茶水间说人是非。但此时此刻，他们抱在一起，举着杯子说着话，那种快乐跟吵闹是真诚的。

王泳看着天空，以黑蓝天幕为背景，树枝毫无规律地伸入她视野内，形成了不规则构图。夜晚的空气非常清新，有啤酒的甜味。她想起秦希明天回来，明晚就要见到他，啊，活着真好。

罗真真的婚礼，几乎是一场民航业界人士见面会。飞行员一个圈子，乘务一个圈子，两个圈子间相互认识，互为家属的坐一起，但互为前男女朋友的，要不分开坐，要不索性只请其中一人。

婚礼主题跟蓝天与飞行有关。入口处就是充气飞机模型，也有刚下机的飞行员跟空乘，拖着箱子来喝喜酒。小礼品是手霜和小飞机模型。长窗外夜色很好，有人在拉巴赫。王泳进来时，罗真真正挽着谭家名的手跟其他人合影。

见到王泳，罗真真激动地伸开两臂——这个动作，今晚她做了无数次，但唯有这次特别真诚。眼睛转向秦希，笑着打量："秦先生本尊——"又转向王泳，"你在文章里没写他有这么漂亮的眼睛哦！"

“哦，她写了。”秦希说，仍是不苟言笑。但是王泳笑了。好了，这世上只有她懂得这男人的幽默感，也是件好事。

因为是自助餐，很多小孩反复跑来拿甜品。有几个拖着气球跑来跑去，一会儿摔倒一个，又从地毯上爬起来。一会儿破一个气球，有小孩噘着嘴巴想哭，被大人拽出去了。

不一会儿，王泳见到胡昊走过来，跟每一桌人都打招呼，走得极慢。来到王泳、秦希跟前时，已经过了半小时。他先跟王泳打招呼，又看向秦希，然后慢慢笑着说：“阿希，你也来了。”他叫他阿希，少年时的称呼。他跟他说一些天气、环境之类的话，对陌生人而言，多么安全的话题。

秦希有一搭没一搭地应着。但王泳看得出来，对于昔日好友重新跟自己说话这事，秦希的眉梢是带笑的。

过了一会儿，秦希接了个电话，宴会厅孩子叫声太吵，他走了出去。

王泳正抬头看罗真真的婚纱照，胡昊问：“你们呢？什么时候结婚？”

“没那么快。刚回运控中心，还是很忙。”她不想说自己“事业为重”那么老套。

胡昊掏出一个小盒子递给她：“给你。”

王泳迟疑地看他，他微笑：“给你们的结婚礼物。”

王泳不好意思地收下：“太早了吧。”她打开一看，是 Georg Jensen 的纯银手环。胡昊说：“Forget Me Knot.”

以前她跟罗真真讨论过这个丹麦品牌的系列首饰。多么取巧而微妙的名字。这手环上，流线型银色小环相扣，就此生生世世，多好的结婚礼物。但送礼人胡昊从唇舌上发出 Forget Me Knot/Not

的音，舌微卷，气流轻送，一词多义。

到底是Forget Me，还是Forget Me Not？送礼的人到底希望收礼的忘记他，还是记住他？

王泳将手环放在掌心端详，远处突然有气球爆破，小孩子大声尖叫起来。她一下子回过神，将手环收回随身包包里，说声谢谢。秦希走回来，道歉说自己电话讲太久。有熟人过来跟胡昊打招呼，他端着酒杯走了过去。

秦希问："你们在聊什么？"

王泳指了指罗真真的婚纱照："我们说，她该减肥了。"

艾珊也来了，跟罗真真见面时行贴面礼，热情得像亲姊妹。挽着罗真真的手拍照合影,不忘脱下外套,露出香肩。罗真真并不介意，自从认识了谭家名，她对女人间的明争暗斗都失去了兴趣。但看到照片的刹那，她还是忍不住怨谭家名整天带她吃夜宵，害她看起来比艾珊胖。

婚礼的高潮自然还是新娘抛花。罗真真往后看了好几次，那束花从手中抛离时，王泳周围的人自动散开，那束花稳稳落入她手中。

她有点尴尬。

罗真真拿过话筒："我这个朋友是个工作狂，但是她男朋友好像也是个工作狂。我真是有点担心他们呢。秦先生，你们算是经历过两次生死了，记得对王泳好一点儿。"

秦希用手捂住半边脸。

王泳拿了满满一盘食物，正准备大快朵颐，突然收到程慧珊发来的消息：新老总明天上任，速回来加班。

她腾地站起来。秦希抬头看她，她说："我要回去加班了。"

他说："我送你。"

她一转过头，发现跟她一起站起来往外走的，还有胡昊。他走上前，跟谭家名笑着说了些什么，然后客套地再见，披上大衣急匆匆往外走。

秦希、王泳跟胡昊，同时进电梯，同时进停车场。晚上时分，机场高速上的车流不多。一路上，王泳给程慧珊发消息，她没回。打电话，她没接。

新老总上任。新老总是谁？长久的电视剧要落幕，她急于知道结果。偶尔看到隔壁驾驶席上，胡昊一脸凝重，她在心里猜测：会是沈光吗？

他俩几乎同时在机场工作区的办公楼外停下。王泳急急推门下车，秦希喊住她："别急。我在这里等你。"

王泳回过头："我不知道加班到几点……"

"我在这里等你。无论多晚，无论到几点。"

王泳抿着嘴，点点头。心里是欣喜的，是小时候下课走在路上，心里想起家里还有一碗热汤等着自己的心情。

胡昊比她更快一点儿进电梯，他按住门等她进来，电梯门合上瞬间，她忍不住开口："你回来也是因为……"

他微笑："你为什么不问程慧珊？"

他按下三楼，那是老总跟副总所在楼层。王泳看他走出去，好奇地张望，发现他往老八办公室方向走去。

她回到航务部办公室时，发现程慧珊正坐在电脑前。她进门就问："你怎么没接电话……"

"我电话坏了。"她扬起手里黑砖似的手机，"有意思，四年前，九叔上任那天，我的手机也坏了。"

在她说话时，王泳一直在偷偷观察她的表情。她嘴角仍是不带笑，

但眼神放松，于是王泳大胆猜测："新老总是……"

她没来得及将"沈"字说出口，程慧珊说："老八。"

王泳颓然坐下。自己也奇怪：什么时候起，她把自己也视为沈光派了？

程慧珊神秘地微笑。王泳看向她，她说："但是沈光也升职了，集团运行总监，级别比老八还要高，直接监管整个运控中心。"她当然不跟王泳说，这不过是个虚衔，随时可被老八架空。沈光提前跟她讲，让她别去伦敦办事处，留在总部这边，他需要她。她声音低回："对他们来说，这未尝不是皆大欢喜的局面，唯一不利的是……"

王泳接过话："我们这些沈光派的人。"

再怎么说，直接掌管王泳他们生死的，还是老八。

程慧珊将手搭在王泳肩上："不过说起来，老八是个务实的人。他的位置越不稳，他越需要业绩，越需要能够干活的人。"

"实际上，老八腹背受敌。他上有沈光，下有黎乐天。听说，黎乐天搭上了公司高层的线，即将成为部门副总。传闻说他搭上的是公司一把手，关系极硬，威胁极大。这人表面懒散，但心机很重，很可能威胁到老八的位置。老八比任何时候都需要用人。"

对于这层关系，程慧珊在王泳跟前点到即止。对她这个小职员来说，实在太远。人总是更关心自己的事，更关心航务部会有什么变化。她问："听说了老八有什么新举动了吗？"

程慧珊说："他要实行双经理制。"

她解释，航务部等几个重要部门将实行双经理制，一个像以前那样由副总管理，另一个直接向老总负责。这也就相当于架空了黎乐天这样的副总。

她掏出香烟，又突然想起这是在室内，将它放回去："我算是看清楚了，能不站队就不站队。你看，黎乐天就很聪明，无论谁上他都一样。但是对这种狡猾的人，老八还是会防着一手的。”

王泳的脑子里，还在想着航务部双经理制的事情。她忍不住问：“航务部双经理制，那么另一个经理会是……”

“很可能是胡昊。”程慧珊随手放下烟盒，看进她眼睛，“我会需要一个助理，你过来帮我吗？”

这就是问“你加入我吗”的意思了。

王泳迟疑。

她被派系之事卷入过旋涡，狠狠拍倒在岸边。魏叔告诉她，在没看清楚形势之前，不要轻易向别人表达自己的想法。但程慧珊这个跟她交过心的女人，在她眼里也算不上别人——是，理智告诉她，这个想法太天真。但她向来更愿意服从情感。

见王泳迟疑，程慧珊增加了筹码：“你知道，胡昊当上经理后，航务部副经理的位置空出来……”这话不能说得更明显了。

这时，程慧珊的座机突然响起，她跟王泳说“你考虑一下”，便去接电话。她对着话筒那边说：“是……这是航班换季后的数据……不，新开国际航点不包括在内……”她边说边在键盘上按下什么，不一会儿，打印机往外咔咔咔吐着热腾腾的纸。她边说话，边用手将头发拢上去，因为瘦，会穿衣服，整个人非常有型格。

王泳往外走。洗手间里没人，光线显得太亮，她看到镜子里的自己，脸又小又白，还穿着参加婚礼的小暗红外套。她低下头，泼水洗脸，又翻出包包想拿唇膏，却从里面掉出来一个小盒子，是胡昊送的礼物。

她打开一看，Forget Me Knot 的双环在眼前，熠然发光。她试着将手环套在手上，配上今日打扮，居然十分适合。她正要将它取下，

电话响起，秦希打来。他问："你刚才没吃饱吧，我去机场买点垃圾食品回来，怎么样？"

王泳看着镜中的自己，脸色怎么这样白？她说："秦希，我突然觉得，自己好像又要走回原来那条老路了。怎么办？"

电话那头，秦希沉默片刻："但你已经不是原来那个你了，对吗？"

王泳看向镜子中的自己。是，她已经不再是昔日那个值机柜台后怯生生的小姑娘，不是杰尔巴岛上那个手忙脚乱的女生，也不再会如公安部包机事件中那般轻易被利用，或是一听到宣传部的召唤，就会自乱阵脚。

别人觉得她在原点，其实她已经跑完一圈，脸上的汗都没干。

她抬头看着镜子，似乎看到自己那张脸，又似乎看到航务部副经理的空位。

王泳对电话那头，低头一笑："谢谢你，我的邻居先生。"

走出洗手间，她走在通往航务部的走廊上，今晚灯光很亮，似乎这走廊是某个长形舞台。前方电梯门打开，胡昊从里面步出，两人在走廊上迎面相逢。他看了看她腕上的手环，微微一笑："很适合你。"

她这才想起，这手环仍在自己手上，忘了取下来。

他跟她隔开一点儿距离，带点客套地问："对了，我以后可能会需要一个助理。你会帮我吗？"

王泳抱着手臂笑："这样看得起我？也太荣幸了。"她没说好，也没说不好。说是助理，都明白，就是所谓的"自己人"了。

胡昊点点头，微笑："程慧珊已经问过你了？"

"是。你要是早点问就好了。"实情当然不是这样，但是，王泳也学会了客套与说谎。她将手环往上推，又往下移。

他听明白了，又点点头，说“那好”。突然非常商务，非常礼貌地伸出手来，轻轻握住她的：“以后又是一个部门的人了，合作相处的机会多着。”

他握住她的手好一会儿，迟迟松开。两人相视一笑，彼此都知道，两个小时后，明天到来。他俩不再是同赴北非的同伴，不再是越过界线的朋友，不再是雨夜相拥的情人，而更接近于职场的敌人。

外面有飞机划过，印象航空的LOGO若隐若现。这里是空港区域，外围都市在竞筑摩天高楼，将人类渐渐围成一个个困境：家庭、职场、爱情、友情、理想、欲望……在这夜晚星空往上三万英尺，晴空颠簸、乱流、太阳辐射，一切都会发生。但这些人，他们终将穿过乱云，抵达彼岸的目的地。

图书在版编目(CIP)数据

空港:云霄路上 / 叶小辛著. —杭州:浙江文艺出版社,2019.1

ISBN 978-7-5339-5483-3

Ⅰ.①空… Ⅱ.①叶… Ⅲ.①长篇小说—中国—当代 Ⅳ.①I247.5

中国版本图书馆CIP数据核字(2018)第262328号

图书策划 柳明晔
责任编辑 关俊红 王莎惠
特约编辑 尹 丹
封面设计 嫁衣工舍

空港:云霄路上
KONGGANG YUNXIAO LUSHANG
叶小辛 著

出版 浙江文艺出版社
地址 杭州市体育场路347号
邮编 310006
网址 www.zjwycbs.cn
经销 浙江省新华书店集团有限公司
制版 北京迪睿科技设计工作室
印刷 杭州广育多莉印刷有限公司
开本 880毫米×1230毫米 1/32
字数 340千字
印张 15.625
插页 1
印数 00001-10000
版次 2019年1月第1版 2019年1月第1次印刷
书号 ISBN 978-7-5339-5483-3
定价 49.80元



团购电话:0571-85060309